물
망

물망

ⓒ 강호원 2019

초판 1쇄	2019년 4월 26일
초판 2쇄	2019년 5월 24일

지은이　　강호원

출판책임	박성규	펴낸이	이정원
편집진행	이수연	펴낸곳	도서출판 들녘
디자인진행	조미경	등록일자	1987년 12월 12일
편집	박세중·이동하	등록번호	10-156
디자인	김정호	주소	경기도 파주시 회동길 198
마케팅	이광호	전화	031-955-7374 (대표)
경영지원	김은주·장경선		031-955-7381 (편집)
제작관리	구법모	팩스	031-955-7393
물류관리	엄철용	이메일	dulnyouk@dulnyouk.co.kr
		홈페이지	www.dulnyouk.co.kr

ISBN	979-11-5925-406-2 (03810)	CIP	2019014492

이 도서의 국립중앙도서관 출판예정도서목록(CIP)은 서지정보유통지원시스템 홈페이지(http://seoji.nl.go.kr)와 국가자료공동목록시스템(http://www.nl.go.kr/kolisnet)에서 이용하실 수 있습니다.

값은 뒤표지에 있습니다. 잘못된 책은 구입하신 곳에서 바꿔드립니다.

물
망

강 호 원 장 편 소 설

들녘

차례

통곡의 강

———— "대체 뭣들 하는 게냐. 해가 중천인데 아직도 엉덩이를 구들에 붙이고 있단 말이냐."

벼락같은 불호령이 떨어졌다. 문창호가 바르르 떨릴 정도로 쩌렁쩌렁한 고함이었다. 행랑 후미진 방에 옹기종기 모여 앉아 있던 관노들은 겁에 질려 뜨던 밥술을 미처 입에 넣지 못했다. 벌떡 일어나다 발에 차인 그릇에서 보리 강냉이 밥알들이 쏟아졌다. 꼬질꼬질한 낡은 이부자리는 아랫목에 뒹굴고 있었고, 여기저기 뜯어진 장판 사이로 드러난 마른 흙바닥은 아이 머리에 퍼진 부스럼 같았다. 관노들은 어찌할 바를 몰랐다. 치노는 간신히 정신을 추슬러 문 쪽을 쳐다봤다. 이징옥李澄玉이 서 있었다. 부릅뜬 눈이 흡사 사천왕상 같았다. 가슴은 벌떡벌떡 뛰고 손가락이 절로 떨렸다. 치노는 바닥에 몸을 던져 납작 엎드렸다. 조아린 머리 위로 다시금 몽둥이 같은 고함이 쏟아졌다.

"지금 밥알이 목구멍으로 달게 넘어가더냐!"

식은땀이 삽시간에 치노의 목덜미를 적셨다. 이징옥이 이토록 화를 내자면 곤장 서너 대쯤으로는 모자랄 것 같았다. 치노는 순간 치를 떨었다. 마치 벌써 곤장을 맞기라도 한 것처럼 엉덩이가 욱신거렸다. 볼기짝을 깐 채 형틀에 누워보지 않은 사람은 무서운 매맛을 모른다. 엉덩이를 아무리 요리조리 뒤틀어도 볼기짝에 철썩철썩 내리꽂히는 곤장은 영원히 끝나지 않는 규환지옥과도 같은 매질이었다. 그럴 때면 옆에 선 아전도 안절부절못했다.

우선 빌고 보는 것이 상책이었다. 치노는 이징옥의 호령이 멈추길 기다렸다가 애처롭게 빌기 시작했다.

"나리, 용서하십시오. 쇤네 생각이 짧았습니다요. 용서하십시오."

변명 따위는 늘어놓지 않았다. 어쭙잖은 변명은 매를 벌 뿐이었다. 울먹이는 시늉까지 하며 머리를 한껏 조아렸다.

"이놈이 죽을 죄를 졌습니다요."

회령 부사 이징옥. 사람들은 그를 유아대저有牙大猪라고 했다. 한번 마음먹은 일은 하고야 마는 성격이 물면 놓아주지 않는 날카로운 송곳니를 가진 멧돼지를 닮았다고 해 붙여진 아호 아닌 아호였다. 그런 부사가 화를 내면 무조건 잘못을 빌고 화가 누그러지는 틈을 봐 내빼는 것이 상책이었다. 관노 생활 이십 년이 된 치노는 그쯤은 알고 있었다.

"쇤네 다시는 이런 일이 없도록 하겠습니다요. 막 바로 달려가 해 저물기 전에는 꼭 돌아오겠습니다요."

치노는 주먹으로 제 머리를 마구 쥐어박은 뒤 재빨리 방을 뛰처나갔다. 부사의 대답도 기다리지 않았다. 눈치를 보던 나머지 관노들도 우르르 그를 쫓아 나갔다.

회령부 관노들은 그날도 종성鐘城에 가야 했다. 하루걸러 눈만 뜨면 종성에서 석회를 실어 와 온 고을에 뿌렸다. 벌써 몇 날째이던가. 그런 고역도 없었다. 병치레 한 번 한 적 없는 무쇠 같은 치노도 견디기 힘든 사역이었다. 아전과 오장들은 서슬 퍼런 채근에 입만 앞세워 이리저리 뛰는 시늉만 할 뿐이었고, 온갖 힘든 사역은 관노와 말단 군졸의 차지였다. 치노는 전날에도 나어린 관노를 이끌고 종성에서 가져온 석회를 고을 구석구석에 뿌려야 했다. 이 외에도 관아에서 하는 잡역은 물론이요 병든 이를 옮기는 일에까지 불려 나가야 했으니 녹초가 되지 않을 수 없었다. 곤한 잠에 떨어졌다가 부스스 눈을 뜨면 해는 벌써 머리 위로 훤하게 떠올라 있었다.

역질이 회령會寧[01]을 뒤덮고 있었다. 멀쩡한 사람이 자고 나면 신열에 시달리고, 얼마 지나지 않아 피를 쏟으며 쓰러졌다. 이렇다 할 활인소活人所[02] 한 곳도 없었다. 오기 싫어하는 의생들을 억지로 불러다가 임시로 활인소를 만들어 병자를 돌보게 했지만, 아무 소용이 없었다. 하루가 멀다 하고 병자는 늘어나고, 수많은 목숨이 죽어나갔다. 석회를 뿌려 역질이 번지는 것을 막는 일이라도 해야 했다. 그러지 않고서는 흩어진 민심을 다잡을 수 없었다. 치

---

01 세종 때 개척한 육진 중 하나. 함경도 두만강변에 있다.
02 흉년이 들거나 역병이 돌 때 설치하는 구제소.

노는 이날도 종성에 석회를 가지러 가야 했다.

뛰쳐나가는 치노의 뒷덜미에 부사의 고함이 꽂혔다.

"밥도 먹지 않고 백 리 길을 가려느냐. 주먹밥이라도 싸 가지고 가거라."

무뚝뚝하기 짝이 없는 말투였다.

"아닙니다요, 나리."

"어허, 싸 가지고 가래도!"

"내처 얼른 다녀오겠습니다요."

"싸 가라면 싸 갈 것이지, 웬 군말이 그리도 많으냐!"

이징옥은 버럭 소리를 질렀다. 방바닥에 쏟아져버린 밥알들. 제대로 먹지도 못한 채 먼 길을 가야 하는 관노들이 안쓰러웠던 것일까. 이징옥은 아전에게 소리쳤다.

"주먹밥이라도 만들어 가지고 갈 수 있도록 주어라."

서러움 때문일까, 고마움 때문일까. 치노 눈에는 눈물이 핑 돌았다.

병자들이 모여드는 행성 밖 활인소로 향하는 이징옥의 발걸음은 무거웠다. 일손을 바삐 놀려야 할 초여름이건만 고샅에도, 밭두렁에도 오가는 이를 찾아보기 힘들었다. 축 늘어진 어린 옥수수 잎만 바람에 처량히 흔들렸다. 역귀가 들러붙을세라 사람들은 문밖에 나서질 않았다. 개울 건너 한 집 어미가 신열에 시달린다는 소리가 퍼지기 무섭게 피똥을 쌌다는 말이 나돌고, 보름이 지나지 않아 송장이 되어 실려 나갔다. 그 후 며칠 지나면 옆집 아비가 또 신열이 나니, 문밖은 그야말로 아귀도의 세상이었다. 개울을 건너, 담을 넘어 옮아가는 역귀는 흡사 세상을 마음대로 휘젓고 다니는 저승사자 같았다. 웃음을 잃은 사람들은 퀭한 눈으로 힘겹게 하루하루를 넘겼다. 참혹한 광경은 아무리 봐도 익숙해지지 않았다.

윗마을에도, 아랫마을에도 통곡이 끊이질 않았다. 메밀대와 너와로 이은 지붕 아래서는 한 집 걸러 한 집 꼴로 울음소리가 새어 나왔다. 무명천으로 얼굴을 감싼 관속과 군졸들은 통곡 소리가 담장을 넘는 집마다 석회를 뿌려댔다. 사립문과 낮은 싸리 울타리가 허연 집은 영락없이 병자가 있거나 죽어 나간 곳이었다. 석회는 낙인이었다.

아무도 역질이 무슨 병인지는 알지 못했다. 그저 역질이라고 부를 뿐이었다. 그러니 어찌 대처해야 하는지도 알 턱이 없었다. 심술궂은 역귀가 해코지를 한다고 여긴 것인지 붉은 팥죽을 쒀 사립문에 뿌리기도 했다. 그렇다고 팥죽이 역귀를 쫓으리라 믿는 사람은 그리 많지 않았다. 다만 그것은 희망의 끈이었다. 그 끈마저 놓으면 처자식을, 지아비를, 노모를 역귀에게 내주어야 하니, 그럴 수는 없었다. 그래서 아낙들은 팥을 구하러 이웃집 사립문을 빠끔 열곤 했고, 그럴 때마다 이웃들은 팥이 남아돌 리 없음에도, 내민 손에 팥을 한 움큼씩 쥐어주곤 했다. 역질 속에서도 메마르지 않은 인심은 아무리 척박한 회령이라 해도 역귀에게 내줄 수 없는 부모 형제의 땅임을 다시 확인하게 했다. 이웃에서 팥을 얻어 온 아낙은 팥죽을 쒀 사립문과 방문에 뿌리고서야 곤한 잠을 청할 수 있었다. 그리고는 아침에 모두 멀쩡한 것을 확인하고 천지신명에게 감사의 기도를 올렸다.

하지만 역귀가 사립문을 뚫고 들면 애처로운 싸움이 시작됐다. 걱정과 두려움에 발을 동동 구르다 젖은 수건으로 열을 가라앉히고 민들레와 더위지기를 구해 달여 먹였다. 이렇게 애써 돌보지만, 한번 들이닥친 역귀는 물러서는 법이 없었다. 병자의 의식이 흐려지고, 끝내 숨을 다하면 곡소리가 터져 나왔다. 눈 감은 지아비, 지어미를 안타깝게 부르지만 멈춘 숨은 돌아오지 않았다. 눈물로 하루 이틀을 보낸 뒤 저승길 고이고이 가기를 빌었다. 하지만 장사를 치르는 일도 쉽지 않았다. 역질이 번진 집에는 사람들이 발길을 끊으니, 그 서글픔은 또다시 통곡으로 변했다.

그래도 군졸과 관속은 시신 매장을 도왔다. 아니, 장사를 도맡아 치렀다는 편이 옳다. 보릿고개에 양식 항아리는 바닥나고 이웃의 발길조차 끊긴 마당에 장사를 온전히 치르는 집은 드물었다. 그 어려움을 함께한 사람은 천리 삼남에서 수자리를 살러 온 군졸과 관노들이었다. 밤낮으로 역질 번진 곳을 찾아다니는 그들이지만, 오히려 앓아눕는 이가 드물었다. 오늘 쓰러질까, 내일 쓰러질까 아무리 눈여겨봐도 여전히 석회를 뿌리며 뚜벅뚜벅 걸어 다니는 것이 신기하기만 했다. 그 때문에 석회의 효험에 대한 믿음은 더욱 철석같이 변해갔다. 하지만 천한 신분을 천형처럼 이고 사는 그들이 쓰러지지 않은 것은 오장육부와 뼈대가 고된 노동으로 튼튼해진 탓이라는 것을 아는 이는 드물었다.

이징옥은 가는 곳마다 군졸들을 독려했다.

"너희가 아니면 누가 감당하겠느냐. 이것은 또 하나의 전쟁이니라."

야트막한 너와집 담장 너머로 애끓는 아낙의 목소리가 들려왔다.

"이랑 아버지, 이러시면 안 돼요. 어서 일어나세요, 어서."

애타는 소리를 들었는지 사내는 겨우 고개를 가누며 거슴츠레 눈을 떴다. 얼굴에는 열꽃이 가득했다. 아낙은 지쳐 있었다. 병든 지아비를 돌보느라 힘을 다해버린 걸까. 몇 날 며칠을 제대로 씻지도 못했는지 헝클어진 머리카락이 머리를 감싼 수건 사이로 삐죽빼죽 뻗어와 나와 있었다. 까무잡잡한 아이는 까만 눈을 껌벅이며 아버지와 어머니를 번갈아 봤다. 손에 쥔 구부러진 막대로 하릴없이 땅을 쿡쿡 찔러대고 있었다.

"이랑 아버지, 왜 이러세요. 이랑일 생각해서라도 어서 일어나셔야지요."

아낙은 맥 빠진 지아비의 옷깃을 잡고 울먹였다.

이징옥은 뒤따르던 동달이 군졸을 향해 소리쳤다.

"뭣들 하느냐. 김 첨지를 확인소로 옮기지 않고."

이랑 아버지라 불린 김 첨지는 회령의 토박이였다. 사람들은 그를 몰락한 반가의 자손이라고 했다. 벼슬자리에 한 번 오른 적 없고 나이도 그리 많지 않았지만 첨지 호칭을 붙인 것은 학식이 깊기 때문이었다. 사서삼경을 줄줄 외고 관혼상제의 예까지 낱낱이 꿰고 있었으니, 그를 만난 사람치고 감탄하지 않는 사람은 드물었다. 회령 땅 좁은 바닥에 그런 사람도 드물었다.

군졸은 주뼛주뼛했다. 얼굴에는 낭패했다는 기색이 역력했다. 얼굴을 감싸는 작은 무명천 조각 하나에 의지해 환자를 짊어져 옮겨야 할 판이니 달가울 턱이 없었다. 발놀림과 손놀림은 자연히 굼떴다.

"무얼 하는 게냐. 어서 옮기지 않고."

불호령이 떨어졌다. 그제야 군졸은 무명천으로 입과 코를 질 끈 싸맨 뒤 사립문 안으로 들어섰다.

활인소는 퀭한 눈을 한 사람들로 가득했다. 하나같이 가난과 한설에 시달리고 병마에 절망한 행색이었다.

병자들 중에는 어머니 품에 안겨 벌겋게 달아오른 얼굴로 칭 얼대는 어린아이도 있었다. 어머니는 애가 달았다.

"조금만 참아라. 얼른 약을 지어 집으로 가자꾸나. 약을 먹으 면 괜찮아질 게다."

괜찮아질 것이라는 믿음, 괜찮아야 한다는 바람을 담은 그 말 은 절망을 거부하는 주문이었다. 활인소의 풍경은 아무리 봐도 낯 설기만 했다. 아이는 그것이 싫어 어머니 품을 더욱 파고들었다. 그럴수록 어머니는 아이를 꼭 껴안았다. 운명은 잔인했다. 자식을 지켜내겠다는 다짐도, 가슴을 파고드는 아이의 삶도 차가운 운명 앞에서는 허무한 물거품일 뿐이었다. 어머니 저고리 자락을 잡고 끙끙 앓던 아이는 며칠을 넘기지 못했다. 어머니는 서글픈 울음을 삼켰다. 한마디 말이라도 남겼다면 위안이라도 삼으련만, 간다는 말 한마디 남기지 못한 채 숨을 다하니 가슴은 가리가리 찢겼다. 차갑게 식은 아이를 둘둘 감싼 명석이 어미 품을 대신했다. 그것 을 바라보는 어머니 마음은 또 무너져 내렸다.

김 첨지는 지게에 실려 활인소에 도착했다. 오는 데 걸린 시간이 그리 오래인 것도 아니건만 눈은 더 거슴츠레해져 있었다.

동달이 군졸은 소리쳐 의생을 불렀다. 고개를 돌리는 의생의 몰골은 가관이었다. 코와 입은 꽁꽁 싸매고, 상투 머리카락은 풀어져 바람에 이리저리 날렸다. 저고리 자락은 꼬질꼬질 얼룩져 있었다. 딱 봉두구면 부랑자의 몰골이었다.

"어이, 조금만 기다려."

의생은 반말을 뇌까렸다. 예의란 찾아보기 힘들었다. 하기야 이 판국에 군졸 나부랭이가 눈에 들어올 턱이 없었다.

김 첨지의 아내는 연신 지아비의 손발을 주물렀다. 따라오지 말라 했건만 어린 이랑은 쪼르르 따라와 저만치에 쪼그려 앉아 있었다. 아버지의 삶이 경각에 달렸다는 것을 아는지 까만 눈은 누운 아버지에게서 떨어질 줄 몰랐다.

"이랑 아버지, 이랑 아버지."

눈 감은 지아비는 희망의 끈마저 놓으려는 듯했다.

의생의 말은 매몰찼다.

"아, 이 지경에 이르렀느니."

맥을 짚는 둥 마는 둥 하더니 말을 이었다.

"탕약을 지어줄 테니 어서 집으로 가 먹이시게나."

김 첨지 아내의 몰골도 말이 아니었지만 그래도 반가 규수의 행색이 묻어나는지 동달이 군졸에게 뇌까릴 때와는 사뭇 다른 말투였다. 한눈에 봐도 백방이 소용없다고 판단한 걸까, 침을 놓자는 말도, 부항을 떠보자는 말도 없었다. 그나마 약을 지어줄 테니 달여 먹이라고 하는 것도 차마 그냥 돌려보낼 수는 없어 하는 말이었다.

"얼른 데리고 가소."

청천벽력 같은 말이었다. 김 첨지 아내는 입을 열지 못했다. 머릿속이 하얘지고 맥이 풀렸다. 겨우 정신을 가다듬어 쏟아낸 말은 원망이었다.

"그게 무슨 말씀입니까. 맥을 제대로 짚고 처방을 해주셔야지요."

다그치는 말투에서 반가 규수의 위엄이 배어났다. 그러나 의생은 고개를 내저으며 데려가라는 말만 되뇌었다. 김 첨지 아내는 몇 번이나 같은 말을 되풀이했지만, 그 스스로도 허망한 요구라는 것을 모를 턱이 없었다. 그저 지아비의 팔을 잡은 채 한참을 멍하게 앉아 있었다. 어머니 곁에 붙어 앉은 아이 눈에도 눈물이 그렁거렸다.

변방의 모진 삶은 그렇게 꺼져가고 있었다.

가인을 만나 백년가약을 맺고, 봄 여름 가을 땀 흘려 모진 겨울을 이겨내고, 아이를 가져 배부른 아내 배를 쓰다듬으며 함박웃음을 짓고, 아이가 태어나자 이웃을 불러 모아 잔치를 벌이고, 아장아장 걷는 아들에게 천자문을 가르치고, 아내가 몸져눕자 약초를 구하러 산야를 헤매고, 세상을 뜬 부모 앞에서 불효를 자책했던 시간들. 운명이 다하자 삶은 그렇게 꺼져가고 있었다. 너와집 처마 아래 마주 앉아 두 손 잡던 아내와, 아비를 졸졸 따르던 어린 아들. 마지막 순간 김 첨지는 그들을 두고 떠나야 하는 자신의 운명을 원망하고 있었을까.

정신을 가다듬은 김 첨지의 아내는 허드레꾼의 도움을 받아 겨우 지아비를 지게 위 널빤지에 올려 앉혔다. 눈물이 앞을 가렸다. 가난한 서생으로 하인 하나 부리지 못했던 지아비. 그래도 절대 아내만큼은 지게를 짊어지지 못하게 했던 태산 같은 지아비는 이제 아내가 멘 지게에 태워져 있었다. 빨리 집으로 돌아가야 했다. 집 밖에서 지아비의 목숨이 다하도록 해서는 안 될 일이었다. 허리를 굽혀 지게를 짊어 멨다. 무릎이 펴지질 않았다. 그동안 지아비는 이 무거운 지게를 짊어지기 위해 얼마나 힘주어 버티었을까. 이 지게의 무게는 삶의 무게일까. 다시 다리에 잔뜩 힘을 주어 일어났지만 두 다리는 후들후들 떨렸다. 그 모습이 안쓰러웠던지 동달이 군졸이 달려와 대신 지게를 짊어졌다. 너와집으로 돌아가는 길은 멀기만 했다.

김 첨지는 이틀을 넘기지 못했다. 탕약을 떠먹였지만 받아먹지 못했다. 약은 볼을 타고 흘러내렸고, 신열도 가라앉지 않았다. 열에 핏줄이 터진 걸까, 코와 귀에는 피가 내비쳤다. 그래도 아내는 포기하지 않았다. 포기할 수 없었다. 밤새 찬 물수건으로 끓는 몸을 식혔다. 치성도 올렸다. 하지만 정성이 하늘을 찌른다고 운명이 비껴가는 것은 아니었다. 숨을 거두던 날 김 첨지는 눈을 떴다. 모진 세월에도 달빛 받은 아내와 아이 얼굴은 그지없이 고왔다. 그는 손을 내밀었다. 그리고 힘겹게 마지막 말을 내뱉었다.

"아야고……."

아내는 지아비의 손을 꼭 잡았다. 주뼛주뼛하던 어린 아들이 손을 내민 순간 초점을 잃은 김 첨지 눈에는 눈물이 배어났다.

아야고阿也苦. 그곳 사람들은 두만강을 그렇게 불렀다. 하河와 강江을 붙여 아야고하, 아야고강이라고 했다. 봄이면 개마 자락에 생명의 시작을 알리고, 여름이면 속살 드러낸 물 군무로 더위를 식히고, 가을이면 창파로 단풍을 실어 나르고, 겨울이면 눈옷으로 추한 세상을 덮는 아야고. 김 첨지는 그곳에 아내와 아들의 몸을 누일 작은 집을 짓고 싶어 했다. 끝내 눈을 감으니 꿈은 미망이 되었다. 아내는 그저 고개만 끄떡였다. 마지막 인사일까, 아내의 입가에는 희미한 미소가 감돌았다. 지아비의 평안한 영면을 비는 슬픈 미소였다. 세파를 홀로 이겨내야 할 모자를 두고 떠나는 김 첨지는 그 슬픈 미소를 봤을까.

역질의 낙인이 찍힌 너와집에는 아무도 발을 들여놓지 않았다. 지아비를 여읜 아낙은 또 한 번 낙담해야 했다. 장사를 지낼 수가 없었다. 군졸이 들이닥친 것은 사흘 뒤였다. 사람이 죽었다는 소리에 멍석을 짊어지고 나타났다. 그들은 싸늘한 육신을 멍석으로 말아 지게에 얹었다. 사립문을 나서는 군졸은 가는 곳조차 일러주지 않았다. 탈진한 몸으로 그 뒤를 쫓는 김 첨지의 아내도 묻지 않았다. 군졸이 향한 곳은 관아 북서쪽 상리사 너머 후미진 산기슭이었다. 땅을 파는 사람들, 흩어진 삽과 멍석들, 저승길로 가는 이들이 입을 옷가지를 태우는 연기가 검은 산을 이루었다. 이곳저곳에서 터지는 통곡은 여느 곡소리와는 다른 마른 울음이었다. 산기슭에는 서글픈 운명이 옹기종기 모여 있었다.

무덤 더미로 가던 김 첨지 아내는 막아서는 군졸에게 애원했다.

"이러지들 마시오. 지아비 가는 길에 마지막 인사라도 해야 하지 않겠소. 아무리 역병에 갔어도 두 눈 초롱초롱한 자식에게 아비 무덤이라도 알려줘야 하지 않소. 제발 이러지들 마오."

바짓가랑이를 잡힌 군졸은 난처했다.

"저기 들어갔다간 역병에 걸려 나올 것이오."

"지금까지 지아비를 돌보고도 멀쩡한 내게 무슨 역귀가 들러붙는단 말이오."

"허 참."

"제발 막지 마오."

군졸은 한 발 물러섰다.

"정 가야겠다면 얼른 다녀오시오. 오래 끌면 안 되오."

그녀가 다다른 즈음에는 시신을 싼 멍석이 구덩이에 내려지고 있었다. 매장을 끝내기까지는 그리 오래 걸리지 않았다. 후한 예를 기대하지는 않았지만, 그런 허무한 장례도 없었다. 그녀는 산기슭을 기어올랐다. 맨손으로 흙을 파헤쳐 캐낸 검은 돌을 무덤 맡에 세웠다. 그만 내려가라는 채근이 이어졌지만 무덤가에 주저앉아 봉우리도 없는 무덤의 흙을 다졌다.

"이랑이 아버지. 이제 그만 편히 쉬세요."

땅속에 누운 지아비는 말이 없었다.

"제 걱정도, 이랑이 걱정도 하지 마시고……."

마지막 건넨 그 말은 허망한 약속이었다. 집으로 돌아온 김 첨지의 아내는 몸을 움직일 수가 없었다. 의식마저 점점 흐려졌다.

이래서는 안 된다고 마음을 다잡았지만 몸은 말을 듣지 않았다. 생각은 장작불에 튀어 허공으로 흩어지는 재처럼 헤뜨러지기만 했다. 무너진 마음의 틈을 역귀가 비집고 든 걸까. 끓어오르는 신열, 얼굴 곳곳에 번진 열꽃, 납추를 매단 듯 천근만근 무거운 몸은 지아비에게서 봤던 바로 그 증상이었다.

"어찌 이리도 모질꼬. 어찌 이리도 모진 운명일꼬. 이를 어찌 할꼬."

하지만 활인소에는 가지 않았다. 방 밖을 나서지도 않았다. 김첨지 아내는 밤이면 가슴을 파고드는 아들을 껴안은 채 놓아주질 않았다. 어린 아들을 홀로 두고 떠날 수 없었다. 여섯 살 난 이랑은 어머니 젖무덤에 손을 얹고 새록새록 소리를 내며 잘도 잤다. 그녀는 몸을 일으킬 수 없었다. 아들은 멀쩡했다. 어찌 알았을까, 어린 이랑은 수건에 물을 적셔 어머니 얼굴과 목을 닦아냈다. 초여름 더위에도 사시나무 떨듯 하는 어머니가 춥지 않도록 솜이불을 꺼내 덮어주었다. 목이 마를까 물을 떠먹이고, 배가 고플까 감자를 으깨 먹이고, 옥수수죽을 끓여 먹였다. 어머니가 아버지에게 했던 것처럼.

"어이 할꼬, 어이 할꼬……."

흐려지는 의식을 다잡은 어머니는 눈물만 흘렸다. 어긋난 운명을 원망했다. 홀로 두고 가선 안 될 어린 아들, 하지만 벌써 자신은 지아비가 간 길을 따르고 있지 않은가. 그녀는 엿새를 버티지 못했다. 곱디고운 얼굴에는 저승의 표식인 붉은 반점이 내려앉고, 하얗게 마른 입술은 떠먹이는 물을 받아내지 못했다. 이랑은 숨을 몰아쉬는 어머니 곁에 앉아 울먹였다.

"어머니, 어머니……."

아무리 불러도 가는 숨만 내쉴 뿐, 어머니는 대답이 없었다. 어린 아들의 애타는 목소리를 들었는지 마지막 숨을 몰아쉬는 어머니의 눈가에는 촉촉한 이슬이 맺혔다.

이웃 아낙들이 그녀가 숨진 사실을 안 것은 이튿날이었다. 밤새 희미하게 들려오는 이랑의 울음소리가 이상해 빼꼼 문을 열어보니 이랑은 반듯이 누운 어머니 가슴에 얼굴을 파묻은 채 잠들어 있었다. 이웃 사람들은 방에 발을 들여놓지 않았다. 대신 무명천으로 입과 코를 틀어막은 군졸들이 몰려와 그녀를 멍석에 말아 집을 나섰다.

이랑은 집에 있지 않았다. 어머니가 그랬던 것처럼 성큼성큼 큰 걸음을 옮기는 군졸을 종종걸음으로 뒤쫓았다. 험상궂은 군졸이 뒤돌아보기라도 하면 무슨 잘못이라도 한 양 걸음을 멈췄다. 이랑은 알고 있었다. 그들을 놓치면 어머니를 영원히 잃어버린다는 것을. 어린 이랑은 눈물을 훔치며 뒤를 따랐다.

대왕의 치도

———— 나이 쉰셋이던 해 매화 꽃망울이 터질 무렵이었다. 세종 임금은 못 다한 일을 산더미처럼 쌓아둔 채 눈을 감았다. 조선 천하가 슬픔에 잠겼다. 무거운 발걸음을 옮긴 신하들은 영전에 무릎을 꿇어 시호를 올렸다. 세종장헌영문예무인성명효대왕世宗莊憲英文睿武仁聖明孝大王. '법을 바로 세우고 뛰어난 문무에 어질고 성스러운 자품으로 효를 환히 밝힌 대왕'이라는 뜻이다. 앞뒤 네 글자만 따 세종대왕이라 했다. 시호는 아무도 부르지 못한 이름 도裪를 대신하는 대왕의 이름이었다.

세종 임금이 눈을 감기 열다섯 해 전의 일이다.

임금은 말이 없었다. 경상에 놓인 상소문만 뚫어지게 볼 뿐이었다. 사간원에서 올린 글이었다. 며칠 새 똑같은 상소가 끊이질 않았다. 펼쳐볼 필요도 없었다. 보지 않아도 내용은 뻔했다. 모두 함길도 관원의 파직을 주청하는 글이었다. 역질이 번진 북변 회령과 경원. 수많은 민초가 까만 주검으로 변했다고 하지 않는가. 전쟁의 참화가 밀려든 것도 아닌데 백성이 추풍의 낙엽처럼 스러져 갔으니 대쪽 같은 간쟁을 생명처럼 여기는 삼사三司의 관헌이 가만있을 리 없었다. 사간원의 간쟁에 이어 사헌부의 상소도 줄을 이었다.

임금은 생각에 잠겼다.

두만강 끝자락 경원. 조선 왕실의 뿌리가 아니던가. 모두가 버린 땅이었다. 고려 개경의 왕실과 권문세족은 애초 그런 황량한 땅에는 아무런 관심이 없었다. 긴 겨울에는 매서운 폭풍한설에 동토로 변하고 짧은 여름에는 뜨거운 열기에 먼지만 풀풀 이는 메마른 땅. 팔도 물산이 넘치는 도성에서 복에 겨운 영화를 누리는 권문세족이 눈을 돌릴 턱이 없는 땅이었다. 그런 곳에서 살아남아야 하는 사람들의 기질은 억세다고 했다. 척박한 동토에 한 톨 한 톨 씨앗을 뿌려 생명을 이어오기 수백 년. 마침내 태조고황제 이성계가 우뚝 일어서지 않았던가. 원과 명의 쟁투 바람을 이겨내고 일으킨 조선. 천년만년 성대가 이어지기를 모두가 바랐다. 조종의 땅을 지켜야 했기에 가기 싫어하는 삼남의 백성을 억지로 그곳에 보내지 않았던가. 낯선 땅에 누구인들 선뜻 가고자 했을까. 부모 형제와 조상의 무덤을 두고 이역 그곳에 간 수천의 백성이 허무히 목숨을 잃었으니. 관원은 무엇을 하고, 의생은 또 무엇을 했다는 말인가.

원망과 울음이 귓전에 울려 퍼졌다.

하얀 얼굴의 사간원 간관은 꿇어앉아 간언을 했다. 목소리에는 꼬장꼬장한 기품이 어려 있었다.

"새로 만든 북도 네 고을은 실로 성대만세를 위한 것이옵니다. 번진藩鎭[03]이 오래오래 이어지기를 바라는 것은 모두의 기원이옵니다. 한데 장상대신 하경복은 성상께서 강토를 회복하시려는 뜻을 받들지 못하고, 헛된 말로 만 명이 죽었다 하며 천총天寵을 속이고 민심을 동요시키니, 그 죄는 더할 수 없이 무겁사옵니다. 그런데도 파직만 시키시니 간청한 바와는 다르옵니다. 회령부사 이징옥, 경원 부사 송희미, 도관찰사 정흠지, 도절제사 김종서金宗瑞는 백성의 희비와 생사를 마땅히 자신의 일로 여겨야 함이 옳을 터인즉, 죽어간 백성의 실상조차 제대로 알리지 않았으니 성상을 기망한 죄가 어찌 이보다 무겁겠사옵니까. 청컨대 율에 따라 엄히 죄를 다스리소서."

하경복은 의정부 찬성이었다. 김종서와 이징옥에 대해 험담을 늘어놓고 다녔다. 그의 행실은 임금의 눈에도 곱게 비칠 리 없었다.

아침나절부터 경상에 쌓인 사헌부 상소도 처벌을 청하는 똑같은 주청이었다.

"신하 된 자의 죄는 임금을 속이는 것보다 더한 것이 없사옵니다. 기망은 국법으로 다스려야 할 죄이옵니다. 북쪽 변방에 진과 읍을 새로 만들어 백성을 옮겨 살게 한 것은 만년의 대계로, 성

---

03 군사가 주둔하는 변방의 요새 지역.

상의 뜻을 잘 받들어 행해야 할 터인데도 회령, 경원 두 고을에서 죽어나간 백성이 삼천이백에 이르렀다 하옵니다. 그들이 어찌 역질로만 죽었겠사옵니까. 제대로 진휼하지 못해 죽은 사람은 또 얼마이겠사옵니까. 회령 부사 이징옥, 경원 부사 송희미는 수령의 자리에 있으면서 백성을 구휼하지 않고, 죽은 사람이 수천에 이르는데도 숨기고 알리지 않았사옵니다. 도관찰사 정흠지, 도절제사 김종서 또한 한 도를 책임진 자로서, 오히려 잘못을 덮으려 죽은 자의 수를 줄였으니 기망한 죄가 어찌 크지 않사옵니까. 아무리 적을 막는 재주가 뛰어나다 한들 무엇에 쓰겠나이까.”

임금은 상소문을 덮었다. 그리고 머리를 들어 위를 올려다봤다. 사정전 천장을 수놓은 단청이 눈에 들어왔다. 울긋불긋 화려한 단청 너머로 참혹했을 북변의 광경이 어른거렸다.

어찌 글로써 이루 다 전할 수 있었을까. 직접 겪어보지 않고서는 그 참혹함을 이해하기 힘들 터다. 병든 자식을 부둥켜안고 애를 태웠을 아비와 어미들, 눈을 감는 부모를 안타까이 불렀을 어린 자식들. 북변으로 간 삼남 백성이 울부짖으며 굳게 닫힌 사정전의 문을 꽝꽝 두드리는 듯했다. 국경을 지키기 위해 그곳에 간 관원들. 피해가 가장 큰 회령의 이징옥은 어떤 신하이던가. 기품이 남다르고 불의와 타협하지 않는 청백리가 아니던가. 그런 그가 죽어가는 백성을 두고 어찌 자신의 안위만 생각했겠는가.

임금은 용상 아래 꿇어앉은 대간들을 향해 입을 열었다.

“대간의 말이 어찌 옳지 않겠느냐. 어찌 법으로 다스리려 하지 않겠느냐. 하지만 생각해보거라. 북관北關[04]의 민심은 흔들리고 있느니라. 진무해도 모자라는 판에 사소한 잘못에 책임을 묻는다면 백성은 더 동요하지 않겠느냐. 숨진 사람 수효를 더하고 덜해 알린 것은 죄를 물어야 마땅하나 그 마음을 생각하면 오히려 용서할 수 있지 않겠느냐. 네 고을에서 숨진 사람 수효를 하나하나 셀 수도 없었을 터, 경복을 파직한 것은 북변 장수들의 마음을 편히 하려는 것이니라. 회령과 경원 부사가 죄가 없다고 할 수 없지만 작은 잘못을 덮어 진무의 소임을 다하게 하는 것이 더 중요하니라. 종서도 고하기를 죽은 사람 수효를 알기 힘들다고 하지 않더냐. 사람을 보내 추문한다 해도 전의 수효와 다를 것이 분명한데, 어찌 그것을 기망이라 하겠느냐."

부드러운 말이었으나 어투는 단호했다.

대간들의 표정이 굳어졌다. 임금의 태도는 평소와 달랐다. 작은 일을 두고도 세세히 의견을 주고받던 모습은 찾아보기 힘들었다. 간관의 뜻을 이처럼 한사코 물리친 적도 없었다. 그러나 그렇다고 물러날 대간이 아니었다.

"전하!"

"……."

"역질이 어찌 북변에만 있는 것이겠사옵니까. 성상을 기망하고 천총을 속여도 벌하지 않는다면 똑같은 일이 반복될 것이옵니다. 사사로운 이익을 앞세운 자들이 이번 일을 본뜨고자 하지 않

---

04 함경도의 다른 이름.

겠사옵니까. 일벌백계로 징벌해야 하옵니다."

임금이 그토록 장황히 말을 늘어놓았다면 물러설 만도 하건만, 그럴 기미는 없었다.

임금은 짐짓 목소리를 높였다.

"정녕 내 뜻을 모른단 말이냐. 잘못에 죄를 물어야 한다는 주장은 대간으로서 마땅히 해야 하는 일이니 상소와 주청을 탓하는 것은 아니다. 허나 이 일은 다시는 거론하지 말도록 하라."

"전하……."

"이제 그만 물러가거라."

대간들은 더 이상 뭐라 대꾸하기 힘들었다.

임금이 대간들의 주청을 한사코 물리친 것은 회령 부사 이징옥 때문이었다. 신하에 대한 호불호와 믿음의 깊고 얕음은 임금이 말해서는 안 될 일이기에 속내를 입 밖에 내지 않았을 뿐이다. 인심은 부초와 같았다. 임금 자리에 앉아 호불호를 내뱉는 순간, 항설이 들끓고 기강은 무너지는 법이었다.

역질로 인해 가장 큰 피해를 본 곳은 회령이었다. 회령은 역질에 그야말로 쑥대밭으로 변했다. 역질이 한 집 걸러 한 집 꼴로 발병했으니, 죄를 묻는다면 가장 큰 벌을 받아야 할 사람은 이징옥이었다. 하지만 역질을 어찌 인력으로 막아낼 수 있겠는가.

대간들이 물러난 뒤에도 임금은 사정전을 떠나지 않았다. 그저 홀로 앉아 시정진 단청을 서뿌 올려다볼 뿐이었다.

벌써 몇 년째이던가. 아무도 가려 하지 않는 북관으로 떠난 이징옥. 열다섯 해가 넘도록 조종의 땅을 지켜낸 충신은 지금도 묵묵히 북변을 지키고 있었다. 삼남에서 온 사민들을 이끌고 나무를 베어 목책을 세우고 바위를 깎아 성을 쌓는 노고를 마다하지 않은 고굉지신股肱之臣이었다. 찬바람에 심한 풍질까지 앓으며 인고의 세월을 견뎌낸 신하였다. 풍질에 좋은 어약을 보내니 그해 겨울 글월을 올리지 않았던가.

성군의 은혜를 부자가 이어받으매 어찌 감격을 이기겠나이까. 넘치는 성은에 충심으로 보답하기를 맹세하나이다. 엎드려 생각하옵건 대 외람되이 천박한 재주로 요행히 성대를 만나 벼슬에 오르고, 아무런 공효도 없사온데 직위는 높아지고, 아무런 능력이 없사온데 녹봉은 더욱 많아지니 이런 광영이 또 어디 있겠나이까. 마땅히 온 힘을 다해 봉강을 더욱 굳건히 지키겠나이다. 하해 같은 은덕을 베푸시고, 부모 같으신 사랑으로 정을 내려주시니 백골이 되도록 잊을 수 없사와, 삼가 적심赤心을 지켜 살아서는 몸을 바치고, 죽어서는 결초보은 하기를 다짐하나이다.

마음이 곧아 재물을 탐하지 않는 이징옥이 이 글월을 써 바친 때는 고향 땅을 밟지 못한 지 아홉 해 되던 겨울이었다.

한양에 온 명의 사신은 이런 말을 했다.

"이 재상은 북방 사람이 모두 사랑하고 두려워하니, 그런 장 수를 얻기란 쉬운 일이 아닙니다."

어찌 자기 몸을 살라 강토를 지키는 장수를 누구도 막지 못할 역질을 막아내지 못했다고 벌할 수 있겠는가. 그에게 벌을 주지 않기로 한 마당에 경원부사, 도관찰사, 도절제사에게 잘못을 물을 수는 없었다.

세종 임금이 이징옥의 됨됨을 깊이 안 것은 매 사건이 터진 뒤였다.

동북 북변에는 사신 행차가 잦았다. 서북 의주를 거쳐 한양에 오기도 했지만 회령과 경원에도 수시로 나타났다. 사신이 닥치는 날에는 칙사 대접을 해야 했는데, 대접이 융숭하면 곳간은 텅 비는 법이었다. 잠이야 객관에 재우면 되지만 먹고 마실 것을 대고 무시로 잔치를 벌어야 하니, 재물은 금세 바닥을 드러내곤 했다. 관아 곳간만 그런 것이 아니었다. 모자란 비용을 대기 위해 백성들에게 잡세를 거둬야 했다. 이런 까닭에 사신 행차 몇 차례면 집집마다 항아리에 알곡이 남아나질 않는다고 했다. 고단한 백성은 시도 때도 없이 징발돼 궂은일을 도맡고, 아전은 그 틈을 노려 재물을 가로챘다. 아둔한 수령을 둔 고을에서는 고역을 이기지 못해 만주로 야반도주하는 일까지 수시로 벌어졌다. 사신은 사신이 아니라 백성을 마르게 하는 사신死臣이었다.

네 해 전 겨울, 그해에도 명의 사신은 어김없이 함길도에 나타났다. 그들은 해청을 얻고자 했다. 해청은 송골매, 해동청으로 불렸다. 흰색을 띤 것은 송골매, 푸른색을 띤 것은 해동청이라고 했는데, 어린 새끼를 길들인 것은 보라매, 다 자란 것을 잡아 길들인 것은 산진이라고 불렀다. 오래전부터 중국에서는 해청을 귀하게 여겼다. 고려 때에는 아예 응방을 만들어 원 황실에 세공을 바쳐야 할 정도였다. 그렇게 원, 명으로 넘어간 해청은 금보다 귀했다. 돈이 있다고 구할 수 있는 물건이 아니며, 조선 해청을 가졌다 하면 온갖 부러움을 한 몸에 샀으니 어느 때부터인가 사신은 고관대작에게 바칠 해청을 구하기 위해 툭하면 함길도에 들이닥쳤다. 그들을 해청사신이라고 했다. 조선 해청이 이름을 떨칠수록 해청을 잡는 백성들은 피땀을 쏟아야 했다.

그해 조정에서는 때아닌 해청 회의가 열렸다.

"그나마 겨울에 온 것이 다행입니다. 농번기에 왔더라면 또 얼마나 백성을 힘들게 했겠습니까."

"허 참, 그것을 말씀이라고 하십니까. 시도 때도 없이 오니 이 나라에 해청이 남아나기나 하겠습니까."

"그렇지요. 이번에는 묘안을 짜내야 합니다."

하는 말마다 불편한 심기가 잔뜩 묻어났다. 말을 얼마 주고받지는 않았지만, 이심전심으로 해청사신을 막아야 한다는 데 의견이 모였다.

임금이 사정전 용상에 앉자 예조판서 신상이 먼저 말을 꺼냈다.

"마마, 얼마 전에도 사신이 함길도에서 매를 잡아갔사온데 지금 또 왔다고 하옵니다. 뒷날 또 오지 않는다는 법도 없으니, 이러다간 백성은 곤궁해지고 나라는 쇠모해지지 않을까 걱정이옵니다. 함길도에 유시를 내려 매를 잡기 어려운 척하고, 잡더라도 놓아주도록 해 앞날의 폐해를 막으옵소서."

"그렇게 하옵소서."

대신들은 이구동성으로 신상을 거들었다.

"대신들의 의견이 그러하니 어쩔 수 없구려."

하지만 그리 말하는 임금의 낯빛은 어쩐지 밝지 않았다. 마지못해 받아들이는 기색이 역력했다. 과연 뜸을 들이던 임금은 딴말을 했다.

"그렇지만 내 지성으로 명을 돈독히 대하고자 했으며 철이 난 후로는 거짓을 행한 일이 없었소. 실상은 천지신명이 모두 아는 바이니, 어찌 속이는 마음을 가슴에 숨겨두겠소."

대신들 얼굴에는 낭패한 빛이 번졌다.

"해청을 보게 되면 마음을 다해 잡아 사신에게 알리도록 하시오."

너무도 정직한 임금이었다.

하지만 어쩌랴. 세자 때 임금을 가르친 장본인은 그 자리에 늘 앉은 늙은 대신들이었다. 어린 세자를 앉혀두고 성군의 자질이 어떠해야 한다고 했던가. 밤낮으로 조조의 권모술수를 배격하고 유비의 후덕을 극찬하지 않았던가. 대신들은 더 할 말이 없었다.

임금인들 사신 접대하는 가난한 백성들의 고통을 몰랐을까. 다만 말을 바꾼 것은 다른 이유에서였다. 임금이 거짓을 말하면서 신하의 정직함을 바랄 수는 없었다. 해청사신을 속이지 말라는 말은 백성의 고혈을 짜 해청사신을 떠받들라는 말이 아니라 충직으로써 임금을 섬기라는 사군이충을 뜻한다는 것쯤은 모두가 알고 있었다. 결국 해청사신의 폐해를 덜자는 궁리는 공론으로 끝나고 말았다.

이때 명의 사신 윤봉을 접반한 사람은 이징옥이었다. 윤봉은 조선족으로 명의 환관이 된 풍운아로, 욕심이 많았다. 변방에 온 그는 기고만장했다. 마음에 드는 물건을 보면 무엇이든 아무 거리낌 없이 갖고자 했다. 경원에 온 그는 토실토실 살이 오른 풍산개를 갖고 싶어 했다. 주인을 지키기 위해서는 호랑이와 맞닥뜨려도 물러서지 않는다는 풍산개는 북경에서도 알아주는 종자였다. 윤봉은 경원부사 송희미에게 미리 봐둔 풍산개를 가져다주기를 부탁했다. 돈을 주고 사겠다는 것도 아니었다.

그 청을 일언지하에 거절한 것은 접반사 이징옥이었다.

"이미 칙서가 있고, 또 나라의 영이 있지 않습니까. 사리에 비추어 그 말은 따르기 힘들겠습니다."

핑계를 대는 것도 아니요, 면전에서 단칼에 거절하는 말이었다. 그런 무안도 없었다. 송희미는 안절부절못했다. 대명제국 사신의 체모가 땅바닥에 나뒹구는 해진 갓처럼 되었으니, 윤봉의 낯빛도 일그러졌다.

"그렇게 말씀을 하니 할 말이 없소이다."

벌겋게 달아오른 윤봉의 얼굴은 점잖은 행색과는 거리가 멀었다. 하지만 어쩌랴, 접반사가 거절하는 것을. 경원에서의 일은 그렇게 어물쩍 넘어갔다.

사달은 경성에 이르러 터지고 말았다. 앙갚음할 기회를 엿보던 윤봉은 자신을 따라온 북경 상인 두목에게 오던 길에 봐둔 풍산개를 잡아오도록 했다. 접반사가 그렇게 대단한 자리라면 어디 한번 해보자는 것이었다. 포졸을 앞세운 상인 두목은 다짜고짜 개

를 끌고 갔다. 백주의 날강도가 따로 없었다. 하지만 개 주인의 성
깔도 만만찮았다. 사신의 종자와 포졸이 개를 끌고 가면 웬만한
사람이라면 욕이나 하고 말았을 것이다. 그는 달랐다. 개를 돌려
달라고 조르며 끝까지 쫓아갔다. 상인 두목이 객관으로 사라지자
큰 대문을 두드리며 소리쳤다.

"백주에 남의 개를 빼앗아 가는 법이 어디 있소. 개를 돌려주
오. 우리 똥이를 돌려주소."

객관이 떠나가도록 지르는 소리가 끊이질 않았다. 이징옥은
상인 두목을 불러 혼을 낸 뒤 주인에게 개를 데려가도록 했다.

화가 머리끝까지 치민 윤봉은 이징옥에게 달려가 검지를 치켜
들며 소리를 쳤다.

"재상은 어찌 이리도 사리를 알지 못하오."

"그게 무슨 말씀이십니까."

"개 한 마리를 그토록 아껴서야 어찌 접반을 한다고 하겠소.
그것이 대명 사신에게 할 법이나 한 일이오? 조선을 오간 지 한두
해가 아니건만 이런 경우는 처음이오."

대답도 듣지 않고 횡 하니 나간 윤봉은 이번에는 새끼 네 마리
까지 빼앗아 왔다.

화가 난 이징옥은 시종에게 명했다.

"개에게 절대로 먹이를 주지 말라."

객관의 하인들은 감히 지시를 어길 수 없었다. 먹다 남은 밥찌
꺼기라도 주는 날에는 곤장 수십 대로도 모자랄 판이었다.

조선에 온 명의 사신이 이런 곤욕을 치른 것은 전무후무한 일

이었다. 답답했던 윤봉은 새끼 두 마리를 돌려보내겠다고 했지만 이징옥은 가타부타 답을 하지 않았다. 먹이를 주지 않는 하인의 행동이 대답을 대신했다. 윤봉은 마침내 두 손을 들고 말았다. 뻣뻣한 이징옥과 한바탕하고 싶은 마음은 굴뚝같았지만 그럴 수도 없었다. 풍산개보다 중요한 해청 잡는 날이 다가왔으니.

해청 잡이는 며칠 뒤 시작됐다. 세상에 쉬운 일이 없지만 날짐승 잡기만큼 어려운 일도 없었다. 해청 잡이에 징발된 사람을 채포군이라고 했다. 군軍 자를 붙였지만 그저 부역에 끌려나온 일꾼이었다. 해청을 잡자면 온 산과 들을 헤매야 했다. 매운바람을 견디며 이리저리 뛰다 보면 엎어지고 고꾸라지기 일쑤였다. 날짐승을 한 번 뒤쫓고 나면 무쇠 같은 장정이라도 기진맥진했다. 바위 절벽을 올라 찾아낸 둥지에 새끼라도 있으면 다행이지만 그도 아닌 때에는 미끼를 놓아두고 곱은 손을 녹이며 한없이 기다려야 했다. 해청이 알아챌세라 꼼짝할 수도 없었으니 손발은 얼어붙어 고드름처럼 뻣뻣해지곤 했다. 당해보지 않은 사람은 알기 힘든 고통이었다. 눈 밝은 해청은 귀신처럼 알아채고, 그물 친 둥지에는 좀체 날아들지 않았다.

봄 여름 가을 내내 온갖 궂은일을 하다 또 채포군으로 불려 나갔으니 좋은 소리가 나올 턱이 없었다. 그러기에 해청 잡이는 함부로 하지 않았다.

그해 경성 채포군 무리에게는 세 마리 이상 잡지 말라는 밀령이 떨어져 있었다. 해청 사신이 백성을 고생스럽게 하는 것을 막기 위해 한양에서 내린 영이었다. 이틀을 기다린 뒤 해청을 잡았다는 소식이 들려왔다.

그러나 세 마리도 과하다고 생각한 걸까, 이징옥은 매부리[05]를 불러 일렀다.

"해청을 잡더라도 그것은 해청이 아니라고 말하도록 해라."

매부리는 이징옥의 말이 무슨 뜻인지 단박에 알아들었다.

"알겠습니다요, 나리. 소인이 잘 알아서 할 테니 아무 걱정하지 마십시오."

매부리에게 이징옥의 말은 반가운 소리였다. 해청이 있어야 매부리 노릇도 해먹을 게 아니던가. 사신이 올 때마다 해청의 씨를 말리면 언제 밥줄을 놓아야 할지 모를 일이었다. 꼬박 이틀만에 해청을 잡은 것도 그만큼 해청의 씨가 마른 탓이었다.

매부리는 해청을 잡아온 채포군에게 면박을 주었다.

"자네는 눈이 있는 겐가, 없는 겐가. 이놈은 해청이 아니라 제강이다. 채포군 노릇을 그만큼 했으면 해청과 제강 정도는 구분할 줄 알아야 하지 않겠느냐. 여태 그것도 모르면서 해청 잡이를 한 것이냐. 쯧쯧."

혀까지 끌끌 찼다. 제강은 같은 매 종류이지만 해청과는 달랐다. 어디를 봐도 해청인데, 해청이 아니라고 하니 채포군은 고개만 갸우뚱거렸다. 매부리는 다시 소리를 쳐 쐐기를 박았다.

---

05 사냥매를 길들이는 전문가. 응사鷹師라고도 한다.

"대명 사신 나리께 제강을 해청이라 속여 바치려 하느냐."

매부리가 해청이 아니라고 하는 데야 어찌하겠는가. 매부리의 말이 워낙 믿음직한지라 윤봉도 고개를 끄덕였다.

일은 다음 날 벌어졌다. 이번에는 채포군이 제강을 해청으로 알고 잡아왔다. 크기가 작고, 어디를 봐도 맹금류와는 거리가 멀었다. 해청이 아닌 것 같은지라 윤봉은 짐짓 채포군을 꾸짖었다.

"이놈이 어찌 해청이냐. 해청과 제강이 다른 것도 모르더냐."

윤봉은 수하에게서 매부리가 속이는 것 같다는 말을 들은 터였다. 딴청을 부리는 매부리의 태도에서 윤봉은 속았다는 것을 눈치챘다. 하지만 잡은 해청은 이미 놓아줘버렸으니 속였다는 증거도 없었다. 그 뒤 해청 몇 마리를 잡음으로써 그 일은 유야무야 넘어가는 듯했다. 하지만 수모를 당한 윤봉이 그냥 넘어갈 리가 없었다. 한양에 가서 함길도에서 당한 일을 말을 보태가며 시시콜콜 고자질했다. 조정은 발칵 뒤집혔다.

결국 이징옥은 궁으로 불려 가야 했다. 임금 앞에 꿇어앉은 이징옥은 거짓을 말하지 않았다. 변명도 하지 않았다. 임금은 한숨만 푹푹 내쉬었다.

"이 일을 어찌할꼬. 아홉 길 산을 만들다 한 삼태기 흙을 잘못 다루어 허물어지게 생겼으니 참으로 한심한 일이로다."

명과의 관계가 금 가지 않을까 유리그릇 다루듯 하는 판에 사신을 푸대접했으니 그보다 큰일도 없었다. 고려 왕실을 뒤엎은 후 정통성을 인정받기 위해 얼마나 애써왔던가. 임금은 대신들을 다시 불러 모았다.

"이 일을 어찌 하면 좋겠소."

좌의정 맹사성이 아뢰었다.

"만약 매를 놓아준 것으로 죄를 다스린다면 전에도 똑같은 일을 했을 것으로 의심할 것이옵니다. 매를 놓아준 사건은 버려두고 개를 돌려보낸 죄만 다스리는 것이 가할까 하나이다."

우의정 권진과 이조판서 허조도 맞장구쳤다. 영의정 황희黃喜는 달랐다.

"바른대로 죄를 논해야 후회가 없을 것이옵니다."

거짓을 싫어하는 임금의 성정을 너무도 잘 알기에 한 말이었다. 하지만 어쩐지 말투에는 본심이 담긴 것 같지 않았다.

"대신들의 뜻이 그러하고, 천지신명도 기왕에 거짓을 행한 바가 없음을 잘 알고 계실 테니 그대들의 의견에 따라 시행하는 것이 어떨까 하오."

임금의 말도 꼬리를 흐리는 것이 확신에 찬 말투는 아니었다. 눈치 빠른 황희는 틈을 놓치지 않았다.

"해청을 놓아준 것으로 죄를 논하기 힘들다고 생각되시오면 해청과 비슷한 매를 어찌 아뢰지 아니하고 제멋대로 놓아주었느냐고 책하신다면 이치에 닿을 듯하옵니다."

맹사성도 맞장구를 쳤다.

"나라를 다스리는 데에는 권도權道⁰⁶가 없을 수 없사옵니다.

---

06   그때그때 형편에 따라 응변하는 방식.

그 말을 따르시는 것이 가하겠나이다."

임금은 황희와 맹사성의 말이라면 내치는 법이 없었다. 황희의 말이 비록 이랬다저랬다 하며 처음과 끝이 달랐지만 임금은 개의치 않았다.

"여러 대신의 의견이 그러하다면 내 어찌 저버릴 수 있겠소. 그대들의 공론을 따르겠소."

이때는 이미 한밤 삼경에 가까웠다. 이징옥은 그때까지도 대전 바닥에 무릎을 꿇고 있었다. 죄인이 따로 있으랴. 하늘 같은 성상의 마음을 심란하게 한 것만으로도 큰 죄가 아니던가. 변명 한마디 하지 않았다. 그저 고개를 숙인 채 바닥만 내려다봤다.

세종 임금은 차가운 궁궐 바닥에 꿇어앉은 이징옥을 떠올렸다. 권도와는 먼 곧은 마음을 가진 신하. 파직을 명하자 그 눈에 어명을 달게 받아들이는 충심이 우러나지 않았던가. 그런 신하가 어찌 백성을 위해 마음을 다하지 않았겠는가. 자애로운 자는 인자한 사람을 알아본다고 했던가. 임금의 눈에 이징옥은 금보다 귀한 신하였다.

임금은 붓을 들어 북변을 지키는 이징옥에게 보낼 글을 썼다.

예로부터 위무를 숭상하는 장수는 문덕을 닦아 근본으로 삼았다. 위무가 아니면 적을 굴복시킬 수 없고, 문덕이 아니면 군중을 귀부시킬 수 없다. 대저 성격은 사람마다 다른 법이니라. 느리고 급하고, 넓고 좁은 것이 모두 같지 않다. 그렇다 해도 명심해야 할 것이 있느니라.

위무로 엄히 다스리기만 하는 자는 노여움을 사고, 너그러이 포용하는 자는 마음을 얻는다. 노여움을 산 자는 화와 실패가 곁에 있고, 마음을 얻은 자는 평안히 다스릴 것이니라. 세상의 이치는 그러하다. 경의 위세와 무력은 옛사람도 따르기 힘드니, 그 위엄은 북변의 야인을 굴복시키기에 충분하다. 짐은 이를 가상히 여긴다. 여러 사람을 부릴 때에는 은혜와 위세가 치우치지 않도록 해야 하니 은혜와 위세가 치우치지 않을 때 사람은 공경할 바를 알며 두려워할 바를 알게 된다. 더 큰 공은 그런 연후에야 이룰 수 있느니라. 진의 양호羊祜가 바로 그런 사람이었다. 옛 장수를 거울삼아 위세와 무력만을 숭상하지 말며, 인후와 자애로 복종시켜 오래오래 훌륭한 장수가 되어 짐을 돕도록 하라.

성정이 곧고 깨끗한 이징옥. 임금은 곧은 마음을 가진 사람이 빠질 수 있는 함정을 경계하고자 했다.

파발이 어찰을 회령에 전한 것은 탄핵 상소 파문이 가라앉은 뒤였다. 어찰을 받아든 이징옥은 눈물을 쏟았다. 그런 성은도 없었다. 이징옥은 대궐을 향해 세 번 큰절을 올린 뒤 머리를 조아려 충성을 다짐했다.

"마마, 삼가 살아서는 몸을 바치고, 죽어서는 결초보은할 것을 맹서하나이다."

이징옥은 어찰을 접어 경상 서랍에 넣어두고 읽고 또 읽었다.

북관 신화 이징옥

　　――――　　회령 운두산성을 오르는 숲길에 하얀 먼지가 일었다. 파수는 북을 힘껏 내리쳤다. 육박자 평조로 이어지는 북소리는 사그라질 즈음 다시 살아나며 둥둥 소리를 내질렀다. 북이 자아내는 공명에 풀 잎새는 파르르 떨었다. 파수는 성문을 활짝 열어젖혔다.

　　산길을 오르는 이는 이징옥이었다. 역질이 휩쓸던 열일곱 해 전 회령 부사였던 그는 이제 함길도 병권을 쥔 병마도절제사로서 성에 오르고 있었다. 여느 병마도절제사와는 달랐다. 그는 일품 숭정대부였다. 품계로 따진다면 병조판서를 능가하는 삼정승 반열의 벼슬이었다. 평교자를 타고 행차할 만하건만 군마를 타고 무관이 입는 철릭을 펄럭였다. 스물 남짓한 군마가 따랐다. 무관은 철릭을 입고 갑사甲士는 가벼운 찰갑으로 무장하고 있었다. 회령 절제사 남우량, 비장裨將 김수산, 진무鎭撫 황유, 보아 만호萬戶 이언양, 무산 만호 임권이 이징옥을 에워싸고 있었다. 흐르는 세월은 잡을 수 없었던 걸까, 이징옥의 은빛 수염이 바람에 날렸다. 전립 아래로는 흰 머리카락이 내비치고, 이마에는 주름이 얕은 고랑을 이루고 있었다.

성에는 환도를 차고, 창을 곧추세워 잡은 마병들이 도열해 있었다. 얼굴은 하나같이 구릿빛이었다. 말에서 내린 이징옥은 도열한 마병 한 사람 한 사람을 자세히 돌아봤다. 짧은 말을 건네며 툭툭 어깨를 쳤다. 찰갑 부딪는 둔탁한 소리가 났다. 마병들은 눈을 부릅뜬 채 미동조차 하지 않았다. 마병들이 굳은 부동자세를 한 것은 병마도절제사가 찾아왔기 때문이 아니라 오랜 풍상을 견디며 북변을 지킨 신화적인 존재 이징옥이 앞에 있기 때문이었다. 풍상은 권위를 만들고 권위는 뚫리지 않는 방패를 만드는 걸까. 이징옥 이름 석 자만 들어도 야인 비적은 꽁무니를 내뺀다고 했다.

"이징옥이 있기에 북관의 화평이 있다."

모두가 그렇게 말했다. 함길도에서도, 한양에서도.

이징옥이 병마도절제사로 함길도에 다시 온 것은 네 해 전이었다.

그즈음 북방에는 전란 조짐이 일고 있었다. 명을 공격하는 몽고 야선也先의 병마는 멈출 줄 몰랐다. 유목민 세력을 꺾기 위해 대군을 이끌고 출정한 명 황제 정통제를 산서성 토목보에서 사로잡은 뒤 북경으로 밀려들었다. 야선의 병마는 북경을 수비하는 마지막 보루인 거용관을 허물고 황성으로 쏟아져 들었다. 북경 조양문 밖은 유목민 병마로 빼곡했다. 까맣게 날아드는 불화살에 황성은 시커먼 연기로 뒤덮였다. 명의 존망은 불붙은 터럭 같았다. 백성은 살길을 찾아 뿔뿔이 흩어지고, 도성에 남은 이들은 숨을 죽인 채 몸을 숨겨야 했다. 몸서리나는 칭기즈칸의 악몽이 되살아나고 있었다.

세종이 늙은 부모를 돌보기 위해 고향 양산으로 내려간 이징옥을 불러올린 것은 그즈음이었다.

북방에 병화가 일면 조선에도 참화가 밀려드는 법이었다. 황건적의 난 때에도, 거란 세력이 커진 때에도, 칭기즈칸이 몽고 초원을 휩쓴 때에도 어김없이 참화가 찾아들지 않았던가. 조선은 화급했다. 십 년 소갈병을 앓는 임금은 자리에 누워 있을 수 없었다. 대신을 불러 모았다. 사정전에 모인 대신들은 결의에 찬 말을 쏟아냈다.

좌의정 하연은 말했다.

"달적韃賊 세력이 걷잡기 힘들 정도로 커지고 있으니 어찌 달리 방도가 있겠나이까. 무재가 있는 자를 모두 불러들이고, 상중에 있는 자는 기복출사케 하고, 파직된 무신을 다시 기용해 변강을 튼튼히 해야 하옵니다. 긴요한 경우가 아니라면 행성 쌓는 일을 중단하고 사졸을 쉬게 해 변고에 대비해야 할 줄로 아옵니다."

달적은 달단이라고도 했다. 달단은 야선의 타타르족을 이르는 말이었다.

육진을 일으킨 노신 김종서는 북변으로 달려가겠다고 했다. 환갑을 훨씬 넘긴 그는 예순여섯 살이었다. 늙은 신하는 병마도절제사 직책을 받아 평안도로 떠났다. 임금은 김종서가 변강을 튼튼히 지켜주기를 바랄 뿐이었다. 이징옥을 따라 운두성에 오르던 남우량도 이때 진무로서 함길도로 떠났다.

이징옥에게도 한양으로 돌아오라는 어명이 떨어졌다. 이징옥은 그때 아흔여덟 살로 죽음을 앞둔 아버지 이전생을 돌보기 위해 양산에 머물고 있었다. 북관에 머문 지 십여 년, 그동안 한 번도 고향땅을 밟아보지 못한 그는 이제는 늙은 아버지 곁을 지키고자 했다. 임종이 멀지 않았음을 알기에 아무리 지엄한 어명이라도 떠날 수 없었다.

그런 아들을 보낸 것은 이전생이었다. 제 몸 하나 가누기 힘든 나이의 노부는 고을 사람들을 불러 모아 잔치를 열고, 그 자리에서 말했다.

"내 나이 백 세에 아들은 재추의 영화를 누리는구나. 나라에서 또 부르니 내가 원하는 바는 어서 가 나랏일을 받드는 것이니라. 늙은 아비 걱정을 왜 하느냐. 이 늙은이야 복에 겨운 영화를 누렸으니 목숨을 다한들 무슨 한이 있겠느냐."

늙은 아버지는 덩실덩실 춤을 췄다. 아들을 떠나보내고자 한 아버지. 아버지는 고을 사람들에게 한양으로 가는 아들이 결코 불효자식이 아니라는 것을 말하고 싶었던 것이다. 그 아버지에 그 아들이었다.

지중추원사를 제수받아 한양으로 간 이징옥은 오래 머물지 못했다. 노부가 눈을 감으니 다시 양산으로 내려가지 않을 수 없었던 것이다. 이징옥을 아낀 세종도 이듬해 초 매서운 삭풍이 불던 날 숨을 거뒀다.

노부를 여의고, 대왕마저 떠나보낸 이징옥. 그는 두 달이 넘도록 초막에 틀어박혀 껵껵 울음만 토했다.

이징옥이 함길도로 간 것은 세종이 떠난 이듬해 팔월이었다. 왕위를 이어받은 문종은 이징옥의 품계를 일품 숭정대부로 올리고 북관의 병권을 모두 그에게 맡겼다. 삼년상은 고사하고 이년도 채우지 못한 즈음이었다. 이징옥은 초막에 올라 수백 번 절을 한 후에야 북변으로 떠나는 길에 오를 수 있었다.

그때도 요동에서는 불길한 소식이 끊임없이 날아들었다.

"여진 총기撼旗 고빈전이 전하기를, 지금 야선 와랄瓦剌[07]의 인마가 네 길로 나누어 야선은 대동과 선부를 공격하고, 아라지원은 영평을 공격하고, 달단의 불화왕은 요동을 공격하며, 다른 인마는 감숙성을 치기로 했다고 합니다."

"윤봉이 요동에 이르러 우리 호송인에게 이르기를, 달단의 병마가 요동을 치고, 이어 조선국으로 향하려 한다고 합니다."

수시로 임금의 밀명이 북변에 떨어졌다.

"함길도 감사와 도절제사는 적정을 자세히 파악해 비밀리 알리도록 하라."

"요동에 통사를 보내 사변을 정찰하고, 변장은 경계를 더욱 엄히 지키고, 야인으로 찾아오는 자에게 북방의 일을 낱낱이 탐지하도록 하라."

---

07 야선의 부족인 와랄부

"평안도, 함길도, 강원도에 장수를 나누어 보내니 군마를 조발하고 사졸을 훈련시켜 불우의 사태에 대비하라."

이징옥에게는 특별 전교가 내렸다.

"방어할 계책을 짜 조치하고, 변란에 대비해 변강을 굳게 지키도록 하라. 함길도야말로 조종을 지키는 조선의 목과 같은 곳이니라. 나라의 안위를 걱정하는 그대의 진심을 믿고 모든 것을 맡기니 부디 변란이 강토에 미치는 일이 없도록 대비하라."

시간이 지나도 격랑은 누그러지지 않았다. 그런 때 문종 임금마저 숨을 거두니 조선은 사공을 잃은 배 같았다.

이징옥이 운두성에 북신영을 둔 것은 그즈음이었다. 북신北辰은 북녘 하늘 끝자락을 밝히는 북극성의 다른 이름이다. 조종의 땅을 지키고 밀려드는 병란을 막고자 한 세종과 문종의 뜻을 담은 이름이었다. 군사라야 삼백 남짓했다. 하지만 여느 방수군防戍軍과는 달랐다. 그들은 천리를 달려도 지치지 않는 강인한 마병이었다. 한양의 경군에서 뽑은 군사도 그곳으로 갔다. 영이라는 이름을 가지고 있긴 했지만 이징옥의 명령을 받들어 수시로 비밀리에 북방으로 내달려야 했기에 드러내놓을 수 있는 이름도 아니었다. 운두성의 마병은 소리 없는 전쟁을 했다.

운두성을 다시 찾은 이징옥에게 성의 무장은 허리를 깊이 굽혀 깍듯한 규례를 올렸다. 이징옥의 입가에 산잔한 미소가 번졌다. 무장은 앳되어 보였다. 이십대 중반이나 될까. 훤칠한 외모에 다듬어진 깍듯한 말투는 누가 봐도 헌헌장부라고 부를 만했다. 그는 북신영을 이끄는 오품 교위 김죽이었다.

"몸은 괜찮으냐."

"대감 나리 은덕에 감당할 수 없이 큰 복록을 누리고 있사옵니다."

"어허, 몸이 많이 상한 듯하구나."

"아닙니다."

무장의 얼굴에는 파리한 빛이 감돌았다. 이징옥은 그의 몸 이곳저곳을 살피더니 팔을 만져보고, 등을 쓰다듬었다.

"고생 많았다. 그 몸으로 천릿길을 달려왔으니 무쇠가 따로 없도다. 교위의 수고가 육진을 지키고, 조선을 지키는구나."

"송구하옵니다. 홀한해忽汗海에서 돌아와 찾아뵙지 못한 불초한 소생을 용서하소서."

아버지를 닮지 못한 자식의 품행을 이르는 불초라는 말에는 이징옥을 부모처럼 여기는 김죽의 마음이 담겨 있었다.

"몸은 좀 나아졌느냐."

"많이 좋아졌사옵니다."

김죽은 마병을 이끌고 홀한해까지 비적을 쫓고 적정을 살핀 후 돌아온 터였다. 홀한해는 회령에서 사흘을 달려야 닿을 수 있는 곳이었다. 홀한해는 호수였다. 호수에 바다 해海를 붙인 것은 동쪽 언저리에서는 서쪽 끝이 보이지 않고, 남쪽 언저리에서는 북쪽 끝이 보이지 않는 광활한 호수인 까닭이었다. 그곳에서 북으로 흐르는 홀한하는 송화강과 만나 흑룡강을 이루었다. 그곳에는 여진의 일파인 올적합兀狄哈이 있었다. 김죽이 운두성 마병을 이끌고 쫓은 것은 올적합 비적이었다.

"조선을 넘보는 자는 피로써 대가를 치르도록 하라."

그것은 평생 북변을 지켜 온 이징옥의 변하지 않는 원칙이었다. 그는 민가를 약탈한 비적을 결코 내버려두는 법이 없었다. 두만강 건너 어디라도 쫓아가 반드시 응징했다. 회령 부사 때도, 경원 부사 때도 그랬다. 병마도절제사였던 김종서는 두만강 건너 북으로 가는 이징옥이 늘 조마조마했다. 하지만 그의 북행을 막을 수는 없었다. 비적은 이징옥의 마병을 따돌리기 쉽지 않았다. 약탈한 마소를 끌고, 재물을 말 등에 싣고 가는 비적의 움직임은 빠를 수 없었다. 추적당하는 것을 알아차리고 재물을 버린 채 줄행랑치더라도 땅끝까지라도 쫓아가는 끈질긴 추격을 따돌릴 수는 없었다. 십중팔구 목이 달아났다.

이징옥의 마병은 흑기라 불렸다. 검은 마병이라는 뜻이다. 두만강을 건너는 마병은 신분을 감추기 위해 늘 검은 옷을 입기에 붙은 이름이었다. 비적들에게 흑기는 맞닥뜨려서는 안 될 존재였다. 언제인가부터 흑기를 이끄는 이징옥의 이름 석 자는 공포를 자아내는 이름으로 변했다. 아이가 울면 "이징옥이 온다"고 어르기도 했다. 그러면 아이는 울음을 뚝 그쳤다. 하지만 이징옥의 군사는 평민인 여진인에게는 절대 손을 대는 법이 없었다. 선과 악을 구분해 징벌하는 이징옥식 치도였다. 운두성 마병은 그런 흑기를 잇고 있었다.

김죽의 얼굴이 파리한 것은 홀한해 추격전에서 당한 부상 때문이었다. 그는 운두성에 돌아온 뒤 달포 가깝도록 시름시름 앓왔다.

"몸은 무엇보다 중한 것이니라. 몸이 있어야 봉강도 지키는 법이다."

"천박한 재주를 믿고 날뛰다 심려만 끼쳐드렸사옵니다."

말투와 표정은 예사롭지 않았다.

마병을 둘러보던 이징옥은 나이 든 마병 앞에서 걸음을 멈췄다. 그곳에는 치노가 서 있었다. 회령에 역질이 돌았을 때 석회를 실어 날랐던 관노 치노였다. 마찬가지로 회령부 관노였던 다비도 있었다.

"모두 잘 지냈느냐."

"대감 나리!"

"교위를 모시고 천리를 다녀왔다니 고생이 많았구나. 장하다, 참으로 장하다."

이징옥은 마병이 된 두 관노를 감싸 안았다. 검은 이마에 주름이 깊게 파인 치노의 눈에는 눈물이 맺혔다. 그 눈물에는 마르지 않는 관노의 설움이 녹아 있을까. 다비도 눈물을 글썽였다.

"너희 덕에 교위가 있고, 너희 정성에 봉강의 벽이 굳게 서 있는 것 아니겠느냐."

도열한 마병들은 너나없이 그 모습을 지켜보고 있었다. 아무도 돌아보지 않는 잡초처럼 살다가 시들 관노 출신 마병을 껴안은 일품 숭정대부. 마병들은 그런 이징옥이 언젠가는 자신도 따듯이 보듬어주는 날이 올 것이라고 믿었다.

치노의 눈에 맺힌 눈물이 뚝뚝 땅에 떨어졌다.

운명이 된 인연

———— 운명은 묘했다. 문밖 세상일은 아무도 모른다고 했던 가. 치노 운명이 딱 그 짝이었다. 관노가 팔자에도 없는 마병의 길을 걷게 된 것은 이징옥의 말 한마디 때문이었다.

회령에 역질이 번진 그해 이징옥은 갈 곳 없는 이랑을 관아로 데려왔다.

"과연 반가의 자식이로다. 이 어린 것이 어미 시신 묻힌 곳에 표식까지 해두었다니 누가 그런 일을 할 수 있겠느냐."

그러고는 아전과 치노를 불러들여 말했다.

"생각이 여느 아이들과는 다른 영특한 아이로구나. 내 이 녀석을 돌보고자 하니 너희가 잘 보살펴주도록 하여라. 어린 것이 누구에게 의지하겠느냐. 특히 치노가 아무리 사소한 것이라도 세심히 챙겨주거라."

이징옥이 하고많은 하인 중에서도 치노를 불러들인 것은 관비의 생리를 누구보다 잘 알기 때문이었다. 제 앞가림하기도 힘든 관비와 함께 있어봐야 천덕꾸러기나 되기 십상일 것이다. 우락부락하긴 하지만 생각이 깊은 치노와 함께라면 이랑이 더 편히 지낼 수 있으리라 생각했다. 치노의 운명은 그때부터 달라졌다. 눈치 빠른 아전은 혹이라도 붙을세라 이랑의 일이라면 모두 치노에게 떠넘기고 꽁무니를 뺐다. 이랑의 주변에는 얼씬도 하지 않았다. 치노가 이랑을 홀로 감당하는 수밖에 없었다.

이랑은 영특했다. 방문 너머로 들은 소학을 혼자 읊조렸다. 훈장을 붙여 소학을 가르쳐보니, 배우는 것마다 술술 외었다. 뜻 새기는 것부터가 여느 아이와는 전혀 달랐다. 하나를 가르치면 열을 알았다.

"허허, 이렇게 총명할 수가."

"어허, 어떻게 그런 것을 생각해냈을꼬."

한가한 때 이랑과 마주 앉은 이징옥의 입에서는 웃음이 떠날 줄 몰랐다. 범접하기 힘든 유아대저 이징옥은 이랑과 함께 있으면 인심 좋은 할아버지로 변했다. 관아 하인들에게는 그런 이랑이 더없이 귀한 존재였다. 부사의 심기가 불편할 때 분위기를 돌려놓을 사람은 오직 이랑뿐이었다.

하루는 그렇게 똑똑한 이랑이 안팎으로 공인받게 되는 일이 있었다. 역질이 휩쓸고 간 회령에는 집집마다 양식 항아리가 바닥나고, 사나워진 인심에 싸움도 잦았다. 한번은 삽살개를 두고 두 사람이 서로 주인이라고 다투는 일이 일어났다. 자못 큰 싸움이었다. 삽살개가 주인을 알아봤다면 싸울 일도 없겠지만 사정은 그렇지 못했다. 삽살개는 이쪽에서 부르면 이쪽으로 꼬리를 흔들고 저쪽에서 부르면 또 저쪽으로 몸을 돌려 꼬리를 흔들었다. 결국 송사 아닌 송사가 벌어졌다.

"어허 이놈들, 여기가 어디라고 감히 목청을 높이느냐. 곤장을 맞고 시작해야 정신을 차리겠느냐!"

회령부 관아에 와서도 다툼은 그치지 않았다. 성마른 아전은 빽빽 소리만 내질렀다.

"분명 네 개라 했겠다?"

"분명히 제 개입니다요. 저놈이 거짓말을 하는 것입니다."

다툼은 계속 돌고 돌았다. 아전의 물음에 대답할 때마다 서로 "무슨 허튼소리냐" "거짓말하지 말라"며 소리를 질러대니 그곳이 송사를 다루는 동헌인지, 싸움을 하는 난장인지 분간하기 힘들 정도였다. 아전의 속은 바싹바싹 타들어갔다. 구경꾼까지 모여든 판에 작은 송사 하나 해결하지 못할 판이니 그 심정이 오죽했을까.

그때 이랑도 그곳에 있었다. 한참 지켜보고 있다가 답답했던지 중얼거렸다.

"개를 잡겠다고 해보면 주인을 알 텐데."

"맞아, 맞아! 주인도 몰라보는 개는 잡아먹어야지."

"그게 아니고……."

이랑의 말에 손뼉까지 치며 장단을 맞추던 치노의 큰 목소리를 들은 이징옥은 이전을 불렀다.

"주인을 쉬 가릴 수 없다면 아예 개를 잡겠다고 해보거라. 주인과 주인 아닌 자의 눈빛이 다를 게 아니냐."

"아, 예, 나리."

눈치 빠른 아전은 돌아와 목청을 가다듬어 근엄하게 소리 쳤다.

"주인도 알아보지 못하는 개를 키워 뭣 하겠느냐. 당장 이 개를 때려잡아 풍속이 상하는 일이 없도록 하라."

그런 엉터리없는 판결도 없었지만, 반응은 이내 나타났다. 둘 중 그 말을 듣고 한참 고개를 숙인 채 말이 없던 사내가 입을 열었다.

"주인도 알아보지 못하는 놈은 키워 뭣 하겠습니까요. 차라리 줘버리십시오."

진짜 주인이 가려지는 순간이었다. 나머지 한 사람을 다그치니 과연 실토를 했다. 개가 자신을 따르기에 데려가 밥을 먹인 지 두 달 남짓 되었다고 했다. 삽살개는 주인을 따라가면서도 고개를 돌려 두 달 동안 밥을 얻어먹었던 가짜 주인을 보며 꼬리를 흔들었다.

이징옥은 동헌이 떠나가도록 껄껄껄 웃음을 터뜨렸다.

"사람 마음 읽는 것이 어른보다도 낫도다."

그러고는 저만치 떨어져 있던 이랑을 불러 번쩍 들어 올렸다. 그 모습을 본 사람들은 부사가 이랑을 아들보다 더 귀여워한다며 수군거렸다.

언제부터인가 행랑 작은방 하나를 버젓이 차지한 이랑은 틈만 나면 치노를 쫓아다녔다. 관노의 우두머리나 다름없는 치노는 늘 이랑을 챙겼다. 관비 아낙들이 끼니를 제때 챙겨주지 않기라도 하면 즉시 면박이 쏟아졌다. 아낙들은 밥그릇에 제 밥을 퍼 담기 전에 이랑을 불러 먼저 먹여야 했다. 뾰로통해진 아낙들은 저마다 돌아서면 한마디씩 했다.

"혹시 치노 자식 아니야?"

이랑이 치노에게 찰싹 달라붙어 따라다닌 것은 그를 따라나서면 상리사 너머 어머니 무덤을 볼 수 있기 때문이었다. 어린 이랑에게 어머니 무덤을 보는 것보다 중요한 일은 없었다. 치노가 관아를 나설 때면 이랑은 만사 제쳐두고 따라갔다. 치노도 상리사 산길을 가는 때에는 이랑을 떼어놓고 가는 법이 없었다. 상리사 너머 산기슭은 해가 바뀌어도 금단의 땅이었다. 역귀라도 들러붙을세라 누구도 그곳에 발을 들이지 않았다. 이랑도 늘 먼발치에서 바라볼 수밖에 없었다. 멀리서 무덤을 바라보며 안부를 묻곤 했다. 산자락에 오르면 이랑은 여지없이 다리가 아프다며 주저앉았고, 그런 때면 치노도 한마디를 보탰다.

"이제 나도 나이가 들었나. 조금만 걸어도 다리가 아프네. 다들 좀 쉬어 가지."

나무 그늘 아래 엉덩이 붙이는 것을 싫어하는 관노는 없었다.

이랑은 그런 치노가 고마웠다. 글공부를 끝낸 뒤 훈장이 콩고물 묻힌 떡과 약과라도 쥐어주면 먹지 않고 꼭 치노에게 갖다주었다. 그럴 때면 치노는 조금 떼어 맛을 본 뒤 엉덩이를 토닥이며 도로 이랑의 입에 넣어주었다.

이듬해 언동설한에 회령을 떠나야 했던 이성옥은 이랑과 치노를 불러들였다. 영문도 모른 채 불려간 두 사람은 유언 같은 말을 들어야 했다.

"세월은 잡아둘 수 없구나. 떠나야 할 때가 되니 이랑이 걱정스럽구나. 치노 너를 부른 것은 그 때문이니라. 어쩌겠느냐. 네가 이랑이를 돌봐줘야 하지 않겠느냐. 마침 이랑이도 누구보다 너를 잘 따르니 조카를 얻은 셈치고 잘 보살피고 있거라. 알겠느냐."

이때 이징옥은 경원 도호부사로 자리를 옮겨야 했다. 치노는 거절할 수 없었다.

"알겠습니다, 나리. 말씀 명심해 쇤네가 잘 돌보고 있겠습니다요."

"고맙구나, 치노야. 정말 고맙다."

"아닙니다요. 제가 아니면 누가 돌보겠습니까."

"지금 떠난다고 어이 너희를 잊을 수 있겠느냐. 이랑이 너도 치노를 삼촌으로 여기고 잘 따르도록 하여라. 치노가 비록 관노이기는 하나 성정은 못난 반가의 사람에 비할 바가 아니다."

인정이 마르지 않은 치노의 마음을 꿰뚫어 보고 잔잔한 어투로 타이르는 이징옥의 말에 이랑은 답이 없었다. 어깨를 들썩이며 고개만 끄덕였다. 이랑은 울고 있었다. 이징옥은 깊은 한숨을 토하며 어린 이랑을 끌어안았다.

"인연의 끈은 끊어지는 법이 없느니라. 오늘이 끝이 아님을 알거라."

이징옥은 그날 이랑에게 새 이름을 지어주었다. 대나무 죽竹. 부모를 잃은 어린 이랑이 모진 세파를 대나무처럼 꼿꼿이 이겨내기를 바라는 뜻에서 지은 이름이었다.

운두성 무장 김죽이 바로 이랑이었다. 김죽이 병마도절제사 이징옥에게 불초라는 말을 쓴 것은 어렸던 자신을 보살핀 하해 같은 은혜를 가슴에 새기고 있기 때문이었다.

이징옥은 떠나기 전 치노와 다비를 면천해 둔전병屯田兵으로 삼았다. 이랑이 잘 따르던, 치노보다 열 살 어린 다비도 함께 둔전병이 됐다. 일부 둔전병에게는 처자를 거느릴 수 있게 한 만큼 이랑을 돌보도록 하자면 그보다 좋은 방법도 없었다. 군역은 양인의 몫이지만 군사가 모자란 북변에서는 공이 있는 천민을 면천시켜 군사로 삼기도 했다. 그렇게 치노와 다비의 운명은 달라졌다. 시간이 흐르면서 하루를 살더라도 군졸이 관노보다 낫다는 것도 알았다. 삽과 괭이에 창칼까지 들어야 했지만 관노의 고생에 비할 바가 아니었다.

이징옥은 경원으로 간 뒤에도 시시때때로 김죽의 안부를 물었다. 양식을 보내고, 읽어야 할 책도 보냈다. 세종이 승하한 후 함길도 병마도절제사로 온 뒤 김죽이 오품 교위로 회령에 뿌리를 내릴 수 있었던 것도 이징옥이 바위 병풍처럼 버티고 있기 때문이었다.

이징옥이 함길도 병마도절제사로 부임한 뒤 처음 회령에 온 날 치노와 다비에게 이런 말을 했다.

"너희가 조선의 간성을 키웠구나."

"너희야말로 회령의 파수다."

두 사람은 그 말에 엉엉 울었다. 이십 년 가까이 이징옥과의 약속을 지켜내기 위해 애쓴 회한이 깊었던 걸까. 치노와 다비는 헌헌장부로 자란 김죽을 이징옥에게 보여주고 또 보여주고 싶었다.

무장을 키우며 관노에서 둔전병으로, 또 운두성 오장으로 역정을 이어온 관노의 인생. 마병들은 부러운 눈으로 두 사람을 바라봤다. 고달픈 하루하루를 견뎌내기 바쁜 운두성 마병에게 두 사람의 삶은 꿈만 같은 이야기였다. 치노와 다비도 그렇게 생각했을까. 아니었다. 지난 세월은 견디기 힘든 인고의 시간이었다. 수고했다는 말 한마디에 눈물을 쏟은 것은 모진 삶의 응어리가 가슴에 맺힌 탓이었다. 처자조차 거느리지 못한 채 오십을 바라보는 치노 얼굴에는 고달픈 삶의 흔적이 낙인처럼 새겨져 있었다.

"이제 장가도 가야지."

한 해 한 해 나이를 먹어가는 치노에게 사람들은 그렇게 말했다. 그럴 때면 치노는 입을 꾹 다물었다. 치노라고 여인을 그리는 마음이 없었을까. 회령 저자를 벗어나 산길 모퉁이 주막집 주모와 밤을 지새우고, 남사당패라도 나타나면 반반한 처자를 꼬드겨봤지만 인연의 끈은 닿지 않았다. 쌀 두 가마니쯤은 번쩍번쩍 들어 올리는 장정이라도 어린 김죽을 혹처럼 달고 있었으니 그에게 마음을 줄 처자는 없었다. 그런데다 다비마저 한집에서 뒹굴었다. 여인네가 귀한 육진이 아니던가. 처자들이 점수를 매긴다면 치노는 빵점이었다.

언젠가 주모는 벗은 몸으로 이불에 누워 물었다.

"어린아이를 데리고 있다며?"

부평초 같은 인생이지만 혹시 가약을 맺을 수 있을까 묻는 말이었다.

"아니야, 우리 도련님은……."

"우리 도련님?"

주모는 끝맺지 못한 말을 더 들으려 하지 않았다.

"그 도련님이라는 아이는 언제까지 데리고 있을 건데?"

"……."

"평생 같이 살 거야?"

"……."

치노는 뭐라고 답해야 할지 막막하기만 했다. 여인네를 꼬드기는 언변이라도 뛰어났다면 이리저리 구슬려보기라도 하겠건만 그런 재주도 없었다.

"저 봐, 그 아이 평생 모시고 살 건가 보네."

몸이 달아 건네던 살가운 말투는 온데간데없이 주모는 쩍쩍 소리를 내며 혀를 찼다. 그러고는 상열 놀음에 벗어 던진 고쟁이를 주섬주섬 챙겨 입더니 방을 홱 나가버렸다.

번번이 이런 식이었다. 백년가약은 치노에게 사치스러운 말이었다.

"내 주제에 무슨 여자를."

낙담해 집으로 돌아와 시무룩하게 앉아 있으면 어린 김죽은 묻곤 했다.

"삼촌, 어디 아파?"

"아니."

"그럼 또 왜 그러는데."

"마음이 아파."

"마음도 다치나?"

"……."

"마음이 다치면 약을 바를 수 없잖아."

"그러게."

글을 줄줄 읽으면서도 이런 때면 영락없는 어린아이인 김죽을 치노는 다시 한 번 꼭 껴안았다. 김죽과 함께하는 날이 하루하루 더해지면서 치노는 그것을 운명으로 받아들였다. 그 갑갑한 심정을 받아냈던 것은 다비였다.

"우리 죽이 밥은 제대로 챙겨준 거야?"

치노는 종종 다비에게 짜증 섞인 핀잔을 던졌고, 그런 때면 다비는 입을 삐죽 내밀며 툴툴거렸다.

"형님은 밤새도록 어딜 쏘다니다 와서는……. 그럼 내가 안 챙겼겠어요?"

세 사람은 그렇게 서로 의지하며 모진 세월을 이겨냈다. 회령 관아 행랑방에서 어우러져 함께 뒹굴던 모습은 둔전병이 된 뒤에도 변함이 없었다.

치노와 다비가 김죽에게 말을 높인 것은 김죽이 무과에 급제하고 돌아온 뒤였다. 눈물까지 흘리며 기뻐한 두 사람은 김죽이 더 이상 관노 출신과 섞일 수 없으며, 어제처럼 대해서도 안 된다는 것을 알았다.

"삼촌, 그러지 마세요. 예전처럼 죽이라고 불러요."

"그건 그런 게 아닙니다요."

김죽이 몇 번이나 애원했지만 치노와 다비는 고집을 꺾지 않았다. 김죽이 무과 시험을 보기 위해 회령을 떠나던 날 밤, 정안수

를 떠 놓고 친지신명에게 서툰 치성을 올리던 두 사람은 그들 앞
에 놓인 또 다른 운명을 알고 있었을까.

천하 풍진

———— 대대로 전해 내려오는 말이 있었다. '요동이 잠잠하면 천하의 풍진은 가라앉고, 요동이 소란하면 천하의 군마는 움직인다.' 지축을 흔드는 요란한 말발굽 소리가 시시로 요동벌을 메웠다. 그렇게 군마가 휩쓸고 간 땅에는 어김없이 잿빛 운명이 찾아들었다. 달단의 군마가 요하를 건너니 또다시 물풀 같은 운명이 기다리고 있었다. 만주에는 발해 마지막 날의 몸서리나는 기억이 되살아나고 있었다.

한설이 몰아친 정월 어느 날. 요 태조 야율아보기耶律阿保機의 마병이 발해 상경 홀한성忽汗城을 까맣게 에워쌌다고 했다. 악귀라도 들러붙은 것인지, 눈은 살기로 번득였다고 했고 처자와 형제를 지키기 위해 성벽에 오른 발해의 아비와 아들들. 창칼을 움켜쥔 손은 고드름처럼 꽁꽁 얼어붙었다고 했다. 요의 선봉장 아돈과 소아고제. 어찌나 잔혹했던지 성벽을 타고 흘러내린 피가 서낭을 어지럽게 수놓은 붉은 띠처럼 변했다고 했다. 통곡조차 비집고

들 틈이 없었다고 했다. 남은 것은 주검과 잿더미뿐, 닭 한 마리, 개 한 마리 살아남지 못했다고 했다. 안변부, 막힐부, 정리부의 군사들이 홀한성을 돕기 위해 달려왔으나, 뒤늦은 몸부림일 뿐이었다. 처참히 죽어가는 백성을 차마 볼 수 없어 무릎을 꿇은 발해왕 대인선大諲譔은 이름을 오로고로 바꾸었다고 했다. 오로고는 야율아보기의 말 이름이었다. 잔혹한 살육에 산천도 노한 걸까, 성스러운 백두산은 시뻘건 불을 뿜었고, 살아남은 자는 땅을 버리고 처자를 이끌어 남쪽 고려로 갔다고 했다. 참혹한 홀한성 이야기는 대대손손 이어져 끊어지지 않았다.

힘을 모으라.
외방의 악귀를 가리라.
힘이 없는 자는 허리를 굽히라.
자신의 짧은 생각으로 형제를 무덤에 몰아넣지 말라.

모진 역사를 견뎌낸 만주 사람들에게 그 말은 금보다 귀한 유언 같은 말이었다. 세찬 풍진이 다시 이니 운명은 시퍼런 칼날 위에 서 있었다.

"교위는 어찌 생각하느냐."
운두성 동헌 대청에 앉은 이징옥이 물었다. 북방의 형세를 묻는 말이었다. 그곳을 수시로 넘나드는 북신영 마병의 우두머리 김죽의 답이 궁금했다. 둘러앉은 무관들의 눈은 일제히 김죽에게 쏠렸다.

"누구보다 잘 알 테니 자세히 일러보거라."

김죽은 잠시 고개를 숙인 뒤 생각을 풀어놓았다.

"강외는 바람 앞 등불의 형세이옵니다."

강외란 두만강 건너 북편의 땅을 이르는 말이었다. 강의 남쪽은 강내라고 했다.

"흐음, 그럴 테지."

"달단은 요하를 넘어 철령에까지 발을 들여놓았다고 하옵니다. 지금은 창칼을 명에 겨누는지라 화를 피하고 있지만, 싸움이 잦아들면 세가 동으로 뻗을 것이옵니다. 토목보 싸움에서 명의 대군을 대파한 것을 보면 초원에서 길들여진 달단의 예봉이 날카롭다는 것은 짐작하고도 남사옵니다. 그렇다고 달단이 명을 쉽게 꺾을 수 있는 것도 아닐 것이옵니다. 설혹 이긴다 해도 많은 손실을 입을 게 분명하며, 그런 만큼 방향을 바꿔 요동을 먼저 손에 넣은 뒤 명에 맞서고자 할 것이니 그것이 걱정이옵니다. 요하 동쪽에서 홀한해에 이르기까지 모두 사분오열한 마당이니, 주인 없는 목마장에 이리가 나타난 격이옵니다. 야인들은 동요하고 있사옵니다. 위험천만한 일이지요."

야인은 여진을 이르는 말이었다.

이징옥의 눈은 날카로운 빛을 뿜었다.

"조선에 입조하는 야인이 근자에 뜸해진 것도 이와 무관하지 않을 것이옵니다. 눈치를 보며 형세를 가늠하고, 살 궁리를 찾는 것이지요. 홀한해 쪽은 북방 세력이 흥기할 때마다 맞부딪는 곳이니, 그곳 올적합은 더 동요하고 있다고 하옵니다."

"천하의 풍진이 다시 일기 시작했구나."

"그렇사옵니다. 대감 나리."

"달단의 대군을 야인이 무슨 힘으로 막겠느냐."

"막북은 이미 달단에 복속했다고 하옵니다. 시간이 문제일 뿐, 요동의 부족들도 속속 복속하게 될 것이옵니다."

막북은 고비사막 북쪽으로, 요서의 광대한 지역을 이르는 말이었다.

"걱정은 그동안 우리 조선에 복종해온 강외 여진 부족도 동요하기 시작한 것이옵니다."

"흐음, 큰일이로구나."

이징옥이 잠시 말을 끊은 사이 회령 부사 남우량이 비집고 들었다.

"종국에는 야인이 우리에게서 등을 돌릴 수 있다는 이야기입니까."

"그래서 위태로운 것입니다."

이징옥이 다시 입을 열었다.

"강외의 움직임을 자세히 일러보거라."

"동속로첩목아童速魯帖木兒를 비롯한 일부 족장은 이전과 사뭇 달라진 듯하옵니다. 야인 무리 중에는 나리께서 병마도절제사로 오신 것을 두고 조선이 여진을 치려 한다는 말을 퍼뜨리는 자들이 있다고 하옵니다. 그런 헛소문은 필시 어지러운 민심을 이용해 군병을 모으고 세력을 키우기를 의도하기 때문일 것이옵니다. 종국에는 달단을 등에 업을 수밖에 없다는 판단을 한 것일 수도

있사옵니다. 홀한해 북서에서는 달단에 선을 대려는 자들도 있다
고 하옵니다."

"으음……."

"하지만 우리 뜻을 좇는 야인은 많사옵니다. 낭발아한浪孛兒罕
이 그렇사옵니다. 이번 홀한해 비적 치는 일을 크게 돕고, 소인이
모린毛憐에 머무르는 동안 이전과 전혀 다르지 않음을 확인했사옵
니다. 세종대왕께서 아비를 살해한 그의 사촌을 처형한 일에 대해
서도 아무런 원망을 품고 있지 않았사옵니다. 그 일로 앓던 이를
뽑아 버린 것이 되었으니 원망을 가질 리가 없겠지요. 또한 낭발
아한의 처는 조선인으로, 그 아들딸에게는 조선의 피가 흐르고 있
사옵니다. 그의 세력이 큰 만큼 달단을 막는 완충의 벽으로 삼을
만하옵니다."

낭발아한과 동속로첩목아는 모두 여진 부족의 대족장이었다.
낭발아한은 모린을 중심으로 한 올량합 여진, 동속로첩목아는 건
주위를 중심으로 한 알타리 여진의 우두머리였다.

"시세가 바뀌니 모두가 해를 좇는 해바라기로 변하는구나."

남우량이 다시 끼어들었다.

"회령을 찾는 야인들의 눈치도 전과는 조금 다르옵니다. 이런
때일수록 딴마음을 품지 못하도록 해야 하지 않겠사옵니까."

김죽이 말을 받았다.

"그렇사옵니다. 우리의 힘이 강하다는 것을 보여줘야 하옵니
다. 영진군營鎭軍[08]에 시위패侍衛牌[09]를 합치면 함길도 군사는 삼
만이 넘사옵니다. 달단은 멀고, 조선은 가깝사옵니다. 야인이 애써

자신의 행적을 변명하는 것은 가까운 우리를 두려워하기 때문이옵니다."

"모두 옳은 말이다. 새가 새장을 벗어나기로 마음을 먹으면 위험해지는 법이니라."

"강한 조선을 확인시킬 때 야인은 복종할 것이옵니다."

남우량은 장단을 맞췄다.

골똘히 생각하던 이징옥은 다시 입을 열었다.

"이르는 곳마다 조선의 영역이요, 조선의 신하라는 것을 못 박아야 하느니라. 새장을 벗어나 우환을 키우는 일이 없도록 해야 하느니라. 대왕께서는 야인 스스로 마음으로 복종하기를 바라셨다. 작위를 주고, 처자를 거느리고 한양에 와 살도록 하고, 무역소를 열어 물산을 보태어준 것은 모두 그 때문이 아니더냐. 그 은혜를 알아 적심을 지키기를 바라지만 그러기 힘들다는 것은 부인할 수 없는 현실일 게다. 마음으로 복종하지 않는 자는 위세로 굴복시켜야 하느니라. 위세를 얕보이는 일이 없도록 하라. 아무리 사소한 일이라도 변란의 조짐이 보이면 즉시 조처하도록 하라. 작은 아랫돌 하나가 성을 무너뜨리고, 작은 정성 하나가 철옹성을 만드는 법이니라. 방수의 기강을 세워 위엄을 보이고, 야인을 복종시켜야 한다. 환란이 조선 강토를 넘보지 못하도록 하는 것이 여기 우리가 해야 할 일이니라."

---

08 변방의 군영과 진에 주둔하는 군대.
09 지방에서 한양에 파견된 군사.

대왕은 세종을 이르는 말이었다.

"예, 대감 나리!"

둘러앉은 무반들은 일제히 답을 했다.

"동북 산야에 몸을 맡긴 지도 어언 삼십 년이구나. 이룬 것은 없고 아직도 일마다 꼬인 실타래로다."

"대감 나리, 그렇지 않사옵니다. 나리께서 계시지 않았다면 어찌 육진이 있으며, 어찌 지금의 강역이 있겠사옵니까."

무산 만호 임권의 말이었다.

"허허허, 그렇더냐."

"나리께서 계시니 달단이 밀려들어도 야인이 감히 조선에 등을 돌리지 못하는 것이옵니다."

"말이 고맙구나."

임권은 머리를 조아렸다.

"힘을 길러 상대를 누르고자 하지만 어디 위세로만 되는 법이 있더냐. 상대가 복종하기를 바라지만 마음으로 굴복하지 않으니, 그것은 내 덕이 모자란 탓일 것이니라. 아직도 해야 할 일은 산더미인데 머리에는 벌써 하얀 서리가 내리고 마음만 조급하구나. 허나, 오늘 이루지 못했다고 내일도 이루지 못하는 것은 아닐 게다. 진인사대천명이 아니더냐. 언젠가는 우리의 뜻이 이루어지는 날이 올 것이니라. 만주가 아무리 요동친다 해도 정성을 모으면 그 정성이 강토를 지키는 방패가 되고, 넘보지 못할 성벽이 되지 않겠느냐. 나는 제군을 믿는다."

"나리!"

"명심하겠사옵니다."

무반들은 한목소리로 외쳤다.

그날 운두성에는 작은 주연이 열렸다. 회령부에서 잡은 황소만 한 멧돼지가 뜰에 내려졌다. 흥은 절로 났다.

"부사는 참 재주도 좋소. 어찌 저리 큰 놈을 잡은 겐가."

이징옥은 껄껄껄 웃음을 터뜨렸다. 남우량은 만면에 미소를 지으며 말했다.

"애써 밭을 일궈놓으면 저놈들이 제 집인 양 헤집어놓으니 그런 낭패가 없었사옵니다. 며칠 전 훈련을 겸해 군졸을 풀어 잡았사옵니다."

"병사들이 애를 먹었겠구먼."

"그렇긴 하옵니다."

"그럼 병사들은 언제나 먹을까 오매불망 기다리고 있을 게 아니냐."

"대감 나리께서 오시면 바칠 돼지라는 것을 모두가 알고 있사옵니다."

"그래도 그렇지, 우리가 모두 먹으면 염치없는 일이 되고 말겠구나."

"돼지는 또 잡으면 되옵니다."

"허허허. 반은 허령부로 돌려보내도록 하라."

"그렇게 하지 않으셔도 되옵니다."

"어허, 그렇게 하래도."

"나리를 위해 가져온 것이오니……."

"꺼림칙한 마음이 남아서야 어찌 편히 먹을 수 있겠느냐."

남우량은 한사코 아니라고 할 수 없었다.

회령부 사졸들은 고기가 상할세라 멧돼지 반쪽을 걸메고 어스레한 산길을 따라 회령 행성으로 돌아갔다. 고깃국 먹을 생각 때문일까, 십리 길을 오가자면 지칠 만도 하건만 돌아가는 발걸음에 힘이 넘쳤다.

운두성에는 고기 굽는 냄새가 진동했다. 하지만 무관들에게 돌아간 고기는 몇 점 되지 않았다. 구운 고기는 캄캄한 밤 성을 지키는 병사들에게 돌아갔다. 먹을 고기가 줄어들수록 칭찬은 불어났다.

"부사 덕분에 오늘 온 회령이 고기 잔치를 벌이는구려."

동헌 대청에 둘러앉은 무반들도 껄껄껄 웃으며 말을 거들었다.

"그러하옵니다."

"나리께서 회령에 매일 납셔야 하겠사옵니다."

"고기 냄새에 운두산 날짐승들도 밤잠을 설칠지 모르겠사옵니다."

"정작 나리께서 몇 점 드시지도 못하니 송구하옵니다. 다음에는 더 많이 잡아두도록 하겠사옵니다."

"허허허. 오늘처럼 기쁜 날이 어디 있겠느냐. 부사 덕분에 귀한 고기 맛을 보고, 다친 교위의 몸도 보하게 됐으니 이보다 기쁜 일이 어디 있겠느냐."

주연에는 술도 나왔다. 하지만 몇 잔씩 따르니 이내 항아리는 바닥났다. 술은 넉넉하지 않았다. 이징옥이 함부로 술을 담그지 못하도록 했으니 풍족할 턱이 없었다. 각 군영에 금주령에 버금가는 영이 떨어진 것은 이징옥이 병마도절제사로 부임하고서였다.

사연은 이렇다. 당시 부임을 축하하는 술자리가 병마도절제사 군영에서 열렸다. 떡 벌어진 술상이 차려졌다. 교자상에는 산해진미가 가득하고 소주, 탁주에 만주에서 온 술까지 올랐다. 두주불사 술 실력을 자랑하는 무인들은 그것을 당연시했다. 그러나 이징옥의 생각은 달랐다.

병마도절제사가 술판을 벌이면 무반들도 거리낌이 없을 테니 관아의 술판에 백성은 등골이 빠지지 않겠는가.

이런 생각에 생뚱맞은 호통을 쳤다.

"축하야 고마운 일이지만 백성이 주리는데 군영에서 무리한 잔치를 벌여서야 되겠느냐."

찬바람이 도는 말 한마디에 그곳에 모인 무반들은 어찌할 바를 몰랐다. 그 후로 함길도 군영에서는 함부로 술판을 벌일 수 없었다.

수십 년동안 북관의 풍상을 겪은 이징옥은 어찌해야 백성이 주리지 않는지 잘 알고 있었다. 괭이를 내리치면 돌멩이 부딪는 쇳소리만 나는 척박한 땅. 그런 곳에서 나는 소출이라야 너무도 빡했다. 한 해 내내 밭을 일궈도 먹을 것은 늘 마듯하기만 했다. 혹한을 지나 봄바람 불 무렵이면 어김없이 보릿고개가 찾아들었다. 환곡을 풀어야 했다. 그래도 민초 입에 들어가는 알곡은 늘 모자랐다. 아전과 하급 군관의 농간까지 겹치면 특히 그랬다. 어찌한 해도 굶어 죽었다는 소리를 듣지 않는 해가 없는 걸까. 살아남은 자라야 나을 것도 없었다. 목숨을 다한 식솔이라도 둔 가장은 못내 죄스러워 죽느니만 못한 삶을 이어가야 했다. 이런 판국에 관아의 재물을 탕진하면 백성을 살릴 환곡이 남아날 리 만무했다. 그것을 알기에 함부로 술을 빚을 수 없었다.

이징옥은 임기를 마치고 돌아가는 날에 가진 것이 말 한 필뿐인 염리廉吏였다.

두 해 전 함길도 관찰사는 이징옥에 관한 글을 한양 조정에 올린 적이 있었다. 글에는 염리 이징옥의 모습이 드러나 있었다.

도절제사 이징옥은 본디 가산을 돌보지 않고 오랫동안 변방을 수어해왔습니다. 이제 살림은 가난하고 아내마저 죽은 지 오래라 옷 바라지할 사람조차 없다고 합니다. 그럼에도 북변에 근검절약하는 기풍을 만들고 있으니, 그것은 조선의 강역을 지키는 밑거름일 것입니다.

글을 본 문종은 하교를 내렸다.

"이징옥이 있기에 오늘의 북방 강토가 있노라. 이징옥에게 옷세 벌을 보내도록 하라. 가을에는 겹옷을 내리고자 하니 승정원은 준비해놓도록 하라."

한편 사간원에서는 이징옥의 형 이징석을 탄핵하는 상소를 올린 적이 있었다.

"사헌부에서 이징석이 양산 둔전을 빼앗은 일을 추핵하고자 했으나 주상 전하께서는 윤허하지 않으셨사옵니다. 이징석은 한 도의 절제사로서 읍재邑宰에게 땅을 빼앗아주기를 거리낌 없이 지시했으니 그 탐욕은 이루 다 말할 수 없사옵니다. 아비가 죽은 뒤 청렴한 아우 이징옥의 전지를 빼앗고자 영정 앞에서 몽둥이로 때리니 부끄러워할 줄 모르고 사납고 어긋난 마음이 이와 같사옵니다."

사관은 이를 두고 이렇게 적었다.

"징석과 징옥은 모두 명장이다. 징석은 탐욕스럽고 비루해 재산을 불리는 데 부지런하고, 징옥은 청렴하고 고고해 도리를 지켰다. 이런 징옥에게 징석은 '청백은 복 없는 사람의 다른 이름'이라고 타박했다."

이징옥의 성정을 잘 아는 북관의 관리들은 관아 곳간에 함부로 손을 대지 않았다. 사사로이 훼손하면 무서운 꾸지람이 떨어진다는 것도 알았다. 한양에서 처음 내려와 뭣도 모른 채 곳간을 축내 풍류를 즐기려다 수모를 겪은 사람도 한둘이 아니었다. 그런 일을 당한 관원은 이후 곳간 쪽으로는 얼굴도 돌리려 하지 않았다.

"곳간을 지키지 못하는 자는 나라를 지킬 자격이 없다."

부하들은 귀가 따갑도록 그 말을 들었다. 그 말은 이징옥 스스로 자신을 경계하는 말이기도 했다. 불모의 땅에서 식솔을 먹이기 위해 애쓰는 백성들. 그들을 지킬 마지막 보루는 관아와 병영의 곳간이었다. 백성의 목숨을 방종과 맞바꿀 수는 없었다.

환곡이 모자라 군량까지 헐어야 하는 지경에 이르면 부하들은 염려하며 말했다.

"아무리 그래도 군량을 풀면 문제가 되지 않겠사옵니까."

그럴 때마다 이징옥은 고개를 내저었다.

"백성이 죽고 난 뒤라면 군량을 산처럼 쌓아둔들 무슨 소용이 있겠느냐."

그날 운두성 주연에 나온 술은 회령부에서 가져온 것이었다. 시시때때로 회령에 오는 한양의 관리와 사신, 여진 추장을 대접하기 위해 비축해둔 술이었다.

운두성에서는 밤늦도록 웃음이 이어졌다. 개마 골짜기를 타고 불어오는 바람은 웃음소리를 강으로 실어 날랐다.

이징옥은 뜰로 나왔다. 하늘에는 별이 뽀얗게 내려앉아 있었다. 은하를 흐르는 별 무리는 수를 헤아리기조차 힘들 정도로 빼곡했다. 문득 생각에 잠겼다.

"성벽 넘어 산하山下의 백성도 웃고 있을까."

만주로 간 검은 마병

──────── 회령에서 북으로 이백 리 길, 모린은 회령의 두만강 사진나루에서 이틀 밤낮을 꼬박 달려야 닿는 곳이었다. 조선에서는 그곳을 동량북이라고 했다. 동량은 백두산 천지에서 동으로 흐르는 강, 두만강을 이르는 말이었다. 모린을 병풍처럼 두른 산은 아직 눈옷을 벗지 않고 있었다. 잔설은 아직 봄이 아니라고 외치며 온몸으로 시간의 흐름을 거역하는 듯했다. 앙상한 떡갈나무는 흡사 낡은 고성을 지키기 위해 버티고 선 여윈 무사 같았다. 사람들은 성을 만태성이라고 불렀다. 가득할 만滿, 별 태台. 별이 가득한 성이었다. 어둠이 깃들면 하늘 어디를 둘러봐도 별 천지를 이루고, 성벽에 오르면 별이 손에 닿을 것 같아 붙인 이름이라고 했다. 언제부터 그곳에 고성이 있었는지 아는 이는 아무도 없었다. 요외 성, 금의 성이라고도 했다. 하지만 한눈에 봐도 천년 풍상을 이겨낸 성임에 틀림없었다. 흘러버린 시간을 되돌리면 그곳은 고구려와 발해인이 삶을 이은 땅이었다. 옛이야기를 들려줄 주인공

은 시간 저편으로 사라지고, 고성만 유물로 남아 묵묵히 땅을 지키고 있는 것이었다. 성벽 아래로는 빠른 물살이 회돌이를 치고, 낡은 성은 산기슭에 늙은 장비처럼 걸터앉아 강을 굽어보고 있었다.

그곳에 북풍한설이 스며들면 설국의 긴 겨울잠이 시작됐다. 흰 눈은 땅 위의 모든 존재를 지웠다. 산과 들, 길과 내. 인간이 이름 붙인 만물은 백설의 세계 속으로 자취를 감췄다. 발길이 닿은 곳은 길이 되고, 닿지 않은 곳은 원시의 땅으로 돌아갔다. 그즈음 사람들은 문밖을 나서지 않았다. 너와집 굴뚝에서 새 나오는 가느다란 연기만이 그곳에 숨을 쉬는 생명이 있음을 알릴 따름이었다.

고집스런 겨울이 물러날 즈음 고성에 낯선 객이 찾아들었다. 먼지를 허옇게 뒤집어쓴 것이 꽤 오랫동안 씻지 못한 행색이었다. 검은 옷에 흑건을 뒤집어쓰고 있었다. 똑같은 환도를 차고, 똑같은 옷을 입고, 말 구르는 품새조차 절도가 있었다. 비적은 아닌 듯했다. 여느 여진 마병과도 달랐다.

수십 기의 마병이 성채로 들어서자 사람들은 일손을 놓고 수군거렸다.

"혹시 흑기 아니야?"

"흑기라고?"

"검은 마병 말이야."

"조선의 흑기가 왜 여기 오겠어?"

"모두 검은 옷을 입고 있잖아. 시커먼 두건까지 쓰고."

"그런데 다친 사람도 있네."

검은 철릭 소매 밑으로 팔에 감은 붕대가 언뜻언뜻 내비쳤다.

"큰 싸움을 했나 보네."

"누구와 싸운 걸까."

"보나마나 올적합 도적놈들 때려잡느라 그랬겠지. 그놈들 잡는다고 얼마 전 우리 마병도 가질 않았나. 그놈들 아니면 누구와 싸웠겠어?"

"그러면 저 흑건들이 우리 마병과 함께 비적을 친 게야?"

모린의 올량합 여진은 올적합을 싫어했다. 말끝마다 놈 자를 붙이는 것도 올적합 도적떼가 시도 때도 없이 떼를 지어 노략질을 하는 탓이었다. 그들 중에서도 모린 북쪽 홀한해 근방의 혐진 올적합은 늘 골칫거리였다. 홀한해 주변은 발해 때에는 상경 용천부, 금 때에는 해란로가 있던 곳이었다. 해동성국 발해가 무너진 뒤 그곳에는 요, 금, 원의 부침 속에 약육강식이 전염병처럼 번져 있었다. 무시로 닥친 전란에 약탈은 들끓었다. 앗을 것이 있으면 어디든 도적떼가 출몰했다. 양식과 소금이 그득한 두만강 남쪽 육진 일대는 말할 것도 없고, 북편 여진 부락에도 떼를 지어 몰려와 양식을 빼앗고, 가축을 끌어갔다. 사람도 잡아갔다. 천년영화는 꽃잎처럼 시들고, 빼앗으려 하고 빼앗기지 않으려 하는 원시의 생존 법칙이 그곳을 지배했다.

"올적합 놈들, 이번에는 제대로 혼을 내췄을라나."

"단단히 혼냈을 거야."

"그걸 어떻게 아는가."

"척 보면 모르겠나. 그렇지 않고서야 저렇게 다칠 리 없잖아."

"그러고 보니 그렇기도 하네. 그놈들 소굴은 쳤을라나."

"그러기야 했겠어. 그러자면 홀한해까지 가야 했을 텐데."

"흑기라면 갔겠지."

"하긴."

갑자기 나타난 검은 철릭 차림의 마병을 두고 모린은 술렁였다. 흑기라 말하면서도 눈앞의 마병이 정말 흑기인지는 긴가민가했다. 그럴 만했다. 말로만 들었을 뿐, 흑기를 한 번도 본 적이 없으니. 평민 여진인에게 흑기는 이야기 속에나 나오는 존재일 뿐이었다.

사람들의 말처럼 모린에 나타난 마병은 운두성의 검은 마병이었다. 마병을 맞은 것은 모린의 패륵貝勒 낭발아한의 아들 가린응합加麟應哈이었다. 조선에서 호군 벼슬을 받은 인물이기도 했다. 늙은 종 복라손과 화라속은 종종걸음으로 가린응합의 뒤를 따랐다.

"어서 오세요. 얼마나 고생이 많으셨습니까."

"……."

"일은 잘 끝내셨는지요."

가린응합은 반갑게 말을 건넸다. 하지만 호쾌한 대답 소리는 들을 수 없었다. 말 등에 앉은 김죽의 대답은 가쁜 말 숨소리, 시끄러운 군장 부딪는 소리에 묻혀버렸다. 말에서 뛰어내려 달려온 것은 여진 무사였다. 그는 가린응합에게 허리를 굽혀 절을 올린 뒤 말했다.

"장군께서는 부상을 입으셨습니다."

여진 무사는 운두성 마병을 도운 두얼가였다. 김죽을 장군이
라고 불렀다. 가린응합은 그제야 철릭 소맷자락 아래로 보이는 핏
빛 붕대를 봤다. 창백한 김죽의 얼굴도 눈에 들어왔다.

"덕분에 무사히."

가린응합은 가까이 다가선 뒤에야 김죽의 말을 들을 수 있
었다.

운두성 북신영의 무장 김죽. 가린응합은 그가 누구인지 잘 알
고 있었다. 수년 전 조선에서는 그를 통사라고 불렀지만 그것은
여진어를 잘 알기에 붙여진 호칭일 뿐, 김죽이 북관의 조선군을
호령하는 이징옥의 오른팔이자 검은 마병을 이끄는 장수라는 것
을 진작 알고 있었다. 흑기가 가는 곳에 김죽이 있었다. 핏기 가신
얼굴, 가슴과 팔을 감싼 핏빛 붕대. 웬만한 사람이면 말 등에 앉아
있기도 힘든 큰 상처임에 틀림없었다.

'과연 무서운 무장이로다.'

가린응합은 내심 감탄했다.

"장군께서는 위중하십니다."

두얼가의 말이 끝나기 무섭게 가린응합은 소리쳤다.

"뭣들 하는 게냐. 어서 뫼시지 않고!"

복라손은 김죽이 탄 말의 고삐를 잡고, 화라속은 손님을 모실
객사로 내달렸다. 가린응합은 다시 소리쳤다.

"화라속, 어딜 가는 게냐. 안사랑으로 모시지 않고. 빨리 의생
도 불러오라."

"아닙니다. 우리 병사와 함께 객사에서 묵겠습니다."

김죽의 대답이었다. 역시 힘없는 말이었다. 두얼가가 대답
했다.

"호군님의 말씀을 따르시지요. 만주의 풍질과 토질은 워낙 억
세 상처가 쉬 깊어질 수 있사옵니다."

가린응합의 목소리도 커졌다.

"뭣들 하는 게냐. 어서 모시지 않고."

김죽은 결국 안사랑채로 가야 했다.

그곳은 아무나 드나들 수 있는 곳이 아니었다. 사랑채 맞은 편
높은 담장 안쪽에는 패륵 낭발아한이 머무는 안채가 있었다. 느티
나무로 둘러싸인 기와집은 조선 대갓집 못지않았다. 사랑채 방에
는 진흙 벽돌을 쌓아 만든 허벅지 높이의 침상이 있었다. 그것을
갱이라고 불렀다. 갱의 바닥에 따뜻한 기운이 퍼지도록 고래를 파
고 구들을 깐 것이 조선의 온돌과 하나 다르지 않았다. 온돌에 의
지해 매서운 겨울을 이겨내는 것은 동량 북쪽이나 남쪽이나 똑같
았다.

이징옥이 김죽에게 "몸이 있어야 봉강도 지킨다"고 한 것은
달포 전의 이 일 때문이었다.

만주로 가는 검은 마병은 좀체 모습을 드러내는 법이 없었다.
조선군이 제집 드나들듯 두만강 북편을 오가는 것을 명이 알아 좋
은 것이 없기 때문이었다. 하지만 이때만은 달랐다. 다친 김죽은
운두성까지 갈 수 없었다. 말 등에 몸을 실어 모린까지 온 것만도
기적에 가까운 일이었다. 결국 조선 마병이 모린 성채에 들이닥친
것은 다친 김죽 때문이었다.

운두성 마병이 또 북으로 간 것은 고령진에 들이닥친 비적을 잡기 위해서였다. 고령진은 회령과 가까웠다. 진이라고 하지만 육진과는 비교할 수 없을 정도로 작았다. 삼남에서 온 조선 백성과 그곳에 사는 여진인은 합해 사백 호 남짓했다. 작은 석성에 의지해 주둔한 군사라야 백 명에 지나지 않았다.

그날도 고을 사람들은 봄 맞을 채비에 분주했다. 삼삼오오 무리 지어 밭고랑을 헤집던 그들의 눈에 띈 것은 뿌연 먼지였다. 평소에도 계곡을 따라 흘러내린 세찬 바람이 흙먼지를 날리곤 했지만 그날은 달랐다. 길을 따라 이는 먼지는 부락 쪽을 향해 몰려오고 있었다.

"저게 뭐지?"

"회령에서 사람들이 오는 겐가."

회령부에서는 시시때때로 석성으로 군량미를 실어 날랐다.

"회령에서는 며칠 전에 오지 않았어? 또 와?"

그제야 밭을 일구던 사내들은 허리를 펴 언덕 아래를 내려다봤다. 허연 먼지를 뚫고 모습을 드러낸 것은 비적들이었다. 화들짝 놀라 소리를 쳤다.

"도적 떼다!"

"피해!"

"도망가!"

달음박질을 쳤지만 멀리 도망칠 수 없었다. 가솔을 두고 어디로 달아나겠는가. 그들이 달려간 곳은 처자식이 있는 집이었다. 일찍 당도해 처자식을 숨길 수 있는 사람은 그나마 나았다. 가산이 털리고 우마를 잃더라도 목숨만은 건질 수 있었으니. 뒤늦게 돌아온 사내들은 처절한 싸움을 해야 했다. 처자식을 지키기 위해 낫과 곡괭이를 움켜쥔 사내는 비적이 휘두른 창칼에 베이고 도끼에 찍혀 나뒹굴고 널브러졌다. 사람을 하찮은 들짐승쯤으로 여긴 걸까. 비적들은 방해되고 거추장스럽다 싶으면 노소를 가리지 않고 난도질을 했다. 그러고는 헛간에 머리를 박고 숨은 아낙과 아이들을 찾아내 굴비 두름 엮듯 동아줄로 묶었다. 얼마 남지 않은 곡식도 모조리 털어갔다. 잡혀가는 아낙은 쓰러진 지아비를 애처로이 부르지만 숨이 끊어진 지아비는 대답할 수 없었다. 숲으로 달아난 사내는 발만 동동 굴렀다. 제 목숨은 건질 수 있었지만 피를 뿌린 지아비보다 나을 것이 없었다. 처자식을 지키기 위해 몸을 던지지 못한 죄스러움에 삶은 가리가리 찢기고 말 테니. 사람 해치기를 닭 잡듯 한 비적이 휩쓸고 간 마을은 쑥대밭으로 변했다. 숨어서 살아남은 아낙은 너부러진 지아비를 부둥켜안은 채 통곡을 했고, 뒤늦게 나타난 지아비는 짚신만 뒹구는 마당에 주저앉아 울음을 토했다.

고을 사람들은 석성으로 달려갔다.

"우리 아이가 잡혀갔소!"

"아내가 잡혀갔소!"

"어찌 좀 해주오!"

"이러다 영영 끌려가고 말 게요!"

"사람이 죽어가오. 제발 좀 도와주오."

애끓는 소리가 석성에 가득했다. 하지만 진을 지키는 군사들은 굼뜨기만 했다. 한참이 지나서야 창칼을 챙겨 부락에 온 사졸들은 주변만 맴돌았다. 추적할 생각은 아예 없는 모양이었다. 비적이 다시 나타나기를 기다리는 걸까, 제 목숨을 걱정하는 걸까. 고을 사람들은 그것이 더 원망스러웠다. 아낙들은 울부짖었다.

"이러다 우리 아이 잃고 말겠소. 지금이라도 어서 쫓아가 잡아야 하지 않소!"

"우리 딸은 어찌하오!"

"우리 주인은 어찌하오!"

마지못해 쫓는 시늉을 한 사졸들은 이내 돌아왔다. 해가 저물어 더 쫓기 힘들다고 했다. 하기야 진을 지킬 병사를 빼고 나면 쫓을 군사라야 많지도 않았다. 적은 군사로 야밤에 비적을 쫓는 것은 쉬운 일이 아니었다.

고령진 소식을 전해 들은 이징옥은 화가 머리끝까지 치밀었다. 병마도절제사 군영인 경성 북병영으로 불려간 고령진 천호는 혼쭐이 났다.

"방수군이 제 노릇을 못한다면 백성은 누구를 믿고 뿌리를 내리겠느냐. 창칼을 들고서 제 목숨 걱정부터 해서야 어찌 아녀자와 아이들이 끌려가지 않기를 바라겠느냐. 그러고도 봉강을 지킨다고 하느냐. 천호가 천호로서 소임을 다하지 못하니 군사가 오합지졸로 변하는 것이 아니냐."

쩌렁쩌렁한 고함 소리에 고령진 천호는 머리를 땅에 박고 삼히 들지 못했다.

흙먼지를 뒤집어쓴 파발이 운두성에 온 것은 다음 날이었다.

파발이 전한 이징옥의 밀서는 길지 않았다.

교위는 고령진을 약탈한 적도를 찾아 죄를 물라. 조선 백성을 해친
자는 살아남지 못한다는 것을 만천하에 알리도록 하라.

김죽은 그 말이 무슨 뜻인지 잘 알고 있었다.

두만강 건너 동량북으로 끌려간 이들을 구해 올 군사는 검은
마병뿐이었다. 한두 번 겪은 일도 아니었다. 운두성 검은 마병은
황급히 출정 채비를 했다. 군관 이첨은 탐문을 위해 미리 떠나고,
김죽은 환도와 활로 무장한 마병 일백을 거느리고 운두성을 출발
했다. 그들은 찰갑을 입지 않았다. 모두가 검은 철릭 차림이었다.
머리에는 검은 두건을 쓰고 있었다.

두만강은 차가운 기운을 내뿜고 있었다. 강을 건너 내달리는
마병의 폐부에 만주의 찬 공기가 밀려들었다. 길을 달리면 어디에
이를까. 산을 넘으면 무슨 일이 벌어질까. 검은 마병은 저마다 두
려움을 떨치고 바람을 헤치며 만주로 내달렸다.

황금의 성

─────── 여종 하아하지河兒河知는 기사가其沙哥가 머무르는 안
채로 내달렸다.

"마님! 마님!"

여종의 오두방정이 새삼스러운 일은 아니지만 파르르 떨리는
목소리가 여느 때와는 달랐다. 예사롭지 않은 일이 벌어졌다는 것
을 직감적으로 알 수 있었다. 여종은 주인의 대답을 기다리지 않
고 우당탕 문을 열고 방으로 뛰어들었다. 딸 토로고吐勞苦와 함께
있던 기사가는 숨을 가삐 몰아쉬는 여종을 물끄러미 바라봤다. 하
아하지는 인사를 하는 둥 마는 둥 하고 말을 쏟아냈다.

"왔습니다, 왔어요!"

"누가 왔다는 게냐."

"흑기가 왔습니다요!"

"……."

무슨 말인지 도통 알아들을 수 없었다.

"조선의 흑기 말이더냐."

"예, 마님."

"조선군이 왜 왔다는 게냐."

"장군님도 오셨습니다요."

"장군이라니, 그건 또 무슨 소리냐."

"참, 마님도. 회령 장군님 있잖습니까요. 흰칠하고 잘생긴 도련님 같은 분⋯⋯."

그 말에 기사가의 눈이 동그래졌다. 옆에 앉은 토로고도 귀를 쫑긋 세웠다.

"그런데 갑자기 왜 왔다는 게냐."

"글쎄요. 그건 잘 모르겠습니다요."

말이 막히자 하아하지는 시무룩해졌다. 하지만 그것도 한순간, 여종은 다시 말을 이었다.

"좌우간 오셨다니까요."

기사가는 내막을 몰라 물은 것이 아니었다. 고령진을 습격한 비적을 쫓아 조선군이 동량북에 온 사실은 이미 알고 있었다. 이레 전 조선 군관이 온 뒤 모린의 무사들도 함께 떠나지 않았던가. 조선군이 청하면 모린의 무사들은 으레 비적의 행로를 캐는 일을 돕곤 했다. 하지만 여태 비적을 치러 간 조선군이 모린 성채에 들어온 적은 한 번도 없었다. 왜 온 것인지 궁금했다. 회령의 장군이 김죽을 이른다는 것도 알았다. 품위 있고, 여진어를 잘하는 조선의 젊은 무장. 수년 전 동량북을 드나들 때부터 눈여겨봐온 터였다. 볼 때마다 딸의 배필로 손색이 없겠다고 여긴 젊은 무관이었다. 생각을 입 밖에 낼 수는 없지만, 관심을 가지는 것은 인지상정이었다. 올 때마다 후한 대접을 하고 살가운 말을 건넸다. 하지만 마음이 있다고 이룰 수 있는 것은 아니었다. 머리털이 희끗한 기사가 아는 세상 이치는 조선인은 조선인이요, 여진인은 여진인이라는 사실이었다.

"그런데, 마님."

"……."

"장군님이 크게 다치신 모양입니다."

"다쳤다고?"

"피를 많이 흘리셨는지 소매가 시뻘겋게 물들어 있었답니다."

여종은 시뻘겋다는 말을 유독 강조했다. 피를 흘렸다고 검은 철릭 자락이 붉게 물들 리도 만무하건만 보고 들은 것을 이리저리 짜맞춰보니 핏빛으로 물들었을 것으로 생각한 모양이었다. 말없이 듣고 있던 토로고의 눈빛이 흔들렸다.

"상처가 그렇게 깊다는 말이냐."

"예, 마님. 그래서 사랑채로 급히 모셨다고 합니다요."

"급히 모셨다고?"

"어쩌면 생명이……."

보고 들은 이야기보따리를 풀려던 하아하지는 말끝을 얼버무렸다. 기사가와 토로고의 표정이 심상찮았다. 말보를 잘못 터뜨렸다가는 호통이 떨어진 것만 같았다.

"아……."

토로고는 무슨 말인가를 하려다 입술만 깨물었다. 되물은 것은 기사가였다.

"대체 얼마나 다쳤다는 게냐."

기사가의 말은 성말라 있었다. 하아하지는 눈만 끔벅거렸다. 무슨 말로 상전의 비위를 맞춰야 할지 언뜻 떠오르질 않았다.

"사랑으로 모셨다고?"

"안사랑에 계십니다요."

안사랑채는 안채와 담장 하나를 사이에 둔 곳이었다.

"얼마나 다쳤는지 당장 가 자세히 알아 오너라."

"알겠습니다, 마님."

하아하지는 엉덩이를 씰룩거리며 사랑채로 달려갔다.

기사가는 딸을 물끄러미 바라봤다. 표정이 예사롭지 않았다. 미간에는 걱정하는 빛이 잔뜩 묻어났다. 스치는 옷자락에도 귓불을 붉힐 나이 아니던가. 가끔 화려한 융복을 입고 나타난 김죽을 마음에 두고도 남았을 것이다.

기사가는 문득 말을 꺼냈다.

"애야, 우리도 함께 가보자꾸나."

"어디를요?"

"어디긴, 사랑에 가 안부라도 물어야 하지 않겠느냐."

"참, 어머니도."

토로고의 얼굴이 마치 늦가을 홍시처럼 발갛게 달아올랐다.

하아하지가 돌아온 것은 한참 뒤였다. 오두방정이 안채를 또 한 번 떠들썩하게 했다.

"아이고, 마님. 큰일 났습니다요."

"왜 이리 호들갑이냐."

하아하지는 핀잔에도 아랑곳없이 한숨을 몰아쉰 뒤 말보따리를 풀었다.

"마님, 흑기가 올적합 화적과 큰 싸움을 벌였나 봅니다. 두만강을 건너가 놈들을 쫓아 흘한해 소굴까지 갔는데, 죽어 나자빠진 도적이 몇 명인지 모를 정도로 많았답니다요."

"상처가 얼마나 깊은지나 어서 말해보거라."

"……"

두얼가를 잡고 애써 물어 알아낸 이야기의 말보따리를 풀기 시작한 마당에 다른 대답을 재촉하니 선뜻 답이 나오지 않았다.

"상처는… 깊다고 합니다요."

"얼마나 깊다더냐."

"화살이 가슴 언저리에 박혀 그것을 뽑아냈는데 피를 엄청 쏟았다지 뭡니까요. 돌아오는 이틀 동안 아무런 치료도 받지 못해 상태가 아주 나빠지셨다고 하네요."

"아주 나쁘다고? 그래서?"

"신열이 나고, 한겨울 몸살 난 것처럼 사시나무 떨듯 했다지 뭡니까요. 글쎄, 끙끙 앓으시다 이제 의식도 혼미해졌다고 합니다."

"그럼 혼수에 빠졌다는 게냐."

"무르겠습니다요. 타알이 달려왔는데 표정이 영 좋지 않있습니다."

타알은 동량북에서 손꼽히는 명의였다.

"큰일이구나."

"시커먼 도포를 입은 험악한 조선군 몇몇이 방을 지키는데, 약제를 일일이 살피면서 함께 돌보고 있습니다요. 글쎄 밖으로 가지고 나온 대야에 아직도 핏물이 가득했습니다요."

"아……."

묵묵히 듣던 토로고에게서 짧은 탄식이 흘러나왔다. 입 싼 하아하지는 말을 이었다.

"화적을 치고, 붙잡힌 사람을 모두 구해 오는 길에 또 싸움이 벌어진 모양인데, 그놈들이 아마 장군님을 노리고 떼를 지어 대궁을 쐈나 봅니다요."

"대궁에 맞았다고?"

"대궁에 잘못 맞으면 팔이 뚝뚝 떨어져 나간다고 하던뎁쇼."

"사람이 다쳤는데 어찌 그런 자발없는 소리를 함부로 하는 게냐!"

기사가의 얼굴에 갑자기 노기가 번졌다. 하아하지는 싼 입을 원망했다. 기사가와 토로고 얼굴에 묻어나는 걱정을 제대로 살피지 못하고 하지 말아야 할 말을 했다는 생각이 번득 들었다.

"죄송합니다, 요년의 입이 그만."

하아하지는 손바닥으로 자신의 입을 찰싹찰싹 때렸다. 입가가 이내 빨개졌다. 그런 여종이 안쓰러웠던지 기사가는 목소리를 누그러뜨렸다.

"그만해라. 입이 무슨 죄가 있느냐. 생각이 짧은 것이 죄지."

토로고는 고개를 들지 않았다. 눈두덩과 오뚝한 코끝이 발갛게 변해 있었다.

김죽이 모린에 나타날 때마다 수줍어 얼굴을 붉히던 딸의 모습, 그 마음은 언제부터 싹튼 걸까. 이제 담장 너머 사랑채에 그가 사경을 헤매고 있지 않은가.

토로고가 물러난 뒤 기사가는 만태성을 바라봤다. 노을빛에 물든 성은 누런빛을 띠고 있었다. 흡사 황금의 성 같았다. 금빛 성벽에는 돌의 수만큼이나 많은 사연이 쌓여 있지 않을까. 돌을 쌓고, 또 성벽을 밟았을 이름 모를 많은 사람들. 저마다 떨칠 수 없는 상념을 그곳에 새겨두지 않았을까. 이제 상념의 자락을 잡고 성벽에 선 사람은 바로 자신의 딸이었다. 가시지 않은 기억을 새겨두기는 기사가 그 자신도 똑같았다.

스무 해 전, 딸을 지켜내기 위해 애를 쓰던 어머니를 떠나보내고 눈보라치는 벌판에 홀로 남겨진 작은 소녀. 무시로 불쑥불쑥 떠오르는 아픈 기억은 또다시 곰실곰실 되살아났다.

그해 겨울은 몹시도 추웠다. 어머니를 따라 길림오라吉林烏拉를 떠난 것은 늦가을이었다. 떠날 때만 해도 그렇게 모진 운명이 기다릴 줄은 짐작조차 하지 못했다. 동토는 운명을 바꿔놓았다.

길림오라를 떠난 지 보름, 눈 폭풍이 그들의 발을 묶었다. 두만강을 코앞에 두고 더 이상 나아갈 수 없었다. 세상의 모든 것을 가리는 한설의 장막에 갇힌 모녀는 소경이나 다름없었다. 잉덩이를 붙이고 앉을 만한 마른땅 한 조각도 찾을 수 없었다. 한설을 이부자리로 삼으면 바로 그곳이 저승이라고 했던가. 지쳤지만 발을 내디뎌야 했다. 그러나 쏟아지는 눈에 짓눌린 딸은 끝내 눈밭에 쓰러지고 말았다.

"사가야, 주저앉으면 안 돼. 여기서 주저앉으면 큰일 나."

"……."

"어서 일어나, 조금만 힘을 내."

그러나 어머니의 말도 힘이 없었다.

사시나무 떨 듯 몸을 떠는 딸은 겨우 입술을 뗐다.

"일어설 수가 없어요. 제 발이 제 것이 아닌 것 같아요."

눈보라에 묻혀 움직일 수 없는 자는 생명의 끈을 놓아야 했다. 그것이 동토의 섭리였다. 파랗게 변한 딸의 입술에서 잔인한 운명의 신의 그림자를 본 것일까, 어머니는 몸부림을 치며 눈밭을 헤치기 시작했다. 마른 잔가지를 모으고 괴나리봇짐에서 꺼낸 부싯돌로 기름종이에 불을 붙이려 했지만, 부싯돌 켜는 곱은 손은 자꾸만 빗나갔다. 불씨는 흩어지고 손에는 피멍이 맺혔다. 하지만 포기할 수 없었다. 부싯돌 켜기를 포기하는 순간 저승의 사자가 딸 앞에 죽음의 명부를 내밀 테니. 수십 번을 켠 뒤에야 가까스로 불씨를 살린 어머니는 바람을 막고 불을 지폈다.

아무리 긴 세월이 지나도 그때 어머니의 모습은 뇌리에서 가시질 않았다.

딸을 겨우 불가에 앉힌 어머니는 신분이 새겨진 부절을 목에 걸어주며 말했다.

"곧 올 테니 몸이나 녹이고 있거라. 밭이 있는 것 같으니 인가도 멀지 않을 게다."

어머니는 딸의 몸을 바람 한 점 새어들 틈 없도록 이불로 감싼 뒤 눈 속으로 사라졌다. 그것이 마지막일 줄이야. 모아둔 잔가지가 모두 검은 숯이 될 때까지 눈을 뚫고 나타나 자신의 이름을 불러야 할 어머니는 오지 않았다.

"어머니, 어머니!"

기력을 잃은 딸은 힘을 다해 어머니를 불렀지만 소리는 눈에 묻혀 몇 발도 가지 못했다. 그 애탄 부름도 오래가지 못했다. 정신을 잃고 말았으니.

왜 가지 말라 말하지 못했을까.

그 한마디를 하지 못한 것이 마음속에 지울 수 없는 멍으로 남았다.

기사가 깨어난 곳은 어느 봉놋방이었다. 눈을 떴을 때에는 한 거한이 아낙을 닦달하고 있었다. 파리한 낯빛을 한 아낙은 젖은 수건으로 기사의 팔다리를 닦고 있었다. 사내의 잔소리는 그칠 줄 몰랐다. 우락부락한 생김새와는 영 달랐다.

"물이 차갑지 않으냐."

"이불을 잘 덮어줘야 하지 않느냐."

투덜대는 소리는 끊어지는가 싶으면 또다시 이어졌다. 아낙은 사내가 시키는 대로 곧잘 했다. 물을 데워 오라면 추운 방 밖으로 뛰쳐나가고, 여인이 춥지 않겠느냐고 하면 이불을 더 꺼냈다. 대꾸 한마디 없었다.

아낙이 닦은 기사의 하얀 얼굴에 마음을 빼앗긴 걸까. 그는 사흘 밤낮을 봉놋방에 눌러앉아 있었다. 그 사내가 패륜 낭발아한임을 안 것은 한참 후였다.

의식을 잃은 채 내내 어머니를 불렀다고 했다. 부르는 소리를 듣고 조선 여인이라는 것도 알았다고 했다.

사연을 들은 낭발아한이 부하들을 이끌고 사라진 어머니를 찾아 나섰으나, 찾을 수 없었다. 세상 모든 것이 눈에 뒤덮였으니.

어머니를 찾은 것은 달포가 지난 뒤였다. 눈이 녹자 낭발아한은 다시 사람을 풀었다. 모린에서 꼬박 하루를 달려 그곳에 간 부하들은 이틀 밤낮을 뒤져 겨우 시신을 찾아냈다. 가까운 곳에는 인가가 없었다고 했다. 딸의 목숨을 구하고자 걷고 또 걸었을 어머니는 너무 멀리 가버렸던 걸까. 두고 온 딸에게 돌아가고자 애썼을 어머니는 끝내 쓰러져 일어서지 못했다. 딸에게 돌아가지 못한 어머니는 눈을 감는 순간에도 얼마나 애를 끓였을까.

낭군을 따라 요동 동녕부東寧府로 간 어머니, 원이 몰락한 후 낭군을 쫓아 길림오라로, 또 경원으로 가고자 했던 어머니, 딸을 살리기 위해 얼어붙은 발을 한 걸음 두 걸음 뗐을 어머니. 그 어머니는 그렇게 눈을 감았다.

세월이 지나도 그 일은 묵형처럼 가슴에 새겨져 지워지지 않았다.

잔혹한 운명은 동녕부로 가던 날 이미 등에 달라붙어 있었는지 모를 일이었다. 남의 말 하기를 좋아하는 사람들은 무관인 아버지가 기씨 일족이라고 했다. 젊은 무관이 갑자기 기황후 일족이 뿌리내린 요양성으로 갔기에 하는 말이었다. 요양에는 동녕부가 있었다. 하지만 원 황실이 허물어지면서 모든 것은 달라졌다. 남방 한족인 주원장의 군대가 황성 대도로 몰려올 즈음 요양에는 황급한 교서가 날아들었다.

제국의 문무관은 위치를 고수하라.
만적蠻賊[10]은 대칸의 영토를 넘볼 수 없다.
칭기즈·쿠빌라이 대칸의 영혼이 지키는 제국은 영원하리라.

황제의 교서가 제국의 종언을 알리는 글일 줄이야 누가 알았을까. 대도가 허물어지고, 황제는 몽진에 올랐다는 소문이 번졌다. 초원에서 왔으니 초원으로 돌아가는 것을 당연시했을까. 높은 벼슬아치는 수레에 재물을 싣고, 낮은 벼슬아치는 말 등에 가재를 실어 표표히 초원으로 향했다. 대도와 요동의 고려인은 달랐다. 흩어져야 한다는 운명은 같았지만 돌아갈 곳이 없었다. 그들은 고려 땅에서 환영받을 수 없는 존재였다. 기사가 가족이 길림오라로 떠난 것은 그때였다. 그곳에는 오라성이 있었다. 발해 대조영이 세운 성이라고 했다. 요양에서 구백 리, 남방 한족의 군대는 발을 디딜 수 없는 곳이었다. 식솔의 목숨을 보존하기에는 그곳보다 좋은 곳도 없었다. 하지만 임종을 앞둔 아버지는 말했다.

"잘못 생각했소. 내가 잘못 생각했어. 어떻게든 돌아가야 했던

---

10 남방의 도적떼.

것을."

질서가 허물어지고 힘이 정의로 변한 북방 동토. 세상을 떠나는 늙은 아버지는 더 이상 처자식을 돌볼 수 없다는 것을 그제야 깨달았다. 아버지는 경원의 여포만호 김권노를 찾아가라는 말을 남기고 눈을 감았다. 경원은 어머니의 고향 경성과 멀지 않았다. 하지만 갈 수 없었다.

기사가 쓰러진 곳은 합란성合蘭城과 멀지 않은 벌판이었다. 합란성은 두만강 북쪽 합란하合蘭河를 끼고 들어선 낡은 고성이었다. 모린으로 돌아가던 낭발아한은 쓰러진 기사가를 발견하곤 무척 의아해 했다고 했다. 인가가 드문 곳에 천인 행색도 아닌 여인이 홀로 쓰러져 있었으니. 얼굴을 감싼 천을 벗겨본 뒤에는 깜짝 놀랐다고 했다. 흙먼지도 미색을 가릴 수는 없었던 모양이다. 더 놀란 것은 목에 건 부절이었다. 부절에는 해청 문양이 선명하게 새겨져 있었다. '순군만호 기호응'이라는 이름도 쓰여 있었다. 그것은 마패였다. 순군만호는 지방을 순행하는 원의 관리이지 않던가. 낭발아한은 부하의 털옷을 벗겨 식어가는 여인의 몸을 감싼 뒤 말 등에 실어 내달렸다고 했다.

그 무렵 경원과 회령에는 역질이 돌고 있었다. 기사가는 경원으로 가고자 했지만 낭발아한은 말렸다.

"그곳에 가면 안 되오."

"역병은 귀천을 따져 찾아드는 것이 아니오."

역질을 핑계 삼았지만 기사가를 보내고 싶지 않기에 하는 말이었다. 한 번 떠난 여인은 돌아오기 힘든 법이니. 낭발아한은 그것이 두려웠다.

"만호에게는 서신을 띄울 테니 제발 그곳에는 가지 마시오."

그해 겨울을 보내면서 낭발아한에게 기사가는 절대 떠나보낼 수 없는 여인이 되었다.

토로고가 태어난 것은 두 해 뒤였다. 자랄수록 아이는 어머니를 닮아갔다. 오뚝한 코, 도톰한 입술만 닮은 것이 아니었다. 토라지면 드러나는 흰자위, 잠잘 때 다리를 꼬는 버릇까지 판박이였다. 활쏘기도 좋아했다. 어릴 적부터 몸보다 큰 활을 둘러메고 아버지를 따라나서는 토로고는 분명 만주의 딸이었다.

일취월장하는 활 솜씨를 두고 아부하기 좋아하는 부하들은 말했다.

"모린에 예羿¹¹가 나타났습니다요."

예는 초목을 말라 죽게 하는 열 개의 해 가운데 아홉 개를 쏘아 떨어뜨렸다는 전설의 신궁이었다. 그 말이 입에 발린 허언임을 알면서도 낭발아한은 너털웃음을 터뜨렸다.

"허허허, 그런가."

그런 때면 늘 따르는 말이 있었다.

"부전여전입지요. 피는 못 속이는 법입니다."

---

11 중국 상고시대 요堯 임금 때 유궁씨 부족의 수령으로, 활을 잘 쏘는 전설의 신궁이다.

북방의 딸

——— 땅거미 내린 사랑채는 밤 채비로 분주했다. 하인들은
바삐 오가며 여기저기 횃불을 세웠다. 밤새 뜰을 밝힐 모양이었
다. 여종은 먹을 것과 마실 것을 날랐다. 뜰에는 코끝을 찌르는 탕
약 냄새가 가득했다. 기사가가 나타난 것은 그즈음이었다. 토로고
와 하아하지가 그 뒤를 따르고 있었다. 젊은 무사 두얼가는 마당
을 가로질러 달려가 허리를 굽혔다.

"마님 납시셨습니까."

"멀리 다녀오느라 고생이 많았겠구나."

홀한해 추격에 따라나선 것을 두고 하는 말이었다.

"늘 하는 일이온데 고생이랄 게 있겠습니까. 패륵님께서는 이
미 다녀가셨습니다."

"장군께서 많이 다치셨다고?"

"조금 다치셨습니다."

대답은 하아하지가 전한 말과는 달랐다. 기사가는 찡그린 눈

으로 여종을 돌아봤다. 따가운 눈총에 하아하지는 고개를 외로 꼬았다.

"그럼, 그리 심하게 다친 것은 아닌 게로구나."

"……."

두얼가는 선뜻 대답을 하지 못했다. 목숨이 다할 큰 부상이 아니라면 무사들은 으레 조금 다쳤다고 말하곤 했다. 두얼가의 대답은 무사들 사이에서는 흔한 말투였다. 두얼가의 반응이 이상했던지 기사가는 다시 물었다.

"대체 어떠시다는 겐가."

"혼수에 빠져 계십니다. 화살을 맞고도 사흘 밤낮을 견디셨는데, 모린에 이르러 긴장이 풀린 탓인지……. 타알의 말로는 그 상처로 그 먼 길을 달려온 것이 기적이라고 합니다. 혹시 독이 묻은 화살을 맞으신 것은 아닌지 살피고 있습니다. 타알이 있으니 별일은 없을 것입니다."

하아하지가 전한 대로였다.

"그렇다면 상태가 위중한 것이 아닌가."

"조금 그렇습니다."

기사가는 작은 한숨을 토했다. 귀를 쫑긋 세워 이야기를 듣는 토로고의 눈에는 수심이 가득했다.

"잠깐 들어가보세나."

기사가는 직접 확인하고 싶었다. 큰 걸음으로 앞장선 두얼가가 방문을 열자 진한 탕약 냄새가 코를 훅 찔렀다. 김죽은 방 안 깊숙한 곳 침상에 반듯이 누워 있었다. 흡사 깊은 잠에 빠진 듯했다. 백발의 타알은 고약을 바른 상처를 천으로 감싸고 있었다. 타알이 일어서려 하자 기사가는 손사래를 쳐 만류했다. 그리고 침상 맡에 선 철릭 차림의 나이 든 사내에게 목례를 하며 말을 건넸다.

"노고가 많았습니다."

느리고 나직하지만 평범하지 않은 음색이 묻어나는 조선말이었다. 나이 든 사내도 고개를 숙여 인사했다.

"잘 지내셨는지요."

"덕분에 평안합니다."

두 사람은 아는 사이였다.

기사가는 타알에게 물었다.

"좀 어떠신가요."

타알의 표정은 밝지 않았다.

"혼절해 깊은 잠에 빠지셨습니다. 혼수 증상이 나타난 이유를 딱히 꼬집어 말하기는 힘들지만 상처가 깊어 피를 많이 흘린 데다 독에 중독됐기 때문이 아닌지 의심됩니다. 신열이 나고, 작은 반점이 생기고, 혼수가 나타나는 것은 독에 중독됐을 때 나타나는 전형적인 증상입니다."

북쪽 여진인은 해마다 칠팔월이면 독초에서 추출한 독을 화살촉에 발라 사용하곤 했다. 큰 짐승을 잡기 위해서였다. 독초를 끓일 때 그 증기를 마시면 가끔 사람이 죽기도 한다고 했다.

"더 나빠질 수도 있습니까."

"제독 처방도 함께 했습니다만, 지금으로서는 열을 빨리 내리는 것이 중요합니다."

"언제쯤 깨어날 수 있을까요."

"딱히 말씀드리기는 힘듭니다."

땀방울이 이마에 송골송골 맺힌 늙은 타알의 눈길은 자꾸만 김죽에게로 향했다.

"오래 깨어나지 못한다면 위태로워질 수 있습니다. 하지만 열이 조금씩 떨어지고 맥이 정상을 되찾는 것으로 봐 위험한 고비는 넘긴 듯합니다."

"타알만 믿습니다. 꼭 낫도록 해야 합니다."

김죽의 운명은 타알의 손에 맡겨져 있었다.

토로고는 잠든 김죽에게서 눈을 떼지 못했다.

"애야, 너는 여기서 타알을 돕도록 하여라. 하아하지도 함께 거들고. 나는 패륵께 잠깐 가봐야겠구나."

사랑채 일을 도울 시녀가 없는 것도 아니건만 기사가는 굳이 토로고와 하아하지를 그곳에 남겨뒀다. 방을 나서기 전 침상 맡에 서 있던 나이 든 사내에게 다시 말을 건넸다.

"타알이 있으니 너무 염려하지 마세요. 타알은 우리의 화타華佗입니다. 먼 곳을 다녀오느라 고단하실 텐데 잠시라도 쉬시지요."

그는 북신영 오장 치노였다. 김죽을 따라 때때로 모린을 드나들었던 그는 기사가와 토로고가 누군지 잘 알고 있었다. 직접 들은 적은 없지만 왜 기사가가 왔는지, 왜 토로고를 두고 기는지 눈치로 사정을 훤히 꿰고 있었다. 눈칫밥으로 모진 삶을 이겨낸 관노 출신이 아니던가. 김죽을 향한 토로고의 눈빛은 오래전부터 남달랐다. 그녀의 눈은 늘 김죽을 향해 있었다. 기사가도 나긋한 말투로 부러 김죽을 따뜻이 맞곤 했다. 평범한 조선의 변장邊將[12]이라면 그렇게 대할 리 만무했다. 남달리 생각하기에 나오는 행동임이 분명했다. 그것을 알기에 기사가가 자신에게 고개 숙여 인사를 하면 치노는 더 깊이 고개를 숙였다.

두얼가가 기사가를 따라 나간 뒤 치노는 옆에 선 마병 사내의 허리를 쿡쿡 찔렀다.

"우리도 잠깐 쉬고 오지."

"……"

사내는 멀뚱멀뚱 쳐다보기만 했다.

"바깥에 나가 시원한 공기라도 좀 마시자니까."

"……"

"뭐 하는 게야."

"나리께서 저러고 계신데……"

치노가 말을 건 사내는 다비였다. 다비는 혼수에 빠진 김죽을 두고 방을 나서고 싶지 않았다. 차마 그럴 수 없었다. 하지만 치노는 다비의 손목을 틀어잡고 억지로 끌고 나왔다.

치노라고 걱정이 덜했을까. 걱정스러운 마음은 매한가지였다. 오십 줄을 바라보는 나이에 한사코 김죽을 따라나선 것은 그 때문이었다. 비적 쫓는 일은 전쟁이었다. 언제 어디에서 창칼과 석

---

12 변방의 장수.

노가 날아들지 알 수 없었다. 조선 변방에 들이닥치는 비적이라면 호락호락할 리 만무했다. 그들도 목숨을 걸고 노략질을 하는 것이 아니던가. 설혹 비적 쫓는 일이 아니라도 두만강을 건너면 무슨 화를 당할지 알 수 없었기에 늘 조마조마했다. 그러기에 김죽이 마병을 이끌고 외방에 갈 때마다 치노는 한사코 따라나서 곁을 지켰다. 홀한해에서 김죽에게 날아드는 대궁을 막아내지 못한 자신을 내내 자책한 것은 그 때문이었다. 하지만 김죽이 목숨을 다할 리 없다고 믿었다. 그것은 치노만의 확신이었다.

방을 나선 치노는 문밖에 놓인 항아리에서 물을 한 바가지 떠 벌컥벌컥 들이켰다. 다비가 쏴붙였다.

"형님, 도련님이 저렇게 쓰러져 있는데 바람 쐴 생각이 난단 말이요?"

"그런 게 아니야."

"뭐가 아니라는 거요."

"이놈아. 그럼 너나 내나 방에서 뭘 할 건데?"

"그래도 그건 아니지요."

방에 있을 때와는 전혀 다른 말투였다. 점잖은 모습은 온데간데없고 서로 옥신각신했다. 호칭도 도련님, 형님, 이놈 저놈이 거리낌 없이 쏟아져 나왔다. 두 사람 모두 오장이었지만 우두머리는 치노였다. 하지만 그런 것쯤은 다비에게 중요하지 않았다.

"형님, 도련님을 어떻게 저 사람들에게만 맡겨두냐고요."

"무슨 소리야."

"무슨 소리인지 몰라서 묻소."

"저 사람들을 믿지 않으면 누굴 믿을래. 네놈이 처방을 알아, 내가 약을 알아?"

"……."

"믿을 만하니 걱정할 것 없어. 우리가 버티고 있어봐야 무슨 도움이 되겠어."

모린 땅을 자주 밟아보지 못한 다비는 입을 다물 수밖에 없었다.

"도련님은 괜찮으실까요?"

"괜찮다마다. 도련님이 어떤 사람인데, 어떻게 되시기라도 할 것 같아?"

"그렇다면 좋겠지만 깨어나질 못하시잖아요."

"재수 없는 소리 말아. 한잠 푹 주무시면 깨어나실 테니, 가서 몸이나 씻고 좀 쉬어."

"나도 여기 있을 테요."

"쓸데없는 소리 말고 미리 눈이라도 좀 붙이고 오라니까. 나야 이골이 난 놈이니 걱정 말고."

다비는 마병이 머무는 객관으로 가지 않았다. 사랑채 밖을 지키는 몇몇을 제외한 나머지 마병은 이미 곯아떨어진 상태였다. 이틀을 꼬박 달려온지라 눕자마자 깊은 잠에 빠져들었다. 치노와 다비도 몸이 천근만근 같기는 마찬가지였다. 그래도 김죽이 깨어나질 않으니 버티고 있을 뿐이었다.

횃불 아래 쪽마루에 걸터앉은 치노와 다비를 부른 것은 두얼가였다. 벌겋게 뜬 얼굴에 하얀 이를 드러내고 웃으며 오라고 손짓을 했다. 두얼가는 치노가 마음에 들었다. 그의 눈에는 홀한해 전투 때 김죽에게 날아드는 화살을 몸을 던져 막고자 한 치노야말로 주인을 지키는 진정한 무사였다. 두 사람을 데려간 곳은 사랑채에 달린 작은 행랑방이었다. 언제 일렀는지 늙은 아낙이 소반에 음식과 탁주를 담아 왔다. 그들은 외마디 조선말과 여진말을 주고받으며 탁주잔을 기울였다.

지친 몸에 술기운이 퍼졌기 때문일까, 깜빡 잠이 든 치노가 깬 것은 이슥한 밤이었다. 화들짝 놀라 문을 박차고 뛰어나갔다. 두얼가는 여전히 꼿꼿한 자세로 쪽마루에 앉아 있었다. 달빛 아래 좌불 같았다. 다비는 환도자루에 턱을 괸 채 끄덕끄덕 졸고 있었다.

치노는 사랑방 문을 열었다. 순간 또 한 번 놀랐다. 호롱불 밝힌 방에는 그때까지도 토로고가 김죽을 돌보고 있었다. 젖은 수건으로 이마의 땀을 닦아내고, 팔을 닦으며 신열 내리기에 애를 쓰고 있었다. 걷은 소매에는 핏빛이 배어 있었다.

"무엇 하는 게냐. 따듯한 물을 더 가져오지 않고."

"알겠습니다, 아씨."

하아하지는 이마에 밴 이슬땀을 훔쳐낸 뒤 문밖으로 뛰어나갔다. 타알이 만지던 약재는 방 한쪽에 가지런히 놓여 있었다. 토로고는 치노를 돌아보며 낭랑한 목소리로 말을 건넸다. 조선말이었다.

"좀 더 쉬시지 않고요."

"깜박 잠이 들어……."

오래 자리를 비운 이유를 말해야 할 것 같았지만 마땅한 말이 떠오르질 않았다.

"아직 여전하십니까?"

"열은 많이 내렸습니다. 열이 내리면 의식도 돌아오고 나아지실 것이라고 하니 너무 염려 마세요. 깨어나신 것은 아니지만 이제 숨소리가 고르고 힘이 있습니다."

걱정에 짓눌린 가슴이 조금 풀어진 걸까, 치노에게서 예의 큰 목소리가 터져 나왔다.

"아이구, 도련님."

눈에는 눈물이 배어났다. 밖에서 졸던 다비가 문을 박차고 들어왔다.

"무슨 일입니까. 형님."

당황한 토로고는 입에 검지를 대며 쉿 소리를 냈다.

"아직 회복하신 것이 아니에요."

"아이쿠."

"이제 우리가 있겠습니다. 고단하실 텐데 쉬셔야지요."

토로고는 치노를 빤히 바라봤다.

"아닙니다. 제가 더 잘 보살필 수 있을 것 같으니 두 분께서는 쉬세요. 먼 길 오시느라 얼마나 고단하시겠습니까."

그 말을 한 뒤 수건을 짜 이마에 얹었다. 이불도 다시 가지런히 덮어주었다. 나갈 생각이 없다는 뜻이었다.

밤은 자시[13]를 넘고 있었다. 방을 나선 치노와 다비는 객관으로 가지 않았다. 병간이야 토로고가 잘 하고 있으니 칼을 쥐고 방을 지키면 될 일이었다.

치노는 환도를 지팡이 삼아 쪽마루 난간에 기대앉았다. 머리를 들어 하늘을 올려다봤다.

달은 서편으로 기울고 있었다. 구름은 달에게 길을 터주는가 싶다가도 또 막아섰다. 기롱이라도 하는 듯했다. 끝을 알리는 경계가 없는 만주의 달빛 받은 하늘은 흡사 검푸른 바다를 이루고 있는 듯 했다. 앳되기만 했던 소녀, 모린에 온 김죽과 마주치기라도 하면 빨개진 얼굴로 몸을 숨기던 소녀. 그 소녀가 이제는 김죽을 지키고 있지 않은가. 오갈 데 없어 회령 관아에 기식하던 어린 이랑. 그 아이는 이제 만주벌을 누비며 북방을 파수하고 있지 않은가. 새치가 서리처럼 내린 머리를 쓸어 올리는 치노의 뇌리에는 지난 일들이 주마등처럼 스쳐 지나갔다.

사랑채를 밝히는 횃불 저편에는 두얼가가 여전히 좌불처럼 앉아 있었다.

김죽이 깨어난 것은 이틀이 지난 뒤였다. 새벽녘에 눈을 뜬 김죽은 눈을 의심했다. 꿈에 본 토로고가 꿈에서 본 그 옷을 입고 다소곳이 앉아 있었다. 미소까지 머금고. 몇 번이나 눈을 떴다 감은 뒤에야 꿈이 아니라는 것을 알았다.

"아! 다시 깨어나셨네요!"

---

13 밤 11시부터 새벽 1시 사이.

귓전에 닿은 목소리는 여울을 구르는 잔잔한 물소리 같았다.

"다시라고……?"

기억을 더듬으려 애썼지만 아무 생각도 나지 않았다. 마지막 남은 기억은 부축을 받아 방에 들어선 순간이었다. 언제 그곳에 누웠는지, 왜 여진 옷을 입고 있는지 기억을 불러내고자 했지만 공허한 느낌만 가득할 뿐이었다. 기억에서 사라진 시간은 애초 존재하지 않았던 삶과 같은 걸까. 불가에서 이르는 공空의 세계가 그런 걸까.

"네에."

꼬박 이틀 밤낮을 애태웠기 때문일까, 말꼬리를 올리는 토로고의 목소리는 들떠 있었다. 말투가 밝았다.

"두 시진 전에 잠시 깨어나셨지요. 이내 다시 눈을 감으셨지만."

"얼마나 여기에 있었던 게요."

"이틀 동안 주무셨습니다."

"토로고가 내내 여기에 있었던 게요."

"네."

왠지 대답이 작았다.

"옷을 갈아입힌 것도?"

토로고는 발개진 얼굴로 고개를 내저었다. 하기야 하고많은 사람을 제쳐두고 패륵의 딸이 외간 남자의 옷을 갈아입힐 리 있겠는가.

"미안하오."

김죽은 정신을 가다듬을 틈도 없이 무안해하는 토로고에게 사과를 해야 했다. 홍시처럼 발개진 얼굴이 더 아름답게 느껴졌던 걸까. 그녀에게서 눈을 떼지 못한 채 김죽은 연신 미소를 지었다. 그 웃음이 문제였다.

"깨어나셨으니 정말 다행입니다. 꼬박 이틀을 돌봐준 사람에게 깨어나시자마자 고맙다는 말씀 한마디 없이 기롱을 하시니 이제 완전히 괜찮아지신 것 같네요."

새침한 말투였다. 아마도 끊일 줄 모르는 김죽의 웃음에서 양갓집 규수를 기롱하는 저자의 불한당과도 같은 인상을 받았는지도 모를 일이었다. 내내 곁을 지키며 김죽의 따뜻한 눈길을 기대했을 토로고의 실망이 묻어나는 말투이기도 했다.

"아, 아니. 그게 아니라……."

말을 더듬었다.

"괜찮습니다. 모두들 크게 걱정했는데, 이제 걱정을 덜게 됐으니 천만다행이지요."

김죽은 당황했다. 겨우 깨어나 던진 말 한마디에 기롱이나 하는 사내가 되어 핀잔까지 들었으니.

"공연한 소리를 해 미안하오. 도무지 생각나는 것이 없어 무엇이든 물어본다는 것이 그만……. 고맙소."

변명까지 해야 했다. 하지만 핀잔도 설레는 마음을 쫓지는 못했다. 꿈속 여인이 눈앞에 있지 않은가. 핀잔이 힐나이 아니라는 것을 알지만 설사 더한 힐난을 당하더라도 달가이 받아들일 수 있을 것 같았다.

혼수에 빠진 속에서도 토로고의 잔상이 깊이 새겨졌던 걸까, 김죽은 꿈속에서 내내 그녀와 함께 있었다. 나지막하고 낭랑한 목소리, 부드러운 손길. 깨어난 뒤에도 그 느낌은 가시질 않았다. 깨어나니 누가 남가일몽이라고 말했던가. 그 여인이 눈앞에 있었다. 김죽은 토로고에게서 눈을 떼질 못했다. 까맣고 동그란 눈, 오뚝한 코, 도톰한 입술. 옆머리에 꽂혀 있는 장신구가 오히려 부끄러워 숨어야 할 것 같았다. 그의 눈에는 그렇게 보였다. 토로고는 더 이상 예전에 봤던 앳된 소녀가 아니었다.

빤히 바라보는 눈길이 민망했던지 토로고의 얼굴이 다시 발개졌다.

"무엇 때문에 자꾸 그리 보며 웃으십니까."

"……."

그래도 미소는 떠나질 않았다.

밤새 치다꺼리하는 일에 지쳤는지 하아하지는 구석에 누워 한잠에 빠져 있었다. 동쪽 산을 기어오른 해는 어느덧 등마루에 얼굴을 빠끔히 내밀었다.

이후에도 신열이 이어지고 상처에서는 핏물이 배어났다. 증상이 가라앉은 것은 나흘째 되던 날이었다. 그때도 타알은 탕약을 끓이고, 토로고는 상처를 닦았다.

어머니 땅으로

———— 두만강 연변은 녹색 천지였다. 언제 북풍한설이 있었느냐고 되묻는 듯했다. 가지마다, 풀잎마다 살아 꿈틀대는 소리가 진동했다. 해 뜰 녘 잠을 깬 새는 날개를 펴 강을 덮고, 해 질 녘 쉴 곳을 찾은 풀벌레는 짝을 불렀다. 백두 자락을 흘러내린 푸른 물은 척박한 땅에 생명을 실어 날랐다. 녹수가 모여드는 두만강. 두만강을 아야고라 이름한 것은 자갈에 부딪는 물소리가 천변만화의 조화를 만들어내기 때문이라고 했다. 하지만 유래를 아는 이는 드물었다. 그저 모두가 그렇게 부르니 그리 부를 뿐이었다. 하기야 이름이 무에 그리 중요할까. 이름이 없다고 강이 없는 것도 아닌데.

수많은 생명이 강에 의지해 목숨을 이어갔다. 푸른 기운이 차오르자 동토의 고통은 가시고 생기가 돌았다. 호미를 가진 자는 들로 가고, 덫을 가진 자는 산으로 가고, 그물을 가진 자는 강으로 갔다. 보채던 아이 울음도 그쳤다. 아이가 먹을 것을 베어 물고 배시시 웃음을 지으면 어머니는 고픈 배를 채워준 천지신명에게 감사의 기도를 올렸다.

운두성도 바빠졌다. 검은 마병은 만주의 변화를 알아내기 위해 끊임없이 강을 넘나들었다. 성에 남은 군사는 텃밭에 옥수수와 감자 등 채소를 심었다. 산으로 달려가는 병사도 있었다. 운이 좋아 멧돼지나 노루라도 잡는 날에는 개선장군이라도 된 양 목청껏 가락을 뽑으며 성문을 두드렸다.

영웅호걸 어디 갔소, 그 사람 예 있소
이 보오 예쁜 처자, 누구를 그리 찾소
그 사람 여기 있소, 그 낭군 예 있소
술 취한 강산에 영웅은 춤추고
돈 없는 천하에 호걸은 울도다
에얼싸 얼널덜 더리고 상사디야
비 오고 바람 쳐도 북국으로 내달리고
북풍한설 참아내며 북관 땅 지켜내네
그 영웅 나일세, 그 호걸 나일세
간다 간다 나는 간다, 백두로 만주로
간다 해도 아주 갈까 정만은 남겨두소
에얼싸 얼널덜 더리고 상사디야

노랫가락에는 북으로 가는 마병의 애환이 질편히 녹아 있었다. 강을 건널 때면 온몸을 휘감는 서늘한 기운. 그것은 두려움이었다. 두려움을 떨치기 위해 말고삐와 칼자루를 움켜잡지만, 운명의 수레 앞에서는 한없이 작아지곤 했다. 그래도 마음을 다잡아야 했다. 강산의 영웅이요, 천하의 호걸이라고 떵떵거리는 배짱이야말로 무슨 일이 벌어질지 모르는 깜깜한 내일을 밝히는 등불이었다.

목숨을 건 마병들. 하지만 가슴에는 너나없이 애틋한 그리움이 똬리를 틀고 있었다. 천리 남도 땅을 떠나온 군졸들, 양인과 천민이 뒤섞인 잡색의 마병들, 북변에 뼈를 묻는 토관土官들. 고향도, 신분도 달랐지만 불쑥불쑥 용솟음치는 그리움을 떨치기 힘들기는 매한가지였다. 그들은 하루에도 골백번 하늘을 올려다봤다. 고향에서도 저 구름이 보일까, 마파람엔 어머니 내음이 실렸을까, 까막눈 아내는 안부 편지를 읽기나 했을까. 차라리 속 편한 이는 혈육 한 점 없는 치노와 다비 같은 부류였다. 그리워할 것도, 애태울 것도 없었다. 그렇다고 나을 것도 없었다. 그들 눈에는 그리워할 가족이 있는 이들이 한없이 부러울 뿐이었다.

마병이 척박한 북관 땅에서 버티는 것은 서로 부대끼며 생사고락을 함께하는 동료가 있기 때문이었다. 그들은 똘똘 뭉쳤다. 내가 너의 칼이 되고, 네가 나의 방패가 되어야 모두가 살아남아 그리운 얼굴을 다시 볼 수 있다는 것을 알았다.

토로고가 회령 땅을 밟은 것은 짙은 연둣빛이 산천을 뒤덮은 때였다. 그녀는 상단을 따라 두만강을 건넜다. 종성으로 가는 모린 상단은 꽤 컸다. 말을 탄 무사 십여 명이 앞장서고, 수십 대의 우마차가 뒤를 이었다. 우두머리는 호군 가린응합이었다. 두얼가와 복라손, 화라속은 뒤를 따르고, 토로고는 남장 차림으로 행렬 한가운데에 있었다.

갑자기 나타난 행렬에 사진나루를 지키던 회령부 사졸들은 적이 당황했다. 회령에는 여진인과의 교역을 위한 무역소가 없었다. 무역소는 종성과 경원에 있었다. 야인 상단이 나루를 건널 리가 없건만 족히 육, 칠십이 넘는 무리가 강을 건너니 당황하지 않을 수 없었다. 초막에 퍼질러 앉아 있던 사졸들은 서둘러 무장을 챙겨 나루로 달려갔다.

"어디로 가는 게요. 무엇 하는 사람들이기에 함부로 이곳을 건너는 게요."

오장은 탁한 여진어로 소리를 내질렀다.

"모린에서 오는 상단이외다. 종성 무역소로 가는 길이오."

가린응합의 대답에 오장은 되물었다.

"종성으로 가는데 왜 사진나루를 건너는 게요."

거리로 따지면 모린에서 종성은 가깝고 회령은 멀었다. 굳이 회령을 거쳐 종성으로 갈 리가 없었다. 다만 일행은 회령에 토로고를 떨구고 가야 했기에 길을 돌아 사진나루로 들어선 것이었다.

가린응합은 복라손을 불렀다. 복라손은 품에서 도백 인장이 찍힌 도강증을 꺼내 보였다. 상단이 강을 건너는 것을 허락하는 증명이었다. 오장은 깐깐했다. 도강증을 보고도 연신 고개를 갸우뚱거리더니 급기야 짐을 검색하도록 했다. 툭하면 비적이 강을 건넜으니 짐을 뒤지는 것은 특별한 일이 아니었다. 그 순간 오장의 눈에 뜨인 것은 말을 탄 토로고였다.

"저 사람은 누구요."

남장한 사당패를 많이 봤기 때문일까, 오장의 눈썰미는 남달랐다. 곱상한 얼굴에 가슴이 볼록한 것이 영락없는 여인이었다. 토로고는 도도하게 시선을 외면했다.

"우리 일행이외다."

"여자 아니오!"

"……."

"남장한 여자 아니냔 말이오?"

"지금 무슨 소리를 하는 게요."

짐 실은 우마차에 올라앉은 남장한 하아하지까지 눈에 들어오니 오장은 소리를 내질렀다.

"물건을 샅샅이 살피도록 해라!"

그의 강단은 대단했다. 혹시 비적이라면 싸움을 벌이기에는 턱없이 모자란 군졸 대여섯만을 거느리고도 조금도 위축되지 않았다. 가린응합이 호군 신분을 밝혔지만 소용이 없었다. 일행 중 두 여인은 남장을 하고, 종성으로 가야 할 우마차가 사진나루에 들어왔으니 의심할 만도 했다.

"이상한 점이 한둘이 아니잖소. 조사가 끝날 때까지 이곳으로 들어온 이유를 이실직고하든지, 아니면 돌아가도록 하시오."

"이보오, 무엇이 이상하다는 말이오. 저 사람이 여자로 보이오?"

"분명 여자요."

"어허, 아니라는데."

"세상에 수염 없는 남자도 있소?"

"있지, 왜 없소."

"그럼 벙어리요? 말도 한마디 하지 않고 먼 산만 보고 있질 않소. 어디 바지라도 벗겨봅시다."

그 말에 빨개진 토로고의 얼굴을 본 오장은 더욱 확신에 차 놓아주질 않았다. 물러설 수 없기는 가린응합도 마찬가지였다. 이름 모를 나루 초병에게 패륵의 딸이 왔다고 털어놓을 수는 없는 노릇이었다. 엽전 다발이라도 집어 줄까 생각했지만 그럴 수 있는 상황도 아니었다.

실랑이는 운두성 마병이 온 뒤에야 풀렸다. 한창 말씨름을 하고 있을 때 군마가 먼지를 가르며 달려왔다. 북신영 부장 도하성이 치노와 다비를 데리고 마중 나온 것이었다. 도하성은 가린응합에게 목례를 건넸다. 늙수그레한 치노가 남장 여인을 향해 고개를 숙여 인사를 하자 토로고는 활짝 웃으며 답례를 했다. 그 표정이 또 영락없는 여자였다. 오장은 기가 막혀 소리를 내질렀다.

"어, 어, 저 보시오!"

"무슨 일이냐."

도하성이 오장에게 물었다.

"수상한 점이 한둘이 아닙니다. 종성으로 가는 우마가 회령으로 들어온 것도 이상한데 남장한 여자까지 있습니다."

"……"

도하성은 뭐라 대답하기가 힘들었다.

"저기 말 탄 저자, 아니 저 여자를 보십시오. 저 사람이 어떻게 남자입니까."

오장은 검지로 토로고를 가리켰다.

하지만 돌아온 답은 엉뚱했다.

"어디를 봐 저 사람이 여자라는 겐가. 분명 남자 같은데."

치노도 거들었다.

"제가 보기에도 여자는 아닙니다."

어안이 벙벙해진 오장은 토로고와 도하성을 번갈아 쳐다봤다. 사슴을 가리키며 말이라고 우기는 지록위마가 따로 없었다.

"아, 아니……. 저, 저 사람은 분명 여자인데……."

다비가 쐐기를 박았다.

"멀쩡한 남자를 여자라고 하면 손님에게 결례를 저지르는 겁니다."

그 말에 오장은 입을 다물 수밖에 없었다. 북신영의 손님이라고 하지 않는가.

도하성이 일행을 이끌고 회령으로 향하자 나루 사졸들은 먼지를 남기고 멀어지는 우마 엉덩이만 하릴없이 쳐다봐야 했다. 오장은 멀어지는 토로고의 뒷모습을 뚫어지게 바라보며 고개만 갸우뚱거렸다.

강을 건넌 토로고의 눈에 들어온 것은 산성이었다. 깎아지른 강변 절벽 위에 성이 우뚝 서 있었다. 햇볕을 받은 성벽은 은빛을 뿜어내고 있었다. 운두성이었다. 구름 운雲 머리 두頭, 구름을 머리로 삼은 성이었다. 성의 장대에 서면 만주 산야를 발아래로 굽어볼 수 있을 것만 같았다.

조선에 왔으니 조선어를 쓰는 걸까. 토로고는 조선어로 말했다.

"저 성은 만태성을 많이 닮았네요. 햇살에 반짝이는 것이 쌍둥이 같아요."

"저 성이 운두성입니다."

토로고의 눈이 둥그레졌다.

"운두성이라고요?"

"예."

"그럼 저곳에 장군님이……."

토로고가 김죽을 돌본 일을 알 턱이 없는 도하성은 장군이 누구를 이르는지 알 수 없었다. 치노가 대신 대답했다.

"예, 나리께서 저곳에 계십니다."

"아, 저 성이 바로 그 운두성이군요."

그녀는 회령부로 가는 내내 운두성을 돌아보고 또 돌아봤다.

토로고가 회령에 온다는 기별을 한 것은 보름 전이었다. 그날 늙은 복라손은 검은 말을 타고 달려와 성문을 두드렸다. 김죽을 만나자 절을 한 뒤 가져온 비단 보따리를 끌렀다. 보따리에서 꺼낸 것은 검은 빛을 뿜어내는 환도였다. 만주 흑철로 만들었기에 나는 빛깔이었다. 날이 몹시 날카로웠다. 무엇이든 닿기만 하면 절로 베일 듯했다. 환도의 곡선은 조선 검을 닮은 듯 했지만 조금 더 휜 것이 북방 반월도의 전통이 더해진 것 같았다. 손가락으로 쇠를 퉁겼다. 까앙 소리를 내며 길고 청명한 공명이 울려 퍼졌다.

김죽은 감탄했다.

"어찌 이토록 맑은 소리가 날 수 있다는 말이냐."

복라손의 입가에 미소가 번졌다.

"패특님께서 장군께 드릴 가장 단단한 칼을 만들라고 명하셨습니다. 모린 최고의 대장장이가 모여 한 달이 넘도록 연마했으니여느 검과는 비할 바가 아닐 것이옵니다."

"과연……."

"얼마나 힘들게 만들었는지 대장장이는 이 환도를 만든 뒤 몸져눕고 말았습니다."

"쇳소리는 거짓말을 하는 법이 없느니라. 얼마나 공을 들였는지 보지 않아도 알 만하구나. 참으로 고맙고, 참으로 놀라울 따름이다."

감탄은 마를 줄 몰랐다.

환도를 만들어 보낸 이는 토로고였다. 딸의 청을 들은 낭발아한은 누가 봐도 탐낼 만한 환도를 만들라는 영을 내렸다고 했다. 고구려, 발해, 금으로 이어지는 천년 제검의 전통을 보여주고 싶었던 걸까. 대장장이는 영이 떨어지자 철령 흑철을 직접 가져와한 달 가까이 시뻘건 불에 달궈 망치로 두드리기를 수없이 반복했다고 했다. 그렇게 담금질한 쇠에서 청명한 소리가 나지 않는다면그것이 오히려 이상한 일이었다. 칼등에는 글이 새겨져 있었다.

以劍護身 以心明道 이검호신 이심명도

토로고가 직접 쓴 글이라고 했다.

복라손은 보름 뒤 회령으로 갈 토로고를 잘 보호해달라는 낭발아한의 서신을 전한 뒤 그날 저녁 달빛을 길잡이 삼아 북으로 돌아갔다. 떠나기 전 김죽은 물었다.

"왜 이리 빨리 가려 하느냐. 밤도 깊은데 쉬고 날이 밝으면 떠나도록 하라."

돌아온 대답은 의외였다.

"종이 잠들면 주인께서는 한없이 기다리셔야 합니다."

하인의 입에서 그런 말이 나올 줄이야. 김죽은 깜짝 놀랐다. 그제야 왜 모두가 복라손을 충복이라고 하는지를 알았다. 주인을 생각하는 마음이 그토록 깊다면 주인의 믿음도 그만큼 크다는 것이 아닌가. 어쩌면 믿음과 복종이 모질고 황량한 동토에서도 살아남을 수 있게 하는 힘인지도 모를 일이었다.

김죽은 그날 밤 운두성 북장대에 올랐다. 북녘 산야는 어둠에 덮여 있었다. 토로고가 쓴 여덟 자 글귀를 되새겼다.

'검으로 몸을 지키고 마음으로 길을 밝히라.'

말하고 있는 길이란 무엇일까. 두만강 너머로 이어지는 인연의 길일까, 무장의 길일까. 달빛은 환도에 새겨지고, 글은 가슴에 새겨졌다.

모린 상단이 향한 곳은 회령의 객관이었다. 객관은 행성 밖에 있었다. 객관을 행성 안에 두지 않기는 육진이 똑같았다. 관부의 기밀을 유지하고 혹시라도 그곳에 든 빈객이 내응해 공격하는 것을 염려해서였다. 주인은 주인이요, 객은 객이었다.

객관에는 아무나 들이지 않았음에도 빈객은 끊이는 법이 없었다. 일반 여진인은 그곳에 묵는 것만으로도 큰 대접으로 여겼다. 작은 부락 추장이나 부로들은 객관에 머물렀는지, 어느 방을 썼는지를 두고 서로 시샘을 했다. 회령에는 무역소가 열리지 않았지만 그곳에 온 여진 빈객이라면 누구나 소소한 교역을 하는 것을 당연시했다. 그들은 모피, 약초, 말을 가져와 쌀, 비단, 인삼과 같은 물건으로 바꿔 갔다. 사 가는 물건 가운데 가장 귀한 것은 쌀이었다. 강 너머 척박한 만주로 가는 순간 쌀값은 서너 배씩 뛰었다. 그런 노다지도 없었다. 흉년이라도 든 때에는 특히 심했다. 이문 남기는 일이라면 불구덩이도 마다하지 않는 장사치는 그즈음 삼남의 쌀을 몰래 실어 와 팔아넘겼다. 감시의 눈이 번득였지만 야밤을 틈타 강을 넘나드는 밀거래는 막기 힘들었다. 뇌물을 먹은 관헌이라도 끼이면 사졸은 강을 건너는 배를 빤히 보고도 눈뜬장님처럼 눈만 껌벅거렸다.

회령의 객관은 단아했다. 자색 칠을 한 아름드리 기둥과 기와 지붕에서 조선 반가의 기품이 느껴졌다. 촘촘한 창호 격자에도 여염집에서는 찾아보기 힘든 격조가 우러났다. 추녀 끝에 새긴 태평화문은 변방의 화평을 기원하는 걸까. 뜰에는 비에 젖은 흙을 밟지 않도록 돌길이 깔려 있었다.

"어서 오세요."

토로고와 가린응합을 맞은 것은 여진어를 하는 앳된 젊은 여인이었다. 객관을 책임지는 객사사客舍史는 뒤편에 멀뚱히 섰을 뿐이었다.

"나리께서 정성껏 모시라 이르셨습니다."

그녀는 운두성 여종 향전이었다. 신분은 종이지만 하얀 용모에 남다른 기품이 여타 종들과 달랐다. 사람들은 그녀를 몰락한 반가의 딸이라고 했다. 글을 줄줄 읽고 여진어를 막힘없이 했으니 아전과 사졸은 그녀를 종 부리듯 할 수 없었다. 종도 종 나름이었다.

향전이 일행을 데려간 곳은 별실이었다. 별실로 가는 길에 마당 건너로 보이는 객방은 대갓집 사랑채 같았다. 그곳에는 삼삼오오 차를 마시고, 웃고, 떠드는 빈객이 들어차 있었다. 작은 중문을 열어젖힌 뒤에야 나타나는 별실은 여느 객방과는 달랐다. 담장과 방으로 사방을 둘러싸 외부와 차단되어 있었다. 별실은 딴 세상이었다. 입구 쪽에는 시중을 드는 하인이 머무는 작은 행랑방도 있었다. 그 모습이 사합원四合院[14]과 비슷했다.

"객관에 이런 곳이 있었습니까."

눈이 둥그레진 가린응합이 물었다.

"한양의 어르신이나 사신이 머무는 곳입니다."

"그럼 명의 사신도 이곳에 묵었다는 말입니까."

---

[14]   사면이 벽과 방으로 이루어진 가옥.

"그렇습니다."

"그런데 어찌 이런 곳을……."

여진인은 아무도 묵어보지 못했을 별실을 내주는 이유를 물으려 했지만 향전이 말을 잘랐다.

"나리께서 특별히 이곳에 머무시도록 하셨습니다."

가린응합은 연신 고개를 끄덕이며 고마워했다. 그러나 토로고는 그러지 않았다. 대수롭지 않게 여기는 표정이었다. 하기야 객관이라는 곳에는 한 번도 와보지 못한 그녀가 그것이 특별한 대우라는 것을 알 턱이 없었다. 종성으로 가야 하는 가린응합은 세상 물정 모르는 토로고가 걱정스러웠다.

"이곳은 모린이 아니다. 매사 조심해야 한다."

"걱정 마세요. 오라버니가 오실 때까지 이곳에서 한 발짝도 움직이지 않을 테니."

그 말을 한 뒤 생긋 웃어 보였다. 가린응합은 그 모습이 더 걱정스러웠다.

"너무 걱정하지 않으셔도 됩니다. 나리께서는 아씨를 특별히 잘 보살피라 이르셨습니다. 아무도 이곳에 들이지 말라는 엄명도 내리셨습니다. 저와 호위병들이 아씨를 잘 모시고 있을 테니 염려 말고 다녀오십시오."

향전의 말은 한마디 한마디에 믿음이 묻어났다. 그 말을 확인하기라도 하듯 일손 돕는 여종 외에는 정말 아무도 별실에 들락거리지 않았다. 큰 손님이 들면 얼굴을 내밀어 짭짤한 수입을 챙기곤 하는 객사사 얼굴도 보이지 않았다.

가린응합은 그날 토로고를 남겨둔 채 상단을 이끌고 종성으로 떠났다.

객관에는 하아하지와 두얼가, 복라손, 화라속만 남았다. 별실 출입문 밖에는 치노와 다비가 운두성 사졸을 거느리고 번갈아가며 번질러 있었다. 별실에 든 귀인이 누구인지 궁금해 중문 앞을 어슬렁거리던 빈객들도 운두성 마병의 험상궂은 표정에 가까이 오기를 꺼렸다.

하아하지는 꿈만 같았다. 가보리라 생각도 못 했던 조선 땅을 밟고, 사신이 드는 곳에 엉덩이까지 붙이니 여종 사주치고는 꽤 괜찮다 싶었다. 여종 눈에는 모든 것이 신기했다.

"아씨, 이렇게 반짝이는 장은 처음 봅니다요."

말투부터 들떠 있었다. 나전장을 두고 한 말이었다. 어디 나전장뿐인가. 옻칠한 가구와, 책을 두는 경상까지, 별실을 꾸민 가구치고 예사롭지 않은 것은 하나도 없었다.

"아씨 이것 좀 보세요. 어머, 곱기도 해라."

소쿠리에 담긴 색실을 어루만지며 감탄을 연발했다.

"아씨 이것도 좀 보세요. 꽃 수를 이렇게 예쁘게 놓아두었네요, 헤헤헤."

장을 열고 벽장을 열 때마다 하아하지의 가벼운 입은 떡떡 벌어졌다. 평소 같으면 웬 오두방정이냐고 한마디 할 만하건만 그날 토로고는 그러지 않았다. 그저 미소를 지을 뿐이었다. 토로고의 눈에는 객관의 별실이 모린의 집보다 그리 나을 것도 없었다. 다른 점이 있다면 회령 객관에는 어린아이 살갗처럼 매끈한 나전장이 있고 모린에는 투박한 장이 있다는 것 정도였다. 입에 머금은 미소가 떠나지 않은 것은 회령에 왔기 때문이었다.

　얼마나 가슴앓이를 했던가. 김죽이 떠난 뒤 마음은 갈피를 잡질 못했다. 다리가 저리도록 온종일 마당 꽃밭에 쪼그려 앉아 있곤 했으나 눈앞에 어른거린 것은 꽃이 아니라 웃음 짓는 김죽의 얼굴이었다. 구름을 보면 회령으로 떠가는 구름인지 생각하고, 은하수를 보면 그 꼬리는 회령에 닿을지 궁금해 했다. 그런 장님도 없었다. 몇 날 며칠을 고민한 끝에 환도에 새긴 글, 이검호신 이심명도以劍護身 以心明道. 글을 새겨 보낸 뒤 또 후회를 했다. 왜 더 간절한 글을 쓰지 못했는지. 아쉬움은 복라손이 김죽의 서신을 가져온 뒤에야 겨우 달랠 수 있었다.

　개마 바람 동량東良을 넘고
　운두 구름 만태로 내달려라
　아무리 물어도 북두는 대답 없고
　산 너머 노인은 머리를 내젓누나
　저 바람 저 구름 모린에 닿을까
　오늘 밤 이 별빛 모린에 내릴까

　짧은 글은 응어리 맺힌 가슴을 풀어주는 환약이었다. 토로고는 해질세라 서신을 고이 접어 가슴에 품고 다녔다.

　김죽이 객관에 온 것은 땅거미가 질 무렵이었다. 철릭 차림이었다. 치노와 다비가 뒤를 따랐다. 절을 올리는 객사사는 별실 중문 턱을 넘지 않았다.

향전은 대청에서 뛰어내려와 허리를 굽혔다. 길게 땋은 머리카락이 흘러내렸다. 토로고는 내려오지 않았다. 그저 대청마루에서 고개를 숙여 인사만 했다.

"나리, 납시었습니까."

"수고 많았구나. 행장은 잘 풀었느냐."

"예, 나리. 행장을 풀고 분부하신 대로 해두었사옵니다."

"향전이 네가 있어 든든하구나. 귀한 손님이니 잘 돕도록 해라."

"예, 나리."

별실에 들어선 김죽은 몸을 감싸는 야릇한 기운을 느꼈다. 주위를 둘러봤다. 생경하지 않았다. 별실에 한 번도 와본 적이 없건만 하나하나가 눈에 익은 듯했다. 영혼 깊숙한 곳에 새겨진 시간 저편의 기억이 되살아난 걸까. 향전을 빼면 그 자리에 있는 사람은 모두 모린의 사랑을 지켰던 이들이었다. 그러나 김죽의 눈을 가득 채운 것은 토로고의 화사한 미소였다. 그러고 보니 그 미소도 모린에서 처음 본 것이 아닌 듯했다.

'참으로 얄궂기도 해라.'

김죽은 토로고의 얼굴을 뚫어지게 바라봤다. 그것이 멋쩍었던지 토로고가 입을 열었다.

"어서 오르시지요."

그 목소리도 오래전 귀에 익은 소리였다.

김죽은 가죽신을 벗고 대청에 올랐다. 향전과 하아하지는 저녁상을 핑계 삼아 별실 부엌으로 달려가고, 치노와 다비는 중문 밖으로 돌아갔다.

사분합문四分閤門을 열고 방에 들어서자 토로고의 표정이 달라졌다. 말투부터 새침했다.

"얼마나 기다렸는지 아십니까."

"……."

"이토록 오래 기다리게 하시니 조선의 예는 그런 것인가 봅니다."

"아니, 그게 아니라……."

"우두커니 이곳에 앉아 무엇을 하겠습니까?"

"미안하오."

뭐라 대답을 해야 할지 선뜻 떠오르질 않았다. 김죽은 난감했다. 사과를 하고 나서야 토로고는 새침한 표정을 거둬들였다. 입가에 배시시 웃음도 지었다.

"설명하지 않으셔도 됩니다. 제가 이곳에 머물면 며칠을 더 머물겠습니까."

힘없는 말투였다. 솔직담백한 기질이 여느 조선 여인과는 달랐다. 김죽도 그 말이 무슨 뜻인지 모를 리 없었다.

"불쑥 이렇게 온 것이 나리께 누가 될 수 있겠다는 생각도 했습니다만 이렇게라도 오지 않으면 언제 와 뵐 수 있겠습니까."

"누라니, 무슨 소리요. 토로고는 나의 은인이오."

"은인이라니요?"

"……."

"저는 은인이 아닌 토로고입니다."

은인으로서가 아니라 자신의 가슴에 담긴 마음을 봐야 할 게 아니냐는 뜻이었다.

"미안하오."

"그러시다 미안하다는 말씀이 입에 배겠습니다."

잔잔한 목소리가 혼을 사로잡았다. 말솜씨가 없는 것도 아니건만 김죽이 말마다 어설피 더듬는 것은 한번 들으면 영원히 헤어나올 수 없는 마법의 소리 감옥에 갇혀버렸기 때문인지도 모를 일이었다. 말의 수렁에 빠진 김죽은 덥석 토로고의 손을 잡았다. 그리고 또 그 얼굴을 빤히 바라봤다. 토로고는 손을 뿌리치지 않았다.

"무엇을 또 그리 뚫어지게 보십니까."

"얼마나 보고 싶었는지 알기나 하오."

내실의 향은 문을 넘어 퍼져나가는 걸까, 요깃거리를 반상에 차려 방문 앞에 이른 향전과 하아하지는 선뜻 문을 두드릴 수 없었다. 두 사람은 대청 섬돌에서 한참을 기다린 후에야 겨우 아뢸 수 있었다.

"나리, 상을 올리겠습니다요."

그 말을 하는 향전의 목소리는 왠지 힘겹게 들렸다.

찌르륵 찌르륵. 어둠이 내린 뜰에는 이름 모를 벌레 울음이 요란했다. 향전은 뜰 건너 행랑 쪽마루에 웅크리고 앉아 부름을 기다렸다. 생각이 많은지 가만히 고개를 떨어뜨렸다. 몰락한 반가의 딸. 세상을 떠난 부모를 그리며 어긋난 운명을 원망하고 있었을까.

저자의 벙어리

─────── 객관의 아침은 소란스러웠다. 먼동이 희붐히 트자 눈을 뜬 참새는 부지런히 입을 놀렸다. 간밤에 다하지 못한 말이 무에 그리도 많은지, 가지를 이리저리 오가며 어지럽게 서로를 불러댔다. 한 마리가 입을 열면 모두가 입을 열어 우르르 재잘거렸다. 아침밥 짓는 아낙이 치맛자락을 너풀거리며 뜰로 나서면 도망치는 시늉을 하다가도 이내 다시 내려앉아 천연덕스레 또 나불거렸다. 별실은 참새 세상이었다.

참새 소리가 잦아들 무렵 내방의 향전은 객관에서 허드렛일을 하는 단천댁을 불렀다.

"아직 덜 되었소?"

"이제 다 되었소! 곧 가네."

단천댁은 행랑방의 빠끔 열린 문틈에 입을 대고 외쳤다. 일을 끝낸 단천댁은 참새를 헤치고 종종걸음을 쳐 내방으로 향했다. 손에는 저고리가 들려 있었다. 초록빛 바탕에 자색 고름을 단 비단 저고리였다. 뭇 아낙들의 저고리와는 판연히 달랐다. 엉덩이를 씰룩대며 걷던 단천댁은 이마에 밴 땀을 훔치며 구시렁거렸다.

"오늘따라 인두가 왜 이렇게 먹히질 않아."

다림질에 애를 먹은 것은 인두 때문이 아니라 비단 저고리를 망칠까 신경을 쓴 탓이었다. 숨을 몰아쉬며 문을 열었을 때 방에서는 소동이 벌어지고 있었다.

"아씨, 끈을 더 꼭 조여 매셔야 합니다요."

매무새가 마뜩치 않은지 하아하지는 잔소리를 늘어놓고 있었다.

"느슨하게 매시면 치마가 흘러내립니다."

"너무 조여 매면 갑갑하지 않으냐."

"치마를 더 올려 매보세요. 가슴 위로 매야 치마가 땅에 끌리지 않지요."

"그렇기는 하다만 너무 올리면 아랫배가 영 허전해서⋯⋯."

"참, 아씨도. 한복 입은 것 보지 않으셨습니까. 다들 이만치 위로 치마를 올려 매지 않았습니까. 저기도 보세요."

하아하지는 때마침 방에 들어선 단천댁을 가리켰다. 단천댁의 치마 윗부분은 가슴께까지 올라와 불룩하게 솟아 있었다.

"으응, 그렇긴 하구나."

모린에도 치마저고리가 없는 것은 아니었다. 하지만 조선의 한복과는 달랐다. 모린의 치마는 허리에서 끈을 매고 긴 저고리는 엉덩이를 덮었다. 그러나 한복은 치마가 가슴까지 올라왔다. 저고리는 가슴을 겨우 덮고, 길어도 배꼽 아래로 내려오는 법이 없었다. 추운 북방과 따뜻한 남방의 풍토가 복식까지 가른 것인지, 북방 유목민의 삶은 실용을 추구하고, 남쪽 농경민의 삶은 맵시를 따졌다.

"이 정도 올려 매면 될까?"

토로고는 하아하지 곁에 서 있던 향전에게 눈을 돌렸다.

"예, 아씨. 치마끈을 올려 매면 그렇게 조이지 않아도 됩니다. 너무 조이면 불편해요."

밤새 친해졌는지 토로고는 향전에게 말을 낮추고, 향전은 토로고를 아씨라고 불렀다. 토로고는 향전보다 한 살 많았다.

아침나절부터 소동을 벌인 것은 토로고가 회령 구경에 나서고자 한 탓이었다. 뭇사람의 이목을 끌지 않도록 하자면 한복을 입어야 했다. 하지만 향전은 차마 토로고에게 자신의 낡은 한복을 입힐 수는 없었다. 궁리 끝에 다비에게 군관 이첨 아내의 한복을 빌려 오도록 했지만 그것이 문제였다. 사정을 들은 이첨의 아내는 장롱 깊숙이 간직해둔 가장 아끼던 옷을 꺼내주었다. 가져온 한복은 패륵의 딸이라는 신분을 감추기는커녕 오히려 더 드러내고도 남을 화려한 치마저고리였다. 하지만 어쩌랴. 엎질러진 물인 것을. 입지 말자고 할 수도 없는 노릇이었다.

하아하지는 감탄을 연발했다.

"아씨는 역시 예쁘시네요."

여진어를 알아들을 리 없는 단천댁도 똑같은 말을 했다.

"한복이 딱 어울리시네요. 이렇게 차려입으시니 절색이 따로 없습니다. 회령 바닥에 난리가 나겠습니다."

비위 맞추기에 이골이 난 단천댁의 말에 토로고는 들떴다. 두 사람의 말이 아니더라도 한복을 차려입은 토로고는 누가 봐도 절색이었다. 향전은 한숨을 쉬었다.

"큰일이네요. 모두 누구냐고 물어볼 텐데."

그 말이 무슨 뜻인지 아는 토로고는 시무룩해져 물었다.

"그럼 그냥 내 옷을 입고 갈까."

"하는 수 없지요."

향전은 체념할 수밖에 없었다.

"이렇게 하면 좀 괜찮지 않겠어?"

토로고는 일부러 앞 머리카락을 흐트려 보였다. 그러나 흐트러진 매무새는 미색을 가리기는커녕 오히려 더 돋보이게 했다. 하아하지는 너스레를 떨었다.

"아휴, 아씨. 더 큰일 나겠습니다. 그냥 가시는 편이 낫겠습니다요."

한창 소란스러울 때 마침 김죽이 도착했다. 한복을 입은 토로고를 본 그의 눈도 휘둥그레졌다.

"정말 큰일 났구나!"

그 말에 토로고는 함빡 웃음을 머금었다. 하아하지는 또 너스레를 떨었다.

"아휴, 아씨. 나가셔서는 절대 웃으시면 안 됩니다. 웃고 싶으실 땐 꼭 손수건으로 입을 가리셔야 합니다."

"양귀비를 째보로 만들 수는 없는 일 아니냐. 향전아, 네가 좀 더 신경을 써야겠구나."

토로고는 김죽의 말이 더없이 마음에 들었다. 눈치 빠른 하아하지는 자리를 비킬 때라는 것을 알았다.

"얼른 조반을 차려 와야겠네요."

하아하지는 향전과 단천댁을 몰고 내방을 나왔다.

토로고가 저자 구경에 나선 것은 해가 중천에 걸릴 즈음이었다. 치노와 다비는 군관 이첨과 함께 멀찌감치 뒤를 따랐다. 두얼가와 복라손도 함께 나섰다.

저잣거리는 객관에서 멀지 않았다. 두만강으로 흘러드는 개천을 긴 회령의 저자는 북변 고을치고는 꽤나 큰 편이었다. 웬만한 곳은 비할 바가 되지 않았다. 사방이 개마 산자락에 둘러싸여 나는 작물이라야 보잘것없었지만, 영진군과 여진인을 상대하는 장사치들이 모여들었다. 회령에 드나드는 여진인들은 으레 그곳에서 크고 작은 물건을 구해 가곤 했다.

마침 가는 날이 장날이었다. 장이 선 저잣거리는 사람들로 북적댔다. 구경거리도 많았다. 광대는 놀이판을 벌여 사람을 그러모으고, 장사치는 소리처 손님을 불렀다. 외치는 소리만 들으면 팔도의 희귀한 물산이란 물산은 모두 그곳에 모아놓은 것 같았다. 하지만 벌여놓은 것은 대부분 함길도에서 난 물산이었다. 생선전에는 소금에 절인 생선이, 곡물 가게에는 수염을 뜯지 않은 옥수수, 흙을 털지 못한 감자가 수북이 쌓여 있었다. 방물장수 좌판은 보물창고 같았다. 형형색색의 노리개와 참빗, 비녀, 바늘, 실, 꽃신이 아낙의 눈을 사로잡았다. 그러나 인삼은 눈을 씻고 찾아봐도 보기 힘들었다. 귀하기도 귀했지만, 함부로 팔다가는 관아에 끌려가 무슨 봉변을 당할지 모르는지라 내놓고 팔지 않았다.

저잣거리만큼 북변의 삶이 묻어나는 곳도 없었다. 보릿고개를 이겨내고 먹을 것이 넘치는 계절이 오면 너도나도 저자로 나왔다. 산과 밭에서 캔 것을 이고 지고 나와 필요한 물건과 맞바꾸었다. 아낙은 지아비와 아이 옷을 지을 베와 솜을 구하고, 부러진 바늘을 안타까워하며 방물 좌판을 기웃거렸다. 바늘 몇 개를 사려면 목이 휘도록 이고 온 감자 한 짐을 팔아야 했지만, 바늘 구하는 일이라면 그런 고생쯤은 아무렇지도 않았다. 그러다 예쁜 색실을 보면 또 안달을 했다. 사내는 호미와 괭이를 구하기 위해 대장간 앞을 서성였다. 기력이 쇠한 노모를 둔 아들과 며느리는 푸줏간을 기웃거렸다. 고깃값을 물어보지만 호주머니를 선뜻 열지는 못했다. 늙은 어머니에게 고깃국이라도 끓여 드리고 싶었지만 마음만 앞설 뿐이었다. 돈이 모자랐다.

주막 풍경은 가관이었다. 호탕한 걸까, 지질한 걸까. 주막에는 보따리를 지고 온 사내가 대낮부터 마신 술로 벌건 얼굴을 하곤 했다. 그날도 그런 사내가 여지없이 눈에 뜨였다. 사졸 눈치를 살피며 몰래 술을 내놓는 주모가 이젠 가라고 재촉하지만 거나히 취한 사내는 말을 듣지 않았다. 꼬부라진 혀로 술을 더 내놓으라며 떵떵 소리를 쳤다. 수심에 찬 아낙은 술에 취한 지아비를 바라보며 푸념을 토했다. 어미 마음을 모르는지 어린아이마저 울음을 터뜨리자, 까무잡잡한 아낙은 눈물을 글썽이며 쪼그려 앉아 젖을 물렸다. 아기는 울음을 그치고 눈을 껌벅이며 젖을 잘도 빨았다.

그 속에서 비단 치마저고리를 차려입은 토로고는 뭇사람의 이목을 끌고도 남았다. 가는 곳마다 모두 힐긋힐긋 쳐다봤다. 사내들만 그런 것이 아니었다. 초라한 행색의 아낙들도 한 번씩 돌아봤다. 처음에는 관기가 아닐까 하다가도 관기와는 다른 기품과 양반네 복식을 확인하고는 한마디씩 했다.

"어느 집 규수이기에 저리도 고울꼬."

"참 복도 많지."

주위 시선을 아는지 모르는지 토로고는 구경에 정신이 팔려 있었다. 오색 노리개, 금 단추, 옥 단추, 색실을 벌여놓은 방물 좌판이 눈을 사로잡았다. 모린에서는 보기 힘든 호사품들이었다. 드디어 부잣집 규수가 나타났다 싶었던지 장사치는 한껏 목청을 높였다.

"이건 서역 화전和田에서 가져온 옥비녀라오. 옥이라면 화전옥을 최고로 꼽는 것은 알지요? 양귀비도 갖지 못해 안달한 바로 그 화전옥이라오."

"……."

"하도 잘 팔려 이젠 몇 개밖에 남지 않았소."

"……."

"떨이로 싸게 줄 테니 어서 가져가시오."

변방의 방물장수는 화전옥을 실제로 본 적이나 있을까. 그럼에도 침이 마르도록 손님 꾀는 말을 아무렇지도 않게 늘어놓았다. 토로고는 대꾸를 하지 않았다. 그녀가 자리를 뜨자 실망을 했는지 잠시 입을 다물었던 방물장수는 심호흡을 크게 한 뒤 더 큰 소리로 아낙들을 불렀다.

"화전옥이 왔어요, 화전옥이 왔어!"

소리치면서도 그는 돌아선 토로고를 힐긋힐긋 쳐다봤다.

방물장수를 떠난 토로고는 예쁜 칼을 보고 칼 장수 좌판 앞에 멈춰 섰다. 칼 장수도 여지없이 손님 꾀는 말을 늘어놓았다.

"머시기냐. 모, 모순이라고 아시오."

"……."

"칼과 방패 이야기……. 아니, 창과 방패인가. 어쨌든 이 칼이 바로 그 칼이오. 세상에 어떤 방패라도 뚫는다는 그 창과 똑같은 쇠로 만든 거요. 값은 좀 비싸지만 싼 것 열 개 사느니 이것 하나 사는 게 훨씬 나아요. 평생 써요, 평생!"

그러고는 식칼 하나를 들더니 나무 도마가 부서져라 꽝꽝 내리쳤다. 그래도 반응이 신통치 않자 더 세게 내리쩍었다. 돈 꽤나 있어 보이는 처자가 말은 하지 않고 물건만 매만지니 안달이 난 모양이었다.

"거참, 말 좀 해보쇼. 칼이 어떤지."

토로고는 그래도 입을 떼지 않았다. 아무리 조선어를 할 줄 안다 해도 말투가 다른지라 신분을 들키지 않으려면 입을 다무는 것이 상책이었다. 그저 미소만 지었다. 말은 향전이 대신했다.

"그 칼 흔한 것 아니오."

"무슨 소리를 하는 게야. 이 칼로 말할 것 같으면……."

칼 장수는 다시 칼을 번쩍 들어 도마를 내리쩍으려 했다. 몇 걸음 뒤에 있던 미복微服 차림의 이첨은 모골이 송연해져 쳐든 손목을 낚아챘다.

"아아, 이 양반이 왜 남의 팔을……."

"칼은 입으로 팔면 될 일이지, 왜 자꾸 휘두르는 겐가."

"파, 팔 부러지겠소."

"칼로 판때기를 찍으면 다 찍히지, 칼이 부러지겠어?"

"아아! 팔부터 놓으라니까요."

이첨은 칼을 빼앗아 좌판에 내던진 뒤 팔을 놓아주었다. 웬만하면 대들어보겠건만 상대의 힘이 워낙 센지라 장사치는 입만 놀려댔다.

"남이야, 찍든 말든 무슨 상관이오."

봉변을 당한 칼 장수는 어리둥절했다. 향전은 미안해서 토로고가 만지작거리던 장도를 하나 샀다. 장사치는 장도를 건네며 토로고를 보고 한마디 했다.

"그런데 저 처자는 벙어리요? 얼굴은 저리 고운데, 어째 말을 한마디도 하지 않소."

토로고는 싱긋 웃었다. 그 모습을 멍하게 바라보던 칼 장수는 중얼거렸다.

"정말 벙어리인가 보네."

소문은 달음박질보다 빨랐다. 그날 이후 회령에는 벙어리 규수에 관한 소문이 쫙 퍼졌다. 진원지는 주막이었다.

북변에 봇짐을 지고 온 장사치들은 하루이틀 새 돌아가는 법이 없었다. 물건을 모두 팔 때까지 주막 봉놋방에 함께 묵곤 했는

데, 그곳에서는 그날 벌어진 일에 대한 온갖 이야기가 오갔다. 술
상에 둘러앉은 장꾼들이 나누는 이야기는 뻔했다. 수지를 따진 뒤
에는 어김없이 목 좋은 곳과 진상 손님 이야기를 늘어놓았다. 그
것도 시큰둥해질 즈음에는 장터에 나온 여염집 아낙 이야기가 이
어졌다. 저마다 말까지 보태가며 엄청난 무용담이라도 늘어놓듯
자신이 본 아낙네에 대해 이야기보따리를 풀어놓았다. 술이 거나
해질수록 이야기는 더욱 살이 붙어갔다. 그럴 때면 주모는 어김없
이 한마디 했다.

"아따, 옆에 있는 춘향이 놔두고 무슨 월매 타령이오!"

그 말에 장사치들은 주모 엉덩이를 한 번 더 흘깃 쳐다봤다.
엉덩이에 손이라도 얹어볼까 치근덕대는 장꾼은 더 안달이 났다.
그럴 때면 돌아오는 말이 있었다.

"정신 차리소. 집에 두고 온 처자식은 이러는 줄이나 알라나."

그런 말을 하는 주모는 치마를 살짝 걷어 올려 종아리를 내보
이고, 수저를 줍는 척하며 허리를 굽혀 엉덩이를 잔뜩 내밀었다.
장꾼들은 침만 꿀꺽꿀꺽 삼켰다. 그중에서도 유독 달아오른 장꾼
은 십중팔구 소리쳤다.

"주모, 여기 탁주 한 병 더 가져와!"

"안주는 모자라지 않나."

"파전도 더 줘!"

이때쯤이면 늙은 주모의 색계에 빠져 술값이 얼마인지도 따
지지 않았다. 주모는 엉덩이를 씰룩씰룩 흔들며 부엌으로 쫓아가
파전을 부쳤다. 장꾼들은 너나없이 파전 부치는 주모 엉덩이를 또

한 번 흘깃흘깃 훔쳐봤다.

　그날 밤 회령 주막을 후끈하게 달군 것은 벙어리 규수 이야기였다. 식칼로 도마를 찍던 장사치는 술 사발을 들다 말고 말문을 열었다.

　"글쎄, 예뻐도 어째 그렇게 예쁠 수 있을까. 오늘 한 처자가 왔는데, 팔도 장바닥 안 다녀본 곳이 없지만 그런 절색은 처음 봤네 그려. 싱긋 웃는데 머리가 다 어질어질해지고, 몸을 숙이는데 묘한 향기가 혼을 쏙 빼놓는 거야. 구미호라도 그렇게는 못 할걸세."

　이첨에게 봉변당한 일은 쏙 뺀 채 잔뜩 살을 붙여 이야기를 늘어놓았다. 가관인 것은 다음 행동이었다. 아무것도 보이지 않는 하늘을 올려다보더니 한숨을 푹푹 토했다. 마치 낮에 본 절색의 규수가 머리에서 도통 지워지지 않는다는 듯이.

　마주 앉은 장꾼이 말을 받았다.

　"자네도 봤는가. 나도 그 처자 지나간 뒤로는 도통 장사를 못 했구먼. 마음이 싱숭생숭한 것이 다 팽개치고 따라가고 싶었다니까. 그런데 방물 좌판을 버려두고 쫓아갈 수도 없는 노릇이고. 멍하게 있다가 손님 다 놓쳤지 뭔가. 허 참."

　그는 입맛까지 쩝쩝 다셨다.

　수염 덥수룩한 젊은 보따리상도 끼어들었다. 수염에 묻은 탁주를 털어내더니 영남 사투리를 쏟아냈다.

　"아까 그 여자 이야기 하능교. 말도 마이소. 나하고 딱 마주 앉아 한참 야그를 했는디⋯⋯."

칼 장수는 무엇이 마음에 들지 않는지 눈을 흘기며 받아쳤다.

"뭐? 마주 앉아 한참을 이야기했다고? 못 봤으면 못 봤다고 할 것이지, 벙어리와 무슨 말을 해!"

"아이라카이요. 목소리가 얼마나 나긋나긋하던지 온몸이 찌릿찌릿해지는 게 선녀가 따로 없다카이요."

"이 사람이 정말, 거짓말 작작 하게. 못 봤으면 못 봤다고 해야지."

"아니 성님, 무슨 소리를 그렇게 하요. 야그를 했다는데."

"이 사람이, 내가 왜 자네 형님이야."

"아휴, 속 터져부네."

술상에 모여 앉은 장꾼들은 말씨름을 하며 탁주를 또 한 사발씩 비웠다. 아무리 심한 언쟁을 하더라도 주먹다짐으로 이어지는 법은 없었다. 싸워봐야 무슨 이익이 남겠는가. 이문을 따지는 장사치에게 언쟁은 일상의 말씨름일 뿐이었다. 내가 옳든 네가 옳든 그것은 중요한 일이 아니었다. 내가 그렇게 생각하면 그뿐이었다. 그래도 언쟁이 격해질 경우, 그것을 해결하는 방법도 있었다. 내기를 하는 것이었다.

"그럼 성님, 벙어리인지 아닌지 내기하입시더."

"그래, 하자고. 이 사람아, 거짓말을 해도 정도껏 해야지."

내기를 한 뒤 서로 탁주 사발을 건넸다. 아무리 입씨름을 해도 결국 봉놋방에서 등을 맞대고 고단한 몸을 푼 뒤 날이 밝으면 다시금 저잣거리에 함께 나서야 할 그들이었다.

벙어리가 다시 나타날지는 아무도 알 수 없었다. 애인이라도 잃은 양 그들 가슴에는 찬바람이 들이쳤다. 취기가 올랐는지, 가슴을 파고드는 허전함 때문인지 저마다 작은 한숨을 폭폭 토해냈다.

주모는 축 늘어진 사내들에게 소리쳤다.

"사내란 다 똑같아!"

반응이 없자 소리를 더 높였다.

"여자는 엉덩이 실한 게 최고야. 얼굴만 반반해가지고는 못 쓰는 법이야. 비단 치마저고리 입고 있었다며? 아따, 상대나 해주겠다!"

자신이 관심 밖으로 밀려난 것에 분이 났는지, 매상이 오르지 않는 것에 화가 났는지 주모의 말에는 날이 서 있었으나, 싸리나무 타는 듯한 주모의 말이 도통 들리지 않는지 장꾼들은 팔을 엉덩이 뒤에 괸 채 멍하게 하늘만 바라봤다. 삼삼히 되살아나는 벙어리의 미소를 하늘에 그리고 있었을까.

회령 왈짜패

———　회령 저자에는 도금치라는 자가 있었다. 원래 이름이 무엇인지, 어디에서 태어났는지 아는 사람은 아무도 없었다. 모를 수밖에 없었다. 그 자신도 몰랐으니. 모두가 도금치라 부르는지라 성이 도씨이겠거니 했지만 그것이 진짜 성인지도 알 수 없었다. 금광석을 훔치다 잡힌 후 도금치라는 이름이 붙었다고 했다. 할 줄 아는 말은 조선어뿐이지만 원래 여진인이라고도 했다. 역질에 부모를 여읜 천애의 고아라고도 하고, 버려진 사생아라고도 했다. 먹을 것이 없어 풀뿌리로 연명하다 운 좋게 산삼을 캐 먹은 바람에 역질에도 병치레 한 번 한 적 없다는 소문도 살을 붙여 떠돌았다. 두만강 안팎에는 밤낮으로 도적이 들끓고, 가끔 피비린내 나는 싸움이 벌어지곤 했다. 그런 속에서도 어린 도금치가 죽지 않고 살아남았으니, 생명력이 질긴 것만은 분명했다. 게다가 도금치는 힘이 장사였다. 보리 두세 가마쯤은 눈 하나 깜박이지 않고 번쩍 들어올렸다. 그런 그가 저잣거리를 기웃거리더니 언젠가부터

그곳 왈짜패 우두머리가 되어 있었다.

　토로고가 저자 구경을 나온 때 졸개인 정다리가 왈짜패 소굴
인 초막에 헐레벌떡 뛰어들었다. 그의 이름도 부모가 지어준 것이
아니기는 마찬가지였다. 어릴 때 부러진 다리가 붙고 난 뒤 무릎
이 튀어나온 것이 정正 자를 닮아 붙여진 이름이었다. 삶이 모질기
는 정다리 또한 도금치 못지않았다. 정다리는 또 말을 더듬었다.
어릴 때 매를 잘못 맞아 그렇다고들 했다.
　"혀, 형님, 버, 벙어리 소식 드, 들었어요?"
　"이놈아, 사람을 어떻게 보고……. 그걸 모르는 놈이 어디
있어."
　역시 도금치 귀에 벙어리 소문이 들어가지 않을 리 만무했다.
　"그, 그래요……. 그, 그럼 뭐."
　정다리는 시무룩해져 입을 다물었다.
　도금치도 벙어리가 궁금했다. 대체 어떻게 생겼기에 사람마다
벙어리를 입에 올리는지 궁금하기 짝이 없었다. 그렇다고 왈짜패
두목이 너른 장바닥을 헤매고 다닐 수도 없는 노릇이었다. 도금치
는 긴 나무 의자에 걸터앉아 한쪽 다리가 망가진 탁자에 발을 걸
친 채 다시 코를 팠다.
　입이 간지러웠던지 정다리는 사금질에게로 갔다. 사금질의 사
주 또한 파란만장하기는 마찬가지였다. 사금 채취장에서 노역하
던 이름 모를 사내가 여종과 정분이 나 태어난 아이가 사금질이라
고들 했다.

"버, 벙어리가 나타났는데 그, 글쎄 오, 온 장바닥이 지, 지금 난리야. 사, 사람들이 싸, 싸움을 하고, 끄, 끌려가고……."

힘겹게 말을 이어가던 정다리의 눈에 갑자기 별이 번쩍였다. 나자빠진 그는 붕어처럼 입만 벙긋거렸다. 도금치가 뒤통수를 내리친 것이었다.

"왜, 왜……?"

정다리는 한참 숨을 몰아쉰 뒤에야 소리를 지를 수 있었다.

"왜 도, 또 때려요!"

도금치도 화통 삶아 먹은 목소리로 소리를 질렀다.

"이놈아, 벙어리가 나타났으면 말을 해야지!"

"그, 그러게 소, 소식 드, 들었냐고 무, 물었잖아요!"

정다리는 서럽고 억울했다. 퍼질러 앉아 눈물을 훔쳤다.

"뭘 해 이놈아. 빨리 가봐야지."

"어, 어딜 가, 간다는 마, 말이에요."

"거길 가봐야지."

"……."

"뭘 해? 얼른 일어나!"

"아무 죄 없는 사람을 패놓고선……."

정다리는 억울했지만 따라나설 수밖에 없었다.

정다리가 도금치와 사금질을 데려간 곳은 책 좌판이 있는 곳이었다. 그곳에는 사람들이 구름 떼처럼 모여 있었다. 회령 바닥에 공자 왈 맹자 왈을 욀 사람이 그렇게 많을 리가 없건만 그곳에 사람들이 그토록 많이 모인 것 자체가 이상했다. 실랑이를 하는 무리도 보였다. 그들은 전날 밤 주막에서 벙어리를 두고 내기를 한 장사치들이었다.

세 사람은 직감적으로 그곳에 벙어리가 있다는 것을 알았다. 장바닥 인생 몇 년째이던가. 일이 터지면 무슨 일이 벌어졌는지 척하면 삼천리였다. 아무리 왈짜패라도 그런 눈치와 판단 없이는 먹고살기 힘든 법이었다. 혹시 벙어리를 못 볼세라 도금치는 버적버적 땀을 흘리며 달려갔다. 모두가 회령에 일찍이 나타난 적 없는 절세의 미인이라고 하지 않던가. 왈짜패 우두머리로서 그런 여인을 품지는 못할망정 보지도 못한대서야 될 법한 일이 아니라고 생각했다.

도금치는 대담했다. 다짜고짜 앞사람의 어깨를 밀치며 파고들었다.

"아, 좀 비켜보소! 나도 좀 보게!"

도금치가 멀쩡하게 소리를 친 것은 말을 뱉은 그 순간까지였다. 세 명을 밀치고 다른 사내의 어깨를 잡아당기는 순간 갈비뼈가 으스러지는 고통이 밀려들었다. 앞에 선 사내가 팔꿈치로 후려친 것이었다. 사람들 사이에 끼인 도금치는 비명조차 지르지 못한 채 고꾸라졌다. 숨도 제대로 쉴 수 없었다. 아침에 먹은 귀한 보리밥알을 모두 토할 것 같더니 정신마저 아득해졌다. 숨이 끊어지는 고통이 그런 걸까. 가물가물해지는 눈앞에는 무수히 많은 사람들의 다리만 어지럽게 오갈 뿐이었다.

팔꿈치를 휘두른 사람은 치노였다.

얼마나 지났을까, 겨우 정신을 차린 도금치의 눈에 어렴풋이

보인 것은 사내들에게 둘러싸여 멀어져가는 여인이었다.

"벙어리……. 맞아, 그 벙어리……."

잠깐 고개를 돌린 여인은 쓰러진 자신을 보고 있었다. 애처로운 눈빛으로. 눈에는 애수마저 어려 있었다. 그렇게 봤을 리 만무하지만 도금치의 눈에는 그리 보였다.

"아……."

도금치는 부끄러웠다. 왈짜패 우두머리로서 체면을 구긴 것도 부끄럽지만 너부러진 모습을 벙어리에게 보인 것이 더 수치스러웠다. 그런 망신도 없었다. 갑자기 왜 그런 생각이 들었는지 그자신도 이해할 수 없었다. 몸을 일으키려 애를 썼지만 마음뿐이었다. 몸이 따라주질 않았다.

뒤쫓아온 정다리는 생뚱맞은 소리를 내뱉었다.

"혀, 형님. 왜 여, 여기 누워 있어요? 그 따, 땀은 뭐고. 버, 벙어리는 봤어요?"

사금질은 눈치가 빨랐다.

"아유, 형님. 괜찮으세요? 어쩌다 발에 걸려."

털썩 주저앉아 우두머리의 머리를 받쳐 안는 시늉까지 했다. 숨을 가삐 몰아쉬던 도금치는 눈에 쌍심지를 켠 채 정다리를 노려봤다. 눈치가 없는지, 보지 못했는지 정다리는 입을 다물지 않았다.

"혀, 형님. 마, 많은 사람을 자알 뚜, 뚫고 들어가더니 왜, 왜……."

그 말이 결정타였다. 안 그래도 땅바닥에 쓰러지면서 두목 체면이 잔뜩 구겨진 마당에 염장을 지르니 화가 머리끝까지 치솟았다. 벌떡 일어나 앉더니 쪼그려 앉은 정다리의 뒤통수를 후려쳤다. 정다리는 반사적으로 소리를 질렀다.

"왜 도, 또 때려요……."

이상했다. 다시금 눈앞에 번쩍여야 할 별들이 보이지 않았다. 도금치에게는 더 이상 정다리를 때릴 기운이 남아 있지 않았다. 갈비뼈가 부러졌는지, 오장이 상했는지 가슴과 배가 욱신거렸다. 그때 머리를 번득 스친 것은 당장 쫓아가지 않으면 벙어리를 영영 못 본다는 엉뚱한 생각이었다. 몸을 일으켜 내달렸다. 모퉁이를 돌아 쫓았지만 북적대는 거리에는 꼬질꼬질한 사내와 아낙들뿐이었다. 벙어리는 온데간데없었다.

그날 오후 산모퉁이 초막에 돌아온 도금치는 평상에 드러누워 멍하니 하늘만 바라봤다. 뭉게구름은 처연했다. 졸개는 평소와 달리 아무 말 없는 도금치 주위를 주뼛주뼛 맴돌기만 했다.

도금치는 혼란스러웠다. 생각할수록 아리송하기만 했다. 저잣거리에서 자신을 일격에 쓰러뜨릴 사람이 있었던가. 어깨를 좀 당겼기로서니 팔꿈치로 내지른 것도 그렇지만 무서운 일격은 더욱 이해하기 힘들었다. 주먹깨나 쓰는 회령 왈패 족보를 훤히 꿰고 있지만 자신을 한 방에 쓰러뜨릴 자는 없었다. 그것도 팔꿈치로. 대체 누구란 말인가. 강냉이를 훔치다 곤죽이 되도록 맞았던 치떨리는 기억이 되살아났다. 벙어리는 또 어디로 연기처럼 사라진 건가. 공중제비를 도는 구미호도 아닐 텐데.

그러고자 한 것도 아니건만 하늘에 떠가는 뭉게구름에 벙어리 얼굴이 새겨졌다. 백옥처럼 뽀얀 얼굴, 귀 뒤로 넘긴 긴 머리카락, 애처로운 눈빛. 고운 처자는 어찌 그리도 모진 벙어리의 운명을 타고났을까. 얼마나 답답할까. 또 얼마나 세상을 원망하고 있을까. 연민이 가슴을 파고들었다. 그런 생각이 절로 떠오른 것은 어쩌면 동병상련 때문인지도 모를 일이었다. 도금치 바로 자신이 모진 삶을 살아온 사람이 아니던가.

주린 배를 움켜잡고 이 집 저 집 사립문을 두드리던 아이. 더 이상 배고픔을 참기 힘든 지경에 이르면 남의 집 담장을 뛰어넘었다. 자고 나니 줄어들어 있는 강냉이에 도둑이 든 것을 알고 주인이 단단히 벼르고 있을 것이 빤한데도 또다시 담장을 넘은 아이는 붙잡혀 곤죽이 되도록 매질을 당했다. 널브러진 아이가 애처로워 한 할아버지가 데려다 밥을 먹였으나, 아이는 고맙다는 말을 할 틈도 없이 도망쳐야 했다. 무엇 하나라도 없어지면 주위에서 도둑으로 몰아세우니 그 눈총과 구박을 견딜 수 없었다. 무작정 산으로 가 캐 먹은 풀뿌리, 그것이 독초일 줄이야. 자라서는 가는 곳마다 행패를 부리고, 밭 매는 여인네라도 보면 흑심을 품었던 망나니 인생, 잡초 인생. 그것은 아픈 삶이었다.

하늘을 올려다보던 도금치의 눈에 갑자기 눈물이 맺혔다.

"혀, 형님. 주, 죽이라도 쒀 드, 드릴까요."

"……."

"그, 그런데 눈에 디, 티라도 들어갔나요."

가뜩이나 두목 체면이 구겨진 마당에 눈물까지 보인 것이 민망했던 걸까. 도금치는 평상에서 벌떡 일어나 정다리의 귀를 잡아당겼다. 이러다 귀 없는 병신이 되겠다 싶었던지, 정다리는 재빨리 당기는 쪽으로 머리를 들이밀었다. 그 순간 정다리는 도금치를 들이받고 말았다. 도금치는 벌러덩 나자빠졌다. 그런 황당한 일도 없었다.

"아, 아이쿠 혀, 형님. 이, 이놈의 대, 대가리가."

정다리는 자신의 머리를 마구 쥐어박았다. 매를 부르지 않으려면 혹이 나더라도 자기 머리를 죄인으로 삼아야 했다. 그런데 이상했다. 고함 소리가 들리지 않았다. 얼굴을 들어보니 도금치는 다시 평상에 누워 있었다.

"벙어리 있는 곳은 알아봤어?"

아무 일 없었다는 듯 말투는 태연했다.

"그, 그것이⋯⋯."

"아직도 못 찾았어?"

"차, 찾고는 이, 있는데, 그 비, 빙신을 찾아 머, 뭣하게요."

빙신이라는 말이 나오기 무섭게 도금치는 벌떡 일어나 정다리의 머리를 쳤다.

"이놈아, 벙어리가 어째 빙신이냐! 그렇게 태어나 말 못하는 것도 서러운데, 빙신이라고 손가락질까지 받아야 해?"

정다리는 울어야 할지 웃어야 할지 갈피를 잡지 못했다. 한바탕 소동을 벌이고 있을 때 사금질이 쫓아 들어왔다.

"형님, 알아냈어요."

귀를 번쩍 뜨이게 하는 소리였다.

"차, 찾았어?"

도금치는 말까지 더듬었다.

"객관에 머물고 있다고 하네요."

"객관에? 거긴 왜."

"낸들 아나요. 그런데 다들 벙어리 얼굴을 볼 수 없다고 하네요."

"그건 또 무슨 소리야."

"글쎄, 노비 놈 말이 객사사든 누구든 아무도 벙어리 있는 곳에는 드나들질 못한다고 하네요. 이제까지 칙사가 떠도 그런 일은 없었다는데."

"벙어리가 누구인지도 모르고?"

"나는 새도 떨어뜨린다는 객사사도 얼굴 한 번 보지 못했다는데 누군지 어떻게 알겠어요."

"그럼 한양에서 내려온 건가?"

"그런 것 같지도 않아요."

"한양에서 여기 팔경 구경 왔을 수도 있잖아."

"형님도 참 갑갑하네요. 도적놈만 득실거리는 이런 산 구석에 무슨 할 짓이 없어 한양 규수가 구경을 오겠어요."

"아이구, 답답하네. 내가 직접 가봐야겠다."

"형님, 큰일 납니다요. 객관에 칼 찬 사졸이 쫙 깔렸는데, 모두가 무시무시한 운두성 마병이라네요. 회령부 사졸도 얼씬거리지 못한답니다. 객사사도 잘못 얼쩡대다 팔다리 잘려 나가면 책임 못 진다고 엄포를 놓았다고 하잖아요. 형님이 가면… 아휴 끔찍

해라."

"뭐가 끔찍하다는 게야!"

알량한 두목 체면 때문인지 도금치는 괜히 고함을 내질렀다.

"생각해보세요. 지랄 맞은 마병을 잘못 건드렸다가는 시퍼런 칼을 휘두를 텐데."

"……."

사금질은 치를 떠는 시늉까지 했다. 정다리도 무서웠는지 어깨를 움츠렸다.

도금치는 침을 꿀꺽 삼켰다. 번뜩 자신에게 팔꿈치로 일격을 가한 자가 운두성 마병일 수도 있겠다는 생각이 든 탓이었다.

그날 저녁 도금치는 아무 말이 없었다. 평상에 앉아 주막에서 가져온 탁주만 홀짝홀짝 마셨다. 하루이틀 본 밤 별도 아니건만 그날따라 별은 어찌 그리도 많은지. 어린 시절 별을 보던 기억이 생생히 떠올랐다.

밤마다 컹컹 울어대던 짐승 울음소리. 산속에 홀로 남은 아이는 무서움을 달래려 별에게 수없이 빌지 않았던가. 그러다 잠이 들고, 짐승 울음소리에 또다시 잠을 깼다. 눈을 뜨면 되살아나는 어젯밤의 무서운 기억들. 아이는 나뭇가지를 꺾어 산막 주위에 촘촘히 꽂았다. '이 정도면 됐겠지.' 그렇게 생각했지만 나뭇가지 몇 개로 어찌 맹수를 막겠는가. 아이가 살아남은 것은 기적이었다.

탁주 두세 사발을 받아 마시고 곤한 잠에 떨어진 정다리와 사금질은 초막이 떠나가도록 코를 골았다.

도금치는 그 소리가 싫지 않았다. 코 고는 졸개가 있어 무서운 산막으로 돌아갈 일은 없었다. 그날 새벽녘이 되도록 도금치는 잠을 이루지 못했다. 평상에 누워 밤 구름이 만들어내는 벙어리의 하얀 얼굴을 보고 또 봤다. 별똥은 멀리 객관 뒷산 너머로 떨어졌다.

금단의 운두성

―――――　토로고는 창호를 열어젖혔다. 참새가 객관 아침을 깨우고 있었다. 어제와 하나 다르지 않았다. 한껏 목청을 돋워 소리를 치고, 이 가지가 싫으면 저 가지로 옮아갔다. 한 마리가 날면 우르르 쫓아 날았다.

'어찌 저리도 자유로울까. 습속의 족쇄를 찬 인간 세상에 비할 바가 아니로구나.'

밤새 맴돌던 사념이 되살아났다. 그 전날 철릭을 두른 김죽은 작은 겸상을 사이에 두고 자신과 마주 앉아 또 빤히 바라봤다. 멋쩍어 물었다. "왜 그리 보느냐"고. 돌아온 대답이 마음을 들쑤셔놓았다. "언제 다시 볼지 모르니 많이 봐둬야 하지 않겠소."

물처럼 흐르는 시간, 새삼 그 이치를 떠올린 순간 아직 닥치지 않은 별리는 저만치 성큼 다가와 있었다. 무작정 달려온 회령, 다시 본 김죽은 어찌 그리도 대단할까. 철릭에 환도를 찬 위세는 운두 구름만큼이나 높게 느껴졌다. 상대가 커 보이면 나는 작게 느껴지는 걸까. 동량 남쪽 사람들은 북쪽 사람을 야인이라고 하지 않던가. 어찌 감히 야인 여인이 조선의 철릭 두른 무장을 넘볼까. 서로 아낀다 한들 어찌 인연이 닿기를 기필할 수 있을까. 바람이 불면 마음도 연무처럼 흩어져 사라지는 것을.

토로고는 뜰을 제 세상으로 만든 참새를 멍하니 바라봤다.

토로고가 행장을 꾸려 운두성으로 향한 것은 그날 오후였다. 종성에서 돌아온 가린웅합도 상단을 먼저 사진나루로 보낸 뒤 마병을 따라 함께 갔다.

산길은 가팔랐다. 높이 솟은 전나무, 떡갈나무는 햇살을 가리고 길섶에 깔린 백리향, 하늘나리는 푸른 길을 만들었다. 운두성 오르는 길은 고적한 산사로 가는 길 같았다. 성에는 창칼을 움켜쥔 속세의 병사가 버티고 있을 터. 하지만 인간 세상은 멀게만 느껴졌다. 산바람에 몸을 떠는 나뭇잎, 잔바람에 고개를 끄덕이는 들풀, 말발굽 소리에 울음을 그친 풀벌레들. 모두가 가부좌를 튼 채 참선하는 고승 같았다.

토로고는 숨을 깊이 들이켰다. 전나무의 진한 종향이 가슴을 파고들었다. 종향은 재계하지 않은 자는 운두에 오르지 말라고 이르는 듯했다. 어느 것 하나 눈을 뗄 수 없었다. 토로고에게 그 길은 언제 다시 오를 수 있을지 모를 길이었다.

운두성에 서면 모린이 보일까. 성에 들어선 토로고는 둔덕을 지날 즈음 발을 곧추세워 북녘을 바라봤다. 회령과 만주를 가르는 두만강, 그 너머로 일망무제의 산야가 이어졌다. 구름은 바다를 이루었다. 구름머리, 운두는 그래서 붙은 이름일까. 구름 아래 어딘가에 모린이 있을 테니 운두 바람은 구름을 타고 그곳으로 흘러가는 걸까. 토로고는 눈을 감았다. 숨을 들이켰다. 종향, 화향, 엽향이 어우러진 야릇한 향이 폐부에 와 닿았다. 모린의 사랑에, 별실의 내방에 밴 바로 그 내음이었다. 그것은 운두의 향이었다.

그날 운두성에서는 작은 연찬이 열렸다. 김죽이 자신을 구해준 모린의 사람들과 떠나야 할 토로고를 위해 마련한 자리였다.

"이렇게 환대해주시어 무어라 감사의 말씀을 드려야 할지 모르겠습니다."

가린웅합은 치사를 늘어놓았다. 그 어떤 여진인도 와보지 못한 운두성에 초대해준 것을 감사하는 말이었다. 여진인에게 운두성은 함부로 오를 수 없는 금단의 성이었다.

김죽은 잔을 들어 올렸다.

"어르신께서는 여러분의 노고에 깊이 고마워하는 마음으로 술까지 보내시어 특별히 잘 대접하라 이르셨습니다. 차린 것은 변변치 않지만 정성으로 생각하시고 마음껏 드셨으면 합니다."

어르신은 이정옥을 가리킨다는 것쯤은 모두 알고 있었다.

"감사합니다. 우리 올량합은 하해 같은 대감 나리의 은혜를 결코 잊지 않을 것입니다. 살육과 패역이 사라지고 화평이 오래오래 이어지는 것은 오로지 대감 나리께서 계시기 때문입니다. 그 은혜를 생각하면 모린의 풀을 모두 묶어 보답해도 다하지 못할 것입니다."

올량합은 두만강 북편의 여진 부족을 이르는 호칭이었다. 오랑캐라고도 했다. 조선은 육진을 세우기 전부터 여진인을 복종시키려 애썼다. 공심攻心은 상책이요, 공성攻城은 하책이라고 했던가. "위세로만 다스리려 하지 말라"는 세종의 뜻을 받들어 조선은 여진에 소금과 쌀을 주고, 무역소를 열어 물자를 대주었다. 원 황실이 몰락한 뒤 혼란에 빠진 남만주에 질서가 잡힌 것도 그즈음이었다. 그 중심에 이징옥이 있었다. 하해와 같은 은혜는 이를 두고 하는 말이었다.

"그렇게 말씀해주시니 감사하기 이를 데 없군요."

"아닙니다. 패륵께서는 전하를 뵈올 때마다 신민으로서 결초보은을 아뢰었습니다. 또 대감 나리께서 우리를 어버이처럼 보살펴주시니 하해 같은 은혜를 어찌 다 갚을 수 있겠습니까."

가린응합은 그 말을 한 뒤 일어나 남쪽을 향해 세 번 큰절을 올렸다. 호군으로서 충성을 다짐하는 절이었다.

그즈음 관비 아낙들은 삶은 고기와 갖은 음식들을 실어 날랐다. 주고받는 술잔도 어지럽게 오갔다. 두얼가는 술잔을 받아 맛만 볼 뿐 꼿꼿한 자세를 편히 하지 않았다. 이첨 또한 두얼가와 술 아니 마시기 내기라도 하는 듯했다. 운두성의 밤은 그렇게 깊어갔다.

"아씨, 이제 떠나셔야 합니다."

하아하지는 조심스레 토로고를 불렀다. 아무 대답이 없었다. 결국 문을 열고 객사 방에 들어간 하아하지가 본 것은 퉁퉁 부어오른 토로고의 눈이었다. 앞머리를 내려 가렸지만 부은 눈을 감출 수 없었다. 눈이 붓도록 울자면 얼마나 마음이 상했을지 하아하지는 알고도 남았다. 그 또한 혼나 울고, 서러워 울고, 하염없이 울어보았던 여종이 아니던가.

"아씨."

향전이 소매를 당기며 말렸지만 하아하지는 또 나직이 불렀다.

"아씨."

"……."

시중드는 여종이 여전히 챙길 것이건만 토로고는 부스스 일어나 주섬주섬 자기 옷가지를 챙겼다. 손놀림이 굼떴다. 그러자 하아하지는 잊은 일이라도 있는 듯 벌떡 일어나 뛰어나갔다. 돌아온 하아하지가 손에 들고 온 것은 대야에 담은 찬물이었다.

"아씨, 물수건으로 좀 닦으셔요."

"……."

"찬 수건을 얹으면 부기가 금방 가라앉습니다."

운두산 샘물은 얼음처럼 차가웠다. 토로고는 하아하지가 건넨 수건을 가만히 눈가에 대어보았다. 몽롱한 정신이 깨어나는 것 같았다.

술에 취한 가린응합이 객사로 물러간 뒤 김죽과 함께 있던 토로고가 향전을 따라 객사 방으로 돌아온 것은 자시를 넘긴 때였다. 그녀는 삼을 이룰 수 없었다. 초롱불 아래 홀로 앉아 희뿌연 새벽을 맞았다. 창을 열었다. 밤하늘을 메운 별은 그 흔적을 지우며 사라져가고 있었다. 가슴에 차오른 이별의 설움이 터진 걸까, 토로고는 소리가 샐세라 입을 틀어막고 울음을 터뜨렸다.

연찬이 끝난 뒤 김죽과 마주 앉은 토로고는 내내 시간이 멈춰 흐르지 않기만을 빌었다.

"사람의 마음에는 간귀가 있나 봅니다. 한 가지 소원만 이룬 다면 더 바랄 게 없다 싶다가도 이루고 나면 또 더 큰 것을 바라 니, 간귀가 없다면 어찌 그럴 수 있겠습니까."

슬픈 말이었다. 김죽이라고 슬프지 않을까. 그의 마음도 하나 다르지 않았다. 김죽은 밤새 웃지 못했다. 토로고를 다독였지만 자신을 다독일 수는 없었다. 그런 그에게 토로고는 말했다.

"어머니는 늘 해란강 너머를 그리워하십니다. 할머님이 돌아 가고자 하셨던 곳이기 때문이지요. 그래서 해란 너머는 어머니에 게 고향과 같은 곳입니다. 그런데 그 땅을 밟은 것은 어머니가 아 니라 저입니다. 이렇게 회령에 왔으니까요. 어머니가 그리던 땅에 이제 딸이 운명을 맡기니 인연은 대를 이어 연기하는가 봅니다."

연기하는 인연. 김죽에게 그 말은 위안이 되었을까.

흘러간 지난날은 찰나가 되고, 다가올 앞날에는 더욱 긴 시간 의 애타는 기다림이 남아 있으리라는 것을 토로고는 알았다. 그러 니 많은 밤, 많은 별을 세며 운명에 순종해야 한다는 것도 알았다. 어제 본 운두산의 노을, 별과 달, 풀과 초목, 그 모든 것을 가슴에 새겨두고자 한 것도 그 때문이었다.

하이하지가 애끓는 주인의 심정을 모를 리 없었다. 향전도 마 찬가지였다. 토로고가 객사 방에 든 뒤 불이 꺼지기를 기다리던 두 사람은 창호에 비친 어렴풋한 그림자를 보았다. 그림자는 어깨를 들썩이고 있었다.

"아씨, 거 보세요. 금방 좋아지셨죠."

하아하지가 애써 밝은 목소리로 말했다. 토로고는 고개를 끄덕였다.

"응, 그렇네."

토로고가 방을 나섰을 때 가린응합과 두얼가는 말고삐를 잡은 채 떠날 채비를 하고 있었다. 김죽도 기다리고 있었다. 복라손과 화라속은 하아하지와 향전이 안고 나온 보따리를 받아 말 등에 실었다. 토로고는 환한 미소를 지어 보였다.

토로고는 말에 오르기 전 뒤를 돌아보았다. 검은 기와로 덮인 단정한 김죽의 처소. 맞은편 낮은 담장 너머로는 손님을 맞는 아담한 객사가 있었다. 북편 담장 주변에는 아름드리 노송이 버티고 서 있었다. 북변의 충절을 새기고자 한 걸까. 노송은 '날이 추운 연후에 송백이 늦게 시듦을 알리라'는 말을 되뇌고 있는 듯했다. 토로고는 그 모든 것에서 눈을 떼지 못했다.

"아씨, 이제 오르시지요."

향전의 말은 가라앉아 있었다.

"나 때문에 고생이 많았구나."

토로고는 향전의 표정에서 이제 정말 회령을 떠나야 할 때임을 다시 한 번 확인할 수 있었다. 엿새는 짧았다. 그렇다고 한 달, 한 해를 머문들 긴 시간일까. 장강처럼 긴 세월도 지난 뒤에는 모두 찰나로 변하고 마는 것을. 부은 눈두덩이를 보일세라 얼른 말에 오른 그녀는 말갈기를 내려다보며 김죽이 한 말을 되새겼다.

"하늘은 인연을 해치는 법이 없다오. 마음이 간절하면 인연은 전생에서 현생으로, 현생에서 내생으로 이어지는 것이라오. 그 인연의 고리를 두만강, 해란강이 가로놓여 있다고 어찌 끊을 수 있겠소. 토로고는 나에게 그런 사람이오."

토로고는 고개를 들어 하늘을 올려다봤다. 파란 하늘이 끝없이 펼쳐져 있었다. 숨을 크게 들이켰다. 폐부 깊숙이 운두의 내음, 김죽의 내음이 스며들었다.

치노와 다비가 앞장선 군마 행렬은 어제 올랐던 운두산 길을 터벅터벅 되밟아 내려갔다. 아침 운두산은 해 질 녘과는 달랐다. 풀잎과 나뭇잎은 하나같이 바짝 몸을 세워 햇살을 향해 소리치고 있었다.

"여기 내가 있소, 내가 여기 있소!"

토로고가 회령을 떠난 뒤 운두성에는 골치 아픈 무리가 나타났다.

"오늘도 또 왔네."

"뭣 하는 놈들이기에 떼를 쓰는 게야?"

"장바닥 놈팡이들이야."

"쓰잘머리 없는 인간들이 여기가 어디라고."

벌써 며칠째 도금치는 정다리와 사금질을 데리고 산성에 올라 허드렛일이라도 맡겨달라고 조르는 중이었다. 말 같지 않은 소리를 하며 떼를 쓰는지라 성문을 지키는 수졸들은 짜증이 났다. 오장은 소리를 쳤다.

"썩 꺼지지 못할까. 이놈들이 감히 여기가 어디라고!"

"나리, 뼈가 으스러지더라도 열심히 할 테니 무슨 일이든 맡겨만 주십시오."

"지금 이놈들이 장바닥에서 부리던 행악을 여기서 부리고 있는 게냐."

"나리……."

"뭣들 하는 게냐. 당장 쫓아버리지 않고."

말이 떨어지기 무섭게 수졸들은 우르르 몰려가 육모방망이를 휘둘렀다. 퍽퍽 소리가 나도록 얻어맞고서야 세 사람은 겨우 물러났다. 하지만 그날뿐이었다. 다음 날이면 그들은 또다시 나타났다.

세 사람이 운두성에 가기로 마음먹은 것은 토로고가 떠나던 날 벌어진 일 때문이었다.

도금치의 닦달에 못 이겨 며칠째 객관 앞에 죽치고 있던 그들은 마침내 토로고를 볼 수 있었다. 떠나기 전 운두성으로 가는 토로고였다. 돌아오기를 기다렸지만 어둠이 내린 후에도 토로고는 돌아오지 않았다. 이튿날 세 사람은 이른 아침밥을 지어 먹은 뒤 초막을 나서 다시 객관으로 향했다. 정다리와 사금질은 찌뿌둥한 몸뚱이를 움직이고 싶지 않았지만 도금치의 닦달에 따라나서지 않을 수 없었다.

산모퉁이를 돌 무렵이었다.

"혀, 형님. 저, 저것이 머, 뭡니까."

마병들이 달려오고 있었다. 사금질도 맞장구쳤다.

"어제 그놈들이네. 그놈들 맞네."

운두산을 내려온 마병은 사진나루를 향하고 있었다. 마병 사이로 보이는 여인은 한눈에 봐도 벙어리였다. 옷차림이 예사롭지 않았다. 저고리 위에 걸친 소매 없는 창옷은 방귀 꽤나 뀌는 여진인에게서나 보던 차림이었다. 맞바람에 너풀거리는 창옷 자락. 가슴 깊이 박힌 상자의 말뚝에 어찌나 애를 태웠던지, 벙어리가 가까워질수록 도금치는 숨이 막힐 것만 같았다. 그는 행렬을 막기라도 할 듯이 길 한가운데로 나서고자 했다. 정다리가 가로막았다.

"혀, 형님. 머, 뭘 어쩌려고."

"말이라도 걸어봐야지."

"아, 하, 한심하네요. 버, 벙어리한테 무, 무슨 말을."

그러나 마병 행렬이 가까워졌을 즈음 길 가운데로 뛰어든 것은 도금치가 아니었다.

"너, 미, 미쳤어!"

사금질의 외침이 끝나기도 전에 정다리는 벌러덩 나자빠졌다. 앞장서 달리던 치노가 길에 뛰어든 그를 냅다 발로 찬 것이었다. 마병 행렬은 멈추고, 다비와 일단의 마병이 황급히 뛰어내려 칼을 뽑아들고 뒤늦게 달려오는 도금치를 환도로 내리치려 했다. 깜짝 놀란 도금치는 엉덩방아를 찧으며 주저앉았다.

"어떤 놈이기에 감히 길을 막아서느냐!"

쩌렁쩌렁한 이첨의 호통이었다.

"네 놈들은 모가지가 몇 개라도 되는 게냐!"

엉금엉금 기어 정다리에게 간 도금치는 머리를 땅에 박았다.

"나리, 용서하십시오. 제 아우가…… 한 번만 살려주십시오, 나리!"

회령에 사는 사람치고 마병을 막아서는 것이 얼마나 위험한지 모르는 사람은 없었다. 회령이 어떤 곳인가. 툭하면 칼부림이 벌어지는 곳이었다. 비적은 밤낮없이 출몰하고, 그때마다 마병은 목숨을 걸고 뒤를 쫓아 목을 벴다. 관군의 창칼에 불귀의 객으로 변한 비적이 한둘이 아니었으니, 원한을 품고 관헌의 목숨을 노릴 것은 빤한 일이었다. 토로고가 저자 구경에 나섰을 때 호위를 한 것도 그 때문이었다. 하물며 행렬에는 북신영 대장 김죽이 있지 않은가. 행렬에 뛰어드는 자는 자객으로 의심받고도 남았다. 평소 같으면 곤죽이 되도록 맞을 테지만 그날만은 달랐다. 말에서 뛰어내린 마병은 정다리의 몸을 뒤져 무기를 지니지 않은 것을 확인한 뒤 다시 말에 올랐다.

"물러나라, 어서 물러서라!"

도금치는 연신 머리를 땅에 박았다.

"나리, 감사합니다. 감사합니다요."

도금치와 사금질은 엉금엉금 기어 정다리를 길가로 끌고 갔다.

"바보 같은 놈, 멍텅구리 같은 놈."

"혀, 형님……."

정다리는 피투성이가 된 얼굴로 무엇이 좋은지 씩 웃고 있었다. 마지막 한 번이라도 벙어리를 자세히 볼 수 있도록 하려는 왈짜패의 의리였을까. 그러나 도금치는 벙어리를 자세히 볼 수 없었다. 마병에 놀라고, 정다리가 안쓰러워 저도 모르게 눈물을 쏟고 말았으니. 간신히 눈물을 훔치고 머리를 들었을 때 마병은 저만치 멀어지고 있었다. 그때 고개를 돌려 뒤를 바라보는 벙어리가 눈에 들어왔다. 도금치는 퍼질러 앉은 채로 몇 번이나 절을 했다. 벌하지 않은 것을 고마워하는 것인지, 벙어리에게 작별을 고하는 것인지, 알 수 없는 절이었다.

토로고는 그날 사진나루를 건너 상단과 함께 모린으로 돌아갔다.

토로고가 떠난 뒤 도금치는 도통 말을 하지 않았다. 밤낮 평상에 누워 하늘만 올려다봤다. 넋 나간 사람이 따로 없었다. 또르르 또르르 벌레 우는 밤에는 더했다. 하얗게 뜬 별 무리를 보며 한숨만 푹푹 내쉬었다. 애처로운 벙어리의 눈빛이 가슴을 후벼대는 걸까. 탁주라도 홀짝홀짝 마신 뒤에는 한숨 소리가 더 커졌다. 가끔씩은 어깨까지 들썩였다. 상사병은 중증이었다. 어느 날 도금치는 평상에 둘러앉은 정다리와 사금질에게 마음을 털어놓았다.

"어떡해야 좋으냐."

"머, 뭘 말입니까."

"벙어리가 보고 싶어."

"머, 뭐라고요? 아, 아이고 혀, 형님도. 버, 벙어리는 버, 버얼써 떠, 떠났구먼요."

"형님. 이제 우리도 마음잡고 먹고살아야지요."

"그, 그러게요. 개, 깨끗이 이, 잊어버리세요. 그, 그런다고 버, 벙어리가 돌아올 것도 아닌데."

두 사람이라고 도금치의 마음을 모를 리 없었다. 하지만 떠난 사람에게 미련을 가져 어쩌자는 건가. 어디에서 왔는지 알 수 없고, 다시 볼 것도 기약할 수 없는 사람이 아니던가. 아무리 일자무식이라도 볼 수 없는 사람을 두고 애태우는 것보다 부질없는 짓이 없다는 것쯤은 잘 알고 있었다.

"그때 마병, 운두성 사람들 맞지?"

토로고와 함께 있던 마병을 두고 하는 말이었다.

"그렇지?"

도금치는 재차 물었다.

"그건 그렇지요."

"벙어리가 사진나루를 건넜다고 했지?"

마병을 가로막은 날, 입에 거품을 물고 황톳길을 달려 사진나루까지 쫓아간 사금질은 모든 것을 알았다. 그녀가 벙어리가 아니라는 것도, 동량북 어딘가에서 온 여진인이라는 것도.

"그, 그런데 머, 뭘 어쩌려고요."

"운두성에 가야겠어."

"머, 뭣 하려고요."

"군졸이라도 돼야지."

도무지 터무니없는 말이었다. 저자에서 굴러먹던 왈짜패가 군졸이 되겠다니 시나가던 소가 웃을 일이었다.

"구, 군졸이 되, 되겠다고요? 아이고, 되, 되지도 아, 않을 소리…… 우, 운두성이 무, 무슨 자, 장바닥인가요."

"……."

"호, 혹시 머, 머리가 어, 어떻게 된 거 아, 아니에요."

얼마나 당황했던지 정다리는 두목 앞에서 입에 담아서는 안
될 말까지 쏟아냈다. 평소 같았으면 주먹이 날아들고도 남았을 것
이다. 하지만 도금치는 풀이 죽어 말했다.

"군졸이 되면 벙어리를 볼 수 있지 않겠어? 운두성 마병은 두
만강을 건너 북으로 간다고 하잖아."

"아 혀, 형님. 그, 그만 이, 잊어버리세요."

"그러지 말고 주모하고나 하룻밤 지내다 오세요. 밤새도록 분
내 맡으면 까짓 벙어리 생각쯤은 싹 가실 테니."

"고, 곰보 주, 주모?"

"……."

"오, 온 해, 회령 사내놈 다, 다 거쳐 간 그 곰보?"

"지금 무슨 소리를 하는 게야. 곰보는 무슨 곰보… 살짝 곰보
이긴 해도 다들 양귀비 뺨친다고 하던데, 뭘."

정다리와 사금질은 침을 꿀꺽꿀꺽 삼키며 도금치를 구슬려보
려 애썼다. 하지만 온갖 감언도 허사였다. 도금치는 암컷을 그리
는 노새처럼 애만 끓였다. 초막에서 나흘 밤낮을 옥신각신하던 그
들이 결국 운두성에 가기로 한 것은 닷새째 되는 날 밤이었다.

도금치의 고집을 꺾지 못한 정다리가 먼저 입을 열고 말았다.

"고, 꼭 그, 그럴 거면 가, 같이 가자고요."

사금질은 당황스러웠지만 뜻을 같이할 수밖에 없었다.

"그, 그렇지. 가려면 함께 가야지."

정다리마저 떠나면 홀로 남을 테니 그럴 수는 없었다. 도금치가 없다면 저자에서 굴러먹기도 그른 일이었다. 하지만 두 사람은 밥만 먹으면 들볶인다는 운두성 군졸이 될 생각은 눈곱만치도 없었다. 모두가 왈짜패가 상팔자라고 하지 않던가. 내키지 않아도 함께 가겠다고 말한 것은 어차피 군졸이 될 수 없을 것이라는 생각에서였다.

"정말 그렇게 생각해?"

도금치는 환한 얼굴로 동생들을 껴안았다.

"아니 갑자기 왜 이래요, 형님."

"하, 하는 수 없잖아요. 우, 우리 없이 혀, 형님 혼자 어, 어떻게 그, 그놈의 고역을 다 가, 감당하겠어요."

정다리는 그렇게 말하면서 빙긋 웃었다. 그러면서 속으로는 누가 왈짜패를 군졸로 써주기나 할까라는 생각을 했다.

도금치는 기뻤다. 그도 두 사람과 떨어져 살기 힘들다는 것을 잘 알았다. 어린 시절 산중에서 홀로 지내며 겪은 무서운 기억을 떨칠 수 있는 것도 두 졸개가 있기 때문이었다. 그는 군졸이 될 수 있다고 생각했다. 삼남에서 군사를 징발해 육진으로 보내고, 회령부에서도 군사를 모았으니 운만 닿으면 못 될 것도 없을 것 같았다. 마병은 될 수 없을지라도.

외기양양해 운두산에 오른 날, 그들은 보기 좋게 퇴짜를 맞았다. 다짜고짜 욕부터 들었다.

"이놈들 봐라. 왈짜놈 주제에 감히 여기가 어디라고."

"여기가 근본도 없는 네놈들이 얼쩡댈 곳쯤으로 보이느냐."

"말 좀 들어보소. 들어보고 쫓든 말든 해야 할 게 아니오."

덩치 큰 도금치는 버텼다. 하지만 사졸들은 우르르 몰려와 육모방망이를 휘둘렀다. 버틸 재간이 없었다. 말을 더듬으며 횡설수설하는 정다리는 아예 내동댕이쳐졌다.

"말도 못하는 놈이 어디서 굴러먹다 와서는……."

동댕이질 당한 것도 서러웠지만 그 말은 더 아팠다.

물려받은 성이 무엇인지도 모르는 잡초 같은 인생, 호패도 없는 무지렁이쯤이야 죽어 나자빠진들 누구 하나 관심이나 가질까. 사졸이 아무 생각 없이 내뱉은 "다리몽둥이를 분지르겠다"는 헛으름장은 비수가 되어 세 사람 가슴에 꽂혔다.

마병의 꿈

───── "네놈들은 대체 뭣 하는 놈들이냐. 이렇게 약해빠져서야 달적 모가지 하나라도 제대로 치겠느냐. 한심한 것들."

군관 이첨은 고래고래 소리를 질렀다. 화난 눈빛이 이글거리는 봉수대 장작 같았다. 이마에 땀이 반질반질 번져 나는 방수 사졸들은 고개를 들질 못했다.

"봉수대를 고작 두 번 오르고서 이렇게 오합지졸로 변해서야 어찌 마병이 되겠다는 것이냐. 뒤처진 놈이 수두룩하질 않나, 오와 열은 찾아볼 수 없질 않나."

사졸들은 벌겋게 달아오른 얼굴로 눈만 껌벅거렸다.

"냉큼 다시 갔다 오거라."

"……"

"이번에도 뒤처지는 놈은 모두 잡역꾼으로 보낼 테니 그리 알거라."

잡역이라는 말에 사졸들의 목은 자라목처럼 움츠러들었다. 잡역이 무엇이던가. 모두가 고개를 절레절레 내젓는 고역이었다. 잡역만큼 혹독한 노역도 없었다. 북관 수자리[15] 사는 일치고 궂은일 아닌 것이 없다지만 운수 사납게 잡역꾼이 되는 날에는 너나없이 한숨만 푹푹 토했다.

사시사철 축성이 이어지는 북변. 눈만 뜨면 날이 지도록 내내 성에 쓸 돌을 지어 나르고, 산길을 닦고, 통나무를 베어 목책을 세워야 했다. 뜨거운 햇볕이 쨍쨍 내리쬐는 여름날에도, 천지가 꽁꽁 얼어붙는 겨울철에도 도끼로 나무를 찍고, 징으로 돌을 깨고, 삽과 곡괭이로 길을 냈다. 배라도 부르면 그나마 다행이었다. 그렇지 않으면 잡곡밥으로 허기진 배를 채운 뒤 모진 노역을 감당해야 하니 배는 이내 꼬르륵꼬르륵 밥을 불렀다. 힘들어도 멀쩡히 고향에만 돌아갈 수 있다면 얼마나 좋으랴. 그나마도 돌에 깔리고, 산길에 구르고, 병이라도 걸리는 날에는 저승이 코앞이었다.

북관의 잡역은 천형과도 같은 군역이었다. 수자리 살러 간 아들이 잡역꾼이 됐다는 소식을 듣는 날에는 온 집안사람이 밤잠을 이루지 못했다. 잡역에서 빼주겠다며 뇌물을 챙기는 교활한 아전도 있었지만, 뇌물을 건넨다고 잡역을 면할 수 있는 것도 아니었다. 늙은 부모는 이래저래 한숨만 토했다.

이첨의 명령이 떨어지자 사졸들은 우르르 내달렸다. 산길은 가팔랐다. 한 번만 오르내려도 가슴이 터질 듯하고, 다리가 끊어

---

15 국경을 지키는 일이나 병사직.

질 듯한 고통이 밀려드는 길이었다. 그 길을 세 번째 내달리자니 죽을 맛이었다. 흙먼지 섞인 뜨거운 공기는 숨통을 턱턱 막고, 사지는 몸에 거추장스레 붙은 장식물처럼 여겨질 뿐이었다. 그야말로 사투였다. 그래도 이를 악물고 오열을 맞춰 달려야 했다.

사졸들이 고통을 참으며 달리는 것은 마소처럼 몸을 굼닐어야 하는 잡역이 싫기 때문만은 아니었다. 나약한 자라는 낙인이 찍히는 것이 무엇보다 싫었다. 이 지옥 같은 훈련을 이겨내면 언젠가 말 등에 번듯이 앉아 "나도 북관의 마병"이라고 소리칠 날이 오지 않겠는가.

나라고 못 할쏘냐.

오기가 꿈틀거렸다.

이쯤 고통은 만주 천지를 누빌 검은 마병에게 아무것도 아니라는 강인한 의지는 가슴에 턱잎처럼 싹트고 있었다.

그들은 언제 닥칠지 모를 북변의 사변에 대비해 훈련을 받는 사졸이었다.

운두성에서 마병 훈련을 시작한 것은 몇 달 전 이징옥이 단종의 유시를 받은 뒤부터였다. 유시는 긴박한 사정을 전하고 있었다.

복여위福餘衛 도지휘都指揮가 알려오기를, 야선의 이발라평장은 칠만 군사를 이끌고 양장하羊腸河에 이르고, 백안첩목아白顔帖木兒의 삼만 군사와 합세한 야선왕의 십삼만 인마는 자형관紫荊關을 거쳐 북경에 이르러 수많은 인명을 살상했다고 한다. 야선의 군사는 세 길로 나뉘어, 한 갈래는 조선과 해서海西, 건주建州로 향했다고 한다. 이번 사변은 기사년보다 더 절박하다. 사태에 대비할 모든 방도를 강구하라.

복여위는 길림성 북편의 여진인 지역이었다. 기사년은 네 해 전인 세종 31년을 이르는 말이었다. 그해 야선의 군사는 북경 서북쪽 토목보에서 명의 황제를 사로잡은 뒤 북경 자금성까지 밀려들어 쑥밭을 만들었다. 그로부터 네 해가 지난 지금 북방과 요서에는 다시 먹구름이 밀려들고 있었다. 몽고 전란의 무서운 악몽이 다시 꿈틀거렸다. 유시는 열두 살 난 어린 임금을 대신해 영의정 황보인과 좌의정 김종서가 쓴 글이었다. 한양 조정이 삼남의 장정을 북변으로 보낸 것은 그즈음이었다. 이징옥도 삼남과 북관의 장정을 운두성으로 보내 더 많은 검은 마병을 기르고자 했다.

이첨은 산길을 달리는 사졸을 바라보며 생각에 잠겼다.

고개 하나만 넘어도 숨이 목에 차는 운두산길. 그 길을 달린다는 것이 어디 쉬운 일이던가. 허나, 산길 하나쯤 가볍게 넘지 못하고서야 어찌 살아남기를 바라겠는가. 힘이 모자라면 제 아무리 잘난 싸움꾼이라도, 제 아무리 빼어난 칼잡이라도 허무히 널브러지고 마는 것을.

"난 더, 더 이상 모, 못 가요."

쓰러진 정다리가 소리쳤다. 흙먼지를 뒤집어쓴 달아오른 얼굴로 거품까지 물고 헐떡였다.

"제, 제발……."

터져 나오는 소리는 애절했다. 하지만 갓 온 사졸을 훈련시키는 오장 치노는 사정을 봐주지 않았다. 발로 툭툭 걷어찼다.

"어서 일어나지 못해! 여기가 네놈 안방이냐!"

치노의 얼굴도 벌겋게 달아올라 있기는 매한가지였다. 그래도 정다리가 일어나지 못하자 말은 점점 거칠어졌다.

"이놈 봐라, 이제 숫제 대꾸조차 않네."

또 발길질을 하려는 순간 도금치가 뛰어들어 정다리를 껴안았다. 도금치는 대신 애원했다.

"오장 나리, 제가 업고 갈 테니 한 번만 봐줍쇼."

"어, 이놈들 보게."

치노는 다시 소리를 내질렀다.

"여기가 네놈들 놀이터냐. 업고 간다고? 이런 정신머리로 마병이 되겠다는 게냐."

"아이고, 나, 나 죽네. 아이고."

정다리는 정신줄을 놓았는지 오장의 말조차 들리지 않는 모양이었다. 마침내 울음까지 터뜨렸다. 엉엉 울었다.

"이놈 봐라. 이제 울기까지 하네."

눈물은 얼굴을 뽀얗게 덮은 먼지 사이로 내를 이루었다.

"한심한 놈."

치노는 돌아서며 다른 사졸을 향해 소리쳤다.

"무슨 구경났어!"

도금치는 눈치가 빨랐다. 오장의 화를 돋우지 않으려면 뛰든,

업든 대오를 멈추게 해서는 안 된다는 것을 알았다. 왈짜패 우두머리의 판단은 역시 남달랐다. 치노가 사졸을 향해 소리치는 순간, 정다리를 일으켜 앉히고 들쳐 업었다. 그런데 아뿔싸, 엉덩방아를 찧고 말았다. 정다리를 업은 채로 벌러덩 나자빠졌다. 아무리 힘이 세다 해도 제 몸 하나 가누기 힘든 판에 남을 업을 힘까지는 남아 있지 않았다. 이때 정다리를 대신 들쳐 업은 것은 사금질이었다. 죽을힘을 다해 정다리를 업은 그의 두 다리는 후들후들 떨렸다. 정다리는 내내 눈물을 그치질 않았다. 고통스러워 울고, 미안해 울고, 고마워 울었다.

'왈패 놈들 의리도 쓸 만은 하네.'

치노는 더 이상 다그치지 않았다. 돌아서며 군졸이 되겠다며 떼를 쓰던 왈짜패의 일을 다시 떠올렸다.

세 사람이 성문을 두드린 지 닷새째 되는 날, 날마다 반복되는 소동을 알게 된 이첨은 그들을 불러들였다. 매섭게 쏘아보는 눈빛에 주눅이 들었는지 이첨 앞에 선 세 사람은 말 한마디 제대로 할 수 없었다. 입을 실로 꿰맨 듯했다.

"네놈들이 나라를 지키겠다고?"

쩌렁쩌렁한 목소리가 그들을 더욱 움츠러들게 했다.

"……."

"참 기특도 하구나."

정말 기특하다는 것인지, 빈정대는 것인지 알 수 없는 말이었다.

"그럼 한번 시험이나 해보자꾸나. 해볼 테냐."

도금치는 숨을 깊이 들이켠 뒤 떨리는 목소리로 대답했다.

"부려만 주신다면 무엇인들 못 하겠습니까요."

"쓴다는 게 아니라 시험을 해보자는 것이다."

도금치는 혹시 대답을 잘못했나 싶어 넙죽 엎드려 머리를 조아렸다.

"길고 짧은 것이야 대봐야 알지 않겠느냐. 저 건넛산 봉수대가 보이느냐. 해가 저 나무에 걸리기 전까지 봉수군의 확인을 받아오너라."

"……."

이첨은 그 말을 남긴 뒤 뒤도 돌아보지 않고 자리를 떴다. 시작하라는 말도 없었다. 장승처럼 선 치노가 무릎 꿇은 세 사람을 내려다볼 뿐이었다. 봉수대는 산꼭대기에 있었다. 도금치는 소나무를 올려다봤다. 해가 나무에 걸리기까지는 반 시진도 채 남지 않은 듯했다. 그새 건넛산 꼭대기까지 뛰어갔다 오라니, 가당찮은 소리였다. 축지법을 쓴든지, 날짐승이 되든지 하지 않는 이상 가능한 일이 아니었다. 하지만 죽든 살든 뛰어야 했다. 시험은 벌써 시작되지 않았는가.

"뭐 해!"

도금치는 먼저 내달렸다.

"아, 아니 혀, 형님……."

말을 끝맺을 새도 없이 징다리와 사금질도 따라 뛰지 않을 수 없었다. 도금치는 힘을 다해 달렸다. 가슴이 터지는 한이 있더라도 봉수대에 올라야 했다. 시험에 미끄러지면 영원히 벙어리를 볼 수 없다는 생각만 머릿속에 가득했다. 이내 숨이 목까지 차올랐지만 멈출 수 없었다. 봉수대에 올랐을 때 그들은 입에 게거품을 잔뜩 물고 있었다.

"봉수군님, 봉수군님!"

아무리 소리쳐 불러도 대답이 없었다. 산바람에 흔들리는 나뭇잎만 사각사각 소리를 낼 뿐이었다. 그때 봉수군은 풀숲에서 변을 보고 있던 차였다. 평생 듣지 못한 님 자까지 붙여가며 자신을 불러주는 것은 고마웠지만, 그렇다고 그들을 보기 위해 황급히 바지를 걷어 올려야 할 이유는 없었다. 그런 것은 봉수군님의 격에 어울리는 행동이 아닐 듯했다. 그런데 부르는 소리가 갈수록 커졌다. 순간 가슴이 철렁 내려앉았다. 계곡 건너 운두성에 그 소리가 들릴지 모르겠다는 생각이 번득 들었다.

"누군데 이렇게 애타게 찾는 게야."

급히 뒤를 닦고 엉거주춤 바지를 올리는 순간 봉수군은 하마터면 그대로 주저앉을 뻔했다. 산발한 머리에 입에는 허연 거품을 문 험상궂은 얼굴이 갑자기 눈앞에 나타난 것이었다. 봉수군은 깜짝 놀라 눈을 동그랗게 떴다.

도금치는 놀란 봉수군을 재촉했다.

"시간 없어요, 봉수군님. 함자를 적어주세요, 빨리."

"이름은 왜 써줘야 하는가."

봉수군은 놀란 가슴을 추스르며 제법 양반네 말투를 흉내 내가며 느릿느릿 대답했다.

"설명할 시간 없다니까요. 빨리 적어주세요."

"나 참, 왜 적어줘야 하느냐고."

도금치는 버럭 소리를 질렀다.

"어서 적어달라니까요. 아니면 내 내려가 운두성 나리께 어디에 갔는지 아무리 불러도 봉수군을 찾을 수 없었다고 전할 테니."

그래도 미적대자 도금치는 정다리와 사금질을 돌아보며 말했다.

"얘들아, 가자."

"이, 이러다 주, 죽겠네요. 부, 북신이고 우, 운두고, 사, 사람부터 사, 살고 봐야지……."

도금치는 소리쳤다.

"나리께 그렇게 전할 테니 나중에 후회는 마시오!"

봉수군은 아차 싶었다.

"아, 이 사람아. 급하면 급하다고 진작 말을 해야지. 이름만 적어주면 되는가."

"……."

"조금만 기다리게."

"빨리빨리 적어주소."

도금치는 한마디 덧붙였다.

"시간이 없으니 좀 뛰어가 적어 오소."

봉수군은 뛰는 시늉을 하며 봉수대 옆 산막으로 쫓아 들어갔다. 한참 지나 들고 나온 구겨진 종이에는 이름이 적혀 있었다. 숯으로 쓴 글씨는 그림을 그린 것인지 글자를 쓴 것인지 도무지 구분하기 힘들었다. 도금치는 종이를 받아들고 다시 달리기 시작했다. 봉수군은 그 뒤에다 대고 소리쳤다.

"여보게, 봉수대에서는 근무 잘 하고 있더라고 말해주게!"

"염병할……."

도금치 입에서는 절로 욕이 나왔다.

산은 오르기보다 내려가기가 더 어려운 법이었다. 후들후들 떨리는 다리로 발을 내딛자니 남사당 외줄 타는 듯했다.

"아이쿠, 아이고."

돌부리에 차인 것인지, 발을 헛디딘 것인지 내달리던 정다리가 갑자기 데굴데굴 나뒹굴었다. 도금치가 고개를 돌렸을 때 그는 아름드리나무 그루터기에 처박혀 있었다.

"아이고, 나 죽네, 나 주, 죽어."

신음 소리는 절망의 소리처럼 들렸다.

기우는 해가 소나무에 걸릴 시각은 코앞으로 다가와 있었다. 눈앞이 캄캄했다. 사금질이 달려와 정다리의 다리 여기저기를 만져봤다. 뼈가 부러진 것 같지는 않았다.

"혀, 형님. 나, 난 버, 버려두고 머, 먼저 가세요."

"아 이놈아, 여기서 나자빠지면 어떡해. 한번 일어나봐."

도금치는 안달이 났다. 하지만 정다리의 신음은 그치지 않았다.

"아이고, 나, 죽네."

숨을 헐떡이는 눈에는 눈물이 찔끔찔끔 번졌다.

도금치는 낙망했다. 하지만 아무리 마병이 되고 싶기로서니 정다리만 두고 갈 수는 없었다. 도금치는 정다리를 들쳐 업었다. 아무리 힘이 장사라도 후들거리는 다리는 어쩔 수 없었다.

"미, 미안해요. 혀, 형님. 나, 나 때문에…."

업힌 정다리는 울었다. 도금치도 울었다.

도금치의 힘이 다하면 사금질이 업고, 사금질의 힘이 다하면 다시 도금치가 업어가며 군영에 이르렀을 때 두 사람은 그만 기진맥진해 쓰러지고 말았다. 멀쩡한 것은 정다리뿐이었다.

"혀, 혀, 형님. 저, 정신 차, 차려요."

정다리는 쓰러진 도금치를 그늘로 끌고 갔다. 사금질은 아침나절 먹은 강냉이 밥알을 모두 토해냈다.

'왈패 놈도 저만하면 쓸 만하겠구나. 왈패 놈도 나름이로다.'

이첨은 그 광경을 모두 보고 있었다. 도금치는 치노가 물을 떠먹인 뒤에야 간신히 정신을 차렸다.

세 사람은 그런 곤욕을 치른 뒤에야 사졸 훈련을 받을 수 있었다. 하지만 운두성 마병 훈련은 봉수대를 오르내린 것에 비할 바가 아니었다. 지옥이 따로 없었다. 정다리와 사금질은 아침저녁으로 틈만 나면 도금치를 원망했다.

"내, 내가 이, 이런 개고생할 줄 아, 알았다니깐."

"그러게. 운두성에 가자고 하는 게 아니었는데."

"무, 무슨 구, 군졸이 되겠다고."

"그때 조금만 더 참았어야 하는 건데, 우리가 잘못한 거야."

"무, 무슨 지, 잘못을 해. 나 그, 그놈의 벙어리 때문이지."

"벙어리만 나타나지 않았어도."

원망이라도 하지 않으면 하루하루를 배겨내기 힘들었다. 그러나 시도 때도 없이 그런 말을 듣는 도금치는 미안해 쥐구멍이라도 찾고 싶은 심정이었다. 그래서 그런 때면 제 밥을 정다리와 사금질 밥그릇에 덜어 주곤 했다.

훈련을 받던 정다리가 쓰러진 날, 도금치와 사금질은 또 정다리를 업고 뛰느라 기진맥진해야 했다.

여지없이 이첨의 불호령도 떨어졌다.

"또 이놈이냐. 오늘도 이놈이 쓰러진 게야?"

세 사람은 머리만 조아렸다. 정다리는 무릎을 꿇고 빌었다.

"나, 나리, 아, 앞으로는 다, 다시 이, 이런 일이 어, 없도록 하겠습니다요."

"이놈 보게, 네놈이 그 말을 한 것이 벌써 몇 번째더냐."

"나리……."

"정신줄을 놓으니 네놈만 맨날 사고를 치는 것이 아니냐. 이제 안 되겠다. 잡역으로 돌려야지."

청천벽력 같은 소리였다. 도금치, 사금질과 헤어지지 않으려 운두성까지 따라왔건만 홀로 잡역꾼으로 쫓겨난다면 그것만은 하늘이 두 쪽 나도 받아들일 수 없는 일이었다. 정다리는 이첨의 바짓가랑이를 움켜잡았다.

"나, 나리. 아, 안 됩니다요. 그, 그것만은 안 됩니다요. 제, 제가 수, 숨이 끄, 끊어지는 한이 있더라도 아, 앞으로는 자알 할 테니 제, 제발 자, 자, 잡역꾼만은 아, 안 됩니다요. 그, 그럴 바에는 이, 이 자리에서 콱 주, 죽어 버리겠습니다."

정다리는 울었다.

"이놈 보게, 이제는 생떼까지 부리네. 죽을 생각을 하는 놈이
어째 산 하나 타질 못하는 게야!"

"그, 그게……."

"말과 행동이 다르질 않느냐. 그 말을 한 것도 벌써 몇 번
째냐."

정다리가 측은했던지 치노가 나섰다.

"나리, 그래도 이놈을 저 두 놈이 들쳐 업고 여기까지 왔으니
가상하기는 합니다요."

"저놈들 그 수작 써먹은 것이 한두 번이더냐."

"……."

이첨의 말은 모질었다. 마음도 그랬을까.

"저놈 다친 데나 없는지 살펴보거라."

이첨은 그 말을 남기고 휑하니 군막으로 들어가버렸다. 정다
리는 울음보를 터뜨리고, 도금치와 사금질은 정다리를 끌어안았
다. 그날 밤 세 사람은 바람 숭숭 새는 군막에 나란히 누워 다짐
했다.

"절대 헤어지면 안 돼!"

"그럼요."

"저, 절대로 아, 안 되지. 나, 나를 자, 잡역꾼으로 보, 보내면
저, 정말 콱 주, 죽어버릴 거야."

유난히 더운 그해 여름 김죽은 이첨과 치노를 거느리고 두 차례나 두만강을 건너 북방으로 갔다. 한양으로부터 날아드는 급박한 밀지가 잇따르니 가지 않을 수 없었다.

그곳 사정은 어떠한가. 도절제사는 사변의 동정을 알아내고 야인을 진무하라. 사태는 언제나 둑이 무너지듯 갑자기 닥치는 법이니, 사세를 보아 빈틈없이 조처하도록 하라.

남하하는 야선 세력에 밀린 명은 조선으로 가는 길목인 요하하구조차 지키기 버거웠다. 밀명을 받은 이징옥은 어느 날 김죽을 불러들였다.

"형세가 위중하구나. 누구의 말을 믿을 수 있겠느냐. 교위가 직접 가 두루 확인하는 편이 낫겠구나."

동량 너머 북방의 형세를 알아낼 사람은 오직 김죽뿐이었다. 여진어 한마디 알아듣지 못하는 수령들. 그들은 통역하는 역관을 데리고 여진 추장의 겉도는 이야기만 들어야 했다. 그나마 상대하는 여진인들도 두만강변에 뿌리를 둔 이들이 대부분이었다. 그런 마당에 북방 사정을 자세히 알아낼 턱이 없었다.

"북방의 형세를 알아내는 것도 중요하지만 야인이 다른 마음을 품지 못하도록 하는 것은 더 중한 일이니라. 모린의 낭발아한, 시사오귀時沙吾貴의 동속로첩목아, 사오이沙吾耳의 이귀야를 비롯한 여진 추장들에게 조선이 그곳을 지키고 있다는 것을 알도록 하여라. 사변이 터지는 날에는 그들이 어느 편에 서느냐에 따라 조선이 대나무를 쪼개는 도끼가 될 수도, 도끼에 쪼개진 대나무가 될 수도 있을 것이니라. 태조 강헌대왕께서 왕업을 여실 때 운명을 함께했다는 사실을[16] 되새기고, 지금도 생사를 같이함에 조금도 달라진 것이 없음을 알도록 해야 한다."

"명심하겠사옵니다. 대감 나리."

"교위는 나의 이름으로 그들을 대하도록 하라."

"예, 대감 나리. 명을 받들어 한 치 어긋남이 없도록 하겠사옵니다."

그날 이징옥은 북으로 가는 김죽에게 권한을 위임하는 교첩을 건넸다. 병마도절제사의 붉은 인장을 찍은 교첩에는 이렇게 적혀 있었다.

함길도 병마도절제사 이징옥은 동량북에서 이루어질 모든 결정의 권한을 교위 김죽에게 위임하노라. 여진 제족은 교위의 말이 곧 나의 뜻임을 알고 화평과 신의를 도모하도록 하라.

김죽은 그렇게 두만강을 넘어 만주로 향했다.

"오장 나리, 어디로 가시는 겁니까?"

군장을 꾸리는 눈치가 먼 길을 떠나는 것이 분명한지라 도

---

16 태조 이성계가 조선을 개국할 때 많은 여진 세력이 도운 일을 이르는 말이다.

금치는 치노에게 묻지 않을 수 없었다. 돌아온 것은 심한 타박이었다.

"네놈은 그동안 무엇을 배웠느냐. 함부로 물어서도, 말해서도 안 된다는 것을 벌써 잊었느냐?"

"그것이 아니라……."

"운두성 밥을 먹을 만큼 먹었을 텐데 아직도 똥오줌을 못 가리는 게냐!"

도금치는 고개를 숙였다. 함부로 입방아를 놀려선 안 된다는 것은 귀에 못이 박히도록 들은 말이었다. 그것은 검은 마병이 목숨처럼 지켜야 할 수칙이었다.

"죄송합니다, 오장 나리. 하도 궁금해 그만 생각이 미치질 못했습니다요."

"알았으면 귀를 막고 입을 다물거라."

운두성 북신영의 마병은 여느 마병과 달랐다. 목숨을 걸고 천리 만주를 오가는 그들에게 기밀 유지는 목숨보다 중한 일이었다. 만주 어느 외진 곳에서 숨을 다하고, 팔다리를 잘린다 해도 왜 그런 일을 당했는지 나불거리지 말아야 했다. 말 한마디가 나라를 위기에 빠뜨릴 수 있기에 그랬다. 스스로 천자의 나라라며 호령하려드는 명. 땅 욕심만 가득한 명의 귀에 조선이 만주와 요동을 넘본다는 소리라도 들어간다면 공연한 분란을 부를 소지는 충분했다.

도금치는 용서를 빌었지만 가슴속에서는 화가 치밀었다.

"인정머리 없는 오장 같으니라고……."

김죽이 거느린 검은 마병은 동이 트기도 전 운두성을 빠져나
갔다. 도금치가 눈을 떴을 때 이미 치노는 보이지 않았다. 그날부
터 도금치는 마병이 달리고 있을 북녘을 바라보며 생각에 잠겼다.

저 길은 어디로 이어질까.

저 길을 따라가면 벙어리 있는 곳에 닿을까.

도금치는 애만 끓였다. 운두성에 와 벙어리 곁에 있던 사내가
김죽이라는 것을 알고 난 뒤로는 더 이상 벙어리 이야기를 꺼내지
않았다. 입을 다물면 다물수록 마음은 더 애달팠다. 고된 하루 일
과를 끝내면 군막에 돌아와 우두커니 앉아 있곤 했다. 그럴 때면
정다리와 사금질은 말했다.

"혀, 형님 이제 자, 자야지요."

"이부자리 깔아놓았으니 얼른 오세요."

"응, 알았어."

코 고는 소리가 요란해지면 도금치는 슬그머니 군막을 빠져나
와 하늘을 올려다봤다. 군막을 덮은 은하수는 언제나 만주로 흐르
고 있었다.

소경 점쟁이 지화

───── 삭풍만 매서운 것이 아니었다. 한양의 바람은 더 매서웠다. 왕위에 오른 지 한 해가 지났건만 단종 임금은 여전히 강보에 싸인 아이와 다르지 않았다. 열세 살 난 임금은 종친과 중신에 치여 하릴없이 고개를 숙여야 했다. 울타리가 되어줄 어마마마조차 없는 임금이 안쓰러워 한 살 많은 정순왕후는 앳된 소리를 했다.

"전하께서는 이 나라의 주인이시옵니다."

임금은 눈만 껌벅거렸다.

"대신들 앞에서는 허리를 펴시고 눈을 크게 뜨소서."

어린 왕비의 말은 공허한 소리일 뿐이었다. 아무리 고개를 빳빳이 쳐들어도 사정전을 쩌렁쩌렁 울리는 장상대신들의 목소리에는 주눅이 들지 않을 수 없었다. 머리 희끗희끗한 종친과 중신들에게 임금은 마냥 철없는 주상이었다.

"알아서들 처결하세요."

겨우 토한 목소리는 늘 떨렸다.

알아서 처리하라는 하교가 잘못된 것은 아니었다. 사정전에
둘러앉은 장상대신들이 누구이던가. 하나같이 할아버지인 세종과
아버지인 문종의 삼십사 년 치세를 떠받친 기라성 같은 신하들이
었다. 영의정 황보인, 좌의정 김종서, 우의정 정분鄭苯. 한 사람 한
사람이 선왕이 의지했던 기둥이요, 들보 같은 존재였다.

어린 임금이 말을 떨었다고 해야 할 일이 무엇인지도 몰랐을
까. 어렴풋이나마 알고 있었다. 자신에게 충실하고 백성의 어려움
을 살피는 정치, 아집을 버리고 신하의 말에 귀를 기울여 바른길
을 여는 덕치, 그것이 인군이 걸어야 할 길이라는 것을 서연書筵[17]
에서 귀에 못이 박히도록 들어왔다.

세종은 당시 세자였던 문종에게 이렇게 말했다고 했다.

"현군賢君은 천하의 이목을 자신의 지혜로 삼고, 우암한 군주
는 자신의 총명함만 믿어 묻질 않는다. 화와 난은 스스로 소홀히
한 데서 비롯되는 것이니 닥친 뒤에는 후회한들 소용없다. 직언을
구해 화란을 막는 것이니, 신하의 쓴 말 듣기를 어찌 마다하겠느
냐. 의지와 기개가 고매해 국사의 기풍을 가진 선비, 절개와 지조
가 굳어 곧은 말을 간하는 선비, 용감하고 강직해 외적을 능히 막
아내는 장수, 세를 두려워하지 않고 맡은 바 행하기를 자신의 일
처럼 하는 충직한 인물, 사리를 통달해 일을 명민하게 처리하는

---

17 세자를 상대로 한 강론.

인물은 모두 크게 쓸 만한 인재이니라. 이런 사람을 씀에 명심해야 할 것은 그 사람의 인자함을 쓰되 탐욕을 버리고, 용맹함을 쓰되 노함을 버리며, 지혜를 쓰되 간사함을 버리는 것이니라."

어린 임금은 기품이 반듯했던 아버지 문종의 시호를 올리던 날, 집현전 대제학이 대신 또박또박 읽어 내려간 추념의 글도 똑똑히 기억하고 있었다.

"병환이 깊어 글 보기를 그치고 쉬기를 청하니, 주상께서는 말씀하셨사옵니다. '그만두려 하지만 그만둘 수가 없구나. 인군은 나라를 걱정하고 정사에 부지런해야 하니 안일해서야 될 일이더냐. 안으로는 여색에 빠지고, 밖으로는 수렵과 술을 탐닉하고, 화려한 집과 높은 담을 좋아하는 것은 모두 인군이 걱정하는 바이니라. 나는 천성이 그런 것을 즐겨하지 않아 비록 권하는 사람이 있어도 좋아할 수가 없구나.' 아, 본성이 맑은 임금이시여. 날이 새기 전에 의관을 차려입고 해가 진 뒤에야 늦은 저녁을 드시며 세상을 편히 하고자 애쓴 임금이시여. 어찌 신을 버리시고, 활을 두고[18] 갑자기 영원한 슬픔만 남기고 가시었나이까. 작고 어린 고애자는 무엇을 믿어야 하겠사옵니까. 눈물을 흘리며 슬퍼하는 사왕 신 홍위를 굽어보고 있사옵니까."

홍위는 단종의 이름이었다.

그날 얼마나 펑펑 울었던가.

---

18 왕의 죽음을 뜻하는 유궁遺弓을 이르는 말이다.

단종이 울음보를 터뜨리자 내시는 안절부절못하며 말했다.

"마마, 이러시면 아니 되옵나이다. 마음을 가라앉히시옵소서."

슬퍼서 흘리는 눈물이 어찌 부끄러운 것인가. 내시는 왕이 체통을 잃을까 조바심을 내며 고정하라는 말을 되풀이했지만 어린 임금은 눈물을 훔치며 다짐했다. 선왕의 품행을 본받아 반드시 그 길을 따르겠다고. 큰절을 올리며 선왕에게 부끄럽지 않은 임금이 되도록 도와달라고 빌었다. 그 마음을 내시는 알았을까. 대신들은 알았을까.

그런 다짐은 미몽이었던지, 막상 옥좌에 앉으면 쩌렁쩌렁한 대신들의 목소리에 천 근 쇳덩이를 올려놓은 것처럼 가슴이 짓눌렀다. 아뢰는 소리가 쩌렁할수록 선왕을 등대로 삼고자 했던 다짐도 아득한 옛일처럼 가물거렸다. 아무리 총명하다한들 임금은 이제 겨우 열세 살 아이였다.

신료들은 삼삼오오 모이면 으레 걱정을 쏟아냈다.

"참으로 걱정입니다."

"어리신 주상 전하를 두고 무슨 평지풍파가 일지……."

"얼마나 많은 교사가 일겠습니까. 선왕 때에는 전하께서 두 눈을 부릅뜨고 계신데도 온갖 모사를 꾸몄는데, 이제는 아무것도 모르시는 전하를 끼어 혹세하는 무리가 들끓을 것입니다."

"두말하면 잔소리지요. 지금 모두가 보고 있지 않습니까. 어명을 빙자해 얼마나 방자한 일을 행하고 있습니까."

"큰일입니다. 달단이 발호하는 마당에 어찌 제 잇속만 앞세우는지……."

"성세는 지고 난세가 닥치려 하나 봅니다."

임금이라고 그런 사정을 몰랐을까. 하지만 누가 옳고, 어떤 말이 이로운지 알기 힘들고, 안다 한들 스스로 결정할 수 없으니 모든 결정을 대신에게 미룰 뿐이었다. 어린 임금을 보듬고 도와줄 사람도 없었다. 생모 현덕왕후 권씨는 오래 전 세상을 떴고, 어린 임금을 키운 세종의 후궁 혜빈 양씨는 마음씨만 후덕할 뿐이었다. 단종은 승냥이 무리 한가운데 던져진 토끼 신세였다. 아들에게 닥칠 운명을 내다봤던 걸까, 몸져누운 문종은 황보인과 김종서, 집현전 학자들을 불러 세자를 도와주기를 부탁했다.

하지만 의리는 어디론가 내팽개쳐지고, 패도가 곰지락곰지락 고개를 쳐들고 있었다.

지화池和라는 소경 점쟁이가 있었다. 사주역학을 줄줄 꿰고, 언변은 청산유수였다. 얼마나 말을 번지르르하게 잘했던지 몇 마디만 해도 넘어가지 않는 사람이 드물었다. 하지만 모두가 그의 능력을 믿는 것은 아니었다. 언젠가 까칠한 한 선비가 물었다.

"앞을 보지 못하는데 어찌 역학을 통달할 수 있었습니까?"

"열심히 마음공부를 했지요."

"마음공부를 한다고 역학의 세세한 이치를 알 수 있는 것은 아니잖습니까."

"눈먼 소경이 이목구비를 구별하겠습니까, 글이란 것을 알겠습니까. 허나, 열심히 마음을 닦다 보면 마음의 눈으로 세상을 볼 수 있게 되는 법이지요. 마음을 열면 세상이 보입니다. 색色이 눈을 가리면 코앞의 일조차 분간하기 힘들게 되지요. 천지의 이치가 그러한데, 세상 사람들은 눈에 보이는 것만을 모든 것으로 여기니, 그것이야말로 청맹과니가 아닐까 합니다."

"주역은 읽어봤는지요."

"괘 역시 마찬가지입니다. 눈으로 아무리 들여다봐야 오묘한 괘의 이치를 볼 수 있는 것은 아니지요. 역괘를 만든 복희씨인들 눈으로 괘를 읽었겠습니까. 해는 뜨면 지고, 달도 뜨면 지는 것이 아닙니까. 우주의 천변만화를 꿰뚫어보자면 직관으로 변화무쌍한 괘를 읽어야 합니다. 눈을 뜨면 그 이치를 오히려 알기 힘듭니다."

"아무리 그렇다 해도 앞을 보지 못하면 주역 한 번 읽어보기 힘든 것 아닙니까."

"허허, 참."

"주역을 한 번이라도 제대로 읽어봐야 복희씨의 뜻이 무엇인지도 알 수 있는 것 아니겠습니까."

물음은 갈수록 날카로워졌다. 미끈미끈한 뱀장어처럼 빠져나가는 지화의 언변도 잘 통하질 않았다. 소경을 욕보인다고 느낀 걸까, 지화의 말도 점점 날이 서갔다.

"허허, 그렇게 말씀드리는데도 자신의 작은 경험을 세상 모든 것으로 여기니 그런 것을 미생의 믿음이라고 하는 걸까요. 어허허……."

중국 춘추시대의 사람 미생은 다리 아래에서 만나기로 한 연인과의 약속을 지키기 위해 홍수로 물이 불어나도 피하지 않았다가 목숨을 잃었다. 이후로 융통성 없이 신의만 고집스레 지키려는 것을 미생지신이라고 했다. 지화는 미생을 들어 선비의 고지식한 아둔함을 비난했다. 세속의 눈으로 자신을 도마질하지 말라는 오만함을 담은 말이기도 했다.

"글 한 자 모르는 혜능慧能은 어찌 홍인의 문하에서 육조가 되었겠습니까. 마음의 눈으로 세상을 바라봤기에 직관으로 음양의 이치를 꿰뚫은 것이 아니겠습니까."

혜능은 누구이던가. 중국 남북조 시대에 숭산 소림사에서 아홉 해 동안 면벽수도를 한 달마達磨대사를 잇는 불교 선종의 여섯 번째 큰 스승이다. 혜능은 낫 놓고 기역 자도 모르는 까막눈이었으나, 효성만은 지극했다. 날마다 땔나무를 해 시장에 내다 팔아 늙은 어머니를 봉양했다. 그러다 스물네 살 되던 해 어느 날 금강경 독송 소리를 듣고 고승 홍인을 찾아가 머리를 깎았으나, 절 방앗간에서 소처럼 일만 해야 했다.

그러나 마음의 바탕이 달랐기 때문인지, 방앗간 일이 깨우침으로 이어진 것인지, 그가 허드렛일을 하던 중 남긴 게송은 그를 당대 최고 고승의 반열에 올려놓았다.

깨달음이란 애초 심은 것이 아니며
맑은 거울도 받침이 아니어라
본디 일물조차 없거늘
어디에 티끌과 먼지가 있으리오
菩提本無樹
明鏡亦非臺

本來無一物

何處惹塵埃

소경 점쟁이에게 딱 들어맞는 게송이었다. 지화는 혜능에 빗대어 소경인 자신의 깨우침을 말하고 있었다. 하지만 한 꺼풀만 벗겨보면 그 말이 얼마나 얼굴을 화끈거리게 할 소리인지는 알고도 남았다.

혜능은 어떤 승려이던가. 권력자에게 들붙어 영화를 누렸을까, 여색을 탐했을까, 재산을 그러모았을까. 그렇지 않았다. 사바의 중생을 향해 증오를 퍼붓는 돌중도 아니었다. 지화는 혜능과는 달랐다. 권력에 아부해 영화를 누리고자 아등바등했다. 만약 그가 진정으로 깨우쳤다면 입을 다물어야 했을 것이다.

지화가 얼마나 세파에 찌든 점쟁이인지는 태종 때 벌어진 일을 보면 훤히 알 수 있다. 태종 이방원은 지화를 몹시 총애했다.

어느 날 태종의 지시로 궁인의 배필을 찾아 나선 지화는 좋은 사주팔자를 타고난 배필을 구한다며 고관대작의 집을 들쑤시고 다녔다. 그러던 중 지춘천군사 이속의 집을 찾았는데, 이속은 조선 왕실을 그리 달가이 여기지 않는 고려 유신에 가까운 인물이었다. 성품도 대쪽 같았다. 지화는 이속에게 아들의 생년월일시를 물었다. 웬만한 사람이면 후히 대접을 했겠지만 이속은 달랐다. 평소 지화의 행실을 익히 들은 터라 대하는 태도부터 냉랭했다.

"남의 아들 사주는 왜 내놓으라는 것이오."

"어명이올시다."

지화의 말투에는 오만이 묻어났다.

"길례는 이미 끝난 것으로 아는데, 또 궁주宮主가 있다는 말이오?"

이속의 눈에는 어명을 팔아 들쑤시고 다니는 지화가 잡배쯤으로 여겨졌다. 뇌물이라면 종류를 가리지 않고 받아먹는 메기라는 소문까지 나도는 판이었다. 지화는 선뜻 대답을 하지 못했다.

"남의 자식 사주는 쓸데없이 물어 뭣 하겠소."

생년월일시를 말해주기는커녕 핀잔까지 주었다. 지화는 부아가 치밀었다.

"어명이라는데 무얼 그리 사족을 다십니까?"

이속도 지지 않았다.

"만약 궁주의 혼인이라면 나에게 자식이 있지만, 궁인의 혼사라면 내 자식은 벌써 죽은 줄로 아시오."

힐난의 투까지 섞인 말이었다. 고관대작들조차 자신에게 잘 보이려 줄을 서는 판에 어명이라고 하는데도 면박을 주니, 얼굴이 화끈거리고 말문은 열리지 않았다.

"잘 알겠소이다. 그럼 또 뵙지요!"

지화는 말꼬리를 물고 늘어져봐야 면박당할 일밖에 없다는 것을 알았다. 그래서 냉랭한 대답을 남기고 자리를 떴다.

그는 당하고만 있을 인물이 아니었다. 천성이 그랬다. 만사 제쳐두고 하인을 앞세워 길을 황망히 더듬으며 궁궐로 갔다. 그는 태종 앞에 엎드려 험담을 늘어놓기 시작했다.

"주상 전하, 어찌 이런 일이 있을 수 있사옵니까."

"무슨 일이 있기에 그러는고."

"전하, 이속의 됨됨이 어찌 그리도 배은망덕할 수 있사옵니까. 전하의 명을 받들어 아들의 사주를 물으니 대뜸 '그런 혼인은 하고 싶지 않다'고 하였사옵니다. 만백성을 굽어살피시며 밤낮으로 성대를 이루기 위해 애쓰시는 전하께서 베푸시는 하해 같은 은전을 털끝만큼이라도 생각했다면 감히 그런 말을 입에 담을 수 없었을 것이옵니다. 불경스런 마음을 품지 않고서야 어찌 그런 말을 내뱉을 수 있겠사옵니까. 혹시 역심을 품고 있는지도 모를 일입니다. 들리는 바 또한 낯부끄러워 일일이 말씀 올리기조차 민망하오나, 이속의 매부 하형의 딸이 금화 현감 유복중의 아내로서, 오촌 당숙인 김사문과 사통을 했다고 하옵니다. 그런지도 모르고 그 집을 찾아간 것이 잘못이옵니다만 애초 백성을 다스릴 자격이 없는 이가 아니겠사옵니까. 하나를 보면 열을 안다고 했사옵니다. 조카의 행실만 봐도 이속의 사람 됨됨을 가히 짐작하고도 남는데, 그 스스로도 거만하고 포악한 행실을 마다하지 않으니 이를 어찌 하면 좋겠사옵니다."

"……."

"전하! 마땅히 큰 벌을 내리셔야 하옵니다."

그런 참언도 없었다. 이속이 그토록 돼먹지 못한 사람이었다면 이미 소문이 파다히 퍼지지 않았겠는가. 애초에 지화가 이속의 집에 찾아갈 리도 없었을 것이다. 조카가 사통을 했다는 말도 사실인지 확인하기 힘들었다. 한나절 만에 그동안 몰랐던 일을 그토록 속속들이 알았다는 것인가.

이속이 올곧다는 것을 아는 태종은 선뜻 대답을 하지 못했다. 지화는 틈을 주지 않고 울부짖었다.

"전하!"

태종은 결국 사헌부에 명을 내려 이속을 옥에 가두었다.

지화가 권세를 농단하는 것은 매사 이런 식이었다. 길흉화복의 점괘를 앞세워 간사한 말로 임금의 마음을 움직여 온갖 패악을 저지르기를 서슴지 않으니 사람들은 함부로 말하기를 꺼렸다.

그러나 세종은 달랐다. 지화의 됨됨이를 익히 아는지라 그를 소 닭 보듯 했다. 그런 세종이 서른두 해나 옥좌에 앉아 있었으니 지화의 절망감은 오죽했을까.

그렇다면 지화는 어찌 하였을까. 화무십일홍 권불십년. 권세와 부귀를 좇는 것이 얼마나 허망한지 깨닫고 혜능의 길을 걸었을까. 아니었다. 오히려 권세를 등에 업지 못하면 얼마나 보잘것없는 존재가 되는지 뼈저리게 깨달은 소경 점쟁이는 와신상담했다.

늙은 지화는 꾀를 냈다.

'왕은 늙어가고 있다. 임금이 나를 가까이하지 않으면 그 아들을 내 사람으로 만들면 되지 않겠는가.'

세종의 비인 소헌왕후 심씨에게는 여덟 명의 아들이 있었다. 첫째 아들은 훗날 문종인 세자 향珦이고, 둘째 아들은 수양대군 유瑈, 셋째 아들은 안평대군 용瑢이었다. 지화가 택한 사람은 안평대군이었다. 왜 그를 택했을까. 세자는 오랫동안 소갈병을 앓는 부왕 곁에서 국사를 돌봐왔으니 생각이 아버지를 닮았을 것이 뻔했다. 세종이 자신을 멀리하는 판에 부왕 말이라면 팥으로 메주를 쑨대도 곧이들을 세자가 자신을 믿을 턱이 없었다. 수양대군은 욕심이 많았다. 호방한 성격 탓인지 도무지 역학을 존중할 줄 몰랐다. 한눈에 봐도 점괘의 묘리를 사기술로 보는 듯했다. 지화는 그런 수양대군이 은나라를 멸망시킨 목야의 싸움을 앞두고 나온 불길한 점괘를 믿지 않았던 주 무왕을 닮았다고 생각했다.

안평대군은 달랐다. 기예에 두루 능하고 잡학에도 관심이 깊었다. 호기심도 많았다. 지화는 안평대군을 잘 구슬리면 자신을 보호할 무쇠 방패로 삼을 만하다고 생각했다. 지화는 그의 점괘가 잘 맞아떨어지는지는 알 수 없지만 미래를 내다보는 눈만큼은 남달랐다.

그리하여 어느 날 안평대군을 만난 지화는 다짜고짜 관상 이야기를 꺼냈다.

"허어, 어찌 이런 일이."

"왜 그러오."

"기가 느껴지옵니다."

"무슨 기가……."

"외람되지만 대군 나리의 관상을 한번 봐드려도 괜찮겠사옵니까."

"관상은 또 왜."

"근자에 용왕께서 꿈에 자주 나타나시기에 대체 무슨 징조인가 했는데, 오늘 대군 나리를 뵈오니 음색이 꿈에서 들은 소리와 어찌 그리도 똑같사옵니까. 운명은 음색으로도 판단할 수 있는 것이옵니다. 그것을 음상이라고 하옵지요. 산천과 초목을 잔잔히 제자리로 돌리는 대군 나리의 음성이야말로 기를 뿜으며 승천하는 제왕帝旺의 기운을 가진 듯하옵니다."

"그게 무슨 말이오."

"아, 무슨 조화일꼬."

지화는 탄식까지 토해내며 말을 이었다.

"이것이 대체 무슨 조화인지 반드시 알아야겠사옵니다. 송구하옵니다만 대군 나리의 관상을 꼭 한번 봤으면 하옵니다."

"대체 무슨 소리를 하는 게요."

당대 최고의 기예가로 인정받던 안평대군은 짐짓 별것 아니라는 투로 말을 내뱉었지만, 마음은 이미 흔들리고 있었다.

"소인이 심안으로 세상을 본 지 벌써 쉰 해가 넘었사옵니다. 말 한마디를 듣고 무슨 일이 벌어질지 짚어보는 일에는 이골이 났사옵니다. 그런데 대군 나리의 말씀을 이렇게 많이 듣고도 판단을 하지 못한다면 더 이상 지화가 아닐 것이옵니다. 역학으로 음양오행의 조화를 풀어 판단하는 것이 사주팔자요, 음성으로 운명을 판단하는 것은 음상이옵니다. 사주든, 음상이든, 관상이든 모든 것은 하나로 통하옵니다."

지화는 손을 뻗어 안평대군의 얼굴을 더듬었다. 안평대군은 얼굴을 내민 채 침만 꿀꺽꿀꺽 삼켰다. 더듬던 손이 미간과 코끝에서 멈칫했다. 지화는 짐짓 놀란 표정으로 손을 얹은 채 입을 열지 않았다. 안평대군에게는 그 짧은 시간이 몇 각처럼 길게 느껴졌다.

"왜 그러오. 갑자기."

평시 언변이 청산유수인 지화는 말을 더듬는 시늉까지 했다.

"어찌 이, 이런 조화가. 차, 차마 입에 담기가……."

"대체 왜 그러오."

"마마!"

그때까지 부르던 나리라는 호칭은 온데간데없이 지화는 안평대군을 마마라고 불렀다. 어린 임금의 숙부인 대군을 마마로 부르는 것을 그르다고 할 수야 없지만 그 담긴 뜻이 달랐다.

"왜, 왜 그러시오."

"무슨 말씀을 올려야 할지 모르겠사옵니다. 나라의 주인은 한 분밖에 계시지 않는 것을."

소리가 새날세라 지화는 속삭이듯 말했다. 귀를 쫑긋 세운 안평대군에게는 그 소리가 고함처럼 크게 들렸다. 소경이 볼 수 있을 리는 없었지만 짐짓 놀란 표정까지 지었다. 안평대군은 헛기침을 한 뒤 목소리를 가다듬어 차분한 어조로 말했다.

"망측한 일이라면 입에 올리지도 마시오."

지화는 큰 실수라도 한 양 머리를 조아렸다.

"대군마마, 생시를 알려주실 수는 있으신지요."

"……."

"보잘것없는 소경이지만 오늘 마마의 사주만큼은 꼭 확인해보고 싶사옵니다."

사뭇 결연한 의지를 담은 말로 들렸다.

"그리시오. 무에 감출 게 있겠소."

안평대군은 생시뿐 아니라 생년월일까지 알려줬다.

사주를 알아낸 지화는 손가락을 오므렸다 펴기를 반복하며 간지를 이리저리 짚어보더니 갑자기 벌떡 일어났다. 그리고 큰절을 올렸다.

"마마!"

"아니, 왜 이러시오."

지화는 엎드려 떠는 목소리로 말했다.

"앞으로는 옥체를 가벼이 하지 마옵소서. 제왕의 운세는 피한다고 피해지는 것이 아니옵니다. 시간이 흐르면 어그러진 것은 정한 이치에 따라 제자리를 찾는 법이옵니다. 역리는 순리를 당할 수 없사옵니다. 삼라만상은 춘하추동으로 이어지는 만물의 변화에 따라 제 갈 길을 가게 되는 것이오니 때를 준비하옵소서."

"아, 아니⋯⋯."

양평대군은 무어라 한마디 해야 할 것 같았지만 무슨 말을 해야 할지 선뜻 떠오르지 않았다. 제왕의 운세에 관한 지화의 해석. 그것은 자신이 어린 임금을 몰아내고 왕위를 차지한다는 소리가 아닌가. 지화는 내친김에 한마디 더 덧붙였다.

"비결祕訣에 이르기를 하원갑자下元甲子[19]에 성인이 나와 목멱정木覓井의 물을 마신다고 하였사옵니다. 지기를 다져 천기를 내려 받으소서."

---

19 음양설에서 세 묶음의 육십갑자 가운데 세 번째 육십갑자의 60년. 운이 다해 망해가는 시대라고 한다.

목멱은 한양의 남산을 이르는 말이었다. 목멱정은 남산의 우물이다. 성인이 나타나 목멱의 우물물을 마신다는 것은 하늘의 뜻을 받드는 새 임금이 나타난다는 말이었다.

안평대군은 눈을 감았다. 의리로 따진다면 어린 조카가 어서 자라 나라를 잘 다스려주기를 바라야 하겠지만 마음 한구석에서는 욕망이 꼼지락거렸다.

얼마 뒤 안평대군은 북악산 자락에 별장 짓고 무계정사라는 이름을 붙였다. 안평대군이 평소 가까이 지내던 집현전 학자 이개와 그곳을 거닐다 꿈속에서 본 도원과 비슷하다며 무릉도원의 첫자 무武에 냇물 계溪를 합쳐 무계라 이름 지었다고 했다. 군이 산중턱의 땅을 구해 별장을 지었으니 모두가 고개를 갸우뚱했다. 장안에는 지화가 왕업을 이룰 길지라며 땅을 잡아주었다는 소문이 파다하게 나돌았다.

요사를 부리는 지화는 혜능일까, 신돈辛旽일까. 지화는 나라를 말아먹은 신돈이 되기를 꿈꾸고 있었다.

낮말은 새가 듣고 밤말은 쥐가 듣는다고 했던가. 안평대군이 군왕의 운명을 타고났다는 말은 솥뚜껑을 비집고 나오는 김처럼 장안에 번져나갔다. 누가 그런 소문을 퍼뜨렸는지는 알 길이 없었다. 하지만 승문원 교리 이현로李賢老의 말이 발단이라는 말도 나돌았다. 시화에 능했던 이현로는 시화를 좋아하는 안평대군과 가까웠다. 그는 이런 말을 하고 다녔다.

"백익산 뒤에 궁을 짓지 아니하면 정룡은 쇠하고 방룡이 발한다.[20]"

정룡은 종손, 방룡은 지손을 이르는 말이다. 경복궁 너머에 궁을 짓지 않은 까닭에 장남이 아닌 태종과 세종이 임금 자리에 오르고, 장남인 문종은 일찍 세상을 떴다는 뜻을 담은 말이었다. 문종을 이은 단종은 정룡이요, 안평대군은 방룡이었다. 그렇다면 지손이 임금 자리를 다시 차지할 테니, 그 말은 군왕의 운명을 타고났다는 안평대군을 옹호하는 참위설이었다.

세종을 받들었던 집현전 학자들은 지리복서地理卜筮의 사술을 떠받드는 이현로를 달가워하지 않았다. 이현로가 병조좌랑이었을 때에는 그를 극형에 처해야 한다는 탄핵까지 올라왔다. 한양 의흥위에 있던 여진인을 제멋대로 정오품 사직에 임명하고, 뇌물을 받아먹고 이양무라는 자를 승진시킨 일이 들통났기 때문이었다. 그런 이현로가 시와 그림으로 안평대군과 가까이하며 책사 노릇을 하니 고운 눈으로 바라볼 리 만무했다.

이 이야기에 신경을 곤두세운 사람은 수양대군이었다. 동생이 임금의 운명을 타고났다는 말에 마음이 편할 리 없었다. 수양대군은 권력욕이라면 할아버지 태종 못지않았다. 앞날을 걱정하며 전전반측했을 것은 두말할 나위 없었다. 정룡과 방룡을 따지면 수양대군도 방룡이었다.

치세와 난세는 간사한 자가 얼마나 들끓는지를 보면 알 수 있는 법이다. 지화와 같은 인물이 판을 치기 시작했으니 치세는 허

---

20 풍수지리설 용어로, 정룡正龍은 산맥의 중추 산줄기, 방룡傍龍은 가지를 이루는 산줄기와 능선을 말한다.

200

물어지고 있었다. 역사의 신은 잿빛 내일을 안겨주는 문을 빠끔히 열었다. 어린 임금은 그것도 모른 채 자신의 운명을 숙부들에게 내맡겼다.

"주상 전하 납시오!"

어린 임금이 사정전에 들어서면 내시는 목이 터져라 외쳤다.

용상에 오르는 임금의 마음은 늘 불편했다. 임금이 들어서면 신하는 으레 입을 다물고 몸가짐을 추스르는 법이건만 임금이 용상에 오를 때까지도 소곤거리는 소리는 끊이질 않았다. 김종서가 돌아보며 크게 헛기침을 한 후에야 소리는 잦아들었다.

그럴 때마다 어린 임금은 다짐했다.

"하늘에 계신 선왕이시여, 사왕 홍위는 울지 않겠나이다. 사왕 홍위는 쓰러지지 않겠나이다."

왕도의 꿈

———— 그해 가을 한양은 어수선했다. 반년이 넘도록 이어지는 창덕궁 중수는 끝날 기미가 보이지 않았다. 삭풍이 들이치기 전에 빨리 끝내라는 채근이 이어졌지만, 두서없이 시작한 공사는 더디기만 했다. 목재를 대는 것부터 쉽지 않았다. 아름드리 황금송을 베어 나르라는 영이 수시로 떨어지지만 경상도, 충청도 산골에는 채벌 소동만 요란했다. 거목을 베어본 적이 없는 민초는 공연히 애만 쓸 뿐, 하는 일마다 뒤죽박죽이었다. 우마차는 더디기만 했다. 싸리 회초리로 우마를 내리치지만 무거운 수레를 끄는 우마는 힘겨운 소걸음만 했다. 일손도 턱없이 모자랐다. 목수는 재목을 다듬고, 토역꾼은 벽을 바르느라 땅에 엉덩이 한 번 붙일 짬이 없었다. 횃불을 밝혀 밤을 낮으로 삼으니, 잠조차 제대로 이룰 수 없었다. 추수도 미룬 채 부역에 끌려온 백성은 그야말로 죽을 맛이었다. 세종과 문종이 삼 년 새 잇따라 세상을 뜨고, 삼년상도 끝나지 않은 마당에 왜 창덕궁을 새로 꾸미는지 모두가 의아해

했다.

그저 "새 임금을 낡은 궁에 모실 수 없다"는 한마디가 수많은 사람을 고역의 바다로 내몰았던 것이다.

"추수나 잘 끝냈으려나."

초로의 사내 얼굴은 파리했다. 내뱉는 말에 힘이 없었다.

"이 사람아, 자네 몸이나 걱정하게."

두 사람은 한 고을에서 징발된 것 같았다. 까만 얼굴에 이마에 패인 주름이 인고의 세월을 말해주는 계급장인 듯했다.

"자네는 걱정도 안 돼?"

"여기서 걱정한다고 무슨 소용 있겠어. 알아서 잘들 하고 있을 게야."

말은 그리 했지만 위로하는 사내 입에서도 한숨이 새어 나기는 마찬가지였다.

"지똥이 그놈은 어미를 잘 돕고 있을라나."

"걱정도 팔자네. 지똥이가 어린애야? 내일모레면 장가갈 나이야. 아비가 이런 곳에 끌려와 있으면 응당 대들보 노릇을 하고 있을 걸세. 걱정 말게."

"그놈이 성하지 않으니 그렇지."

"또 그 소리."

"하기야 반편이라도 어미 생각만은 끔찍이 하지."

"그러니 걱정 말라고 하지 않는가. 제 몫쯤은 하고도 남을 아이네. 속 썩이는 열 아들보다 지똥이 한 놈이 훨씬 낫네. 자넨 뭘 욕심이 그리도 많은가."

파리한 사내 입가에는 그제야 미소가 번졌다. 아이가 자라면서 다른 아이와 다르다는 것을 알았을 때 얼마나 애를 끓였던가. 배를 곯지 않을까, 아프지는 않을까 남들보다 더 노심초사하며 보낸 시간들. 제 몫쯤은 하고도 남을 것이라는 말 한마디에 가슴 졸이던 걱정은 촛농처럼 녹아내렸다. 아무리 반편이라도 그 아들은 세상 무엇과도 바꿀 수 없는 소중한 자식이었다.

"그렇게 신열이 나 어쩌나."

"오늘 밤 자고 나면 괜찮아지겠지."

"밤낮으로 이렇게 부려먹으려면 먹을 것이라도 제대로 줘야지."

"다 그런 것 아닌가."

"뭐가 다 그래."

부역꾼에게 돌아가는 식량은 하루 두 홉 남짓한 잡곡과 강냉이가 전부였다. 그것으로 멀건 죽을 끓여 끼니마다 한 사발씩 퍼주었는데, 후루룩 마시고 나면 배는 이내 꼬르륵 소리를 내며 재차 밥을 불렀다. 보리밥을 사발 한가득 담아 주는 때도 있었지만 그런 일은 가뭄에 콩 나듯 했다. 끼니를 그렇게 부실하게 때우면서 중노동을 감당하기는 쉽지 않았다. 그런 까닭에 부역에 나오는 사람들은 으레 저마다 먹을 것을 담은 전대를 걸머메고 왔다. 그렇게 바리바리 싸온 양식도 며칠이면 바닥을 드러내지만, 그나마도 가져올 수 있는 사람은 그리 많지 않았다. 먹을 것이 남아 있어야 알곡도 싸오는 법이었다. 소작을 부쳐 근근이 식솔을 먹여 살리는 가난한 농부는 맨몸으로 노역 길에 나서야 했다. 까만 눈을 동그랗게 뜬 자식 먹일 곡식을 털어 아비 배를 채우겠다고 할 수는 없었다.

"우리 지똥이 잘 났지?"

"몸 아프다는 것도 모두 빈말이구먼. 아들 자랑까지 하는 걸 보니."

"그놈 정말 예뻤어. 해거름에 업고 나가면 글쎄 사람만 보면 벙긋벙긋 웃는 게야. 모두 그놈을 한번 만져보겠다고 얼마나 난리를 피웠던지. 흙 묻은 손으로 볼을 꼬집는데, 제 어미가 그만 기겁을 해 도망쳐 오곤 했다네. 그게 엊그제 같은데 벌써 우리 지똥이가 저렇게 컸네 그려. 오늘따라 그놈 어릴 적 얼굴이 훤히 떠오르네. 보고 싶어."

긴 말을 늘어놓느라 힘에 부쳤는지 숨을 크게 쉬었다.

"아비 어미 마음이 다 그런 것이지. 자식 놈은 그 마음을 알까. 이만 자세나. 내일 또 종일 굼닐라면 일찍 자둬야지."

부역꾼들은 고단한 하루 일을 끝내면 천근만근인 몸을 겨우 초막 바닥에 뉘였다. 초막은 나무, 짚, 거적으로 얼기설기 짜 겨우 비바람을 피할 정도의 움막이었다. 부역꾼은 열이면 열 한시라도 빨리 잠을 재촉했다. 횃불을 밝혀 밤일까지 시작한 뒤로는 짬이 나면 억지로라도 자둬야 했다. 그러지 않으면 몸이 배겨나질 못했다. 그들에게는 북악산 자락 밤하늘 한 번 올려다볼 틈이 없었다.

일은 다음 날 아침 터졌다.

"여보게, 여보게! 왜 이러나. 눈을 떠봐, 눈을!"

"……."

아무리 불러도 파리한 얼굴로 누운 사내는 입을 열지 못했다.

"여기서 이러면 어쩌나. 집에 가야지!"

파래진 입술로 가는 숨만 몰아쉬었다.

"아이고, 이 사람아. 지똥이는 어떡하라고, 지똥네는 어쩌라고. 어서 일어나!"

얼마 지나지 않아 맥조차 놓아버렸다. 온기 잃은 몸은 흔드는 대로 이리저리 흔들렸다. 혼백은 더 이상은 모진 삶을 이어갈 수 없다는 묵언의 유언을 남긴 채 여윈 몸을 빠져나간 듯했다.

지똥네가 궁 밖 초막에 당도한 것은 이틀 뒤 해가 중천에 이른 때였다. 양주에서 한양까지 육십 리 길, 전갈을 받고 밤새 총총히 달려온 걸까. 아버지의 죽음을 아는지 모르는지, 지똥이는 까만 얼굴에 쪽머리를 한 어머니 저고리 자락을 잡은 채 히죽히죽 웃었다. 열여섯 살. 덩치만 컸지 어린아이 같았다.

누가 말하지 않아도 누런 단풍나무 아래 거적을 덮어쓰고 누운 이가 지아비라는 것쯤은 알고도 남았다. 맨발로 황천길을 가는 것이 애처로웠을까, 짚신 신긴 한쪽 발이 거적 밖으로 삐져나와 있었다.

지똥네는 발을 떼질 못했다. 발이 땅에 박혀 떨어지지 않는 것 같았다. 그저 눈물만 뚝뚝 떨어뜨렸다. 우는 어머니를 본 지똥이는 그제야 울음보를 터뜨렸다. 어머니가 바라보는 곳에 널브러져 있는 사람이 아버지라는 것을 알았을까. 흐느끼는 아낙과 발을 동동 구르는 반편이 자식을 보기가 괴로웠던지 곁에 서 있던 사졸은 고개를 돌렸다. 어서 데려가라고 채근하지도 않았다. 지똥네가 지아비 곁에 꿇어앉자 지똥이는 시신을 덮은 거적을 들췄다. 핏기 가신 하얀 얼굴, 흙 묻은 옷에는 지푸라기가 어지럽게 붙어 있었다. 그 모습이 더 서러웠다.

"아부지, 아부지! 왜, 왜 여기 누워 있어. 어서 일어나 아부지!"

아무리 흔들어도 대답은 없었다. 지똥이는 깨어나지 않는 아버지를 껴안고 창덕궁이 떠나가도록 소리쳐 울었다.

"아부지, 아부지!"

임금과 대신들은 그 통곡 소리를 들었을까.

사졸들은 당황했다.

"이 사람아, 소리 낮춰."

"제발 좀 조용히 해. 여기가 어디라고."

사졸 서넛이 달려와 조바심치며 타일렀지만 소용없었다. 팔을 잡아당겨도 봤지만 뿌리치는 지똥이의 힘을 당해낼 수 없었다.

"이 사람아, 조용히 울게. 제발 조용히 울어."

사졸들은 애가 탔지만 말만 할 뿐 더 이상 제지하려 들지 않았다.

지똥이는 아버지의 얼굴을 두 손으로 감싸 안았다. 지똥네는 죽은 지아비의 거친 손을 잡고 울음보를 터뜨렸다.

"지똥이 아버지, 왜 말이 없소. 이렇게 가면 우리 지똥이는 어쩌라고. 지똥이 아버지만 기다리는 어머니는 어쩌라고. 어서 일어나소, 지똥이 아버지!"

통곡을 하다 말을 토하고, 말을 하다 통곡을 토했다.

"지똥이 아버지, 달포 새 왜 이리도 말랐소. 힘들었던 게요, 먹지 못했던 게요. 이런 꼴 보여주려고 그렇게 싸 가라던 보릿가루도 가져가지 않았던 게요. 지똥이 아버지, 어디 말 좀 해보소. 누워만 있지 말고. 지똥이 아버지, 지똥이 아버지!"

지똥네는 축 늘어진 지아비의 몸을 흔들었다.

지똥네라고 지아비 마음을 몰랐을까. 눈만 뜨면 배고프다고 보채는 먹성 좋은 아들을 두고 어찌 바닥을 드러낸 쌀독의 양식을 가져갈 수 있었을까. 한사코 마다하며 길을 떠나는 지아비에게 쥐어준 것은 삶은 옥수수 다섯 자루뿐이었다. 처자식을 걱정했던 지아비는 거적을 뒤집어쓴 채 누웠고, 보릿가루를 챙겨주지 못한 지어미는 아들과 함께 살아 있으니 지똥네는 그것이 원통했다.

한참이 지나서야 겨우 눈물을 훔친 지똥이는 마른 아버지를 번쩍 들어 지게에 올렸다. 저세상 가는 아버지가 아파할세라 판자를 깐 지게에 곱게 뉘였다. 목에 두른 수건을 풀어 머리를 받치고, 거적을 고이 덮은 뒤 끈으로 묶었다. 손을 잡으면 세상 무서울 것이 없던 바위 같은 아버지. 그 아버지가 어찌 이리도 가벼운 걸까. 아무리 반편이라도 의지하던 기둥이 쓰러져버렸다는 것쯤은 알았다.

까만 얼굴의 사내도 연신 눈물을 훔쳤다.

"어젯밤 지똥이 자랑을 얼마나 하던지……. 어린 지똥이 만지려는 동네 사람들 때문에 아주머니가 밖에 나가질 못했다고 했구먼요. 먼 길 떠날 걸 알았는지 그렇게 보고 싶어 하더니……."

그 말이 지똥네를 더욱 서럽게 했다.

'숨을 거두며 우리 지똥이 생각을 했을까.'

지똥네는 지겟다리를 잡고 또 한 바가지 눈물을 쏟아냈다.

지게를 진 아들 뒤를 따르는 지어미의 가냘픈 어깨에는 절망이 드리워져 있었다. 그토록 그리던 아들과 지어미가 자신의 육신을 데려가니, 황천길에 오른 아비는 그것을 위안으로 삼았을까. 창덕궁 소나무에 내려앉은 까치는 까옥까옥 울었다.

"대체 일을 어찌 처결했기에 궁에서 사람이 죽어 나간단 말이오. 사고가 났어도 큰일이거늘, 하물며 굶어 죽었다니 될 법이나 한 소리인 게요!"

병조판서 정인지鄭麟趾는 탁자를 내리쳤다. 눈에는 분기가 가득하고, 수염까지 바르르 떨렸다. 집현전 학사로 세종을 받들어 성세를 이룬 정인지. 아무리 사정을 이해하려 해도 창덕궁 중수를 책임진 그로서도 도무지 납득할 수 없었다.

중수 현장을 책임진 선공부정繕工副正 이명민李命敏은 머리를 조아렸다.

"그것이……."

"무슨 변명이 필요하단 말이오. 죽어 나간 사람이 벌써 몇이오. 먹지 못해 죽고, 추위에 떨다 병들어 죽고. 이러고도 상감을 모시는 궁을 영선한다는 말을 하는 게요!"

"갑자기 추위가 닥쳐……."

이명민은 변명하는 깃조자 조심스러웠다. 말 한마디 잘못 뱉어 정인지의 화를 돋우는 날에는 칼을 찬 채 옥에 갇혀도 모자랄

판이었다.

"노역에 시달린 사람이 주린 배로 몸 녹일 곳도 없이 거적 더미에서 잠을 자게 하니, 어찌 굶어 죽지 않으며, 어찌 얼어 죽지 않겠소. 그토록 많은 나랏돈을 푸는데 왜 배를 주리며, 거적 더미에서 잠을 자야 하는 게요. 선공부정은 이러고도 자리를 보전하리라 생각하오!"

정인지의 모습은 평소와는 달랐다. 온화한 말투는 온데간데없이 직설로써 이명민을 다그쳤다. 나라에서 주는 양식이 아무리 모자란다 한들, 양식을 빼돌린 것이 아니고서야 어찌 노역에 동원된 백성이 굶는 일이 있겠는가. 일꾼을 먹여야 할 양식으로 사복을 채우니, 부역 온 백성은 시신이 되어 궁문을 나서는 것이 아니던가.

창덕궁의 재목이 안평대군의 무계정사와 수양대군의 사저 마당을 가득 채운다는 소문은 파다했다. 이명민이 목재에 이도청이라고 이름을 새겨 세가에 갖다 바친다는 것은 정인지도 이미 아는 사실이었다. 높은 자리에 앉은 자가 나라 재물로 제 집 정자를 지으니, 아래 앉은 자는 나라 곡식으로 제 곳간을 채우는 법이었다. 모두가 도둑질을 도둑질로 여기지 않으니 누가 누구를 벌한다는 말인가. 사발에 멀건 죽만 받아든 서러운 부역꾼의 모습이 눈에 선했다.

정인지는 긴 한숨을 쉬었다.

나라 재물로 사복을 채우는 것이야말로 큰 도둑질이 아니던가.

힘없는 백성이 굶주려 죽고, 얼어 죽은 것은 부패가 부른 살인이 아니던가.

무슨 변명이 필요할까.

어림없는 일이로다.

세종대왕께서 계신다면 어림 반 푼어치도 없는 일이로다.

대왕이 가시니 어찌 이리도 많은 승냥이가 들끓는단 말인가.

가슴이 답답했다. 정인지는 이명민을 다그쳐야 소용없다는 것도 알았다. 나라의 녹을 먹는 자들이라면 너나없이 재목을 가져가는 판에 부패를 탄핵할 사헌부 대간인들 온전하겠는가. 위세에 눌려, 친소에 얽혀, 뇌물에 엮여 종친과 세가의 비리에 입을 다물고 있지 않은가.

이 일이 벌어진 뒤 정인지는 임금에게 주청을 올렸다.

"주상 전하, 창덕궁 중수에는 많은 어려움이 있사옵니다. 이른 추위가 닥쳐 일에 진척이 없고, 민력의 피로가 가중되어 만백성을 아끼시는 주상 전하의 위엄에 근심을 더하지 않을까 걱정되옵니다. 부디 영선을 중지해 백성의 노고를 덜어주시옵소서."

사람이 죽어 나간다는 말은 차마 할 수 없었다. 그런 일을 안다면 어린 임금이 어찌 마음 편히 창덕궁에 머물겠는가.

도둑이 제 발 저린 걸까, 정인지의 주청에 대신들은 입을 꾹 다물었다. 눈치만 살필 뿐이었다. 잘못 공박하는 날에는 "나라 재물을 가로채는 자가 이 자리에도 있다"고 말할지도 모르는 일이었다. 품성이 곧은 정인지는 그러고도 남을 인물이었다. 입을 다무는 것이 상책이었다. 어린 임금은 영의정 황보인과 좌의정 김종서를 돌아봤다. 황보인은 마침내 헛기침을 두어 번 한 뒤 입을 열었다.

"병판의 상알은 조금도 어긋난 것이 없사옵니다. 하지만 사리를 좀 더 따져보면 옛 궁이 구차해 창덕궁을 중수하고자 한 것이옵니다. 영선을 이미 시작한 마당에 중단하면 아니한 것만 못할 것이옵니다. 좀 더 말미를 두고 조속히 끝내도록 하는 편이 나을 것이옵니다. 크고 작은 안타까운 일은 고쳐, 다시 그런 일이 생기지 않도록 철저히 조처하는 것이 옳을 줄 아옵니다."

그 말은 임금에게 하는 것이지만 정인지에게 하는 말이기도 했다. 영의정이 철저히 조처를 하겠다는 마당에 정인지로서도 자신의 생각만 고집할 수도 없었다. 하지만 조처를 한다고 잿밥에 눈먼 부패가 뿌리 뽑힐까. 언감생심이었다. 황보인 그 자신도 창덕궁의 재목을 가져간 윗물이 아니던가. 얼마 뒤 창덕궁 중수 책임은 정인지를 대신해 병조판서에 오른 조극관趙克寬에게 돌아갔다. 조극관은 황보인과 가까웠다.

사정전을 나서는 정인지의 어깨는 축 처져 있었다.

백성이 굶주릴까 걱정하는 것은 왕도 정치의 시작이 아니던가. 늙은 역이기酈食其는 한 고조 유방에게 무엇이라고 했던가. "왕은 백성을 하늘로 삼고, 백성은 먹을 것을 하늘로 삼는다王者以民人爲天 而民人以食爲天." 조선의 선비는 그 말을 귀에 못이 박히도록 듣고 입이 닳도록 외질 않는가. 실천은 하지 않고, 입으로만 번지르르하게 외는 왕도 정치야말로 백성을 잡아먹는 요귀가 아니던가.

정인지는 북악산 파란 하늘을 올려다봤다.

"대왕이시여, 이 나라의 왕도는 어디로 사라졌나이까."

패도의 탄생

———— 한명회韓明澮. 그는 타고난 책사였다. 어느 날 한명회
는 친구인 권남權擥의 집을 찾았다. 한명회가 한 살 많긴 했지만
나이를 내세우지 못했다. 과거에 번번이 낙방하다가 나이 사십에
야 음서로 겨우 경덕궁 궁지기 자리를 얻은지라 집현전 교리로서
학문의 깊이를 인정받은 권남에 눌리지 않을 수 없었던 것이다.
그날은 멀리 동래현 온정 온천에 갔던 권남이 돌아온 날이었다.
온정은 만병을 고치기로 소문난 온천이었다. 물이 얼마나 뜨거운
지 닭을 삶을 정도라고 했다. 평소 피부병을 앓던 권남은 고향 안
동에 내려갔다 내친김에 그곳까지 간 것이었다.

권남은 한명회를 반갑게 맞았다.

"역시 귀신이로구면. 내가 돌아온 것을 어찌 안 겐가."

한양 집에 도착하자마자 한명회가 나타났으니 놀랄 만했다.

"나 모르게 어딜 다녀올 수 있으리라 생각했는가."

"허허허, 귀신이 따로 없어."

"궁지기 한두 해 하다 보니 궁의 혼백이 씐 것인지 이제는 눈을 감고도 사대문 드나드는 양반네 행처쯤은 훤히 보인다네."

"이제 반 귀신이 된 게로구먼, 허허허."

한명회에게 무슨 신통력이 있었겠는가. 권남이 도성에 들어서는 것을 본 성문지기가 마침 그곳을 지나던 한명회에게 알려줬기에 안 것일 뿐이었다. 궁지기와 성문지기는 서로 통하는 구석이 있었다. 권남이 떠난 뒤 달포 넘도록 적적하게 지내던 한명회는 그 말을 듣자마자 만사를 제쳐두고 도포 자락을 휘날리며 권남의 집으로 달려갔다.

오랜만에 만난 두 사람은 껄껄대며 술잔을 기울였다. 술잔이 오가는 자리에서는 으레 이야기의 화제가 정치로 흘러가기 마련이었다. 어린 임금을 둘러싸고 한양이 부유하고 있었으니. 한명회가 운을 뗐다.

"주상은 어리고 나라는 뒤숭숭하니 참 걱정일세."

"그것이 어제오늘의 일이던가."

"갈수록 사정이 심상찮게 변하니 하는 말일세."

"으음……."

권남이라고 모르는 것도 아니었다. 다만 입을 다물어 사족을 덧붙이려 하지 않은 것은 집현전 교리로서 가담항설에 이런 말 저런 말을 보태고 싶지 않았기 때문이었다. 한명회는 달랐다. 권남이 한양을 떠나 있는 동안 온갖 뒤숭숭한 소문이 나도는지라 자세한 전말을 듣고 싶었다. 한명회는 권력 암투가 폭발 직전에 이르렀다는 것을 어렴풋이 짐작하고 있었다.

"대신들이 권력을 함부로 농단하고 있으니 정말 큰일일세. 무뢰한 자식에게 관직을 주고, 요직을 서로 나눠 가지고, 온갖 모사를 꾸며 나랏일을 날로 어긋나게 만들고 있으니."

틀린 말이 아니었다. 무뢰한 자식에게 관직을 준다는 소리는 김종서를 두고 하는 말이었다. 하지만 한명회 자신도 음서로 궁지기 자리를 얻지 않았던가. 사돈 남 말 하는 소리였다.

"안평대군은 소경의 말을 듣고 무계정사를 짓고 대신들과 결탁했다는 소리도 파다하네."

"그것도 어디 어제오늘 일이던가."

"그런데 말일세. 뭇 소인배를 그러모아 흉모를 꾸미고, 외방에 있는 자들에게 노잣돈을 보내 정을 표시한다고도 하네."

"나도 들었네."

권남이 맞장구를 치자 한명회는 마침내 이야기보따리를 풀어놓기 시작했다.

"근자에는 그 정도가 더욱 심하다고 하네. 대신들이 안평대군 집에 바삐 드나들고, 통문과 수답이 오가는데 그 내막을 아는 사람이 아무도 없다고 하네. 비밀에 부쳐야 할 일을 꾸미고 있는 게 아니고 무엇이겠나. 어디 그뿐인가. 외방으로 가는 수령들도 꼭 한 번씩 안평대군 집에 들른 뒤 떠난다는데, 그것이 무슨 뜻이겠는가. 필시 안평대군이 세력을 모아 일을 꾸미고 있는 것일세. 자네는 수양대군을 오래 모셨으니 잘 알지 않겠는가. 대군께서는 무슨 뜻을 보이시지 않던가."

"늘 걱정을 하시지."

"나 같은 궁지기 눈에도 돌아가는 판이 빤히 보이거늘 대군께서는 필시 깊은 생각을 하고 계실 것 같은데."

한명회는 그 말을 하고 싶어 권남을 눈이 빠지도록 기다린 것이었다. 그는 소문으로 떠도는 '안평대군이 국군의 운명을 타고났다'는 지화의 말을 잘근잘근 곱씹었다. 권남이라고 지화가 했다는 말을 모를 턱이 없었다.

말을 거듭할수록 궁지기 한명회의 번득이는 안목은 재차 드러났다. 듣고 또 들으니 과연 무서운 일이 벌어질 수 있다는 것을 새삼 깨우치게 되었다. 권남은 다시 한 번 한명회가 예사 사람이 아니라는 것을 확인하고 있었다.

"싸움이 시작됐으니 대비하지 않으면 당하네."

먼저 치지 않으면 당한다. 장황한 이야기 끝머리에 쐐기를 박는 그 말은 권력투쟁의 본질을 꿰뚫어 보는 말이었다.

권남은 고개를 끄덕였다.

"알겠네, 내가 상알해 여쭙도록 하겠네."

이날의 만남은 작은 나비의 날갯짓이 태풍을 몰고 오는 것과 같이 가히 조선 땅에 평지풍파를 불러일으킬 만한 것이었다. 실제로 얼마 뒤 한양에 피바람을 몰고 왔으니. 패도는 왕도를 밀어내고 똬리 튼 뱀처럼 고개를 쳐들고 있었다.

권남은 이튿날 수양대군의 소정동 사저를 찾았다. 그는 한명회에 대한 이야기를 꺼냈다.

"대군 나리께서는 생사를 부탁할 만한 사람을 얻어 창졸간에 벌어질 수 있는 변에 대비하시는 것이 어떻겠사옵니까."

아니나 다를까 수양대군은 반색을 했다.

"그런 일을 함께할 사람이라도 있는가."

수양대군은 누구라도 멍석을 깔아주겠다 하면 마다할 사람이 아니었다. 말은 점잖았지만 눈은 벌써 동그랗게 뜨고 있었다.

"쓸 만한 사람이 있긴 하옵니다. 한명회라는 자이온데, 어려서부터 기개가 범상치 않고 포부도 작지 않지만 사람들은 그를 알아보지 못하옵니다. 대군 나리께서 발난할 뜻을 지니고 계시다면 그이가 쓸 만하옵니다."

발난이란 무엇인가. 나라를 어지럽히는 역도 무리를 뿌리 뽑는다는 뜻이다. 말은 그럴듯하지만 상대가 치기 전에 먼저 상대를 친다는 것을 달리 표현하는 말일 뿐이었다.

며칠 뒤 한명회는 권남을 따라 수양대군 사저를 찾았다. 땅거미가 진 뒤 사저에 도착한 권남은 대문조차 크게 두드리지 않았다. 문 앞을 서성이던 하인이 인기척을 듣고 문을 따주었다. 권남을 따라 마당에 들어선 한명회는 걸음을 멈춰 집을 둘러보았다. 외관은 여느 권문세족의 집과 하등 다를 것이 없었다. 하지만 처마와 대청, 섬돌에서 배어나는 기운이 여느 집과는 달랐다. 무엇이라 콕 집어 말하기 힘든 힘이 느껴졌다.

'땅과 집의 기운도 주인에 따라 달라지는 것인가.'

한명회는 숨을 크게 들이켰다. 그토록 꿈꿔온 대망의 문고리를 잡아당길 순간이 다가왔으니, 마음을 나잡지 않을 수 없었다. 심장이 가늘게 떨렸다. 다시 한 번 숨을 깊이 들이키며 다짐했다.

'당당히 대군을 대하리라.'

한명회를 처음 본 수양대군은 그를 그리 탐탁히 여기지 않았다. 우선 생김새부터 볼품이 없었다. 키가 작고 수염은 올을 헤아릴 정도였다. 어둑해진 뒤 봤기에 망정이지 대낮에 봤더라면 더 실망했을지도 모를 일이었다. 사람은 무엇으로 판단한다고 했던가. 신언서판. 생김새, 말솜씨, 문필, 판단력을 이르는 말이다. 그중 눈에 가장 먼저 띄는 생김새가 형편없으니 첫인상이 좋을 턱이 없었다. 수양대군은 그제야 한명회가 번번이 과거에 낙방한 이유를 짐작할 수 있었다.

하지만 수양대군은 내색하지 않았다. 하인이 아뢰는 소리를 듣고 대청에 나선 순간 볼품없는 한명회의 외양을 확인했지만 버선발로 마당으로 뛰어 내려갔다. 그러곤 두 손을 덥석 잡았다. 유비가 제갈량을 모시려 삼고초려한 것보다야 못했지만 충분히 상대의 마음을 사로잡는 처신이었다. 더 가관인 것은 한명회의 응대였다. 그는 수양대군이 손을 잡자 송구한 듯 뿌리치더니 마당 흙바닥에 무릎을 꿇고 넙죽 큰절을 올렸다. 말단의 궁지기가 왕실 종친의 큰 어른인 수양대군을 만났으니 당연히 올릴 만한 예이기는 했지만 버선발로 뛰어 내려온 수양대군을 그렇게 대하지 않으면 존경의 염을 드러낼 수 없고, 마음을 움직이기 힘들다는 생각 때문인 것이 컸다.

"어허, 여기서 왜 이러시오."

수양대군은 난처해 했다.

한명회는 목청을 돋우어 답했다.

"아니옵니다. 대군마마. 이렇게 배알하게 되어 소인 더없는 광영이옵니다."

소경 지화가 안평대군을 부르던 것과 같이 수양대군을 마마라고 불렀다. 엎드려 몸을 일으키지 않던 한명회는 수양대군이 팔을 잡아 일으킨 뒤에야 겨우 일어났다. 수양대군은 오래된 친구라도 만난 듯 몸을 일으키는 한명회의 등을 다독였다.

수양대군과 한명회의 만남은 그렇게 시작됐다.

그날 밤 수양대군 사저 사랑방에는 밤늦도록 촛불이 꺼지지 않았다. 환한 불빛에 드러난 한명회의 생김새는 더욱 볼품없었다. 눈이 시루떡에 작은 구멍을 뚫어놓은 것 같았다. 하지만 반짝이는 안광만은 예사롭지 않았다.

주안상을 차려놓고 마주 앉은 수양대군은 자리가 무르익자 말문을 열었다.

"역대 왕조의 운수는 고르지 않았소. 길기도, 짧기도 하오. 하지만 어느 왕조를 막론하고 끝날 즈음에는 임금이 덕을 잃고, 정사를 어지럽혀 쓰지 말아야 할 사람을 쓰고, 그로 인해 백성이 도탄에 빠지지 않은 적이 없었소. 하늘이 노하고 백성이 원망을 하는데, 어찌 망하지 않을 수 있겠소. 오직 우리 조선은 창업의 규모가 넓고 원대해 후세 사람을 복되게 하는 도리를 잊지 않으니, 열성列聖[21]의 깊고 인후한 은택이 백성을 흡족하게 하지 않은 바가

21　대대로 이어온 훌륭한 임금들.

없소. 주상께서 비록 나이는 어리시지만 이미 큰 도량을 품고 있으시니 잘 도운다면 족히 수성할 수 있을 것이오. 다만 한스러운 것은 간사한 대신들이오. 딴마음을 품고 선왕의 유명을 저버리니 어찌 어린 주상이 바로 서시기를 바라겠소."

말은 그럴싸했다. 하지만 도통 앞뒤가 맞지 않는 말이었다. 덕을 잃은 임금은 누구며, 큰 도량을 지닌 어린 임금은 또 무슨 뜻인가. 곳곳에 야심이 드러나 있었다. 수양대군은 한명회의 생각을 묻고 있었다.

한명회가 답했다.

"저는 원래 용렬하고 어리석어 어찌 대군마마께서 모획하시는 바를 알아 응할 수 있겠사옵니까."

첫마디 말은 자못 겸손했다. 하지만 일단 수양대군의 뜻을 확인했으니 이후 이어지는 대답에는 거침이 없었다.

"옛일을 두루 돌아보건대, 나라에 어린 임금이 있으면 반드시 옳지 못한 무리가 권력을 잡았으며, 옳지 못한 무리가 권력을 농단하면 사특한 무리가 그림자처럼 들러붙어 불우한 화를 불렀사옵니다. 그때마다 충의로운 신하가 분연히 일어나 반정을 꾀했고, 그런 뒤에야 어려움이 가라앉고, 막힌 국운이 다시 이어졌사옵니다. 그것은 반복되는 자연의 이치요, 천도이옵니다. 안평대군이 대신들과 결탁해 장차 불궤한 짓을 도모하려는 것은 길 가는 장삼이사도 모두 아는 바이옵니다. 하지만 그 배반의 정상을 뒤밟아야 역모를 드러낼 수 있는 것이며, 그러하지 않고 지금 당장 거사를 도모하려 하면 뜻을 이루기 힘들 것이옵니다. 배반의 행적을 들춰

내는 것이 중요한 일이옵니다."

어린 임금이 있으면 반드시 옳지 못한 무리가 권력을 잡는다는 말은 무슨 뜻일까. 한명회는 어린 임금을 바꿔야 한다고 말하고 있었다. 수양대군의 심중을 콕 찌른 한마디는 불궤한 무리를 뿌리 뽑을 반정을 도모해야 한다는 말이었다.

수양대군은 한명회의 손을 덥석 잡았다.

"공의 생각이야말로 이 나라를 사도에서 구할 방도요."

공은 또 무슨 소리일까. 궁지기를 대신에게나 쓰는 호칭인 공이라고 부르니, 성공하면 높은 벼슬을 주겠다는 암시였을까.

한명회는 무슨 생각을 했을까. 충성을 다짐했을까, 어떻게든 반정을 성공시켜 구차한 궁지기 생활을 청산해야겠다고 생각했을까.

한명회는 온몸으로 헤쳐 나아가야 할 풍운의 시대가 열리고 있음을 느꼈다.

그 뒤 한명회는 권남과 함께 수시로 소정동 사저를 드나들었다.

밀탐도 시작됐다. 수양대군에게는 득림이라는 종이 있었다. 득림은 성격이 소탈하고 놀기를 좋아했다. 주인의 밀명을 받은 그는 집안일을 제쳐둔 채 하루가 멀다 하고 엽전을 꿰차고 안평대군집 주변을 어슬렁거렸다. 평소 안평대군 집에 자주 심부름을 다닌터인지라 그 집 하인과 모르는 사이도 아니었다. 어슬렁대다가 안평대군의 하인이 집을 나서면 쪼르르 쫓아가 우연히 마주친 것처럼 반가워하며 국밥을 사주고, 탁주를 먹었다. 물정 모르는 하인들은 그때마다 넙죽넙죽 받아먹었다. 그런 일이 이어지면서 안평대군의 하인들은 문을 나서면서 오늘도 득림을 만나지 않을까 기대하기까지 했다. 그러나 공짜는 없는 법, 탁주 사발을 받아들면 하인들은 집안에서 일어난 일에 대한 이야기보따리를 풀어야 했다. 그렇게 하인의 입을 통해 안평대군의 일거수일투족이 속속들이 수양대군에게 전해졌다. 하인은 안평대군이 툭하면 대신을 불러 밤늦도록 술을 마시고, 영의정 황보인이 안평대군에게 백옥대를 선물하니 안평대군이 황금 침향대를 보냈다는 것까지 털어놓았다.

호랑이들의 전쟁은 그렇게 무르익어갔다.

용상에 앉은 어린 임금의 마음은 어땠을까. 편할 리 없었다. 사나운 눈빛으로 서로 으르렁대는 종친과 대신의 눈치를 봐야 했다.

"알아서들 잘 처리하도록 하세요."

그 말을 되풀이하는 어린 임금의 마음은 무거웠다. 정인지가 창덕궁 중수를 중지하기를 주청한 때에도 황보인과 김종서의 눈치를 보며, 수양대군의 타박을 걱정했다.

나라에 어린 임금이 있으면 사특한 무리가 들끓는 것인가. 사특한 무리는 왜 들끓을까. 임금이 어리기 때문일까. 아니다. 탐욕스런 자들이 사특한 일을 꾸미기에 그런 것이다. 그럼에도 모든 잘못을 어린 임금에게 돌리니 그것이야말로 패도였다.

수박이 된 호박

─────── 대호大虎 김종서. 대호는 그의 별명이었다. 팔 년간 북
변의 풍상을 이겨낸 김종서는 문신이었다. 말을 달리고 창칼을 휘
두르는 것이야 어찌 무신을 따를까마는 굳은 의지로 육진을 개척
했기에 모두가 그를 대호라고 불렀다. 유아대저 이징옥. 날카로운
송곳니를 지닌 멧돼지라는 별명으로 불린 이징옥은 김종서와 함
께 무너지지 않는 북변의 철옹성을 상징하는 존재였다.

"육진에는 종서가 있고, 징옥이 있다."

세종은 늘 그렇게 말했다. 굳은 의지를 지닌 김종서와 용맹한
이징옥. 조선 왕조가 일어난 북관의 땅을 지킨 두 사람은 세종에
게 둘도 없는 소중한 신하였다. 금에 맞서 송을 지킨 악비岳飛가
그에 미칠까. 그런 믿음이 있기에 세종은 역질에 수천 명이 숨졌
을 때에도 이징옥에게 책임을 묻지 않았다. 세종만 그랬을까. 북
관에 뿌리를 내린 백성들의 생각도 똑같았다. 삼남에서 북관으로
간 백성. 그들은 두 사람을 믿었기에 척박한 개마의 땅을 일구

고, 동토를 지켰다. 하지만 세종에 이어 문종마저 세상을 뜬 뒤에
는 달랐다. 김종서는 한양에서 벌어지는 권력투쟁의 한복판에 선
과거의 신화요, 이징옥은 살아 있는 북관의 신화였다. 그렇다고
북관은 별세계였을까. 그렇지 않았다. 한양의 풍파는 북변에도 밀
려들었다.

그런 기미는 경성에서 곰실거렸다. 두만강에서 남으로 이백
리, 개마고원 남쪽 경성에는 함길도 병마도절제사 군영인 북병영
이 있었다.

땅거미가 진 뒤 어스레한 무렵이었다. 군막으로 가야 할 시간
이 지났건만 경성 포구 사역에 동원된 사졸들은 돌아갈 수 없었
다. 군선에 실어야 할 짐이 아직도 산더미처럼 쌓여 있었다. 주먹
밥으로 저녁을 때운 후 잠시 땅에 엉덩이를 붙이고 앉은 사졸들은
불평을 터뜨렸다. 밤 사역에 좋은 말이 나올 턱이 없었다.

"갑자기 활과 창은 어디로 실어 나르는 게야."

"어디로 가겠어? 육진으로 가는 게지."

"얼마 전에도 화살과 갑주를 보냈잖은가. 전쟁이라도 하
려나."

"아따, 군영 밥 한두 해 먹더니 이젠 손자 노릇하려 드는
구먼."

"손자?"

"손자도 모르는가. 안 되겠다 싶으면 줄행랑치라고 한 양반!"

"난 또, 갑자기 웬 손자 타령인가 했네. 그런데 이상하지 않은

가. 지난번에는 우마차로 날랐는데 이번에는 군선으로 나르다니."

"이상할 게 뭐 있어. 수백 리 산길을 넘느라 죽을 고생하는 것보다야 배로 실어 나르는 게 백배 낫지. 저번에 종성 갔을 때 생각만 하면 지금도 아찔하구먼."

"그렇게 힘들었어?"

"말도 말게. 얼마나 힘들면 소도 씩씩대며 고개를 오르려 하질 않아. 앞에서 고삐를 당기고 뒤에선 우마차를 밀며 올라가는데, 고갯마루에 오르면 하늘이 노래지는 게야. 눈앞이 아득한데, 글쎄 길을 잘못 들어섰다는 게야. 제기랄."

"그래서 어쨌는가."

"어쩌긴 어째, 다시 돌아가야지. 그런데 그놈의 소가 역시 영물이야. 허연 거품을 물고 눈물까지 뚝뚝 흘리면서도 조금 쉬고 나면 언제 그랬냐는 듯 또 우마차를 끌고 가는데, 사람이면 죽었다 깨도 그렇게 못 할 걸세."

"그렇게 힘들면 차라리 쓰러지지 않고."

"그건 또 무슨 소리인가."

"그래야 우마차에라도 앉아 갈 게 아닌가."

"허허, 모두가 고생하는 판에 꾀를 부려? 매타작을 당하지 않으면 다행일 걸세. 이렇게 배에 실어 보내니 얼마나 편한가. 진작 그랬어야지."

의심이 많은 것인지, 빤질거리던 군졸은 한마디 덧붙였다.

"아침부터 실으면 될 일이지 왜 굳이 해서름부터 싣는 걸까."

"배가 늦게 도착했든지, 시일이 촉박한 것이겠지."

"그것도 말이라고 하는가. 곤장감일세. 계획이 있으면 미리미리 움직였어야지."

"아이쿠 충신 났네. 높은 어르신들이 알아서 하는데 우리 같은 아랫것이야 열심히 싣기나 하면 될 일이지. 자네나 나나 육모방망이 하나 제대로 다룰 줄 모르면서 뭘 알아 이러쿵저러쿵하겠는가. 어서 일이나 끝내고 가세."

그날 병기를 실은 군선이 어디로 향했는지는 아무도 알지 못했다. 북쪽 경원으로 향했다고도, 남쪽 안변으로 갔다고도 했다. 모두 떠도는 소리였다.

정작 일은 한양에서 벌어졌다. 호박을 수박으로 만드는 곳이 한양이라고 했던가. 한양에서는 말이 말을 보태 부풀려지고, 없던 일도 있는 일로 변했다.

홍달손洪達孫이라는 자가 있었다. 평안도 선사포 수군첨절제사였던 그는 의주성 남문 공사를 책임지고 있었다. 수군 이천오백 명을 동원한 큰 공사였다. 변방 방비를 허술히 하면서까지 많은 군사를 빼내 공사를 하자면 서둘러 끝내야 하는 것이 당연한 일이었다. 하지만 영 그러지 못했다. 공사는 한없이 지체됐다. 의주 바닥에는 재목을 빼돌려 공사를 마무리 짓지 못한다는 소문이 파다했다. 결국 홍달손은 영변도 첨절제사, 의주 판관과 함께 파직을 당했다. 쫓겨난 홍달손은 잘못을 뉘우쳤을까, 재기를 별렀을까. 한양에 돌아와 빈둥거리던 홍달손은 틈만 나면 한명회와 어울렸다. 세상 돌아가는 이야기를 안주 삼아 술잔을 기울였다. 두 사람은 동갑내기였다. 초록은 동색인 걸까, 겨우 도성 순라군巡邏軍에 자리를 얻은 홍달손도 수양대군에게 줄을 대야겠다는 생각을 했다. 잘 지내던 수군첨절제사에서 쫓겨난 것도 따지고 보면 김종서 때문이 아닌가. 파직은 탐관의 낙인이었다. 수양대군에게 붙으면 묵형처럼 새겨진 낙인을 지우고, 부귀영화도 누릴 수 있을 듯했다.

한명회와 권남을 따라 소정동으로 간 홍달손이 수양대군을 처음 만난 자리에서 털어놓은 것은 고변이었다.

"대군 나리, 꼭 아뢰어야 할 일이 있사옵니다."

"오, 무슨 일인고."

홍달손은 작심한 듯 말을 쏟아냈다.

"제가 선사포에 있을 때 들은 이야기이옵니다. 함길도에서 온 자가 말하기를, 이징옥이 비밀리에 이경유李耕畎를 시켜 경성의 병기를 한양으로 옮기도록 했다고 하옵니다. 처음에는 미친 말이라 여겼으나 며칠을 두고두고 생각해보니 그냥 지나칠 일이 아닌지라 정황을 두루 알아보았사옵니다. 그런데 군선에 실은 병기를 안변으로 옮긴 뒤 조운으로 가장해 마포나루로 실어 날랐다는 것이 아니겠습니까. 필시 역모를 꾸미고 있음이 분명하옵니다."

"어허, 어찌 그런 일을 꾸밀 수 있다는 겐가."

수양대군은 짐짓 놀라는 시늉을 했다. 하지만 실눈을 뜬 것이 믿어야 할지, 말아야 할지 재는 눈치였다. 그러자 홍달손은 쐐기를 박는 말을 덧붙였다.

"하늘은 속일 수 없고 일은 의심힐 것이 없사옵니다."

직접 확인한 것도 아니요, 전해 들은 한두 마디로 모함을 하는 것이었다. 그래도 수양대군의 반응이 신통치 않자 한명회가 거들고 나섰다.

"대군마마, 어찌 번거롭게 의논만 하고 있을 수 있겠사옵니까. 병기를 실어 왔다면 필시 큰일을 벌이려는 것이 아니겠사옵니까. 홍달손의 말이 맞사옵니다. 생각만 번거로이 하고, 행동을 하지 않는다면 일을 그르칠 수 있사옵니다."

수양대군은 그제야 눈을 크게 떴다.

수양대군이 의심한 것은 한 번도 듣지 못한 말이기 때문이었다. 안평대군의 행적을 하나라도 놓칠세라 주변에 풀어놓은 밀정이 그런 이야기를 전한 적은 없었다. 그럼에도 마음이 흔들린 것은 병기를 날랐다는 곳이 마포나루인 탓이었다.

마포에는 안평대군의 별장이 있었는데, 안평대군은 늘 그곳에 사람을 불러 모아 연회를 열곤 했다. 특히 얼마 전에는 주변 사람을 모두 물리친 채 배를 띄워 모임을 가졌다고 했다. 수양대군은 왜 하인을 물리친 채 강 한가운데서 모였는지 궁금하기 짝이 없었다. 종 득림을 닦달해 무슨 일이 있었는지 알아보도록 했지만 종시 알아낼 도리가 없다고 했다. 그 모임에는 홍달손의 파직을 상주한 평안도 관찰사 조수량趙遂良도 있었다.

홍달손의 고변이 자신의 출셋길을 막은 조수량과 김종서에 대한 앙갚음에서 비롯됐다는 것을 수양대군은 알았을까.

이징옥의 함길도군은 팔도 지방군 가운데 가장 강했다. 군사도 많았지만 전투 경험에서 한양의 경군을 압도했다. 함길도 병마도절제사 군영의 병기가 마포나루에 들어왔다면 난이 가깝다는 신호였다. 하지만 실제로 경성의 병기가 한양에 들어온 것을 직접 본 사람은 아무도 없었다. 그렇게 호박은 수박으로 변해가고 있었다.

경성 도호부사 이경유는 이징옥과 가까웠다. 그러나 원래 잘 알던 사이는 아니었다. 두 사람이 가까워진 것은 이경유가 거울처럼 맑은 이징옥의 성품을 알게 되면서부터였다. 이징옥은 이경유가 봐온 숱한 탐관들과는 달랐다.

두 해 전 이른 봄, 경성 부사로 부임하던 날이었다. 속 좁은 수령이라면 자신의 관아로 달려갔겠지만 이경유는 그러지 않았다. 마중 나온 관속을 돌려보낸 뒤 아전을 앞세워 이징옥이 있는 북병영으로 향했다. 일품 숭정대부로 선왕의 총애를 한 몸에 받은 총신이자 한양의 고관대작과 직접 통하는 실력자 이징옥. 경성에 군영을 둔 그에게 먼저 인사를 올리지 않고는 두고두고 부사 노릇 해먹기 힘들 것이라는 계산도 없지 않았다. 하지만 경성 지경에 들어선 뒤 산천 구경, 꽃구경에 정신이 팔린 그는 해거름 때에야 북병영에 당도했다. 뉘엿뉘엿 기울던 해마저 떨어지자 날은 금방 어두웠다.

북병영 문을 두드리는 이경유를 맞은 것은 아전이었다.

"도절제사 나리께서는 계시느냐."

"방금 퇴청하셨습니다요."

한 발 늦었다 싶었지만 그렇다고 발길을 돌릴 수는 없었다.

"그럼 출타하신 게냐."

"아닙니다요. 안채에 드셨습니다."

안채는 북병영 내 별채를 이르는 말이었다.

"그럼 뵐 수 있는 게냐."

"그럼요. 뵐 수 있고말고요. 퇴청하셔도 늘 그곳에서 일을 보십니다."

종종걸음의 아전이 갑자기 들이닥친 신임 부사를 이끌고 간 곳은 군영의 후미진 곳에 있는 별채였다. 별채는 여느 수령의 관사와는 비교할 수 없을 정도로 작았다. 대청 왼편에는 병마도절제사의 방이, 맞은편에는 관속을 맞아 일을 보는 방이 덩그러니 있을 따름이었다.

"이곳에 대감 나리께서 머무르신다는 것이냐."

"예, 대감 나리께서는 번잡한 것을 싫어하십니다요."

"언제부터 이곳에 계신 게냐."

"부임하신 이후로 줄곧 계셨습니다. 마님께서 작고하신 뒤 홀로 있는데 무엇 때문에 넓은 곳이 필요하냐고 하시며 굳이 이곳으로 옮기셨습니다요. 원래 쓰던 곳은 손님 맞는 객사로 바꾸시고요."

이경유는 물끄러미 아전의 얼굴을 바라봤다. 이정옥을 마음으로도 탐탁히 여기는지 궁금했다. 늙은 아전은 상전의 의복을 살펴 사치스런 상전을 반긴다고 하지 않던가. 지방 관아의 아전치고 청렴한 수령을 좋아하는 자는 드물었다. 윗물이 맑으면 아전은 먹을 것이 없는 법이었다.

아전이 이정옥에게 부사의 도착을 알렸다. 방문을 열자 촛불에 비친 방안은 이경유를 또 한 번 놀라게 했다. 방에는 작은 소반이 하나 놓여 있었다. 소반에 놓인 그릇은 다섯 개였다. 하나는 밥그릇이요, 다른 하나는 국그릇일 테니 반찬은 세 가지라는 뜻이었다. 남긴 흔적을 살펴보니 고기반찬도 아니었다. 함길도의 군권을 쥔 대장군의 저녁이라기에는 너무도 단출했다. 이경유는 둔기로 머리를 맞은 듯했다. 평생 경서를 외며 인의仁義 두 글자를 목민관의 화두로 삼고자 하건만, 세상의 선비는 결국 열이면 열 세파에 찌들어 탐욕에 물들지 않던가. 자신도 그랬다. 논어에 이르는 안빈낙도는 어디 가고, 사치와 낭비를 당연시하며 아전의 교언영색에 반색하지 않았던가.

'아, 과연 듣던 대로다.'

감복하지 않을 수 없었다.

이경유는 대청에 오르자마자 넙죽 큰절을 올렸다.

"경성 도호부사 이경유, 부임 인사 올리옵니다!"

조금 전까지 느긋하던 모습은 간데없이 쩌렁쩌렁한 목소리는 떨리기까지 했다. 새로 부임한 부사가 다짜고짜 엎드려 절을 올리니 이징옥은 적이 당황했다. 방에서 쫓아 나와 팔을 잡아당겼다.

"아니, 여기서 왜 이러시오. 방에 들어 인사를 나눌 일이지."

"아니옵니다. 어디서 인사를 올린들 어떻겠사옵니까. 대감 나리 말씀을 익히 들었사오나 하루라도 더 빨리 찾아뵙지 못한 것이 송구할 따름이옵니다."

이경유가 이징옥과 얼굴을 마주한 것은 이때가 처음이었다.

그는 부임 전 임금을 인견할 때 문종이 한 말을 떠올렸다.

"경성은 적이 들이치면 먼저 차지하고자 하는 곳이니 방비를 허술히 할 수 없느니라. 군사를 잘 훈련시켜 항상 불의의 사변에 대비하도록 하라. 비록 땔나무를 구할 때라도 활과 화살을 놓게 해서는 아니 되느니라. 얼마 전 이징옥을 병마도절제사로 보낸 것은 믿고 맡길 인물로 그만한 사람이 없기 때문이다. 한 가지를 보면 백 가지를 아는 법, 사사로운 이익을 멀리하고 친민親民의 업을 이루어 방수의 벽을 높이 쌓는 것은 이징옥보다 나은 이가 없다. 잘 도와 책무를 다하도록 하라."

문종이 어떤 사람이던가. 세종을 모시고 세자로서 여덟 해 동안 국사를 돌봤다. 그랬기에 써야 할 명신, 쓰지 말아야 할 간신을 누구보다 잘 알았다. 임금의 말을 두 눈으로 확인하니, 왜 임금이 그토록 그를 칭찬했는지 알 만했다.

'명불허전이로다.'

이징옥 같은 상전이라면 장마철 비 젖은 진흙땅에라도 무릎을 꿇고 수십 번씩 큰절을 올릴 만하다고 생각했다. 이경유도 예사 수령은 아니었다.

그런 이경유가 북병영을 다시 찾았다. 그곳에는 근자에 북방을 다녀온 북신영 교위 김죽도 있었다. 이징옥과 두 사람이 둘러앉은 곳은 손님을 맞는 객사였다. 그곳도 단출했다. 관기는 찾아볼 수 없고, 주름진 초로의 아낙 둘이 탁주와 안주를 담은 소반을 나를 뿐이었다.

탁주가 몇 순배 돈 뒤 이경유가 걱정을 털어놓았다.

"대감 나리, 한양이 걱정이옵니다."

"그것이 어제오늘의 일이더냐."

"이번에는 다릅니다. 일전에 한양에서 온 동문이 전하는 말로
는 이곳 경성의 병기가 한양으로 옮겨졌다고 하는 자들이 있다고
하옵니다. 그런데 정말 이곳의 병기가 한양에 갔다면 어찌 제가
모를 수 있겠습니까? 병기창의 갑주, 활, 창 등을 다시 확인해봤지
만 어느 것 하나 빈 것이 없었사옵니다. 그런데도 경성의 병기가
안평대군에게 넘겨졌다고 하는데, 음모를 꾸미는 말이 아니고 무
엇이겠사옵니까."

김죽이 말을 받았다.

"한양에 변고가 생길 것이라는 소문이 파다하다 하옵니다. 필
시 그와 연관된 모사일 것입니다. 병기라면 한양 오사五司에도 산
처럼 쌓여 있지 않사옵니까. 병기가 모자라 이곳의 갑주와 창검을
옮겼을 리 만무한데, 천부당만부당한 소리가 떠도는 것은 위험이
가깝다는 뜻이 아니겠습니까."

이징옥은 한숨을 쉬었다.

"어찌 이런 지경에 이르렀단 말이냐. 나라에 근심거리가 한둘
이 아닌데, 저자에는 변고에 대한 말이 나돌고 신하라는 자들은
싸움만 하니, 대체 충직한 신하들은 모두 어디로 갔다는 말이냐."

노기가 묻어났다. 이징옥이라고 한양의 사정을 몰랐을까. 더
잘 알았다.

문종이 세상을 뜬 후 정상배들이 수양대군과 안평대군에게 달
라붙어 모사를 꾸미니, 나라는 자연히 갈대처럼 흔들릴 것이 아니

던가. 그것을 꿰뚫어 본 걸까, 문종은 눈을 감기 전 장래의 풍파를 걱정하며 대신들에게 어린 세자를 잘 돌보라는 유언을 남기지 않았던가. 그 마지막 당부는 지금 임금의 숙부라는 자들에 의해 종잇장처럼 찢기고 있다. 도대체 왕도는 어디서 찾고, 군신의 의리는 또 어디서 찾아야 한다는 말인가.

이징옥은 두 해 전의 일을 떠올렸다.

이징옥에게 옷 바라지할 사람도 없다는 관찰사의 글을 읽은 후 안타까이 여겨 의복을 내려준 문종 임금. 그때 글을 올려 다짐하지 않았던가.

무부의 작은 노고로 어찌 문명한 정치를 도울 수 있겠사옵니까만 건곤과 같은 큰 도량으로 은혜를 내리시니 몸을 부순다 한들 어찌 다 갚을 수 있겠사오며, 가슴에 새긴다 한들 어찌 다 새길 수 있겠나이까. 일찍이 입지 못한 광영을 누리게 하시니, 천신은 밤낮으로 게을리하지 않고 적개의 정성으로 봉강을 더욱 굳게 지키겠나이다.

취기가 오른 걸까, 회한이 밀려든 걸까. 머리에 하얀 서리가 내린 백발 노신의 눈가에는 눈물이 비쳤다.

"여기서 한양이 몇 리이더냐."

김죽이 나지막이 대답했다.

"천릿길이옵니다."

"한양의 신하들은 무엇을 해야 하더냐."

"……."

"군군신신君君臣臣이라 하지 않았더냐. 어찌 그리도 못났을꼬. 신하로서 도리는 다하지 않고 잔꾀로 뜰에 재물이나 쌓고자 하니 한양은 부유하는 것이니라."

이경유가 답했다.

"그렇사옵니다."

"주상 전하가 어리시다는 것이 문제이더냐."

"아니옵니다."

"어른인 자들의 가슴에 욕심만 가득하니 삿된 그 마음이 나라를 어지럽게 하는 것이니라."

"그렇사옵니다."

"우리는 무엇을 해야 하겠느냐."

"……."

이경유와 김죽은 이어질 말을 기다렸다.

"철옹의 벽을 높이 쌓아 변방을 군건히 지키는 직분을 다하면 될 터이니라. 천릿길 한양이 아니더냐. 민심을 혹란케 하고 조선을 부유케 하는 자들의 모사를 짐작하지 못하는 바가 아니나 그래도 많은 신하들은 충효의 정성을 새기고 있을 테니, 무엇을 걱정하겠느냐. 세상에는 사필귀정 아닌 것이 없느니라. 바른 도리를 지켜 묵묵히 제 직분을 다하는 것이 신하된 자의 도리며, 백성을 편히 하고자 한 대왕의 뜻을 따르는 것이니라."

"대감 나리!"

이경유와 김죽은 고개를 깊이 숙였다.

언문 한 자 모르는 아낙이라고 그 말뜻을 모를까. 안주라야 부침개밖에 없지만 안주가 떨어질세라, 대감이 찾을세라 대청 아래 쪼그리고 앉았던 두 아낙은 뭉클해 치맛자락으로 눈물 밴 콧물을 닦아냈다.

"대감님, 대감님, 우리 대감님……."

처마 끝에 매단 풍경은 바람에 흔들려 뎅그렁뎅그렁 울어댔다.

구름머리 구름바위

───────   개마고원에서 내린 찬 기운에 아침 강은 몸을 부르르 떨었다. 작은 생명들도 몸서리를 쳤다. 떨어진 잎새는 한 잎 두 잎 얼음장처럼 찬 물길에 몸을 내맡겼다. 물길을 따라가면 어디에 이르는지 알기나 할까. 머잖아 닥칠 삭풍을 아는지 모르는지 늦가을 잡초만 빳빳이 잎을 쳐들었다. 얼마나 버틸 수 있을까. 철이 바뀌면 세상 모든 것은 허물을 벗고, 시간이 흐르면 앞의 물은 뒤의 물에 자리를 내줘야 하는 것을. 만유萬有는 시간의 강에 던져진 낙엽일 뿐, 변하지 않는 것은 없었다.

운두성 북장대에 오른 김죽은 강을 굽어보며 북병영의 일을 떠올렸다.

한 잔 두 잔 받아 마신 술의 취기는 빠르게 올랐다.

"대감 나리, 어찌 이런 일이 있을 수 있사옵니까."

이징옥은 눈을 지그시 감고 있었다.

"주상 전하를 보필해 나라를 바로 세워야 할 한양의 어르신들

237

이 어찌 모략에 가담하는 것이옵니까."

"……."

"변방의 필부조차 여름이면 땀으로 몸을 적시고, 겨울이면 곱은 손으로 창과 활을 움켜쥔 채 제 할 일을 하지 않사옵니까. 누구를 위한 방수며, 누구를 위한 둔전이옵니까. 밟으면 짓밟힐 하찮은 필부조차 힘을 모으거늘 한양의 어르신들은 왜 그것을 모른다는 말입니까."

"……."

"경성의 병기를 한양으로 옮겼다는 허튼소리나 퍼뜨리니, 만백성을 위한다는 말은 거짓이옵니까?"

"죽아."

총명한 어린 이랑의 모습을 떠올린 걸까. 이징옥은 김죽을 교위라고 부르지 않았다.

"알고 있느니라."

"대감 나리."

"알고 있느니라. 내 평생 육진에서 나라의 파수 노릇을 하고자 했느니라. 해야 할 일이기에 쇠를 녹이는 더위를 참고, 피를 얼리는 혹한을 견디며 물러서지 않았느니라. 어찌 나만 그러했겠느냐. 이 땅의 군관과 사졸이라면 크게 다르지 않을 것이니라. 다만 세상인심이 한결같지 않으니 어찌하겠느냐. 허나, 시간이 지나면 세상 모든 것은 제자리를 찾아가는 것이 또한 하늘의 이치가 아니더냐. 평생 보고 배우고 익힌 것이 인의 두 글자이거늘, 어찌 한양엔들 무엇이 순리며, 무엇이 역리인지를 생각하는 선비가 없겠느냐. 그들은 백성을 편히 할 성대를 어찌 열어야 할지 알지 않겠느냐. 나는 믿는다."

이징옥은 훗날 충절을 지킨 많은 선비가 불귀의 객이 되고 말리라는 것을 상상이나 했을까.

김죽은 물안개 피는 두만강을 내려다보며 사념에 빠져들었다.

역사의 강이 흐르는가.

순리와 역리가 뒤엉킨 강.

어디를 향해 흐르는 걸까.

순천자는 흥하고 역천자는 망한다고 했던가.

그날 땅거미가 질 무렵 향전이 김죽의 방문을 두드렸다.

"나리, 모린에서 사람이 왔습니다."

향전을 따라 들어온 이는 낯익은 복라손이었다. 찬바람을 헤치고 수백 리 길을 달렸을 그의 얼굴은 붉었다. 이마와 볼은 온통 흙먼지투성이였다. 복라손은 큰절을 올렸다.

"패륵께서는 안녕하시냐."

"패륵님께서는 장군님의 건강을 축원하시며 안부를 전해 올리라 이르셨사옵니다."

늙은 복라손의 말투는 여느 종과는 달랐다.

"무슨 급박한 일이라도 생긴 것이냐."

"아니옵니다."

복라손은 저고리 속에서 무명천으로 겹겹이 싼 물건을 꺼내

들었다.

"아씨께서 전해 드리라 이르셨사옵니다."

그것은 서신이었다. 겹겹이 싼 것이 한눈에 봐도 주인의 서신이 상할세라 싸고 또 싼 것이었다. 작은 주인을 위한 일이라면 무엇이든 마다하지 않는 늙은 종의 충심이 엿보였다.

"이 서간을 전하기 위해 그 먼 길을 달려왔느냐."

"예, 나리."

늙은 종의 손에 서신을 보내자면 그 마음이 얼마나 간절했을지는 알고도 남았다. 회령으로 가는 복라손을 붙잡고 하나하나 세세히 일렀을 토로고의 모습이 선하게 떠올랐다.

"수고가 많았구나. 정말 수고 많았다. 아씨께서는 잘 지내시느냐."

"……."

"무슨 일이 있는 게냐."

선뜻 대답을 하지 못하는 것이 이상해 김죽은 물었다. 하지만 돌아온 답은 의외였다.

"그런 것은 아니옵고, 말씀이 부쩍 없으십니다. 회령에 다녀오신 후로 생각이 많으신 듯하옵니다."

복라손의 얼굴에는 어린 주인을 걱정하는 빛이 잔뜩 묻어났다. 김죽은 왜 그런지 묻지 않았다. 복라손도 이유를 말하지 않았다. 묻지 않는다고, 말하지 않는다고 이유를 모를 턱도 없었다.

"먼 길 오느라 고생 많았구나. 날이 어두웠으니 푹 쉬고 날이 밝으면 떠나도록 하여라."

"아니옵니다. 전하실 것이 있으시면 받아 바로 떠나겠사옵니다. 오는 길이 너무 지체되어 많이 기다리실 것이옵니다."

종이 잠들면 주인은 또 한없이 기다려야 한다는 생각을 한 걸까. 그날 밤 잠시 몸을 녹인 복라손은 김죽의 글을 받자마자 바로 성문을 빠져나갔다. 두만강을 건너 달리는 검은 말의 발굽 소리는 잠든 만주를 깨울 것이었다.

서신의 글은 그림을 그린 듯 반듯했다. 먹을 듬뿍 먹여 한 자 한 자 써 내려간 글에는 정성이 가득 담겨 있었다.

안 뜨락 느릅나무 가는 잎 떨구니
속절없이 흐른 해 이제야 알리라
잣나무 내려앉은 짝 떠난 저 백로
구름머리 눈 못 떼는 메 바라기 되었네
발 세우면 미칠까 팔 뻗으면 닿을까
세워보고 뻗어봐도 멀기만 하여라
꿈에 본 남가일몽 혹여나 생시일까
화들짝 창호 여니 구름머리 그대로라
색즉시공 공즉시색 고승의 푸념일 뿐
뜨락에 선 천년 느릅 운두님 저 같아라
찬바람 아파 고개 숙인 저 단풍
봄 오면 싹 돋아 다시 품에 안길까
해란 너머 아야고 발 적셔 건널 날

구름바위 석상 되어 기다리고 기다릴 터
운두바람 불어와 풀잎 흔들면
고운 임 석상 된 날 달래는 줄 알리라

그리움이 절절이 녹은 글이었다. 구름 운雲, 머리 두頭. 구름머리는 운두를 이르는 말이었다. 구름바위는 모린의 돌 언덕이었다.

김죽은 촛불을 밝힌 채 밤새 글을 읽고 또 읽었다.

"나리!"

토로고 목소리가 들렸다. 문을 열어젖히자 찬바람이 훅 들이쳤다. 언뜻언뜻 화톳불에 비쳐 보이는 문밖 마당에는 아무도 없었다. 노송의 잔가지만 세찬 바람에 파르르 흔들리고 있을 뿐이었다. 방을 나서 북장대에 오른 것은 자시를 향하던 때였다. 며칠 새 커진 달은 검은 만주 산야를 밝히고 있었다. 복라손의 검은 말은 그 어디쯤을 달리고 있을까.

그로부터 달포 전이었다. 도도하던 국화도 냉기에 몸을 떨기 시작한 때였다. 운두 마병은 달빛이 밝히는 희뿌연 길을 달려 북으로 향했다. 이징옥의 명을 받들어 북방의 사정을 살피기 위해서였다. 모린에 당도한 것은 닷새 만이었다. 시사오귀, 사오이, 하다가사를 거쳐 갔기에 시일이 꽤나 걸렸다.

모린 성채에 다다른 것은 해가 뉘엿뉘엿 서산을 넘을 즈음이었다.

낙조 내린 성채는 고즈넉한 선경으로 들어서는 문 같았다. 천년 풍상을 견딘 아름드리나무, 파란 전나무 숲, 점점이 박힌 단풍, 이끼 낀 성채. 모든 것이 별천지의 산수화를 보는 듯했다. 풍경에 취한 눈을 사로잡은 것은 여인이었다. 여인은 고성의 장대인 양 숲 사이에 솟은 바위 언덕에 서 있었다. 치맛자락을 펄럭이며 달려가는 군마를 뚫어지게 내려다보고 있었다. 그 모습이 망부석 같았다. 김죽은 눈을 떼질 못했다.

그날 밤 김죽은 사랑채에서 토로고와 마주 앉았다. 다친 김죽이 묵던 바로 그 방이었다. 김죽은 따듯이 데운 온돌 구들에 앉아 토로고에게 말을 건넸다.

"올 때 이상한 광경을 보았소."

"무얼 보았기에요."

"성채 앞에 큰 바위 언덕이 있지 않소. 그런데……."

토로고는 말을 끊었다.

"구름바위 말인가요."

"으응?"

"그 바위 언덕 이름입니다. 제가 이름을 바꿨지요."

"그럼 원래 이름은 무엇이오."

"토로고 바위였지요."

야트막한 바위 언덕, 그곳에 오르면 흡사 장대에 선 듯 모든 것이 한눈에 내려다보였다. 남녘에 펼쳐진 산야도, 산굽이를 따라 난 산길도. 토로고는 바위 언덕에 얽힌 이야기를 천연덕스레 늘어놓았다. 어릴 적 아버지가 먼 곳으로 떠난 때면 늘 그곳에 올라 내려다보고, 또 그곳에서 기다렸다고 했다. 이에 낭발아한은 바위 언덕을 토로고 바위라고 부르고, 아무도 함부로 오르지 못하도록 했다고 했다. 바위 언덕은 그녀에게는 그리움과 기다림을 새긴 곳이었다.

"그런데 왜 이름을 바꾸었소."

"회령에는 구름머리가 있잖아요."

"운두산 말이요?"

"그곳에 구름머리가 있으니 여기에도 구름바위쯤은 있어야 하지 않겠습니까. 건곤의 이치를 따져도 그렇고."

말이 그럴싸했다.

"그럼 언덕에 선 선녀 같은 여인이······."

토로고는 고개를 끄덕이며 웃음 지었다.

"그렇게 보였습니까."

바위 언덕에 올라서면 까마득한 운두성이 저만치 가까이 와 있는 듯했다. 끝없이 이어지는 산해, 그 끝자락에 보일 듯 말 듯 웅크린 아득한 산. 그 산 너머 어딘가에 운두산이 있을 테니, 운두 바람은 그곳을 거쳐 불어오지 않겠는가. 김죽도 그 산을 돌아 달려올 터였다.

회령에서 돌아온 토로고는 늘 그곳에 올랐다. 언덕에 오르면 오랜 말벗이 있었다. 바위는 마음을 달래주는 말벗이었다.

그날도 그랬다. 김죽이 온다는 전갈을 받은 토로고는 바위 언덕에 올랐다.

"아씨, 왜 이렇게 안 오실까요. 해는 다 저물어가는데."

하아하지가 좋알댔지만 귀에 들어오지 않았다. 토로고는 그날도 바위와 말을 주고받았다.

"오늘은 나리가 오신대."

"······."

"너도 기쁘지? 대답하지 않아도 다 알아."

"······."

"비밀 하나 말해줄까."

"······."

"너와 함께 있으면 왜 좋은지 아니."

"······."

"보고 싶은 사람이 오거든."

대화는 이런 식이었다. 바위와 말을 나누는 모습을 누군가가 본다면 무슨 해괴한 일이냐고 할지 모르겠지만 토로고에게는 그것이 텅 빈 마음을 채우는, 고승이 스스로 선문답을 하는 것과 같은 자신만의 대화였다. 토로고는 그날 햇살에 데워진 바위에 앉아 산야를 바라보며 바위와 끝없이 이야기를 나누었다.

"나도 바위 언덕에 올라볼 수 없겠소?"

"왜 없겠습니까."

"한번 가봅시다."

"이 밤에요?"

"밤이면 어떻소."

"날씨가 쌀쌀합니다."

날이 밝으면 떠나야 할 그의 마음은 바빴다. 결국 두 사람은 등롱을 든 하아하지를 앞세워 구름바위에 올랐다. 발을 헛디딜세

라 하아하지는 내내 등롱의 불빛으로 토로고의 발밑을 밝히고, 김
죽도 등롱을 들었다.

바위 언덕 꼭대기는 꽤나 널찍했다. 잣과 편백나무에 둘러싸
인 아늑한 요람이었다.

'나무는 고요하려 하지만 바람이 멈추질 않는다.'

김죽의 머리에 떠오른 말이었다. 고어가 공자에게 한 말이 틀
리지 않음을 확인이라도 하듯 바람은 쉴 새 없이 잣과 편백나무
가지를 흔들어댔다. 아름드리나무는 쏴 하는 선경의 소리를 자아
냈다. 잠든 고승을 깨우는 사찰의 풍경 소리 같았다.

김죽은 토로고의 손을 놓지 않았다. 토로고도 김죽의 손을 뿌
리치지 않았다. 그렇게도 기다리던 이가 돌아왔다는 것을 바위에
게 보여주기라도 하려는 듯.

토로고는 검지를 뻗었다.

"저쪽이 운두성이랍니다."

김죽은 눈을 크게 떠 가리키는 쪽을 응시했다. 캄캄한 산야가
바다를 이루고 있었다.

"여기 앉아 저곳을 보면 근심은 연무처럼 흩어진답니다."

"또 선승 같은 소리."

"근심 벗는 일이 스님만 하는 일이던가요."

"고이 자란 토로고에게 무슨 걱정이 있단 말이오."

그녀는 고개를 내저었다.

"마음속에 그리는 것은 모두가 근심이랍니다. 무엇을 바라 애
태우는 것도, 잠들어 꾼 꿈의 허망함을 아는 것도, 언젠가 이루어

지리라 기필하는 것도 모두 근심이 아니던가요."

"하기야 세상만사 번뇌 아닌 것이 있겠소. 그러니 고뇌의 바다요, 번뇌의 바다라고 하질 않소."

"이제야 말씀이 통하시네요."

토로고는 하얀 이를 드러내며 웃었다.

"이곳에 오면 늘 바위와 근심거리를 이야기하지요."

"좋은 벗을 두었구려."

"그럴 때면 바위는 늘 이렇게 말한답니다. 걱정일랑 가슴에 담아두지 말라고. 풀리지도 않을 걱정으로 왜 가슴을 채우느냐고요. 틀린 말이 아니지요. 그런데 그것이 쉬운 일이던가요. 늘 무엇인가를 바라고, 그 바람이 이루어지지 않을까 안달하는 것은 인지상정이지요. 마음 비우기가 그리 쉬운 일이라면 달마는 달마가 아니었겠지요."

늙은 고승이나 할 법한 말을 아무렇지도 않게 풀어놓는 것이 놀라웠다. 김죽은 고개를 끄덕이지 않을 수 없었다.

"구름바위는 운두성 북장대와 닮은 데가 많은 것 같소. 그곳에 서도 운해와 산야가 끝없이 이어진다오. 북장대 바위도 근심을 떨치라고 할는지 모르겠구려."

"근심도 근심 나름이지요. 떨쳐야 할 근심이 있고 떨치지 말아야 할 마음이 있지요."

토로고는 다시 웃음지었다. 하얀 웃음은 낮에 본 그 선녀임에 틀림없었다. 김죽은 그녀를 품에 안았다. 그의 가슴에 얼굴을 묻은 토로고는 하늘을 올려다봤다. 달빛에 가려 흐린 빛을 발하는 뭇별과 달리 북녘머리 북두성은 밝은 빛을 뿜어내고 있었다. 그녀는 합장을 했다. 그리곤 여느 때처럼 마음속으로 기도를 올렸다.

북두님 북두님 우리 북두님
북두 방패 펴시어
운두 임 상치 않게 하옵고
북두 비파 켜시어
구름머리 우리 임 굽어살피옵소서

소원이 통한 걸까, 긴 꼬리를 단 별똥이 만태산 자락에 떨어졌다.

"나리, 나리!"
북장대에 선 김죽은 주변을 돌아봤다. 아무도 없었다.
마음의 귀를 열면 소리는 천리 떨어진 곳까지도 닿는 걸까.
오늘도 토로고는 구름바위에 섰을까.
구름바위의 밤, 북장대의 밤. 아무리 인간 세상이 시공에 갇혀 있다 해도 구름바위의 밤은 북장대로 이어지니, 색즉시공 공즉시색은 고승의 푸념만은 아닌 듯했다. 만주 어둠 속을 달릴 복라손의 검은 말의 발굽 소리도 귓가에 맴돌았다.

운두 마병이 모린에 간 날, 또 한 가지 일이 있었다. 그날 저녁 낭발아한은 조선 손님을 위한 주연을 베풀었다. 머루술 향 가득한

방은 목청 큰 무사들의 소리로 떠들썩했다. 낭발아한은 김죽과 나란히 앉았다. 곁에는 이첨이 자리하고, 멀지 않은 곳에 치노와 다비, 도금치도 있었다. 머리 희끗한 낭발아한은 내내 웃음을 머금었다.

"날도 싸늘한데 먼 길 오시느라 노고가 많으셨습니다."

말이 깍듯했다. 조선에서 내린 품계로 따지자면 낭발아한의 품계는 정삼품 도만호였지만, 육진의 변장과는 단순히 품계로만 따질 수는 없었다.

"시사오귀에서 일은 잘 보셨는지요."

시사오귀는 알타리 여진의 실력자 동속로첩목아의 근거지였다.

"일이랄 것이 있겠습니까. 어르신의 말씀을 전하고 여러 소식을 듣고 왔습니다. 그간 모린에는 별일 없었는지요."

어르신은 이징옥을 이르는 말이었다.

"이곳에서야 늘 올적합이 두통거리지요. 야선이 세력을 넓힌 후로는 올적합이 더욱 걱정스럽습니다."

올적합은 북쪽 해서여진에 속한 부족이었다. 시시로 낭발아한의 올량합 여진과 충돌하고, 툭하면 노략질을 했다.

"근자에도 여전합니까."

"여전하다마다요."

낭발아한은 한숨을 내쉬더니 말을 이었다.

"제 말씀을 들어보십시오. 첩첩산중이라더니, 올적합이 딱 그 짝입니다. 두만강 근처에는 흑기가 무서워 얼씬도 못 하면서 애먼 우리만 괴롭힙니다. 얼마 전에도 산중 부락을 덮쳐 우마를 수십 마리나 끌고 갔습니다. 오십 리를 쫓았지만 놓치고 말았습니다. 어르신께서 도와주신다면 뿌리를 뽑고 싶은 마음이 간절합니다."

조선의 힘을 빌려 올적합을 제압하고자 하는 말이었다. 이전부터 도움을 청했지만 조선은 조심스러웠다. 자칫 쓸데없는 분란만 키울 소지가 있는 탓이었다. 그런 까닭에 세종 때부터 "형세를 봐 신중하게 대응하라"는 전교가 내려지곤 했다. 이징옥이 대규모 군병을 거느리고 강을 건너지 않은 것도 그 때문이었다. 하지만 약탈자를 그냥 두는 법은 없었다. 검은 마병은 두만강 인근에 출몰하는 도적 무리를 내버려두지 않았다. 끝까지 추적해 응징했다.

이야기가 무르익을 무렵, 모인 이들의 시선은 하얀 옷을 입은 두 여인에게 쏠렸다. 기사가가 토로고를 앞세워 들어서고 있었다.

"토로고구나!"

낭발아한은 딸을 불러 자신과 김죽 사이에 앉혔다. 기사가는 그 옆에 앉아 또다시 김죽의 얼굴을 빤히 바라봤다.

"오늘처럼 기쁜 날이 없구나. 어서 약주를 따라 올리지 않고 무엇 하느냐."

김죽의 빈 잔을 채우라는 소리였다.

도금치는 눈이 휘둥그레졌다.

'아니, 벙어리가……'

토로고가 방에 들어설 때만 해도 도금치는 그가 그토록 그리던 벙어리인지 긴가민가했다. 낭발아한 곁에 앉은 그녀를 자세히 보고서야 벙어리가 패륵의 딸이라는 것을 알았다. 그런데 김죽을 바라보는 벙어리의 눈빛이 예사롭지 않았다. 그 순간 회령에서 벌어졌던 이해하기 힘든 일들이 꼬인 실타래 풀리듯 한꺼번에 풀렸다. 벙어리가 머물던 객관에 왜 김죽이 자주 나타났는지, 벙어리는 왜 운두성으로 갔는지, 벙어리가 사라진 날 왜 김죽이 함께 나루로 갔는지 모두 알았다.

도금치는 고개를 숙였다.

'지지리도 모자란 놈, 주제도 모르는 놈. 왈짜 놈 주제에 콩깍지가 씌었어도 그렇지 팔자에도 없는 벙어리 타령이라니. 바보 같은 놈, 머저리 같은 놈……'

도금치는 자신의 머리를 때리고 또 때리고 싶었다. 절망 때문일까, 회한 때문일까, 눈물이 질금 번져 났다.

"갑자기 왜 그래?"

"……"

"우는 거야?"

"아닙니다, 오장 나리."

"거, 눈물 흘리고 있잖아."

"무슨 말씀을요."

시치미를 뗐지만 눈가에 번진 눈물은 감출 수 없었다. 손바닥으로 눈물을 훔어낸 뒤 애써 무덤덤한 척했다. 하지만 슬픈 낯빛은 어쩔 수 없었다.

"고향에 노모가 계신 것도 아닌데, 뭐 그리 슬퍼할 일이 있다고. 자, 한 잔 받아."

치노는 빈 사발에 술을 가득 부어주었다. 도금치는 벌컥벌컥

들이켰다.

"어어, 이 사람아. 천천히 마셔."

"아, 예……."

"외방에서는 숨이 끊어지지 않는 한 꼿꼿이 버텨야 하는 거야. 운두 마병은 쓰러지는 법이 없다는 걸 보여줘야지."

치노가 북행에 도금치를 데려온 것은 허우대가 좋고 좀체 포기할 줄 모르는 끈질긴 근성 때문이었다. 여진어는 한마디도 할 줄 몰랐지만 당당한 조선군의 모습을 각인시키기에는 도금치 만한 풍채도 없었다.

"알겠습니다, 오장 나리."

도금치는 더 이상 저자를 떠도는 왈짜패가 아니었다. 그에게 치노는 가장 본받고 싶은 인물이었다. 아무도 돌아보지 않는 노비로서 잡초처럼 짓밟히고 무시당했을 치노가 검은 마병의 오장으로 우뚝 섰으니, 그의 인생 역정이야말로 자신의 길을 밝혀주는 등불이었다. 도금치는 치노를 보며 두 번 다시 초라한 저자로는 돌아가지 않겠다고 몇 번이고 다짐했다.

도금치의 대답에는 힘이 없었다. 김죽의 곁에서 웃음 짓는 토로고. 그 모습이 예뻐 보일수록 도금치는 슬펐다.

한양에서 온 밀보

———　　삭풍은 매서웠다. 두만강을 넘어 불어오는 찬바람은 성벽 위 파수把守를 때렸다. 바람은 피하려야 피할 길이 없었다. 얼굴이 발갛게 변했다. 손발도 꽁꽁 얼어붙었다. 사람들은 육진을 철옹성이라고들 하지만 무너지지 않는 성에는 고통과 끝없는 싸움을 하는 파수가 있다는 것을 알기나 할까. 파수에게는 찬바람만 고통스러운 것이 아니었다. 더욱 가슴을 시리고 아프게 하는 것은 고향 생각이었다. 북관 땅이 얼면 남쪽 고향에 한설이 밀려들기에 그랬다. 그런 때면 걱정은 스멀스멀 자라났다. 뒤주는 채웠는지, 땔감은 넉넉한지, 늙은 부모는 편찮지 않으신지. 파수는 열이면 열 애간장을 태웠다.

"혹시 어디 아픈 거야?"

오장 다비는 어두운 표정으로 파수를 서는 달근이에게 물었다.

"괜않습니다."

253

소백산 자락 봉화현에서 온 달근이는 억센 사투리로 대답
했다.

　　"그런데 왜 그래. 또 고향 생각이 나는 게로구먼."

　　달근이는 고개를 끄덕였다.

　　"나야 평생 회령 바닥에서 뒹굴어 고향이랄 것도 없지만 자네
는 멀리 떨어져 왔으니 생각나는 게 당연하지."

　　달근이는 남쪽 하늘을 올려다봤다.

　　"삼남에도 수자리 설 곳이 많을 텐데 어쩌다 여기까지 왔어?"

　　"낸들 아나요, 가라카이 온 거지요."

　　"하기야 누가 이런 산골짝에 제 발로 오겠어. 가라니 오는
게지."

　　"산골짝도 이런 골짝은 처음입니더."

　　"봉화도 산골이라고 하던데."

　　"어데요. 회령에 비하면 한양입니더. 봉화 사람 대여섯이 여기
까지 오는데, 회령에 간다고 하면 하나같이 고개를 절레절레 흔든
다 아입니꺼. 보름을 걸어오는데 갈수록 골짝이더니 이런 산대박
까지 오게 될 줄은 누가 알았겠습니꺼."

　　다비는 그 말에 박장대소를 했다.

　　"여기가 그렇게도 산대박이야?"

　　"그럼요."

　　"나는 평생을 여기서 살았는데……."

　　"말이 그렇다는 거지요."

　　"보름이나 걸었다고?"

"말도 마이소. 발은 부르트지, 양식은 간당간당하지, 가는 곳마다 관아에서 거지 맹키로 밥을 얻어먹으며 죽을 둥 살 둥 여기까지 왔다 카이요. 오는 길에 팔자에 없는 금강산 구경은 실컷 했지만. 금강산도 우리 동네 청량산보다야 크고 희한하게 생기긴 했는데, 꼭 바람난 처녀 춤추는 것 같아 영 마음에 들지 않더이더."

"청량산이 그리 좋은가."

"좋지요. 금강산보다야 작지만."

"봉화는 살기 좋아?"

"여기보다야 낫지만, 산골짝에 먹을 것 없기는 마찬가지지요, 뭐."

"달근이가 없으니 집안 식구들이 힘들겠구먼."

"그러게 말입니더. 엄니는 몸도 안 좋으신데."

"그래도 봉족이 있잖은가."

수자리에 한 명이 징발되면 징발되지 않은 다른 두 명의 장정은 군역 나간 이의 집을 돕게 되어 있었는데, 봉족은 그 두 명의 장정을 이르는 말이었다. 수자리 살러 떠난 사람은 정정이라고 했다.

"봉족이 무슨 소용이 있습니꺼."

"그게 무슨 소린가."

"수자리에 나가지 않으려고 별짓을 다하는데, 꾀 당나귀 같은 놈은 아전에게 뇌물을 바쳐 봉족으로 남고, 물정 모르는 놈은 오지에 끌려오는 거지요."

"어디 가나 아전이 문제로구먼."

"그렇지요. 봉족이 심성이라도 고우면 다행이지만, 뇌물을 먹여 남은 봉족은 십중팔구 정정 집 도울 생각은 터럭만큼도 하지 않는다 아입니꺼."

"달그이."

다비는 사투리로 달근이를 불렀다.

"그런데 경상도 말은 아무리 들어도 잘 알아들을 수가 없어."

달근이는 힘이 장사였다. 쌀 두어 가마니쯤은 너끈히 짊어졌다. 그가 함길도에 끌려온 것은 야선 세력이 요하를 넘어 동으로 밀려들고 있기 때문이었다. 삼남 군현에는 싸움 잘하는 장정을 뽑아 북변으로 보내라는 영이 떨어져 있었다. 달근이도 그런 사정을 모를 턱이 없었다. 하지만 운두성에서 일에 지치고, 고향 생각에 밤잠을 설치다 보니, 덩치 큰 것이 죄라는 생각만 들었다. 달근이만 그랬을까. 많은 사졸이 똑같았다.

그런 중에도 위안거리는 있었다. 회령에서는 적어도 먹을 것이 모자라 배곯는 일은 없었다. 굶주린 병사로는 전쟁을 할 수 없었기에 북관에는 늘 군량이 넘쳤다. 이징옥이 병마도절제사로 온 후로는 특히 그랬다. 군량을 한 톨이라도 빼돌리는 자는 지위 고하를 막론하고 형틀에 묶어 매로 다스리니, 정신 나간 아전이 아닌 이상 감히 군량에 손을 대지 못했다. 그러나 주발에 밥이 수북하다고 마냥 기쁜 것도 아니었다. 밥이 수북할수록 마음은 더 애잔해졌다. 배고파 보채는 아이, 먹일 것이 모자라 근심하는 지어미와 어머니의 모습이 선하게 떠오르기 때문이었다. 달근이도 마찬가지였다. 처음 밥을 봉곳이 담은 주발을 받아들곤 한없이 기뻤다. 잡곡밥이라도 마음껏 먹을 수 있다면 어떤 일이라도 거뜬히 해낼 것 같았다. 하지만 이내 눈물을 찔끔거렸다. 몸집 큰 지아비를 조금이라도 더 먹이려 자기는 누룽지를 물에 풀어 끼니를 때우던 아내와 어머니의 기억이 가슴을 후볐다. 그날 달근이는 배부른 것이 미안해 수저를 뜨지 못했다.

찬 북풍은 애잔한 마음을 눈덩이처럼 키웠다.

그때였다. 말을 달려 운두산 산길을 오르는 마병이 보였다. 군복을 입지 않았지만 한눈에 봐도 오랫동안 훈련을 받은 마병의 품새였다. 오르막을 내달리는 것이 급한 일이 있음에 분명했다.

"저렇게 달리면 말이 금방 지칠 텐데."

"누구일꼬."

다비는 전령이라는 것을 직감적으로 알았다. 그렇지 않고서야 채찍을 휘두르며 운두성에 오를 리 만무했다. 다비는 성문으로 뛰어 내려갔다. 아니나 다를까 그는 김죽을 찾고 있었다.

"교위님을 뵈러 왔소."

"무엇 때문에 그러오."

"교위님을 뵈러 왔다고 하질 않소."

느긋한 성문지기 수졸의 말투에 그는 성마른 소리를 내질렀다. 관복을 입은 것도 아니요, 패랭이를 쓴 특별할 것도 없어 보이는 자가 다짜고짜 북신영 대장을 만나겠다니, 수졸은 눈을 가늘게 뜬 채 신분부터 확인하고자 했다.

"대체 누구기에 교위님을 만나겠다는 게요."

수졸의 말이 끝나기 무섭게 마병은 멱살이라도 잡아챌 듯 눈을 부릅뜨며 소리쳤다.

"어서 데려다 달라고 하지 않느냐!"

눈빛은 야수처럼 이글거렸다. 수졸도 지지 않았다.

"신분을 말씀해야 성에 들어가도록 하든 말든 할 게 아니오."

분위기는 험악했다. 다비가 문루에서 뛰어내려온 것은 그때였다. 그의 눈빛에서 무언가 중요한 전갈을 가져왔다는 것을 느낀 다비는 성문지기 수졸을 제치고 말했다.

"무슨 일인지 모르겠지만 따라 오시오."

"급한 일이오. 어서 데려다주시오."

다비는 앞장을 섰다. 빠른 걸음을 옮길 때마다 허리에 찬 환도는 철컹철컹 소리를 내질렀다. 여느 성과 달리 무장한 검은 마병이 가득한 운두성 특유의 소리였다. 마병이 타고 온 말 고삐를 잡은 달근이를 뜰에 남겨둔 채 다비는 김죽의 방 앞에 이르러 불렀다.

"나리, 나리!"

김죽은 문을 활짝 열어젖혔다.

"무슨 일이세요."

김죽은 결코 치노와 다비에게 하대하는 법이 없었다.

"전령이 왔습니다요."

평복 차림의 마병은 신분도, 온 이유도 말한 적이 없지만 다비는 그렇게 답했다.

마병은 김죽을 보자 대청 아래 마당에서 무릎을 털썩 꿇었다.

"소인은 한양 용양사龍驤司의 별장別將 종두라 하옵니다. 저희 부위 나리께서 서찰을 반드시 전하라 이르셨사옵니다."

용양사는 도성을 지키는 경군인 다섯 군영 중 하나였다. 종두가 말한 부위는 운두성에서 용양사로 간 지현을 이르는 말이었다. 지현이 갑작스레 서찰을 급히 보냈다면 필시 중요한 일이 벌어졌음에 틀림없었다.

김죽은 서찰을 뜯었다. 글은 들쭉날쭉했다. 위에서 아래로 써 내린 글의 줄조차 가지런하지 않았다. 시간을 다투어 바삐 쓴 글이었다.

교위 나리께 전합니다. 한양에 정변이 일어났습니다. 수양대군과 그 부하들이 좌의정 김종서 대감을 철퇴로 내리쳐 해치고, 왕명을 빙자해 백관을 입조케 한 후 모두 살해했습니다. 궁궐과 궁 밖 가회방嘉會坊은 피바다로 변했습니다. 영의정 황보인 대감, 이조판서 조극관 대감, 우찬성 이양李穰, 군기판사 윤처공尹處恭, 호조좌랑 이명민을 비롯한 수많은 대신과 관헌이 철퇴에 맞아, 또 창칼에 찔려 운명했습니다. 안평대군도 유폐되었다고 하나, 그 행방을 알 도리가 없습니다. 궁문과 사대문은 폐쇄되고, 한양으로 통하는 모든 길은 차단되어 길목마다 드나드는 사람을 검색하고 있다고 합니다. 권남, 한명회, 홍달손이라는 자가 수양대군을 받들어 살육의 참극을 벌이고 있다는 소리가 자자합니다. 이곳의 피바람은 필시 함길도로 번질 터, 사정을 살펴 잘 대처하시기 바랍니다. 화급을 다투는 일이지만 이징옥 대감 나리 군영으로 가는 길은 분명 봉쇄되었을 터인즉, 전할 방법을 찾아보겠지만 교위 나리께서 전말을 전해주셨으면 합니다. 지금 당장 무슨 일이 터질지 알 수 없는 상황인지라 바삐 글을 써 전합니다. 부디 명철히 판단해 대처하소서.

김죽의 눈이 매섭게 번득였다. 거짓 서찰이 아니라는 것을 확인시키기 위해 전한 지현의 북신영 군패를 움켜쥔 손은 파르르 떨렸다.

"부위는 무고하시더냐."

북관과 인연이 깊은 김종서와 조극관이 해를 당했다면 한양으로 간 함길도 장교들도 위험에 처했을 수 있기에 묻는 말이었다.

"소인이 떠나오기 전까지는 별고 없었사옵니다."

"다행이구나."

"주상 전하께서는 어떠하시느냐."

"거기까진 잘 알지 못하옵니다. 다만 주상 전하께서는 거처 밖을 한 발짝도 나서지 못하신다고 하옵니다. 정변이 일어난 날 밤, 피투성이 차림의 수양대군이 전하의 방에 박차고 들어서자 무서워 크게 우셨다는 소문도 파다하옵니다."

"어찌 이런 일이 벌어질 수 있다는 말이냐. 한양의 민심은 어떠하냐."

"온갖 소문이 나돌고 있사옵니다. 안평대군께서 모살되고, 김종서 대감께서는 살아 피신했다고도 하옵니다. 충청도와 함길도 군사가 곧 한양에 들이닥칠 것이라는 소문도 자자하옵니다. 수양대군은 도성을 지키기 위해 금군禁軍을 동원하고, 각지로 밀정을 보냈다고도 하옵니다."

"믿을 만한 말이냐."

"상황이 워낙 급박한지라 직접 확인한 것은 아니오며, 한양을 떠나기 전 전해 들은 말들이옵니다."

김죽은 이것저것을 자세히 물었다. 하지만 돌아온 답은 다람쥐 쳇바퀴 도는 듯한 말뿐이었다. 하기사 말단 별장이 갑자기 터진 정변의 내막을 자세히 알 턱도 없었다.

"수고했구나. 천릿길을 달렸을 테니 얼마나 고단하겠느냐."

김죽의 뇌리에 깊이 박힌 것은 피바람이 함길도로 번진다는 말이었다. 명철하게 판단하라는 지현의 말이 머릿속에 맴돌았다.

피바람을 일으킨 왕자의 난. 그런 참담한 일이 다시 벌어지지 않도록 하기 위해 세종은 세자에게 팔 년 동안이나 나랏일을 맡기고, 죽음을 앞둔 문종은 대신들에게 어린 임금을 보필해주기를 신신당부하지 않았던가.

'모든 바람은 결국 물거품으로 변하는 걸까.'

김죽은 행장을 꾸렸다. 융복을 벗고 얇은 피갑을 입었다. 이징옥이 있는 경성 북병영으로 가야 했다.

낙락장송이 다 기울어가노매라

————— 밀보를 받기 사흘 전, 대명천지 한양의 한복판에서 피비린내 나는 칼부림이 벌어질 줄은 아무도 생각지 못했다.

새벽 달빛은 처연했다. 날이 아직 밝지 않았건만 수양대군의 소정동 사저 대문은 삐걱 소리를 내며 조심스레 열렸다. 빠끔 문이 열릴 때마다 검은 갓을 쓴 사람이 한 명씩 안으로 들어갔다. 그렇게 모인 이는 넷이었다. 권남, 한명회, 홍달손, 홍윤성. 모두가 근자에 하루가 멀다 하고 수양대군 사저에 드나든 사람들이었다. 홍윤성은 궁궐 가마와 외양간을 돌보는 종육품 사복주부였다. 하인이 인도하지도 않았건만, 알아서들 사랑채 큰방으로 갔다. 그곳에는 수양대군이 있었다. 찻상을 가운데 두고 둘러앉은 그들의 눈빛은 여느 때와 달랐다. 결의에 찬 빛이 감돌았다. 수양대군은 차를 두어 모금 마신 뒤 입을 열었다.

"도적을 이대로 두고 어찌 종사宗社가 편하기를 바라겠느냐. 오늘은 반드시 요망한 도적을 소탕할 것이니라."

배에서 우러나는 유난히 큰 목소리에 한명회는 소리가 새 나갈세라 조바심을 쳤다. 하지만 입술만 달싹일 뿐이었다. 호탕하게 말문을 연 수양대군의 말을 자르는 불경을 저지를 순 없었다.

"아무리 생각해도 교활하고 간사한 자는 김종서다. 그자가 우리 일을 먼저 알게 되면 모든 것이 물거품이 되고 말 테니, 반드시 오늘 결행해야 한다. 내가 직접 그자의 목을 베겠노라. 그자의 목을 베면 그대들은 계획한 대로 하라. 김종서를 베고 나면 나머지 잔당은 과히 염려할 것이 없을 것이니라."

한마디 한마디가 섬뜩했다.

"목숨을 걸고 대군마마의 뜻을 따르겠사옵니다."

입을 연 사람은 한명회였다. 홍달손도 뒤질세라 큰 목소리로 대답했다.

"적당의 목을 모조리 베겠사옵니다."

이미 몇 날 며칠을 논의한 터였다. 일이 어긋나는 날에는 손에 든 찻잔이 제주 잔으로 변하고 말겠지만 그런 걱정쯤은 떨친 지 오래인 듯했다. 이야기는 조반을 끝낸 뒤에도 오랫동안 이어졌다. 그들이 사저를 빠져나간 것은 해가 도성 동쪽 아차산 위로 떠오른 지 한참 뒤였다. 네 사람은 그날 사저에서 열기로 한 활쏘기 잔치에 사람을 불러 모으고, 군사 채비를 하기 위해 분주히 움직였다.

해가 중천을 넘었을 때 수양대군 사저에 모인 사람들은 족히 서른을 웃돌았다. 강곤, 홍유성, 임자번, 민발閔發, 홍순로…… 벼슬은 높지 않지만 한양 바닥에서 굴러먹은 사람이면 모두 알 만한 이름들이었다. 흥겨운 잔치를 기대하며 달려왔지만 막상 와보니 그런 것이 아니었다. 여느 잔치와는 사뭇 달랐다. 음식이 차려졌지만 흥을 돋울 가락은 보이지 않았다. 술잔을 주거니 받거니 하며 희희낙락하는 것도 아니었다. 술이 몇 순배를 돌아도 분위기는 납처럼 무거웠다. 아니나 다를까 정치 토론이 벌어지기 시작했다. 바람을 잡고 나선 것은 권남과 한명회였다. 두 사람은 어린 임금을 둘러싸고 벌어지는 조정의 난맥상을 성토했다. 사직이 위태롭다, 이대로는 안 된다고 운을 떼면 장단을 맞춰 시시콜콜한 일까지 끄집어내 입에 거품을 물고 잘잘못을 따졌다. 시간이 흐를수록 화살은 좌의정 김종서에게 향했다. 잔치가 아니라 성토판이었다. 분위기가 무르익을 즈음 수양대군이 나섰다. 점잖게 헛기침을 하며 말을 시작할 때만 해도 왕실 종친으로서 한마디 하겠거니 했지만, 막상 그의 이야기가 이어지자 모두 아연실색하고 말았다. 수양대군은 김종서를 역적으로 몰아세웠다.

"김종서와 같은 간신이 권세를 희롱하고 정사를 농단하니, 원망이 하늘에 닿는 것이외다."

목소리는 쩌렁쩌렁했다. 모인 사람들은 깜짝 놀라 눈을 동그랗게 떴다.

"군사와 백성을 돌보지 않은 지는 이미 오래되었소. 간신들이 임금을 백안시하고 날로 간사한 일을 꾸미더니 이제는 이용李瑢에게 붙어 불궤한 짓을 도모하려 하오. 그동안 많은 생각을 했소만 오늘 이 자리에서 사악한 일을 꾸미는 간사한 무리를 다시 확인하게 되오. 오늘이야말로 충신열사들이 일어나 죽기를 각오하고 대의를 바로 세워야 하오. 역적 패당을 베어 없애 종사宗社를 편히 하고자 하는데, 그대들은 어찌 생각하시오."

말은 거침이 없었다. 점점 격해지더니 마침내 베어 없애겠다는 말까지 하니 실색을 하지 않을리 없었다.

반응은 저마다 달랐다. 돌아가는 사정을 귀동냥이라도 한 사람은 어금니를 깨물며 고개를 끄덕였지만, 엉겁결에 불려온 자는 영문을 몰라 어리둥절해 했다. 그 말이 무슨 뜻인지 알아차린 사람은 꽁무니를 뺐다. 측간에 가는 척 슬금슬금 문을 빠져나갔다. 만류하는 사람도 있었다. 송석손이 그랬다. 종시 전후 사정을 분간하지 못하고 엉뚱한 말을 꺼냈다.

"그렇다면 먼저 주상 전하께 아뢰어야 옳지 않겠습니까. 해결할 길이 있는데, 칼로써 평지풍파를 일으키는 것은 옳지 못합니다."

민발도 거들었다.

"옳은 말씀입니다. 칼로 해결할 수 있는 일은 아무것도 없습니다. 설혹 할 수 있다손 쳐도 절대 그런 일이 있어서는 안 됩니다."

수양대군은 적이 당황스러웠다. 자신이 직접 나서서 칼을 뽑는 것 외에는 다른 방도가 없다고 소리칠 수도 없는 노릇이었다. 못마땅해 헛기침만 할 뿐이었다.

사태를 수습하고 나선 것은 한명회였다. 이러다간 일을 그르치고 말겠다 싶었다. 목청을 힘껏 돋웠다.

"어찌 그런 말씀을 하십니까. 간당의 희롱이 이미 회복하기 힘든 지경에 이르질 않았습니까. 주상 전하께 진언해 무엇을 해결하겠다는 것입니까. 당치 않은 일이라는 것은 여기 모인 우리 모두가 알지 않습니까."

한명회는 몸을 돌려 수양대군에게 간절히 호소하는 투로 말을 토했다.

"길가에 집을 지으면 삼 년이 지나도 이루지 못하는 법이옵니다. 오가는 사람마다 한마디씩 거들면 집이 지어지기를 바랄 수 없사옵니다. 작은 일도 그런데 하물며 큰일이야 어떻겠사옵니까. 일에는 역과 순이 있는 법, 일은 순리로 움직여야 이루어지옵니다. 대군마마께서는 일어나시옵소서. 대군마마께서 일어나시면 따르지 않을 자가 어디 있겠사옵니까. 여기 모인 모두가 목숨을 걸고 따를 것이옵니다."

홍윤성도 거들었다.

"군사를 움직이는 데 가장 해로운 일은 이럴까 저럴까 결단을 내리지 못하는 것이옵니다. 사태가 급박한데 여러 사람의 의논을 일일이 듣고 따르고자 하면 필시 일을 그르치게 될 것이옵니다. 결단을 내리옵소서."

두 사람은 번갈아 바람을 잡았다. 수양대군은 그때서야 엄숙한 표정으로 다시 외쳤다.

"지금 내 한 몸에 종사의 이해가 달렸으니 운명은 하늘에 맡기겠소. 장부가 죽는다면 오로지 사직社稷을 위해 목숨을 바칠 뿐이오. 따를 자는 따르고, 갈 자는 가시오. 강요는 하지 않겠소. 하지만 만일 끝까지 자신의 안일만 생각해 일을 그르치는 자가 있다면 내 그자를 먼저 베고 가겠소. 빠른 수레는 귀도 가릴 겨를이 없는 법이오. 기필코 간흉을 베어 없앨 것이오."

이 말로 거사는 돌이킬 수 없는 일이 되고 말았다.

미처 자리를 뜨지 못한 사람은 더 이상 사저를 빠져나갈 수 없었다. "갈 자는 가라"고 했다고 갈 수 있는 것이 아니었다. 낭패한 표정을 짓는 이도 있었다. 하지만 대부분 기왕 이렇게 된 바에야 하는 수 없다고 생각했다. 패가 던져졌으니 살아남기 위해서라도 도박판에 뛰어드는 수밖에 없었다. 송석손도 마찬가지였다.

그날 해거름이 지난 뒤 수양대군은 집을 나섰다. 마음이 가볍지 않았지만 표정은 평소와 다르지 않았다. 윤씨 부인은 얇은 피갑을 걸친 수양대군에게 관복을 입혀주며 말했다.

"괜찮으시겠어요."

"허허, 그럼 괜찮지 않고……."

윤씨 부인은 무어라 더 말을 건네고 싶었지만 입을 다물었다. 무슨 일이 벌어질지 빤히 짐작하는 터에 무슨 말을 보태겠는가. 공연한 말로 지아비의 생각을 어지럽히고 싶지 않았다.

"조심히 다녀오세요."

윤씨 부인은 부러 차분한 어조로 말했다.

"다녀오리다."

집을 나서는 수양대군의 대답은 그 한마디뿐이었다. 수양대군은 집을 한 번 돌아본 뒤 말에 올랐다. 다시 돌아오지 못힐지도 모른다는 생각을 했을까. 종 임어을운林於乙云은 말고삐를 잡고, 양정양정楊汀은 칼을 도포 아래 숨기고, 유서柳漵는 궁시를 차고 뒤를 따랐다.

조선을 피로 물들인 정변은 그렇게 막이 올랐다.

김종서도 들불처럼 번지는 변고의 조짐을 느끼지 못한 것은 아니었다. 하지만 피바람을 부른 풍파가 그렇게 빨리 밀어닥칠지는 생각지도 못했다. 세종, 문종, 단종 삼 대에 걸쳐 조정을 지킨 김종서. 조선의 성대를 이끈 것은 문풍文風의 전통이며 그것을 따를 때 치세를 이어갈 수 있다고 믿었다. 선대에도 갈등이 없지는 않았지만 그때마다 사리를 밝혀 갈등을 풀고 힘을 모으지 않았던가. 칼을 뽑아 상대를 친다는 것은 상상하기 힘든 일이었다. 감히 자신에게 대들 자가 없다는 자신감도 있었다. 그랬기에 어렴풋이 조짐을 느꼈지만 아무 거리낌 없이 권남을 불러들여 이야기를 나누기도 했다.

수양대군은 달랐다. 권남은 김종서 집안의 사정을 수양대군에게 세세히 알렸다. 김종서는 권남의 방문이 그날 새벽 소정동 사저에서 모의한 간계의 일환이라는 것을 알기나 했을까.

수양대군이 돈의문 밖 김종서 집에 다다른 때는 어둠이 짙게 깔린 밤이었다. 골목에는 칼을 찬 도포 차림의 무사 몇몇이 어슬렁거리고 있었다. 집을 지키는 호위 무사들이었다. 그들의 눈은 일제히 수양대군에게 쏠렸다. 그들을 쫓지 않으면 되레 당할지 모른다는 생각이 번듯 스쳤다.

수양대군은 어른거리는 그림자를 향해 대뜸 소리쳤다.

"게 누구냐!"

"……."

"감히 어느 안전이라고 고개를 뻣뻣이 쳐들고 바라보는 게냐!"

쩌렁쩌렁한 소리는 골목에 울려 퍼졌다. 그들도 왕실 종친인 수양대군을 알아봤다. 아무리 집을 지키기로서니 칼을 찬 위협적인 모습으로 대군의 길을 막을 수는 없었다. 주뼛주뼛 자리를 피했다.

수양대군이 집 앞에 이르렀을 때 대문 안쪽에는 김종서의 큰아들 김승규가 가신인 신사면, 윤광은과 이야기를 나누고 있었다. 김승규는 수양대군을 보자 문밖으로 뛰어나왔다. 그리고 허리를 굽혀 절을 했다.

"대군 나리 납시었습니까. 어인 일이시온지요."

"지나가는 길에 부친을 잠깐 뵐까 해서 들렀네."

"안으로 드시지요."

"아닐세. 밤이 이슥하니 집 안에 들어가지는 못하겠고, 한 가지 청을 드리려 하니 여기서 잠깐 뵐 수 있겠는가."

"하오면 잠깐 기다리옵소서."

집으로 들어가는 김승규의 뒷모습을 바라보는 수양대군은 초조했다. 심장이 뛰었다. 마음을 다잡아야 했다. 크게 숨을 들이켰다.

'오늘 일을 그르치면 화가 되어 돌아오리라.'

김종서를 베기로 마음먹은 한 어떤 일이 있더라도 결판을 내야 했다.

마당으로 나온 김종서는 수양대군에게 몇 번이나 집안에 들기를 청했다. 수양대군은 손사래를 치며 마다했다.

"아닙니다. 밤이 깊었습니다."

"그래도 잠시 드시지요."

"부탁드릴 일이 있습니다. 이 밤에 사모뿔이 떨어져 구할 데가 없군요. 대감의 뿔을 빌릴 수 있겠습니까."

사모는 관복을 입을 때 쓰는 관모로, 뿔은 토끼 귀처럼 양편에 붙이는 날개를 이르는 것이었다. 그때까지도 관복을 벗지 못한 김종서는 사모뿔을 빼 주었다. 뿔을 건네받은 수양대군은 말을 이었다.

"대감, 종부시宗簿寺에서 영응대군 부인의 일을 탄핵하고자 하는데 대감께서 일을 맡고 계신다지요. 대감은 여러 대에 걸쳐 조정의 훈신勳臣이시니 편을 좀 들어주셨으면 합니다."

종부시는 왕실 친인척의 잘잘못을 살펴 임금에게 알리고 바로잡는 관서였다. 영응대군은 세종이 가장 좋아했던 여덟째 아들 이염이었다. 세종은 숨을 거두기 전에도 영응대군이 있는 동별궁에 묵었다. 수양대군에게는 어머니인 소헌왕후 심씨 소생의 막내 동생이기도 했다. 영응대군 부인의 일이란 영흥대군이 이혼한 전처인 송씨 집을 드나들며 두 딸을 낳은 것을 두고 하는 말이었다. 영흥대군은 세종의 엄명으로 송씨와 헤어졌지만 종시 그녀를 잊을 수 없었다. 세종이 세상을 뜬 후 무시로 송씨 집을 드나들었으며, 결국 딸까지 낳았다. 이에 삼사에서 이는 풍속을 해치는 일이라는 상소를 올리니, 종부시에서도 이 문제를 다루지 않을 수 없었다.

"잘 알겠습니다. 한데 밤이 깊은데 어디로 행차하십니까."

"사실은 은밀히 말씀드릴 청이 있어 왔습니다."

수양대군은 신사면과 윤광은 쪽을 돌아보며 말했다.

"너희들은 잠시 물러나 있거라."

김종서에게서 떼어놓으려는 말이었다. 하지만 어디론가 행차하며 사모뿔을 빌리겠다던 수양대군이 갑자기 이런저런 말을 늘어놓고, 그 종은 자꾸만 앞으로 나서려 하는 행동이 이상했던지두 사람은 물러나지 않았다. 김종서도 물러나라고 하지 않았다. 그러자 수양대군은 임어을운에게 갑자기 편지를 달라고 했다. 종은 우물쭈물했다. 애당초 줄 서신이 없었으니 그럴 수밖에. 수양대군은 소리를 쳤다.

"대체 서신을 어디에 둔 게냐!"

임어을운은 마침 지니고 있던 다른 서신 뭉치를 품에서 꺼냈다.

수양대군은 그것을 김종서에게 건넸다. 어두워 글을 읽을 수없었다. 김종서는 달빛에 비춰 보기 위해 대문 안으로 몇 걸음 물러섰다.

그때였다. 수양대군이 눈짓을 하자 임어을운은 철퇴를 빼들어김종서의 머리를 내리쳤다. 일흔 살 노신 김종서는 맥없이 쓰러졌다. 피가 흘러내렸다.

"아버님!"

다시 내리치는 철퇴를 막기 위해 아들은 몸으로 아버지를 넓었다. 그 위로 철퇴는 사정없이 떨어지고, 달려온 양정은 칼로 김승규를 마구 찔렀다. 신사면과 윤광은은 혼비백산해 뒷걸음을 쳤지만 날아드는 철퇴와 칼을 피하지 못했다. 삽시간에 벌어진 일이었다. 김종서 부자의 피가 마당을 흥건히 적셨다. 찬 달빛은 처연했다.

그즈음 도성 치안을 맡은 순라군 순장인 홍달손은 숭례문과 서소문을 닫아걸었다. 권남은 갑사 두 명에게 총포를 다루는 총통위銃筒衛 사졸 열 명을 이끌고 돈의문을 지키게 했다. 갑사에게는 종루에서 타종을 울리더라도 돈의문을 닫지 말라는 명을 내렸다. 돈의문 밖으로 간 수양대군이 돌아올 길을 터놓고, 다른 성문은 모두 폐쇄해 외부의 군사가 도성에 진입하지 못하도록 하는 조치였다.

한명회와 권남은 돈의문에서 수양대군을 기다렸다. 초조한 만큼 시간은 소걸음처럼 더디게 흘렀다. 얼마쯤 지났을까, 어둠 속을 달려오는 검은 형체가 눈에 띄었다. 수양대군이었다. 말을 탄 수양대군 뒤로 임어을운과 양정, 유서가 보였다. 돈의문에 다다른 그들의 얼굴은 상기되어 있었고, 이마에는 땀까지 송골송골 맺혀 있었다. 피를 닦았는지 수양대군의 소맷자락은 붉게 얼룩져 있었다.

"대군마마!"

크게 부른 것도 아니건만 인적 끊긴 돈의문은 메아리를 자아냈다. 한명회와 권남은 돈의문 밖으로 달려 나갔다. 수양대군은 그제야 안도의 숨을 내쉴 수 있었다.

"마마……."

한명회가 다시 부른 것은 일을 잘 처리했는지를 묻는 말이었다.

"김종서와 김승규는 베어 없앴다."

오밤중 칼부림의 흥분이 가라앉지 않았는지 목소리가 떨렸다.

수양대군은 그길로 권남과 군사를 데리고 궁궐로 갔다.

갑작스레 불려 나온 입직 승지 최항은 피 묻은 옷소매를 보고 깜짝 놀랐다.

"나리, 어인 일이시옵니까!"

수양대군이 무슨 변을 당한 것으로 생각해 물은 말이었다. 하지만 그의 말을 듣는 순간 최항은 그만 주저앉을 뻔했다. 수양대군의 말은 거침이 없었다.

"황보인, 김종서, 조극관, 이양, 민신閔伸, 윤처공이 안평대군에게 붙어 함길도 도절제사 이징옥, 평안도 도관찰사 조수량, 충청도 도관찰사 안완경, 경성 부사 이경유와 모의해 반역을 꾀했다. 역모 날까지 정해 사태가 위급하지만 패당인 김연과 한숭이 주상 전하 곁에 있어 아뢸 길이 없구나. 하여 적괴인 김종서를 베어 없앴으니 지금 당장 잔당을 토벌하지 않으면 안 된다. 승지는 이 말을 주상 전하께 아뢰라."

최항은 어쩔 줄 몰라 말을 더듬거렸다.

"그, 그것이 무슨 말씀이온지……."

"적괴 김종서를 베었다고 하지 않느냐!"

수양대군은 이를 시작으로 한밤의 궁을 장악해나갔다.

환관 전균은 그날 밤 잠자리에 든 임금을 깨워 사달을 알렸다.

선잠을 깬 임금은 무슨 소리인지 도통 알아들을 수 없었다. 시간이 지나 편전 밖에서 소란이 벌어지고 나서야 한양에 피바람이 덮쳤다는 것을 알았다.

어린 임금은 참담했다. 왕은 왕이로되 이름뿐인 왕이었다. 아침에 본 노신은 저녁에 철퇴에 맞아 죽었고, 노신을 참살한 사람은 숙부인 수양대군이라고 했다. 도의를 지고지선으로 삼은 조선에 어찌 그토록 참담한 일이 있을 수 있다는 말인가. 어린 임금은 무서웠다.

"전하, 주상 전하!"

임금은 무엇을 고하려는지 애타게 부르는 내시를 멍하게 바라보기만 했다.

도도히 흐르는 역사의 강. 어린 임금은 그 강에 던져진 일엽편주에 지나지 않았다. 사람들은 그날 밤 근정전과 사정전에 부엉이 울음소리가 끊이질 않았다고 했다.

더욱 참혹한 일은 다음 날 새벽 벌어졌다. 궁궐 곳곳에 창칼을 든 군사들이 빼곡했다. 내금위 군사는 갑주를 입고 활을 둘러맨 채 남문 뜰에 늘어섰다. 별시위別侍衛의 갑사와 총통위 군사는 궁 곳곳을 지켰다. 도성 순라를 돌아야 할 순군도 궁궐로 들어와 임금이 기거하는 시좌소時座所 앞뒤를 에워쌌다.

순군과 마병 수백 명은 남문 밖 가회방 동구 돌다리에 늘어서 있었다. 그곳에 네 겹으로 인의 장벽을 만들고, 장벽마다 틈을 내 통과할 수 있는 문을 만들었다. 세 번째 문을 지난 곳에서는 함귀, 막동, 수산과 같은 자들이 있었다. 한명회는 그들을 역사力士라고 불렀다. 그들은 망나니였다.

입궐 전갈을 받은 신하들은 동이 틀 무렵 하나둘씩 그곳에 당도했다. 정변 소식을 대강 전해 들은 이도 있었지만 대부분 가회방에 진을 친 군사를 보고서야 사달이 난 것을 알았다.

"어허 이게 무슨 일인고."

"아니, 이자들이. 내가 누군지 모르느냐!"

"하찮은 사졸 따위가 감히 대신의 길을 막는다는 말이냐!"

"주상 전하를 뵈어야 합니다."

"어서 갑시다."

고함을 지르는 당상관堂上官과 길을 막아선 사졸들 사이에 실랑이가 이어졌다. 하지만 장상대신의 말도 사졸들에게는 우이독경일 뿐이었다. 아무도 그곳을 마음대로 통과할 수 없었다.

영의정 황보인, 이조판서 조극관도 궁으로 들어가고자 했으나, 궁문에는 발조차 들이밀 수 없었다. 그들을 기다린 것은 철퇴였다. 세 번째 문에 들어섰을 때 그들 머리에는 철퇴가 떨어졌다. 내리치라는 신호가 내려지면 망나니들은 사정없이 철퇴를 휘둘렀다. 쓰러진 뒤에도 숨이 끊어지지 않으면 두 번이고, 세 번이고 다시 내려쳤다. 우찬성 이양도, 선공감부정 이명민, 군기녹사 조번, 진무 원구도 철퇴에 맞아 쓰러졌다. 많은 당상의 신하들이 그렇게 숨져갔다.

망나니들과 조금 떨어진 곳에는 이름을 빼곡히 적은 부책을 든 사람이 서 있었다. 그가 신호를 보낼 때마다 철퇴는 여지없이 떨어지고, 부책에는 검은 줄이 그어졌다. 부책은 살생부였다. 붓과 부책을 들고 선 볼품없는 인물은 미관말직 궁지기 한명회였다.

가회방 일대에는 피비린내가 진동했다. 피 냄새가 어찌나 심했던지 아무리 재를 뿌리고, 물로 쓸어내도 가시질 않았다. 사람들은 몸서리를 치며 그곳을 피해 길을 돌아서 다녔다. 아무리 무지렁이 백성이라도 그곳에서 무슨 일이 벌어졌는지 모를 리 없었다. 삼삼오오 모일 때마다 하는 말이 똑같았다.

"참 아까운 사람들이야."

"아마 원귀가 궁궐을 맴돌고 있을 게야."

"얼마나 억울하고 원통하겠어."

"자네, 부엉이 우는 소리 들었는가."

"그럼. 어젯밤에도 얼마나 울어대는지 밤새 잠을 설쳤네."

"자네는 그 소리가 무슨 소리로 들리던가."

"부엉이 소리가 아니면 뭔가."

"원귀가 우는 소리일세. 생각해보게. 부엉이들이 왜 갑자기 북악산에 떼로 모여들어 울어대겠나. 원귀가 부엉이를 불러들인 걸세."

"아휴, 무서워라."

"무섭긴 뭐가 무서워."

"온통 귀신인데 무섭지 않은가."

"원통한 신하 울음이 뭐가 무섭다는 게야. 무서운 것은 인간 백정이지."

"그런 소리 함부로 입에 담지 말게. 자네도 철퇴 맞네. 우리 같은 무지렁이야 바람 부는 대로 물결치는 대로 따라가면 되는 게지."

"죽을 둥 살 둥 발버둥 쳐도 처자식 먹이기도 힘든 판에 철퇴나 휘두르며 싸움질을 하니, 나라 꼴이 어찌 되려는지, 원."

요망한 도적을 소탕해 종사를 편히 하겠다고 했던가. 수양대군의 그 말을 곧이듣는 이는 드물었다. 조선경국전과 대명률은 어디에 내팽개친 것인가. 역적모의를 했다면 사실을 가려 벌하면 될 일이 아니던가. 그러지 않고 많은 대신을 궁문에서 참혹하게 살해하니, 무지렁이 백성이라도 그것이 입만 열면 태평성대를 이루겠다는 위정자가 할 일이 아니라는 것쯤은 알고 있었다.

원혼의 울음소리는 가담항설이 되어 장안을 덮었다.

며칠 뒤에는 또 다른 소문이 나돌았다. 구사일생으로 살아난 김종서가 아들 김승벽金承璧의 처가에 피신했다 잡혀 죽임을 당했다고 했다. 그 손녀는 이렇게 한탄을 했다고 했다.

"적이 사달을 꾸밀 것을 걱정하며 날이 저물면 매양 갑옷을 입고 동산에 오르더니 그렇게 되었습니까."

맏며느리인 김승규의 처가 했다는 말은 더 가관이었다.

"날마다 담 넘기를 그렇게 연습하더니 이제 와 이렇게 된 것입니까."

김종서의 늙은 첩도 탄식했다고 했다.

"부자가 머리를 맞대고 일을 꾀하기를 이레, 여드레. 이제야 죽임을 당했구려."

할아버지와 아버지, 시아버지, 지아비의 죽음을 두고 차마 입에 담기 힘든 말이다. 살아남기 위해 슬픔을 감추며 한 말일까, 수양대군이 퍼뜨린 말일까. 이들이 실제로 그런 말을 했는지는 아무도 확인할 수 없었다. 말을 전해 들은 사람들은 김종서 부자를 탓하기보다 참살당한 할아버지, 시아버지, 지아비를 두고 악담을 해야 하는 잔혹한 세태에 몸서리를 쳤다.

판서 민신을 둘러싼 항설도 퍼졌다. 안평대군과 가까운 민신은 창덕궁 중수를 책임진 이명민에게 이런 말을 했다고 했다. 안평대군의 무계정사를 두고 용이 일어날 땅이라고 하는데, 혹시 모의가 누설된 것이냐고. 꿈 이야기도 퍼졌다. 역참에 들른 민신이 깜빡 잠들어 꿈을 꿨는데, 쇠 부처가 목구멍에서 나와 어깨에 올라탔다고 했다. 꿈이 하도 괴이해 급히 한양에 돌아와 어머니를 뵌 뒤며칠이 지나지 않아 칼에 맞아 죽었다는 것이다.

모든 이야기는 수양대군이 모반에 맞서 칼을 뽑지 않을 수 없었으며, 그것은 거스를 수 없는 운명이라는 믿음을 퍼뜨리는 항설이었다.

소경 지화는 며칠 뒤 의금부에서 참수를 당했다. 지화는 그런 자신의 운명을 알았을까.

성대를 연 문풍은 그렇게 사그라들었다. 평안도 도절제사였던 무신 유응부俞應孚. 세 해 뒤 수양대군의 왕위 찬탈에 맞서 죽음으로 충절을 지킨 그는 깨진 도의와 무너진 정치를 한탄했다.

간밤에 불던 바람에 눈서리 치단 말가
낙락장송이 다 기울어가노매라
하물며 못다 핀 꽃이야 일러 무삼하리오

육진 호랑이

────── 개마 자락을 파고든 바람은 몹시도 찼다. 가을 끝은
으레 입동을 지나서까지 이어지지만 그해는 달랐다. 겨울이 발밑
까지 성큼 다가와 있었다. 고개 숙인 풀잎은 누렇게 마르고, 가지
끝에 매달린 단풍은 하릴없이 떨어져 내렸다. 세상 무엇이 천기天
紀를 거스를까. 유령처럼 닥친 한기는 북관의 풍경을 바꿔 놓았다.

경성 북병영의 무관들은 분노했다.

"백주 한양에서 칼부림이라니요."

"수많은 신하들이 참살되었다고 합니다."

"인간 백정이 아니고서야 어찌 그런 일을 저지른단 말입
니까."

"적반하장도 유분수지, 대체 누가 역모를 꾸몄다는 것입
니까."

"철퇴와 창칼로 피바다를 만든 것이 역모가 아니면 무엇이 역
모란 말입니까."

김죽이 지현의 밀서를 품고 북병영에 들어섰을 때 격앙한 무관들은 성토하고 있었다. 이징옥 곁에는 비장 김수산과 경성 부사 이경유가 허리를 꼿꼿이 편 채 앉아 있었다. 진무인 황유, 군관인 김치명, 전득미, 김득순, 최성발도 있었다. 한 사람 한 사람이 과거 함길도에서 김종서와 고락을 함께한 이들이었다. 성토는 끊이질 않았다.

"이것은 패역이옵니다."

"김종서 대감께서 어떤 분인지는 우리가 잘 알지 않사옵니까."

"한양의 정치가 올발라야 변강에서도 몸을 던져 나라를 지킬 것이 아니옵니까."

"피바람을 부르고도 뻔뻔한 소리를 하도록 내버려둔다면 이 나라는 마침내 패역에 중독되고 말 것이옵니다."

"이대로는 안 되옵니다."

이징옥은 분노가 가득한 눈빛으로 입을 열었다.

"대왕께서는 정교政教가 밝으면 비록 풀밭에 줄을 그어 성이라 해도 감히 그 선을 넘지 않으며, 정교가 어두우면 장성을 쌓아도 넘지 않을 자가 없다고 말씀하셨느니라. 성을 지키는 것은 성벽이 아니라 인심이다."

한마디 한마디에 분노가 우러났다. 대왕은 세종을 이르는 말이었다.

말을 잠깐 멈춘 틈을 타 이경유가 한마디를 보탰다.

"권력에 눈먼 자들이 제 뱃속만 채우려는데, 어찌 정교가 바로 서겠사옵니까."

"옳은 말이다. 모두의 말이 하나 틀리지 않는다. 성대를 바란 대왕의 뜻을 거스르고 나라를 바로 세울 의리를 뿌리째 뽑고 있으니, 그보다 더한 패역이 어디 있겠느냐. 피바람도 마다않는 역리가 왕성을 뒤덮었으니, 어찌 더 큰 어려움인들 닥치지 않겠느냐."

"대감 나리, 이러고 있어선 아니 되옵니다. 저잣거리 왈짜패도 그런 식으로 도륙질을 하지는 않사옵니다."

"많은 충신이 이미 불귀의 객으로 변했사옵니다."

"이대로 둔다면 패도는 들불처럼 번져 나라를 불태우고 말 것입니다."

무관들의 분노는 좀체 가라앉지 않았다.

그러나 이징옥은 창칼을 뽑아들겠다는 말을 하지 않았다. 사태의 전모를 알지 못하기에 행동에 나설 수 없었다. 무관들이라고 이징옥의 마음을 모를 리도 없었다. 저잣거리 싸움판에서도 상대의 실력과 형세를 따져가며 싸우지 않던가. 하물며 군사를 움직이는 일이야 더 말할 나위 없었다. 막무가내로 도성으로 진군할 수는 없는 일이었다. 성패를 알 수 없고, 많은 피를 부르며, 텅 빈 북변은 도적떼의 먹잇감이 되고 말 테니. 말은 쉬워도 행동은 어려운 법이었다. 그들은 오랫동안 자리를 뜨지 못했다.

자리가 파한 후 홀로 남은 이징옥은 창호를 열고 뜰을 내다봤다.

나뭇잎은 가을바람에 떨어져 이리저리 뒹굴고 있었다.

추풍낙엽, 그것이 바로 지금의 조선 신하들의 모습이었다. 낙

엽이 지면 한설이 닥칠 터, 패덕과 패정으로 어찌 만만세 태평성
대를 기약하겠는가. 몽매한 자식이 선대의 뜻을 저버리고 칼을 휘
두르니, 문풍은 시들고 패도가 난무하는 것 아닌가. 그 칼부림을
보고 배운 부나방 무리들은 훗날 또 무슨 짓을 저지를까.

생각에 잠긴 이징옥을 깨운 것은 나직한 목소리였다.

"대감 나리, 계신지요."

김수산이었다.

"어서 들어오너라."

문밖에는 김죽과 이경유도 있었다. 세 사람이 둘러앉은 방 안
은 무관들이 모였을 때와는 분위기가 사뭇 달랐다. 일촉즉발의 팽
팽히 조여드는 긴장감은 없었다.

"대감 나리, 이렇게 버려둬서는 안 됩니다."

먼저 말을 먼저 꺼낸 것은 이경유였다.

"한양의 그자들은 시시비비를 따지는 것이 아닙니다. 종국에
는 주상 전하를 폐위시키고 수양 자신이 왕위에 오르고자 할 것이
옵니다. 오래전부터 그런 소문이 떠돌았습니다. 지금은 그 서막을
연 것뿐이옵니다."

김수산도 입을 열었다.

"들리는 바로는 대감 나리까지 역적으로 몰아세웠다고 하옵
니다. 파문은 반드시 이곳까지 미칠 것입니다."

"옳은 말이다."

김죽도 나섰다.

"대감 나리의 신변이 위태로울 수 있습니다. 나리를 역적 패

당으로 몰아세우는 것은 김종서 대감과 가깝고, 나리의 곧은 성
정이 두렵고, 이곳 군사가 무섭기 때문이옵니다. 나리께서 계시는
한 그자들은 다리를 뻗고 잠들기 힘들 것입니다. 방비를 하셔야
하옵니다."

이경유가 말을 이었다.

"교위의 말이 백번 옳사옵니다. 그자들은 지금쯤 제 목숨도
위태롭다는 것을 알 것입니다. 그러니 살육을 멈추기 힘들고, 자
비를 기대할 수 없사옵니다. 숨을 죽인 채 수양의 패악무도를 징
벌하기 바라는 사람이 한둘이겠사옵니까. 나리의 신변을 지키고,
힘을 모아 대의를 내걸어야 하옵니다."

"이제부터 제가 대감 나리를 밤낮으로 지키겠사옵니다."

김수산은 병마도절제사를 그림자처럼 따르는 비장이었다.

이징옥은 고개를 크게 끄덕였다.

"하나같이 옳은 말이다. 패덕은 나라를 망치고, 패정은 백성을
도탄에 빠뜨린다. 풍파는 이곳에도 반드시 밀어닥칠 것이니라. 비
장은 모든 번진과 하시라도 연락이 닿도록 파발선을 유지하도록
하라. 아무리 사소한 일이라도 저들의 귀에 들어간다는 점을 명심
하고, 군령을 전달할 때 각별히 신경을 쓰도록 하라. 경성은 함길
도의 곳간과도 같은 곳이다. 부사는 군량과 무기를 관리하는데 한
점 소홀함이 없도록 하여라. 한양이 부유하면 민심은 등불처럼 흔
들린다. 야인은 더욱 심할 것이니라. 교위는 여진 추장들에게 아
무것도 달라지지 않았음을 알리고, 그들과의 통로를 열어두도록
하라."

이징옥은 형세를 가늠하며 때를 기다리고 있었다.

김죽은 북병영에 오래 머물 수 없었다. 병마도절제사 군영에
이첨과 마병 서넛을 남겨두고 회령으로 돌아가야 했다.

김죽과 운두 마병은 높바람을 뚫고 개마를 내달렸다. 말발굽
소리는 지축을 울리고, 놀란 산짐승은 울음을 멈췄다. 마병 행렬
을 멈춘 김죽은 바위에 걸터앉았다. 천 길 낭떠러지로 곤두박질하
는 폭포 소리는 산천을 깨우고 있었다. 그것은 개마의 소리였다.
하지만 김죽에게는 대신을 위로하는 구슬픈 가락 소리로 들렸다.

오백 년 도읍지를 필마로 도라드니
산천은 의구하되 인걸은 간 듸 업다
어즈버 태평연월이 꿈이런가 하노라

이승을 떠난 대신들을 위로하는 걸까, 나직이 시를 읊었다. 목
숨이 다할 때까지 절개를 지킨 고려의 충신 야은 길재의 시였다.

김죽은 생각에 잠겼다.

고려 오백 년 사직은 왜 망했는가. 가지 말아야 할 길을 갔기
에 운명을 다한 것이 아니던가. 탐욕에 눈먼 권력자들, 백성을 잡
아먹는 정치. 주린 배를 움켜잡은 백성은 무슨 생각을 했을까. 아
무리 무지렁이라도 부모와 처자식의 운명을 그들에게 맡기고자
하지 않았을 터다. 오백년 도읍에 혁명의 바람이 일고, 만월대滿月
臺 성터에 잡초만 무성한 것은 패정이 부른 재앙이 아니던가. 불사

이군不事二君의 충절을 지킨 충신은 눈을 감으며 무슨 생각을 했을까. 이제 조선이 그 길을 가고자 하는가.

김죽은 하늘을 올려다봤다. 달빛은 처연했다.

"이제 떠나야 하지 않겠습니까."

다비의 말이 사념을 깨웠다.

"가야지요."

김죽은 말에 올랐다. 운두 마병은 그날 밤 역참 두 곳에 들러 몸을 녹인 뒤에야 운두성에 다다를 수 있었다.

일은 그로부터 나흘 뒤에 터졌다.

"나리, 대감 나리! 한양에서 사람들이 오고 있습니다요."

늙은 하인은 동헌으로 달려와 목이 터져라 외쳤다. 행색이 달랐기 때문일까, 창호 틈으로 새난 말을 자주 들어서일까, 하인은 한양 사람이라고 했다.

"대감 나리!"

"왜 이리 소란을 떠는 게냐."

"말 탄 군관을 앞세워 스무남은 사람이 옵니다요."

목소리와 얼굴에 불안한 기색이 잔뜩 묻어났다. 평생 모신 주인에게 탈이라도 날까 걱정하는 눈치였다.

"대감 나리……."

늙은 하인은 이징옥을 다시 한 번 불렀다.

"알았으니 소란 피울 것 없다."

하인은 대청 아래 섬돌을 내려다봤다. 가죽신 여러 켤레가 놓여 있었다. 동헌 뜰 곳곳에는 평소와 달리 군장을 차린 군사 수십 명이 늘어서 있었다. 늙은 하인은 섬돌에 앉아 이징옥의 가죽신을 옷소매로 닦았다.

이징옥도 한양에서 사람이 온다는 것을 알았다. 김수산과 군관들이 모인 것도 그 때문이었다.

"이대로 물러서시면 아니 되옵니다."

"김종서 대감을 해쳤으니 다음은 누구를 노리겠사옵니까."

"이대로 물러나시면 팔도의 충신과 선비들은 희망을 잃사옵니다."

"저희는 나리를 따를 것이옵니다."

젊은 군관들은 저마다 한마디씩 토했다.

"너희 뜻을 잘 아느니라. 한양에서 온 자들이 왜 왔는지를 먼저 알아야 할 게 아니더냐. 경거망동하면 일을 그르치는 법, 혹여 함부로 불손한 말을 해 공연히 의심 사는 일이 없도록 주의하라."

돌이키기 힘든 상황은 시시각각 다가오고 있었다. 모두가 그것을 알았다.

"대감 나리, 손님이 오셨습니다요."

동헌 중문을 들어서는 사람들을 본 늙은 하인이 문 너머로 알렸다. 얼마 지나지 않아 아전이 달려와 외쳤다.

"대감 나리, 한양에서 손님이 오셨사옵니다."

이징옥이 대청에 나섰을 때 그들은 뜰로 들어서고 있었다.

앞장선 사람은 철릭 차림의 박호문朴好問이었다. 뒤로는 무장한 군관들이 따랐다. 그는 이징옥과 모르는 사이가 아니었다. 십여 년 전 함길도 병마도절제사 김종서가 회령 부사로 데려온 인물이었다. 그즈음 어머니를 여읜 이징옥은 양산에 내려가 있었다.

박호문은 어떤 인물일까. 세종은 노신 김돈에게 이런 말을 한 적이 있었다.

"호문은 경박한 사람이다. 회령에서 돌아왔기에 북변의 일을 물었더니 이런 말을 했느니라. 김종서를 두고 겁이 많고 나약해 장수로 적합하지 않으며, 활쏘기와 말타기를 잘 못해 야인에게 병사(병마도절제사)의 위엄만 보일 뿐, 어찌 마음으로 복속시키겠냐고 했다. 이징옥을 두고는 위력으로만 누르고자 해 알타리와 등진 지 오래라고 했다. 자신에 관해서는 오로지 회유하는 데 힘써 범찰凡察과 형제처럼 지낸다고 했다. 그리고 범찰이 종서를 꺼리니 감사는 마땅히 문신을 쓰고, 장수는 무신을 써야 할 것인즉, 징옥이 종서를 대신해야 한다고도 했느니라. 참으로 가소로운 말이다. 종서가 호문을 천거해 회령 절제사로 삼았거늘 도리어 종서를 참소하니 됨됨을 알 만하다. 벌을 주고 싶었지만 묻는 바에 대답한 것이기에 죄를 묻지 않았을 뿐이다. 징옥이 사납다면서 도절제사로 삼아야 한다고 하니 거짓된 말이다. 그것을 알아두라."

범찰은 불화를 자주 일으킨 알타리 여진의 핵심 인물이었다. 그의 형은 청 태조 누르하치의 육대조이자 태조 이성계를 받든 동맹가첩목아다.

세종이 박호문을 박하게 평한 것은 그 일 때문만은 아니었다. 사복시 소윤으로 제주에 갔을 때에는 없던 일을 꾸미며 거짓 장계를 올려 병조에서 조사하는 일도 있었다. 결국 삭탈관직 당했다. 그 말을 듣고 그 행실을 보니 됨됨은 알고도 남았다. 의리를 중시하는 세종은 심성까지 꿰뚫어 봤다.

박호문은 거만했다. 군영에 들어서는 걸음걸이부터 걸음걸음마다 거드름이 묻어났다.

"어서 오세요. 먼길 오시느라 고생 많았습니다."

이징옥은 품계가 낮은 그를 깍듯이 대했다.

박호문은 달랐다.

"잘 계셨습니까."

두리번두리번 이곳저곳을 살피며 건성으로 대답했다. 말투는 시건방졌다.

"도절제사께서는 언제부터 이곳에 계셨습니까."

삼품 박호문이 일품 숭정대부 이징옥에게 할 말이 아니었다. 조선 팔도에 '북관에 이징옥이 있다'는 것을 모를 사람은 없었다. 삼품 무관이나 되어 그런 말을 한다는 것은 한눈에 봐도 무례한 수작에 가까웠다. 이징옥은 내색하지 않았다. 부아가 치민 것은 군관들이었다.

"사~년이 넘으셨습니다."

김수산이 박호문의 말투를 흉내 내 대답했다. 도전적이었다. 박호문의 낯빛이 일그러졌다.

"자네는 누군가."

"김수산입니다."

김수산은 자신의 직책조차 말하지 않았다.

박호문이 오만방자한 데에는 그만한 이유가 있었다. 그는 함길도 병마도절제사 직첩을 가져온 터였다. 수양을 제대로 했다면 그럴수록 조심을 했겠지만 경박하기 때문인지 말투부터 거만했다. 자신은 뜨는 별이요, 이징옥은 떨어진 별이 아니던가. 깍듯이 모실 이유가 없었다. 박호문이 보는 세상은 그러했다.

이징옥은 짐짓 물었다.

"그런데 어쩐 일이십니까."

"아직 전갈을 받지 못했습니까."

"무슨 전갈 말입니까."

"내가 도절제사 직첩을 받았습니다."

"직첩을요?"

"모르셨군요. 오랫동안 고생을 하셨으니 주상 전하께서 이제 곁에 두려 하시나 봅니다. 어허허."

짐작하지 못한 바는 아니었다. 하지만 듣고 나니 언짢았다. 언제부터 일품 숭정대부의 직책을 바꾸면서 말 한마디 없이 후임자를 내려보냈다는 말인가.

"어찌 전갈 한마디 없었을까요."

이징옥은 담담했다. 되레 당황한 빛을 띤 것은 박호문이었다. 능청을 떨었다.

"어허, 그럴 리가 있습니까. 알리지 않을 턱이 없잖습니까. 아마 착오가 있었나 봅니다."

"한양의 사정은 어떻습니까."

갑자기 말머리를 돌려 묻는 말에 박호문의 얼굴에는 난감한

빛이 감돌았다.

사실 그는 한양을 떠나올 때부터 어찌 응대를 해야 할지 난감스러웠다. 이징옥이 정변 소식을 아는지 모르는지 확인할 길이 없는지라 무슨 말로 자신의 부임을 설명할지 선뜻 떠오르지 않았다. 고민 끝에 내린 결론은 임기응변으로 대처할 수밖에 없다는 것이었다. 말주변만큼은 자신했다. 세종 임금도 자신의 말에는 늘 고개를 끄덕이지 않았던가. 이징옥이 고분고분 한양의 결정에 따라준다면 고민할 일도 아닐 성싶었다.

그것이 짧은 생각일 줄이야. 임기응변은 아무 데서나 통하는 것이 아니었다. 세 치 혀로 교묘한 말을 늘어놓을 수 있어도 마음까지 감복시킬 수는 없다는 것을 깨우치지 못한 걸까. 간사한 말은 얄팍한 속내를 드러내며, 청산유수의 언변은 독을 만드는 법이었다. 이징옥이 직설로 물어올 때마다 말문이 턱턱 막혔다.

박호문은 정신을 바짝 차리고 이징옥의 낯빛을 살폈다. 당황하지 않는 표정이 이미 한양 사정을 알고 있음에 틀림없었다.

"김종서가 역모를 꾸며 주상 전하께서 모두 잡아들였습니다. 아마도 도절제사를 불러들여 수습의 중책을 맡기려 하나 봅니다."

김종서를 철퇴로 내리치고, 이징옥을 한 패당으로 규정한 일에 관해서는 입도 뻥긋하지 않았다.

이징옥은 되묻지 않았다. 수양대군에 관해서는 한마디도 하지 않고, 김종서를 잡아들였다는 엉뚱한 말을 꾸미는 것을 봐 모두 거짓말이라는 것은 확인하고도 남았다. 더 물어 무엇 하겠는가.

"알겠습니다. 이곳 사정이야 잘 아실 테니 뒷일을 잘 부탁합니다."

"여부가 있겠습니까."

"일이 갑작스레 이 지경에 이르러 무엇을 인계해야 할지 모르겠군요."

"아니, 신경 쓸 것 없습니다. 한두 번 해본 일도 아닌데."

박호문은 손사래를 쳤다.

이징옥이 북병영을 떠난 것은 다음 날이었다.

거느린 식솔이라야 아들과 하인 넷뿐이었다. 싸야 할 짐도 많지 않았다. 말 등에 짐을 싣고 영문을 나서는 하인들의 어깨는 축 처져 있었다.

늙은 여종이 소매로 눈물을 훔치며 말했다.

"우리 대감님, 갑자기 떠나시니 한양에서는 어디서 묵으셔야 할꼬."

그 말에 늙은 하인은 버럭 소리를 질렀다.

"이놈의 여편네가! 우리 대감 나리께서 어떤 분이신데, 십만 군사를 호령하시는 대장군이셔, 대장군! 한양 뺀질이들이 아무리 경우가 없기로서니 나리를 시전 바닥에 재우면 내가 가만히 안 있어. 요절을 내고 말 테니!"

여종은 눈을 흘겼다.

"그것을 말이라고 하는가요."

"……."

"남들 뇌물 받아먹고 백성 옥박질러 재물 쌓을 때 우리 대감님 나랏일만 걱정하시고, 또 이제는 한양에서 부르니 군소리 한마디 않으시고, 몸 누이실 땅 한 조각 없는 곳으로 가시니, 그게 서러워서 하는 말이지."

"……."

"우리야 어디서 자면 어때요. 대감님 주무실 곳도 없는데."

설움이 복받쳤는지 늙은 여종은 말을 잇지 못하고 눈물 고인 코를 다시 팽 풀었다. 늙은 하인의 눈시울도 붉어졌다.

짐 실은 가라말은 먹먹한 마음을 아는지 모르는지 댕그랑댕그랑 방울을 울리며 산길을 잘도 걸었다.

군관과 장교들은 군영에 머물러 있지 않았다. 정병을 이끌고 따라나섰다. 혹여 이징옥이 해를 당할까, 비장 김수산은 무장한 마병을 거느리고 곁을 지켰다.

"대감 나리, 이대로 가시면 안 되옵니다. 박호문 그자의 말은 모두 거짓이지 않았사옵니까."

김수산은 만류했다. 군관들도 같은 말을 쏟아냈다.

"수양이 대감 나리를 버려둘 리 만무하옵니다."

"나리를 불러들여 우환을 없애려는 것입니다."

"박호문의 직첩은 누가 준 것이겠습니까."

"가짜 직첩으로 방수군을 수양의 사병으로 만들겠다는 것이 가당키나 한 일이옵니까."

"우리는 수양의 사병이 아닙니다. 조선의 군대이옵니다."

"우리는 억조창생億兆蒼生을 위하는 대왕의 뜻을 받드는 군대이옵니다. 지하의 대왕께서 패덕한 수양에게 군대를 넘겨주라 하시겠사옵니까, 나라를 넘겨주라 하시겠사옵니까."

"이제 가시면 조선은 패도의 바다에 빠지고 말 것이옵니다."

"일이 어그러지면 한탄한들 소용없사옵니다."

"보잘것없는 변방의 장교이지만 목숨을 바칠 각오가 되어 있
사옵니다."

이징옥은 한 사람 한 사람을 돌아봤다. 군영 문을 나설 때는
이미 목숨을 걸 각오쯤은 하지 않았겠는가. 이징옥은 자세를 가다
듬어 말했다.

"너희의 뜻은 알고도 남는다. 북관 땅에서 모진 고초를 이겨
내며 봉강을 지킨 것은 탐욕에 눈먼 수양에게 나라를 바치기 위한
것이 아니다. 세상은 우리의 생각이 그르지 않다는 것을 헤아릴
것이니라. 사필귀정 아닌 것이 어디 있더냐. 바른 길을 걷는 자는
문을 활짝 열어젖히고 역사의 대도大道 위에 우뚝 설 것이니라. 돌
아가자. 이제 돌아가자!"

"대감 나리, 대감 나리!"

군관과 장교들은 무릎을 꿇어 군례를 올렸다.

이첨은 운두성에 다시 파발을 띄워 정황을 알렸다.

이징옥이 북병영으로 돌아온 것은 늦은 밤이었다. 수백 군마
의 발굽 소리는 지축을 흔들었다. 횃불을 치켜든 마병의 고함과
병장기 부딪는 소리가 경성의 밤을 깨웠다.

"문을 열라! 영문을 열라!"

선두에 선 험상궂은 마병이 소리를 치자, 영문을 지키던 사졸
은 어찌할 바를 몰랐다. 군관들이 빠져나간 뒤 북병영은 해종일

어수선했다. 큰 사달이 터졌으니 자칫하면 목숨 부지하기도 어렵다는 것을 모두가 알고 있었다.

영문을 열어젖힌 사람은 호군護軍 이행검이었다. 그는 달려와 무릎을 꿇었다.

"대감 나리!"

따라나서지 않은 것을 후회하는지 눈물마저 글썽였다.

"잘 오셨사옵니다. 정말 잘 오셨사옵니다."

이행검은 무어라 변명 한마디쯤은 하고 싶었지만 그럴 수 없었다. 이징옥 뒤에는 이징옥을 따라나섰던 수많은 군관이 버티고 있지 않은가. 이행검은 입을 다물었다.

"박호문이 평안도절제사로 간다는 말을 들었거늘 이제 이곳에 왔으니 그 까닭을 물으러 왔느니라."

이징옥은 긴말을 하지 않았다.

박호문은 잠들 수 없었다. 병마도절제사 직첩을 가져온 자신의 명령을 거스르고 군관과 사졸들이 대거 군영을 빠져나갔으니, 일찍이 그런 해괴한 일은 본 적이 없었다. 화가 치밀어 군관과 아전을 불러 점호를 닦달했다. 하지만 웅성거리는 소리만 들릴 뿐이었다. 군영은 이미 깨진 독이었다. 텅 빈 군영을 바라보며 온종일 불안에 떨어야 했다.

함길도로 가라는 수양대군의 말에 무엇이라고 했던가. 함길도에는 자신을 따르는 사람이 많다며 큰소리를 치지 않았던가.

"그 말은 하지 말 것을, 그 말만은 하지 말아야 했던 것을."

후회한들 무슨 소용이 있을까. 패가 던져진 뒤에는 되돌릴 수 없었다.

박호문은 문을 활짝 열고 대청으로 뛰어나갔다.

"대체 무슨 일이냐!"

별장은 가쁜 숨을 토하며 말했다.

"대감 나리께서 돌아오셨습니다요."

"뭐라, 대감이 어쨌다고? 이놈이 지금 무슨 소리를 지껄이는 게냐!"

별장의 한마디에 어두운 운명을 감지한 걸까, 박호문은 반쯤 넋이 나가 소리쳤다.

"뭣들 하는 게냐. 어서 군사를 모으지 않고!"

하지만 말은 어둠 속으로 흩어졌다. 외침은 독백이었다. 호군마저 뛰쳐나간 마당에 병사들이 움직일 턱이 없었다. 사졸들은 하나둘씩 어둠 속으로 몸을 숨겼다. 고함을 듣고 달려온 것은 몇몇 아전이었다. 하지만 눈치 빠른 그들도 슬금슬금 피했다. 박호문은 데려온 장교와 군사를 다그쳤다.

"어서 방비를 서둘러라. 이징옥을 사살하라!"

박호문도 활을 꺼내 들었다.

마병이 열린 영문으로 우르르 쏟아져 들어온 것은 얼마 지나지 않아서였다. 군영에 들어선 마병은 동헌 중문을 박차고 들이닥쳤다.

"쏴라!"

박호문의 부하들은 마병을 향해 화살을 날렸다. 하지만 북병영 마병들이 더 빨랐다. 나무에 몸을 숨기고, 담 위로 뛰어올랐다.

"저항하지 말라! 칼을 버리라!"

김수산이 소리쳤지만 화살은 어둠을 가르고 날아들었다.

"저항하는 자는 모두 베라!"

명령이 떨어지자 궁수들은 일제히 시위를 당겼다. 편전片箭과 장전長箭은 까맣게 날아가 박호문 진영을 무너뜨렸다. 그들은 맥없이 주저앉았다. 지붕에 오른 궁수는 기둥 뒤에 숨은 박호문을 향해 화살을 퍼부었다. 탐욕은 재앙을 부르는 걸까. 박호문은 병마도절제사 자리에 앉은 지 하루를 버티지 못하고 눈을 감았다.

이날의 싸움은 수양대군의 정변에 맞서 벌어진 첫 싸움이었다. 음력 시월 말, 그날 북병영에는 횃불이 밤새 타올랐다.

수양대군은 답답하기 이를 데 없었다. 박호문에게서 전갈이 와야 할 때가 한참이나 지났건만 감감무소식인 까닭이었다.

"허어, 아직도 소식이 없느냐."

"조금 더 기다려보시옵소서."

권남은 애써 담담한 표정을 지었다.

"호랑이를 잡지 못했으니 일은 끝난 것이 아니다."

"새 절제사가 임기응변에 능하니 일을 잘 처리했을 것이옵니다."

"허어, 어찌 이리도 답답할꼬. 가자마자 이징옥을 처단하라고 했거늘."

소식을 애타게 기다리던 그날, 함길도 관찰사 성봉조의 치계馳啓가 당도했다. 치계를 뜯어 본 수양대군의 수염은 파르르 떨렸다.

이징옥이 새 도절제사 박호문을 죽이고 그 아들 박평손과 두 종을 가
두었다 하옵니다. 신은 경성 이남의 고을과 육진에 이문移文을 띄워
대비하도록 했사옵니다. 고산도 찰방에게는 길주 목사와 함께 군사
를 거느리고 응하라 하였사옵니다.

수양대군은 어금니를 악물었다.

"육진에 호랑이가 날뛰는구나."

무슨 수를 써서라도 이징옥을 꺾어야 했다. 함길도 군대가 한
양에 대항하면 민심은 요동치고, 팔도의 군병도 반기를 들지 모
를 일이었다. 물샐틈없는 감시를 펴고 있지만 충청, 경기의 군사
가 곧 들이닥칠 것이라는 흉흉한 소문이 나돌지 않는가. 성봉조의
말은 믿을 만한 걸까. 한 달 전만 해도 한양에서 뜬구름 잡는 말만
하던 참판이었다. 군병 다루는 일을 알 턱이 없는 성봉조가 어찌
백전의 장수 이징옥을 제압하겠는가.

수양대군은 한동안 말이 없었다.

"이징옥은 어차피 넘어야 할 산이옵니다."

한명회와 권남은 이징옥의 군대와 전면전에 나설 것을 재촉
했다.

수양대군은 어린 임금의 이름으로 어명을 내렸다. 평안도 군
병을 동원해 이징옥의 반란을 진압하라는 어명이었다. 육진의 수
령과 장교에게도 하교를 내렸다.

"너희는 역과 순의 의리를 안아 이징옥을 쳐단하리. 이징옥을
잡아 죽인 자에게는 차서를 따지지 않고 높은 벼슬과 큰 상을 내

리겠노라. 설혹 위협에 못 이겨 복종한 자라고 하더라도 죄를 묻지 않겠노라. 혹여 역적에 붙어 어명을 거역하는 자가 있다면 죄는 이징옥과 똑같을 것이니 결코 용서받을 수 없다는 것을 알라."

그것은 이간계였다.

계유년 정변이 부른 북관의 싸움은 그렇게 시작됐다.

그 싸움이 훗날 반도와 만주의 역사를 가르는 또 다른 재앙을 부를 줄이야 누가 알았으랴.

토수양격문

────── 해가 뜨자면 한참은 더 기다려야 할 새벽녘이었다. 높바람이 창을 두드리자, 나무로 된 창은 덜컹덜컹 소리를 냈다. 방안을 메운 어둠은 시간과 공간까지 삼켰다. 창틈을 비집고 든 횃불의 빛줄기도 어둠을 걷어내진 못했다. 토로고는 멍하니 앉아 있었다.

전장인 것 같았다. 그러나 어렴풋한 기억 속에 아스라이 남은 느낌이 그럴 뿐, 딱 꼬집어 피비린내 나는 전쟁터였다고 하기도 애매했다. 다만 분명히 확인한 것은 생기 잃은 김죽이었다. 그가 투구를 허리에 끼고 터벅터벅 걸어오고 있었다. 바람에 머리카락이 흩날렸다. 얼마나 그리워했던가. 반가웠다. 달려가려 했지만 발이 땅에 들붙어 떨어지질 않았다. 애가 탔다.

"발이 떨어지지 않아요!"

달려와 도와달라고 소리를 쳤다. 대답이 없었다. 불러도, 불러도 그에게는 들리지 않는다는 것을 깨달은 순간 가슴이 덜컥 내

려앉았다. 두려움이 밀려들었다. 기진맥진한 것일까. 그의 걸음에
는 힘이 없었다. 맥도 풀린 듯했다. 걸어오고 있다면 가까워져야
할 텐데, 그렇지도 않았다. 토로고는 더 힘껏 발을 떼려 애썼다. 그
러나 그럴수록 발은 옴짝달싹하지 않았다. 토로고는 느낄 수 있었
다. 애를 태우다 돌이 된 망부석의 마음이 바로 그렇다는 것을.

깨어보니 꿈이었다. 사나운 꿈의 잔상은 깊이 새겨져 뇌리에
서 떠나질 않았다.

우두커니 앉은 그녀를 흔들어 깨운 것은 덜컹대는 창 소리였
다. 창을 열어젖혔다. 찬 기운이 훅 들이쳤다. 밤새 겨울은 더 가
까이 다가와 있었고, 하늘에는 하얀 입김을 뿜는 별들이 촘촘히
박혀 있었다. 칠석이 지난 지 석 달째이건만 별 무리는 모린과 회
령을 잇는 긴 오작교를 이루고 있었다. 북두성을 찾았다. 북두대
성은 어제 그 자리에서 여전히 환한 빛을 뿜으며 밤을 지키고 있
었다.

"북두님, 북두님. 괜찮은 것이지요."

"……."

"말씀해주세요."

북두성이 깜박이자 토로고는 두 손을 모아 합장을 했다.

"북두님, 감사합니다. 감사합니다, 북두님."

입술을 달싹여 북두대성에게 늘 올리던 치성의 말을 되뇌었다.

"북두 방패 펴시어 운두 임 상치 않게 하옵고, 북두 비파 켜시
어 구름머리 우리 임 굽어살피옵소서."

일단의 마병이 모린에 온 것은 그날이었다. 마병들은 하나같이 전장에 나가는 군장 차림이었다. 피갑에 환도를 차고 말안장에는 대궁을 걸어 매고 있었다. 마병을 이끄는 장교는 북신영 부장도하성이었다. 통역을 위해 동행한 향전이 그 뒤를 따랐다. 텁수룩한 수염에 넉넉한 인심이 묻어나던 도하성의 낯빛은 이전과 달랐다. 굳은 표정에 눈빛이 매서웠다. 그는 향전을 앞세워 낭발아한에게로 갔다. 그곳에는 가린응합과 낭이승거浪伊升巨가 함께 있었다. 낭이승거는 조선에서 대호군 벼슬을 받은 낭발아한의 아들이었다.

도하성은 가벼운 군례를 나눈 뒤 입을 열었다.

"대감 나리께서 내리신 영을 전하러 왔습니다."

믿음을 주는 묵직한 말투였다. 향전은 여진어로 말을 또박또박 옮겼다.

"갑자기 무슨 일인지요."

낭발아한은 눈을 둥그렇게 떴다. 북신영의 부장이 갑자기 오자면 예사롭지 않은 일이 벌어졌음이 분명했다. 한양의 정변 소문은 입에서 입을 타고 두만강 북편에도 전해진 터였다.

"군병을 모아 영을 기다리라 이르셨습니다. 오음회吾音會, 아치랑귀阿赤郎貴, 여포汝鋪, 안춘顏春, 하다리何多里를 비롯해 많은 지역에 똑같은 영을 내리셨습니다. 사세가 중한 만큼 패륵께서 모린의 부족을 잘 이끌어달라고 말씀하셨습니다."

도하성은 모린에 오기 전 회령과 가까운 오유회, 하보을하下甫乙下, 시사오귀에도 똑같은 영을 전한 터였다. 낭발아한은 그제야 큰일이 터진 것을 알았다.

"대감 나리께서는 불의를 바로잡아 조선과 여진 제족이 모두 평화롭게 살아야 한다고 하셨습니다."

무언가 골똘히 생각하던 낭발아한은 답했다.

"힘을 모아야지요, 모으다마다요. 힘을 보태야지요."

낭발아한은 조선의 사정을 훤히 꿰고 있었다. 세종 때부터 한양을 수시로 드나들며 조선 곳곳을 속속들이 봐온 터였다. 그의 눈에 한양의 경군은 함길도 방수군을 대적할 상대가 아니었다. 함길도의 군사는 새 왕업을 연 조선을 뒷받침해온 무력 집단이 아니던가. 함길도 삼만 정병은 싸움에 이골이 난 군사들이니, 누가 감히 그들에게 맞설 수 있겠는가. 모두들 김종서를 큰 호랑이라고 하지만 그것은 고산준령에 웅크린 더 큰 호랑이 이징옥이 있다는 것을 모르고 하는 소리였다.

도하성이 전하는 사태의 대강을 들은 낭발아한은 생각했다.

'수양대군은 뜻을 이루지 못하리라.'

낭발아한은 이문을 펼쳐 들었다. 두루마리 한지에는 반듯한 글이 빼곡했다.

함길도의 제장과 강 내외 여진 제족은 들으라.

무릇 정도는 옳고 바른 것이기에 그것을 따르는 것을 순리라 하고, 거스르는 것을 역리라 한다. 순리를 따르면 흥하고 역리를 좇으면 망한다. 그것은 천년 흥망성쇠 역사에 굳게 새겨진 거스를 수 없는 이치다. 태조 강헌대왕께서 궁벽한 함길도 땅에서 일어나 나라를 여신지 어언 육십 년, 성조와 충성스런 신하들은 누란의 위기에서 나라를 구하고 지키기에 애썼다. 고통 받는 환과고독鰥寡孤獨과 주린 백성을 걱정하며 태평성대를 이루고자 노력했다. 순리를 따랐기에 탐관은 자취를 감추고, 패악한 무리는 숨을 죽였다.

오호라, 그런데 어찌 이리도 참담한 변이 일어났다는 말이더냐. 땅을 쳐 통곡하고 하늘을 우러러 통탄할 일이로다. 도의를 팽개친 무리가 고개를 쳐드니, 패덕이 난무하고, 강토는 피바다로 변했도다. 호충과 의리를 받든 충직한 신하는 백주의 궁궐에서 철퇴에 피를 쏟으니, 애끓는 원망에 산천은 통곡하고, 하늘에 계신 성조와 충신열사들은 폐부의 피를 토하며 분노하고 있노라. 주상 전하를 정성으로 도와 도의를 반석에 올려놓기를 바란 선왕의 바람은 물거품으로 변했도다. 패덕이 강토를 유린하니, 무엇으로 성세를 열겠느냐. 패도는 만백성의 옷깃과 바지 자락을 잡아 고통 가득한 사지로 끌어넣고 있느니라.

파사현정破邪顯正의 뜻을 가슴에 새겨 탐욕의 무리가 이 땅에 발붙이지 못하도록 해야 할지니라. 나라를 걱정하는 용맹한 장수들이 구름처럼 모여 깃대를 높이 치켜들진대 어찌 패악이 들끓겠는가. 정도의 창칼로 역도를 벨지어다. 모든 장수는 분연히 일어나라. 패덕한 무리를 베어 옳은 이치를 바로 세우는 일에 몸을 떨쳐 일어날지어다. 창칼을 뽑아 요망한 무리를 칠지니라. 여진 제족은 창과 활을 뽑아들어 나를 따르라. 마상馬上의 노고를 마다하지 않고 태조 강헌대왕을 도와 대업을 이루고, 그 은혜를 입은 여진 제족은 의리를 가슴에 새겨 불의를 일소하고 새 길을 여는 데 나서야 할지'라.

현명한 자는 정도를 생각하고, 어리석은 자는 패도를 앞세운다. 현명한 자는 순리를 궁구하고, 어리석은 자는 역리에 빠져든다. 현명한 자는 공리公利를 생각하고, 어리석은 자는 사리私利에 눈이 먼다. 현명한 자는 흥하고, 어리석은 자는 망한다. 수양과 그 무리가 바로 어리석은 자이니라.

이징옥은 고한다.

제장, 제족과 함께 깃발을 높이 들어 결단코 삿된 무리가 신성한 강토에 발을 붙이지 못하도록 할 것이니라.

그것은 수양대군을 토벌할 것을 결의하는 토수양격문討首陽檄文이었다.

"군병을 모아 집결해주었으면 합니다."

"어디에 집결하는 것입니까?"

"수주愁州로 집결하라 하셨습니다."

수주는 종성의 다른 이름이었다.

"그러면 수주를 중심으로 삼는 것입니까."

"깊은 내막은 저도 알지 못합니다. 하지만 많은 물자는 오국성五國城으로 들어옵니다."

"아."

오국성이라는 말에 낭발아한은 짧은 감탄을 터뜨렸다. 오국성은 회령행성 서쪽의 운두성이었다. 두만강을 끼고 있는 그곳에는 수운이 닿고, 사통팔달의 길은 종성, 경원, 온성, 경흥, 부령으로 통하고 만주로 이어졌다. 또 깎아지른 절벽 위에 우뚝 선 산성은 천연의 요새였다.

낭발아한은 두얼가와 화라속에게 소리쳤다.

"뭣들 하는 게냐. 어서 부로들을 불러들이라!"

부로는 작은 여진 고을의 촌장으로, 싸움이 벌어지면 군병을 통솔하는 무장이기도 했다. 한참이 지나 가까운 부락 부로들이 속 속 모여들었다. 낭발아한은 쩌렁쩌렁한 소리로 외쳤다.

"모든 부락의 군사를 모으도록 하라. 장정은 각자 무기와 보 름치 식량을 준비해 이곳에 집결하도록 하라. 우리는 이징옥 대감 을 돕고, 올적합 여진을 토벌할 것이다."

낭발아한은 올적합 토벌을 내세워 휘하 부족을 결속시키고자 했다. 함길도 군대의 힘을 빌려 올적합을 꺾고자 애썼던 터니, 그 의 말은 허언이 아니었다. 이징옥이 군권을 장악한다면 올량합 여 진의 숙원이 이루어질 것은 당연한 일이었다.

그날 모린에는 낭발아한의 명을 전하는 파발의 말발굽 소리가 요란했다.

"아씨, 아씨!"

하아하지가 안채로 뛰어들며 숨넘어갈 듯이 불렀다.

"회령에서 향전이가 왔습니다, 향전이."

"향전이?"

"예, 아씨."

"갑자기 무슨 일로?"

"오늘 온 조선 마병과 함께 왔습니다요."

사나운 꿈자리의 여운이 남은 걸까, 토로고의 얼굴은 그리 밝지 않았다. 이어진 말은 그의 안색을 더욱 어둡게 했다.

"전쟁이 터지려나 봅니다요."

"전쟁이?"

"조선에 큰 싸움이 벌어진다고 하네요."

"큰 싸움이? 대체 무슨 소리를 하는 게냐. 도무지 알아듣질 못하겠구나."

"저도 뭐가 뭔지 모르겠습니다. 패륵님께서 부로들에게 군사를 일으키라는 영을 내리시고, 파발이 달려가고……."

"향전이 그 일로 왔다는 게냐."

"그런가 봅니다."

토로고의 낯빛은 더욱 어두워졌다. 큰 싸움이 벌어진다면 김죽이 그 한가운데에 설 것은 빤한 일이 아닌가.

"어쨌거나 향전이가 왔으니 얼마나 반가운 일입니까."

향전이 복라손을 따라 안채에 들어선 것은 토로고가 어찌된 일인지 알아보려 나선 때였다.

"아씨!"

향전은 회령에서 본 치마저고리 차림이 아니었다. 얇은 피갑을 입고 있었다. 옷차림만으로도 싸움이 가깝다는 것은 알고도 남았다.

"향전아!"

토로고는 향전과 손을 맞잡았다.

"잘 지내셨어요? 아씨."

"그럼, 잘 지내다마다."

토로고의 어두운 낯빛을 본 향전은 부러 환한 미소를 지어 보였다.

"갑자기 이렇게 와 놀라셨지요."

"먼길을 오느라 얼마나 고단하겠느냐."

"고단하긴요, 이 향전이 누구입니까."

말은 그렇게 했지만 찬바람을 맞은 향전의 얼굴은 발갛게 부어 있었다.

"오늘은 여기서 푹 쉬도록 해."

토로고는 향전의 손을 잡고 제 방으로 데려갔다.

"대체 무슨 일이 벌어진 게야?"

향전은 저간의 사정을 모두 이야기해주었다. 한양에서 벌어진 일의 내막이야 향전도 자세히 알 길이 없었지만 보고 들은 것을 주섬주섬 짜깁기해 말해주었다.

"나리도 바빠지시겠구나."

바쁘기만 할까. 목숨을 걸고 물러설 수 없는 싸움을 벌여야 할 판이 아니던가. 하지만 토로고는 그런 말만은 입에 담지 않았다. 말은 씨가 되는 법이니. 향전이 품에서 꺼내 건넨 김죽의 서신은 길지 않았다. 안부를 묻고, 다시 볼 날만 기다린다는 글이었다.

"나리께서는 요즈음 운두성에 조용히 머물 짬이 없으세요."

"그렇겠구나."

"제가 떠나올 때 아씨께 말씀을 꼭 전하라 이르셨습니다."

"무슨 말씀을?"

"걱정하지 마시고 기다리면 곧 아씨를 모시러 오시겠다고요."

"이곳에 오신다고?"

토로고는 말을 되뇌며 가슴에 새겼다.

"나리께서는 아씨를 많이 생각하고 계십니다."

"……."

토로고는 물끄러미 바라봤다. 그것을 어찌 아느냐는 눈치였다.

"말씀을 듣고, 표정을 보면 알 수 있습니다. 보내신 환도를 늘 곁에 두시고, 늦은 밤 북장대에 올라 내내 북녘을 바라보시지요. 밤늦도록 그곳에 계실 때가 한두 번이 아니랍니다. 그런 때면 또 아씨 생각을 하시는구나, 그런 생각을 합니다. 틀림없이 그러실 겁니다. 예전에는 한밤에 북장대에 오르신 적이 없었거든요."

토로고는 눈을 동그랗게 떴다.

"제 방에서는 북장대가 잘 보이거든요. 너무 주제넘은 말을 했나 봅니다."

"뭐가 주제넘어."

토로고의 얼굴이 밝아졌다.

"다른 이야기는 없느냐?"

김죽의 이야기라면 무엇이든 듣고 싶었다. 향전의 말 한마디는 한지를 빼곡히 메운 깨알 같은 글보다 더 가슴에 와닿았다. 향전의 말을 들으면 김죽이 무슨 생각을 하는지 훤히 알 수 있었다. 재촉을 못 이긴 향전은 또 이야기를 들려줬다.

"하루는 자시가 훨씬 넘어 북장대에 계신 것을 봤는데, 새벽녘에 깨어 보니 여전히 그곳에 계시지 않겠어요. 동이 훤히 틀 때까지 계신 것이지요. 아씨께서 모린으로 가신 후 그런 모습을 몇 번이나 봤습니다. 아씨 생각을 하지 않으시고야 왜 거기에 계시겠어요. 처소에도 종종 밤새 불이 켜져 있곤 한답니다."

향전은 작심이나 한 듯 털어놓았다.

"이번에 올 때도 나리께서는 저를 부르신 뒤 한참을 머뭇거리셨어요."

"왜?"

"아씨께 무슨 말씀을 전하시고 싶은데, 말씀하기가 곤란하셨겠지요."

토로고는 향전 앞에 놓인 잔에 차를 따르고 과일을 건넸다. 과일을 손에 든 향전은 말을 이었다.

"그래서 제가 말씀을 드렸지요. 혹시 아씨께 전해드릴 말씀은 없으시냐고요. 그제야 말씀을 하셨어요. 글 한두 줄보다 한마디 말이 더 귀하다고요."

"그랬구나."

토로고도 그런 심정을 모를 리 없었다. 운두성에 복라손을 보내던 날 자신도 그랬다. 전해야 할 마음은 산더미 같은데 입을 빌릴 수는 없지 않았던가. 그랬기에 글 한 자 한 자에 애틋한 마음을 담고, 그 뜻을 알아주기를 바랐다.

"나리께서는 눈코 뜰 새가 없이 바쁘십니다. 대감 나리를 도우시고, 군사를 이끌고 먼 길을 오가시고, 통문을 띄우시느라⋯⋯. 몸이 무쇠라도 견뎌내기 힘드실 텐데."

가는 한숨을 내쉬던 토로고는 향전의 손을 잡았다.

"향전아."

"예, 아씨."

"네가 나리를 잘 보살펴줄 수 있겠니."

"……."

"마음 같아서는 당장 달려가고 싶지만 그럴 수 없으니 어찌 하겠느냐. 곁에 있는 네가 몸은 상하지 않는지, 위험에 처하지 않는지 살펴준다면 더 바랄 게 없겠구나."

향전은 토로고의 마음을 알고도 남았다.

"걱정 마세요, 아씨. 제가 살펴드리겠습니다."

"고맙다, 향전아!"

"무슨 말씀을요. 늘 하는 일이고 또 마땅히 해야 할 일인 걸요."

향전은 토로고의 부탁이 오히려 고마웠다.

김죽을 시중든 지 세 해, 하지만 일상을 시시콜콜 챙겨주겠다고 나설 수는 없는 노릇이었다. 김죽의 지체는 태산처럼 높고 자신은 천하디 천한 종이 아니던가. 그렇다고 마음도 그런 것은 아니었다. 회령으로 쫓겨 온 뒤 모진 삶을 버틴 것은 오로지 김죽이 있기 때문이었다. 그를 바라보면 어깨를 짓누르는 삶의 무게는 깃털처럼 가벼워지곤 했다. 혹시 누군가가 그것을 종의 연정이라고 손가락질한다 해도 아무 상관 없었다. 그녀에게는 그것이 삶을 지탱시키는 힘이니. 그랬기에 향전은 김죽의 말이라면 어떤 어려움도 마다하지 않았다. 토로고의 부탁을 듣고 나니, 그것은 인연의 고리에서 비롯된, 피할 수 없는 운명이라는 생각이 어렴풋이 떠올랐다.

향전은 기뻤다. 토로고는 고마워 향전을 끌어안았다.

그날 밤 향전은 몸을 씻은 뒤 토로고와 한 이불을 덮었다. 객사에 향전의 방을 따로 마련해두었지만 토로고는 아침이면 떠날 향전을 한사코 놓아주질 않았다. 모린까지 수백 리를 달려오느라 녹초가 된 향전은 오래 버티지 못하고 이내 잠에 빠져들었다. 그러나 토로고는 잠을 이룰 수 없었다. 향전의 말을 되새기며 북장대에 오른 김죽을 떠올리고, 조선의 풍파를 떠올리며 가슴을 졸였다.

높바람은 그 마음을 아는지 모르는지 하릴없이 창을 두드렸다.

개마를 넘어 북으로

———— "영차, 영차!"

함성이 개마 자락을 가득 메웠다.

북행길에 오른 군사들은 가파른 산길을 올랐다. 봇짐을 둘러 메고, 우마차를 밀며 한 걸음 한 걸음 옮길 때마다 숨이 턱까지 차올랐다. 때 이른 눈에 빙판으로 변한 길에서 미끄러지지 않으려 발을 동여맨 새끼줄은 얼마 가지 못해 뚝뚝 끊어졌다. 우마를 부리는 마병도, 수레를 미는 사졸도, 등짐을 진 보군도 하릴없이 엉덩방아를 찧었다. 아무리 천하장사라도 나뒹굴기는 매한가지였다. 조심조심 걸으려니 허벅지와 종아리는 이내 뻣뻣해졌다. 사졸들이 지르는 함성은 마치 개마의 산신에게 힘을 달라고 비는 주문 같았다. 사졸들 뒤로는 남부여대 행렬이 끝없이 이어졌다. 봇짐을 지고 보따리를 인 채 따라나선 북관 고을 백성들은 하나같이 초조한 낯빛이었다.

개마 넘어 종성으로 가는 길은 아득하기만 했다.

수많은 군사와 백성이 고생을 마다않고 산길을 오르는 것은 이징옥이라는 이름 석 자 때문이었다. 그들에게 이징옥은 단순한 벼슬아치가 아니었다. 팔도에 들끓는 탐관과는 다른, 그 누구도 대신할 수 없는 우두머리였다. 평생 척박한 북관을 지킨 토관도, 가기 싫은 수자리에 끌려온 병졸도, 무지렁이 백성도 그렇게 여겼다.

그렇다 해도 가슴 깊이 꼼지락꼼지락 자라나는 불안만은 떨칠 수 없었다. 한양에 맞서는 것이 충성인지, 반역인지부터 종잡기 힘들었다. 날아드는 창칼에 맞서야 한다는 생각은 그 자체만으로 두려움을 자아냈다. 딱히 무어라 말하기 힘들지만 노도 속 돛단배 같은 운명을 어렴풋이 느끼고 있었던 걸까. 불안은 삶을 향한 본능이었다.

"젠장칠, 이 무슨 고생이고. 자고로 줄을 잘 서라 했거늘 어쩌다 이런 곳에 끌려와, 우라질."

남도 말씨였다. 가파른 산길을 원망하는 걸까, 신세를 원망하는 걸까. 양반 시늉을 하는 말투가 가관이었다. 얼굴도 벌겋게 떠 있었다. 어쩌면 말을 하지 않을 뿐 모두가 비슷한 심정을 가슴 깊이 묻어두고 있는지도 모를 일이었다.

그러나 말을 끝내기도 전에 그는 외마디 비명을 내질렀다.

"어이쿠!"

얼마나 세게 후려쳤는지 머릿속까지 얼얼했다. 뒤를 돌아본 그는 욕설을 퍼부었다.

"아니, 이 썩어빠진 놈이, 네 눈깔에는 내 머리통이 나무토막

쯤으로 보이는갑지. 왜 때리고 지랄이고!"

얼굴이 파리한 사졸은 그를 매섭게 노려보고 있었다. 눈빛이 당차 보였다.

"이놈 보게. 노려보기까지 하네. 사람을 쳤으면 미안해할 줄 알아야지, 이 우라질 놈이!"

대뜸 멱살을 잡았다. 파리한 사졸은 몸집이 작았지만 멱살을 잡힌 채 소리쳤다.

"이게 무슨 고생이라고 두덜거리는 게야. 나라가 망해가는 판에 이쯤 고생해 좋아진다면 백 번 천 번이라도 해야지. 줄을 잘못 서? 그러면 역적 놈 편에 섰으면 아주 좋았겠구나!"

"아, 아니. 이 자석이⋯⋯."

멱살 잡은 손을 뿌리치며 다시 말했다.

"다시 한 번 그런 소리했다간 아가리를 찢어버릴 테니 그리 알아!"

"이놈 봐라. 이젠 역적으로 몰아세우네. 내가 뭐라 했노!"

남도 사졸은 바락바락 소리를 질렀다.

마차를 밀던 덩치 큰 군졸이 끼어들었다.

"듣자듣자 하니 못 봐주겠네. 오고 싶지 않은 놈은 따라오지 말라는 말도 못 들었어! 그런 악다구니 칠 거면 당장 내려가든지. 아니면 요절이라도 내 땅에 묻어줄까."

키가 얼마나 큰지 작은 사졸은 머리 두 개쯤은 더 얹어야 겨우 눈을 맞출 수 있을 정도였다. 시커먼 일자 눈썹은 마치 장비 같았다. 불평을 늘어놓던 사졸은 입을 다물지 않을 수 없었다.

"내가 뭐라 했는가. 힘들어 하는 말이지. 그걸 가지고 저놈이 역적으로 몰아대니 자네라면 화나지 않겠나."

"이놈아, 그래도 할 말, 못 할 말이 따로 있는 거야. 뭐 줄을 잘못 서?"

"역적 놈들 모조리 쓸어낼 때까지 싸워야지. 나도 똑같은 마음일세."

산길을 오르는 병사치고 힘들지 않고, 불안하지 않은 사람이 얼마나 될까. 그들은 그것을 알기에 그렇게 서로 마음을 다잡으며 거먼 산을 올랐다.

아무리 무반 출신에 말을 탔다 해도, 백발의 이징옥이 젊은 사졸도 힘겨워 하는 한설 쌓인 개마고원을 넘기란 쉬운 일이 아니었다. 연신 기침을 해댔다. 김죽은 걱정스러웠다.

"괜찮으신지요."

"괜찮다."

"바람이 찹니다. 가마에 오르시는 편이 낫지 않겠사옵니까."

"쓸데없는 소리. 한두 번 온 길이더냐."

이징옥은 재차 기침을 한 뒤 허리를 꼿꼿이 폈다. 그는 지쳐 있었다. 벌써 며칠째 잠을 제대로 이루지 못한 노신은 사력을 다해 버티고 있었다. 그저 백마에 꼿꼿이 앉아 있는 것만으로도 병사들에게 큰 힘이 된다는 것을 알기 때문이었다.

"내일이면 종성에 닿을 것이옵니다."

김수산이 말이있나.

"날이 추워 걱정이로구나. 병사들이 추위에 떨지 않도록 쉴 때마다 불을 피워 몸을 녹이게 하여라. 내일은 편히 쉴 수 있다고 알리고. 힘든 때일수록 작은 희망은 큰 힘이 되는 법이다."

"예, 대감 나리."

김수산은 하급 군관들을 불러 이징옥의 지시를 알렸다. 군관들은 사방으로 흩어져 외쳤다.

"내일이면 종성에 닿는다!"

"모두 힘을 내라!"

"그곳에선 편히 쉴 테니 조금만 더 힘을 내거라!"

"백성이 편한 조선, 백성을 위하는 조선. 지금의 고생이 그런 세상을 만들 것이다!"

"고개만 넘으면 쉴 테니 힘을 내라!"

사졸들은 다시 함성을 지르며 우마차를 밀었다. 마소도 그것을 아는지 콧김을 내뿜으며 수레를 끌었다.

이징옥은 김죽을 돌아보며 말했다.

"이제 가봐야 하지 않겠느냐."

"예, 대감 나리. 하오나……."

김죽은 이징옥이 걱정스러워 선뜻 가겠다는 말을 꺼내지 못했다.

"성을 오래 비워둘 때가 아니다. 그곳의 일은 더 막중하니, 어서 돌아가 일을 처리하도록 하여라."

"예, 나리. 지금쯤 동량 주변 이백 리 지역에는 통문이 모두 닿았을 것이옵니다. 돌아가 일을 처리한 뒤 종성으로 가겠사옵니다.”

“고생이 많구나.”

“이를 어찌 고생이라 하겠사옵니까.”

“안타까운 조선이요, 가엾은 백성이로다. 어서 떠나도록 하
여라.”

“옥체 보중하옵소서.”

까무잡잡한 어린 이랑을 떠올린 걸까, 이징옥은 떠나는 그에
게 말했다.

“몸을 지키는 일을 소홀히 해서는 안 된다.”

김죽은 허리를 굽혀 군례를 올린 뒤 말 머리를 북으로 돌렸다.
말을 달려 산등성이에 올랐다. 산 아래로는 군사들이 까만 장사
진을 이루고 있었다. 그는 말을 채찍질해 회령으로 향했다. 마병
들이 그 뒤를 따랐다. 피갑을 입고, 환도를 찬 검은 마병은 차가운
높바람을 뚫고 북으로 내달렸다.

두만강을 거슬러 오른 배는 회령의 이진나루와 사진나루에 닻
을 내렸다. 나루는 배들로 장사진을 이루었다. 경성의 군량과 병
장기를 옮기는 행렬이었다. 일찍이 회령에 없던 일이었다. 배에서
부린 짐은 우마차에 실어 운두성으로 날랐다.

오장들의 성마른 재촉은 끊이질 않았다.

“어서 어서 움직여!”

“그렇게 꼼지락거려서야 언제 일을 끝내겠어!”

“밥을 한 솥씩 먹더니 밥심은 다 어디 간 게야! 힘을 써,

힘을!"

시간은 촉박했다. 사흘 내 물자를 모두 옮기라는 영이 떨어졌으니 쉴 짬이 없었다. 겨우 짐을 우마차에 옮겨 실어놓으면 날라야 할 짐이 다시 산처럼 쌓였다. 맥이 절로 풀렸다. 온종일 그런 일이 되풀이됐다.

"인정머리 없는 오장 같으니라고. 허리가 끊어질 판인데, 저 많은 짐을 언제 다 나르라는 게야."

"쉬엄쉬엄하다 보면 금세 끝날 걸세."

"쉬엄쉬엄하라고? 꼼지락거린다는 말이 들리지도 않는가."

"우공이산이라고 하질 않는가."

"우공이산? 다 지어낸 말일세. 노인이 삽질을 해 어떻게 산을 옮긴다는 겐가. 몇 삽도 뜨지 못해 허리가 절단나고 말 텐데."

"만날 그렇게 삐딱하게 생각하니 자네가 오장이 못 되는 게야."

"자네는 너무 쉬엄쉬엄해 오장이 못 된 겐가. 저놈의 짐들 좀 보게. 산이야 불어나지나 않지, 저놈의 짐은 나르고 나면 또 쌓이고, 또 쌓이질 않는가."

"저놈 마소들 좀 보게. 우리가 마소보다 못해서야 되겠는가."

"이 사람, 이제 보니 나를 마소보다 못한 놈으로 보는 게로구면."

농지거리를 주고받던 군졸들은 깔깔깔 웃음을 토했다.

"어쩌겠어, 날라야지. 이러다 해 저물겠네."

사졸들은 우마차에 짐을 실어 운두산을 올랐다. 지친 우마는 가파른 산길을 오르려 하지 않았다. 고삐를 당기고, 수레를 밀어야 했다. 우마와 한바탕 씨름을 하고 나면 옷에는 땀이 흥건히 배었다.

뚜~뚜~!

운두산 자락에 나발 소리가 길게 울려 퍼졌다. 대장의 귀환을 알리는 나발 소리였다. 요란한 말발굽 소리에 길가의 사졸들은 허리를 숙였다.

백 리 길을 달려온 김죽의 눈빛은 유난히 반짝였다. 지친 몸을 정신력으로 버티고 있는 듯했다.

"나리!"

김죽을 맞은 군관은 도하성이었다. 말에서 뛰어내린 김죽은 피갑을 툭툭 털었다. 먼지가 날았다.

"강외의 일은 어찌 되었습니까."

두만강 북쪽 여진 부락에 군병 동원을 지시한 일을 묻는 말이었다. 김죽은 나이 많은 도하성에게 말을 낮추지 않았다.

"모든 부락에 대감 나리의 뜻을 전했습니다."

"반응은 어떻던가요."

"모두들 충심으로 따르겠다고 다짐했습니다."

"수고했군요. 하지만 모두가 우리를 따를 것으로 생각해서는 안 됩니다."

"잘 알고 있습니다. 하지만 군병 동원에는 문제가 없을 듯합니다."

"그렇다면 다행이군요. 강한 쪽에 붙는 것은 야인들의 생리입니다. 우리가 어찌 움직이느냐에 따라 그들의 생각도 달라질 겁니다. 며칠 간격으로 파발을 이어 보내 이쪽 소식을 알리고, 군병 동원을 독려해야 합니다."

"예, 나리. 그렇지 않아도 여진어를 할 줄 아는 파발을 따로 선발해두었습니다."

"모린의 사정은 어떻던가요?"

"역시 믿을 만했습니다. 낭발아한은 우리가 당도한 날 부로들에게 군병 동원을 지시했습니다."

김죽은 고개를 끄덕였다. 낭발아한이 움직인다면 많은 여진 부락이 그를 따라 군병을 동원할 것임이 틀림없었다.

낭발아한은 여느 추장과는 달랐다. 세종 때부터 한양을 드나든 대추장으로, 조선과는 인연이 깊었다. 그에게 삼품 외관직인 도만호에 이어 이품인 동지 벼슬을 내린 것은 그 때문이었다. 물론 조선에서 낭패를 당한 적도 있긴 했다. 그를 따라 한양에 온 사촌 동생이 아버지를 살해한 패륜으로 처형을 당했던 것이다. "인륜을 거스르는 패덕은 어느 곳에 살든 잡아 죄를 물어야 한다"는 세종의 한마디에 그는 불귀의 객이 되고 말았다. 하지만 한양의 왕실이 망나니 사촌 동생의 죄를 대신 다스려주니, 이것은 낭발아한에게 오히려 전화위복이 되었다. 이 사건을 통해 그는 부족 내 위계를 바로잡을 수 있었고, 또 사촌 동생을 처형한 일에 대해 그를 달래려는 조선 왕실로부터 많은 지원을 받아 세력을 키울 수도 있었다. 그 사건은 낭발아한이 정치에 눈을 뜨게 한 일이기도 했다. 어깨너머로 배운 치도 때문일까, 명분을 가진 자는 반드시 이긴다는 믿음을 가졌기에 그는 이징옥을 돕겠다고 나선 것이었다.

"돌아오자마자 또 큰일을 맡아 몸이 무쇠라도 견디겠습니까. 좀 쉬도록 하세요."

군수물자를 옮기는 일을 두고 하는 말이었다.

"아닙니다. 지금이 어느 때인데 제 한 몸 편하고자 하겠습니까. 쉬셔야 할 분은 나리이십니다."

"허허. 옮길 물자는 아직 많이 남았나요."

"나루는 좁은데 들어오는 배가 많아 일이 지체되고 있습니다."

"보관할 곳은 충분합니까."

"임시로 눈비를 피할 창고를 더 짓고 있습니다."

"잘했습니다."

"그런데 좋지 않은 소식이 들립니다."

"좋지 않은 소식이라니요."

"수양대군이 대감 나리를 해하는 자에게 높은 벼슬과 상을 준다는 간계를 퍼뜨리고 있다고 합니다."

"알고 있습니다."

"조심하셔야 합니다. 출세와 재물에 눈먼 자가 한둘이 아니잖습니까. 수양대군이 암암리에 육진 장교와 이속吏屬들에게 글을 보낸다고 하니, 더욱 각별히 주의하셔야 합니다. 필시 일을 꾸미고 있을 게 분명합니다."

"그러고도 남을 사람들이지요. 하지만 모두 헛되다는 것을 곧 알게 될 겁니다."

말은 그렇게 했지만 김죽도 걱정스러웠다. 제 배를 채우는 일이라면 물불 가리지 않는 시랑과 같은 자는 어디에나 있는 법이 아니던가. 육진을 거쳐 간 부나방 같은 탐관과 오리는 또 한둘이었던가.

도하성은 한마디를 덧붙였다.

"육진의 장교치고 대감 나리를 존경하지 않는 사람은 드뭅니다. 모두가 그런 마음을 품었는데 설혹 배은망덕한 자가 있다 해도 어찌 함부로 딴짓을 꾸미겠습니까."

"그렇지요. 오로지 조선과 백성만을 걱정하며 평생을 살아오신 분입니다."

김죽과 함께 돌아온 이첨도 거들었다.

"힘을 모아 성세를 다시 일으켜야 합니다."

밀려드는 구름에 하늘은 가뭇하게 변했다. 힘을 다해 구름을 헤집던 별은 이내 빛을 잃었고, 높바람은 성벽에 부딪혀 횡횡 소리를 냈다. 먹구름과 높바람은 머잖아 동토 세계가 될 것임을 알리는 북국의 전령이었다. 삭풍이 들이치면 운두성 아래 고을의 풍경은 달라졌다. 모두가 웅크린 개미로 변했다. 감자와 무를 땅에 묻어두고 아이가 보챌 때만 하나둘씩 꺼내 먹었다. 그러기를 한 달 두 달 무 구덩이가 바닥을 드러내고, 말린 시래기마저 한 줄 두 줄 줄어들면 아낙은 조바심에 애를 태웠다. 행성 밖을 도는 순라군의 딱따기 소리는 그런 아낙을 달래는 겨울밤 타령이었다.

그날 밤 북장대에 오른 김죽은 생각에 잠겼다.

돌아올 수 없는 강을 건넌 육진.

오직 한 길만 있을 뿐이로다.

맞서 싸워 패도를 뿌리 뽑고

목숨을 던져 의리를 밝혀야 하리다.

내일의 운명을 누가 알까.

마음을 가다듬어 힘껏 북을 울리고

힘을 다해 건곤일척의 승부를 가릴 뿐.

삭풍이 거셀수록 뜻은 바위처럼 굳으리라.

먹구름은 눈을 몰아왔다.

장대에 선 김죽은 향전의 일을 떠올렸다.

향전이 문을 두드린 것은 도하성이 물러난 뒤였다.

"나리, 계신지요."

"향전이로구나, 어서 들어오너라."

토로고의 소식을 가져왔을 테니 향전이 반가웠다. 향전의 얼굴은 파리했다. 아무리 힘든 일에 이력이 났어도 장정도 감당하기 힘든 천릿길을 오갔으니 아무렇지 않다면 그것이 오히려 이상한 일이었다.

"애썼구나. 많이 힘들었을 텐데."

말이 따뜻했다. 향전의 얼굴이 이내 밝아졌다. 눈가에는 옅은 웃음까지 번졌다.

"아니옵니다. 마땅히 해야 할 일인 걸요."

"고맙다, 향전아."

"그런 말씀을 하시니 오히려 송구하옵니다."

"그래, 별일은 없더냐."

"아씨께서는 걱정을 하고 계셨습니다. 부로들에게 군사를 모으는 파발을 띄운 뒤에는 더욱 초초해 하시고요."

"그렇겠지."

향전은 토로고와 한 이부자리에 누워 나누었던 이야기를 드문드문 들려주었다.

그날 밤 토로고는 옛일을 털어놓았다.

"오 년 전인가 육 년 전인가, 모린에 마병이 온 적이 있어. 젊은 군관이 어찌나 잘생겼던지, 처음 본 순간 가슴이 콩닥콩닥 뛰는 거야. 하루는 문틈으로 훔쳐보는데, 갑자기 어머니께서 나타나신 거야. 뭘 그리 보느냐고 하시는데, 얼마나 당황했던지 얼굴은 홍당무로 변하고, 머리는 백짓장처럼 하얗게 되고 말았지. 어머니는 그저 빙그레 웃으셨어. 그것이 더 부끄러워 몇 날 며칠 어머니 얼굴을 마주하질 못했어. 그런데 신기한 게 뭔지 아니? 아무리 지우려 해도 그 모습이 지워지질 않는 거야. 날마다 새록새록 떠오르고, 날이 지날수록 더 또렷해지고. 그때부터 북두대성께 빌었지. 꼭 다시 보게 해달라고."

"아씨도 그러셨어요?"

맞장구를 친 말이 이상했던 걸까.

"그럼 너도 나리를 보고 그랬다는 거니?"

귓불까지 빨개진 향전은 이불을 박차고 벌떡 일어나 외마디를 외쳤다.

"아씨!"

"왜?"

"그게 아니라……."

빨개진 얼굴도, 갑자기 일어난 것도, 말을 더듬는 것도 하나하나가 수상했다. 하기야 향전이라고 보는 눈이 다를까. 토로고는 부러 눈을 흘겼다.

"누워, 그래야 이야기를 마저 하지."

"아이참 아씨, 아니라니까요."

"괜찮아. 댕기 땋은 처녀 마음이 다 그렇지 뭐."

"아이참, 아니라니까요."

"알아, 어서 누워."

향전을 다시 눕힌 뒤 토로고는 말을 이었다.

"북두대성께 왜 치성을 드리는지 아니?"

"……."

"내가 빌면 소원을 꼭 들어주시거든. 그 뒤 나리는 계절이 바뀔 때마다 오셨어. 소원을 들어준 것 맞지?"

"네~에."

향전은 말끝에 잔뜩 힘을 주어 장단을 맞췄다. 묻는 토로고도, 대답하는 향전도 아이 같은 말을 주고받으며 깔깔 웃었다.

"치성은 하늘에도 통하는 거야. 당연해 보이는 것도 당연한 것이 아니라 원력願力에 의해 이루어진다는 것을 깨닫는 일이 얼마나 많은지 아니. 어느 때인가부터 나리가 오면 용기를 내어 가서 보고, 방에 돌아와서는 또 기도했어. 나를 좋아하게 해달라고. 그런데 하루는 크게 다쳐서 오신 거야. 그날 밤 얼마나 애달프면서도 감사했던지."

"아씨, 제가 한번 안아봐도 될까요."

향전은 대답을 기다리지 않고 머뭇거리는 토로고를 껴안았다.

"우리 아씨."

눈두덩이 붉어진 향전의 말은 가늘게 떨렸다. 하고 싶은 말이 있었다. 나리를 잘 보살펴 달라고. 하지만 그 말은 할 수 없었다.

향전은 김죽을 처음 봤을 때의 토로고에 대한 이야기도 살짝 들려주었다.

"고맙구나."

모린에 동행할 때마다 느꼈던 어린 토로고의 눈길, 김죽이 눈인사라도 하면 발개진 얼굴로 머뭇거리다 돌아서던 소녀. 그 행동이 무슨 뜻인지 모를 턱이 있겠는가. 자신의 가슴에도 진작부터 똑같은 파문이 일지 않았던가. 말해주지 않는다고 토로고의 마음을 모를 리 없었다.

김죽은 북녘 하늘을 우러러봤다. 하얀 눈은 별을 대신해 하늘을 덮고 있었다.

이 세상 연기緣起 아닌 것이 어디 있으랴

처음과 끝을 알 수 없는 인과因果의 바다
씨앗이 있어 열매를 맺고
어제가 있어 오늘이 있을 터
인연은 어디서 와 어디로 흐르는 걸까
마음은 씨앗인가 열매인가
소녀의 입가에 머금은 수줍은 웃음
그 미소가 운명인 줄 이제야 알리라

김죽은 손을 모아 구름에 묻힌 북두대성에게 빌었다. 토로고와 맺어진 인연이 영원히 이어지기를.

군주는 배, 백성은 물

만백성에게 고하노라.

무도한 역도는 한양을 피로 물들였도다. 수많은 충신은 역도의 창칼과 철퇴에 피를 뿌리고 주상 전하는 어두운 골방에 유폐되셨노라. 일찍이 보지 못한 패역은 도의를 짓밟고 강토를 유린하고 있다. 간신은 왕도를 농단하고, 약탈과 도탄은 파도처럼 밀려들고 있노라. 해가 뜨나 달이 뜨나 왕성을 바라보며 국태민안國泰民安을 비는 민초의 바람은 짓밟혀 산산이 부서졌도다.

만백성은 알거라.

충의忠毅한 제군諸軍은 패역의 무리에 맞서 백성이 편히 살아갈 조선을 바로세우고자 분연히 일어섰노라. 제군은 무도한 무리를 반드시 뿌리 뽑아 이 땅의 도의를 바로 세우겠노라. 제군은 반역의 무리를 기필코 처단해 원통하게 숨져간 충신열사의 한을 풀겠노라. 제군은 패역의 무리를 결단코 베어 백성의 아픔을 어루만진 선왕의 정치를 지킬 것이다. 백성은 동요하지 말라. 제군은 백성과 생사고락을 함께 한 조선의 간성干城이니라. 백성은 생업을 포기하지 말라. 제군은 남녀노소 환과고독을 보호할 것이니라. 역도에 부화하지 말라. 그것은 또 하나의 반역이니라.

만백성은 알거라.

오늘의 노고가 내일에는 백성이 편안하고 배부른 밝은 조선을 열 것이니라.

언문으로 쓴 격문은 함길도 고을마다 까맣게 나붙었다. 이징옥이 북병영을 떠나기 전 파발꾼이 팔방 각지에 전한 글이었다.

격문이 나붙기까지는 고을마다 한바탕 소동을 겪어야 했다. 격문을 받아든 수령들의 반응은 저마다 달랐다. 어명처럼 받든 수령이 있는가 하면, 격문을 내동댕이친 수령, 어찌할 바를 몰라 손발을 사시나무 떨 듯한 수령도 있었다. 갑자기 날아든 격문이 삶을 천당과 지옥으로 가를 테니 그럴 수밖에 없었다. 수령 자리가 거저 얻은 것이던가. 과거 급제까지 십수 년, 수령 자리에 앉기까지 또 십수 년, 긴 인고의 세월이었다. 오랜 세월 공들여 쌓은 탑이 하루아침에 허물어질 판이니, 손에 든 격문을 삶을 불사르는 요망한 서신쯤으로 여길 만도 했다. 하지만 이징옥이 온다는 소리를 듣고는 내던진 격문을 부랴부랴 필사해 길목마다 내붙였다.

격문이 붙은 곳에는 어김없이 사람들이 모여들었다.

"갑자기 또 무슨 난리가 난 게야?"

"역모가 터졌다는구먼."

"누가 역적질을 했어?"

"임금님의 삼촌인 수양대군인가, 무시기인가가 역적질을 했다는구면. 김종서 대감을 철퇴로 죽이고, 임금님을 골방에 가두고."

"김종서라면 우리 관찰사 대감?"

"응."

"그래서 어찌 됐어?"

"저기 나붙은 글 보고도 모르는가."

"난 까막눈이잖아."

"어찌 되긴 어찌 돼. 피바다로 변했지. 모조리 죽었다네. 김종서 대감과 조금이라도 말을 섞은 사람은 모조리 철퇴를 맞고 칼질을 당한 모양이야. 함길도 종자라면 모두 날벼락을 맞고."

"어떻게 그런 끔찍한 일을……."

"대궐에는 밤마다 귀곡성이 들린다고 하데."

"귀곡성?"

"귀신 곡하는 소리 말일세. 원통하게 죽은 귀신들이 밤마다 궁궐 이곳저곳을 떠돌며 곡을 토하는데, 해가 지면 등골이 오싹해 궁녀고, 내시고 측간을 가지 못한다고 하는구면."

"듣기만 해도 으스스하네."

"겁이 나 문밖을 나서기나 하겠나."

"……."

"오줌은 눠야 할 게 아닌가. 그래서 요강이란 요강은 모조리 궁에서 거둬 갔는데, 그 바람에 요강 장수는 횡재를 했다는구면."

"나라에 난리가 난 판에 떼부자 나오게 생겼네. 그런데 우리도 함길도 종자 아닌가."

"그게 문제지."

"그럼 우리 목숨도?"

"우리 같은 종자야 목숨도 아니지. 제 동생까지 죽이는 판에."

"동생이라니."

"수양대군 바로 아래 동생이 안평대군인데, 오랏줄에 묶여 강화도로 끌려갔다는구먼. 곧 죽을 거라 하데."

"자네는 어째 그리 잘 아는가."

"어제오늘 소문이 쫙 퍼졌다네. 밤낮 산에 간 자네만 모르지."

"엄니와 애들 냉골에 재우지 않으려면 부지런히 땔감을 해둬야지."

"하기야 자네나 나나 한양에서 무슨 일이 벌어지든 무슨 상관이겠나. 엄니에게 멀쩡한 솜옷 한 벌 해드리지 못하는 신세인데. 땔감이나 부지런히 쌓아두는 게 상책이지."

언문조차 모르는 무지렁이 백성도 세찬 격랑이 밀려들고 있다는 것쯤은 어렴풋이 느낄 수 있었다.

발 없는 말은 천리를 갔다. 정변이 터진 지 닷새가 지나지 않아 소문은 직접 보기라도 한 듯 살에 살을 붙여 북관 곳곳으로 퍼져나갔다. 수양대군이 김종서를 철퇴로 내리친 날 밤 느닷없이 마른하늘에 날벼락이 쳤다고 하고, 경기·충청의 군병이 도성으로 몰려들어 숭례문이 아수라장으로 변했다고도 했다. 매일 밤 음기가 꿈틀대는 자시만 되면 억울하게 숨진 혼백이 궁궐에 나타나 아무도 없는 캄캄한 사정전 문을 사정없이 두드린다고 했다. 아무도 없는 전각에 털컥털컥 문 여닫는 소리가 나면 궁중 나인들은 이불을 뒤집어쓰고 숨소리를 죽인다고도 했다.

소문이 삽시간에 퍼진 데에는 파발꾼이 한몫했다. 파발꾼이 가는 곳마다 주막과 저자에서 변란 소식을 살짝살짝 흘리면 입 싼 주모와 장사치는 소문을 퍼 날랐다.

군주는 배요, 백성은 물이라고 했던가. 요동치는 파랑을 넘어 항진해야 하는 것은 군주만이 아니었다. 군사軍事도 똑같았다. 민심을 얻지 못하면 아무리 예리한 창과 칼로 무장한 군사라도 마른 연못의 물고기에 지나지 않는 법이었다. 백성이 역모의 내막을 속속들이 알지 못한다면, 아무리 우국충절을 외쳐도 지지받기 어려웠다. 입담 센 파발꾼은 민심의 풍향을 바꿔놓는 방향타였다. 소문은 한마디를 전하면 열 마디가 되어 번져나갔다. 북관 사람들은 한양에서 따지는 정룡·방룡, 종손·지손 따위의 말에는 아무런 관심이 없었다. 그들 귀에 박힌 것은 함길도 종자라면 참살된다는 말이었다. 무지렁이 백성이야 무슨 상관이 있겠냐고 할지 모르지만 사정은 그렇지 않았다. 바람 앞 촛불 신세로 변한 토관과 이속이 참살된다면 그들과 얽히고설킨 자신들에게도 무슨 불똥이 튈지 모를 일이었다. 참살은 결코 빈말로 들리지 않았다.

요동치는 민심은 작은 행동 하나하나에 그대로 드러났다. 군병이 닥치면 으레 슬금슬금 피하곤 했다. 하지만 이징옥 군대가 온다는 소리를 들으면 큰 구경거리라도 생긴 양 거리로 쏟아져 나왔다. 그 와중에도 백성에게 폐를 끼치는 사졸이 있다면 가차없이 매질을 하는 이징옥. 백성의 눈에는 그런 모습이 한없이 믿음직스러웠다.

종성의 저자는 여느 육진의 고을보다도 번화했다. 시끌벅적했다. 겨울 문턱에 이른 날씨는 눈이라도 흩뿌릴 기세이지만 저자는 장꾼들이 주고받는 시끄러운 소리로 여름철 매미 숲 같았다. 여진인도 눈에 띄었다. 그곳에 뿌리내린 여진인도 있었지만 외방에서 온 여진인도 많았다. 오래전부터 무역소가 열린 터라 두만강 건너의 여진인 사이에서는 조선에 간다면 으레 종성에 가는 것으로 통했다.

"대감님 오신다, 대감님 오신다!"

누군가 외친 소리에 거리는 술렁였다.

"어디, 어디?"

"저~기."

군병은 산자락 길 끝머리에 빠끔 머리를 내밀더니 이내 긴 꼬리를 드러냈다. 종성으로 들어오는 군병의 행렬은 끝없이 이어졌다. 그토록 많은 군사가 종성에 들이닥친 것은 일찍이 없던 일이었다. 선두에는 마병이 서고, 뒤로는 장창을 든 보군과 우마차가 따랐다.

흥정을 뒤로하고 길가에 늘어선 사람들은 눈을 떼질 못했다. 북병영 군병은 여느 때 보던 찌그러진 벙거지를 쓴 사졸과는 달랐다. 피갑을 두르고 환도와 장창, 대궁으로 무장하고 있었다.

곳곳에서 감탄이 쏟아졌다.

"머리털 나고 이런 광경은 처음일세."

"대단해, 대단해."

"저런 군대가 버티니 그렇게 날뛰던 도적들도 꽁무니를 빼고 달아난 게지."

"무서운 것은 저 마병이라네. 말이 어찌나 빠른지 하룻밤 새 홀한해까지 달린다고 하데."

"홀한해라면 천릿길 아닌가."

"그렇지. 흑기가 비적을 베러 갈 때 저런 말을 타고 쫓는데, 잡히지 않는 놈이 없다는구먼."

"그럼 저 말이 바로 그 천리마구먼."

"그렇지. 관운장이 타던 적토마 종자인데, 제주에서 기른다고 하데. 제주에는 저런 놈이 우글우글하다네."

"보뱀세, 보배."

북병영 군사가 왔다는 소리가 퍼지면서 구경꾼은 갈수록 불어 났다. 이징옥을 한 번이라도 보려 인파 너머로 까치발을 들고, 틈을 비집고 들어 얼굴만 빼죽 내미는 사람도 한둘이 아니었다.

"물러나라! 물러나거라!"

선두에 선 마병은 길을 뚫으려 연신 소리를 질렀다. 험상궂은 마병 고함에 물러설 만도 하건만 빼곡한 인파에 밀려 물러나려 해도 물러나기 쉽지 않았다. 도무지 길이 넓어지질 않자 마병은 고삐를 당겨 말의 앞다리를 들어 올렸다. 구경꾼은 우르르 넘어졌다.

"이게 무슨 꼴이람."

"무슨 꼴?"

"뭔 구경났다고 여편네, 아이들까지 쫓아 나와서."

"……."

"저런 꼴로 싸움이나 하겠어!"

낡은 패랭이를 쓴 장사치 차림의 사내가 혀를 차며 말했다. 식량과 옷가지를 바리바리 싼 봇짐을 등에 걸메고 행렬 뒤를 따르는 군병을 두고 하는 말이었다. 모두 들으라는 듯 목소리는 유난히 컸다. 비아냥거리는 말투가 거슬렸던 옆에 선 사내가 그의 어깨를 치며 말했다.

"이 양반아, 말조심해!"

"아니. 이 사람이."

"이 양반아, 저런 짐을 지고 개마고원을 넘어보기나 했어?"

"……."

"저런 짐 짊어지고 개마를 넘으면 큰 대 자로 뻗어. 알기나 해! 여기까지 온 것만도 대단한데, 뭐라고? 저런 꼴로 무슨 싸움을 해?"

"그게 아니라……."

"이 사람 그러고 보니 이상하네."

"……."

"처음 보는 얼굴인데 어디서 왔어."

그 말에 패랭이를 쓴 사내는 슬금슬금 뒤로 물러서더니 인파를 헤집고 다급히 자리를 떴다.

"세작이다! 저놈 잡아라!"

외침은 웅성거리는 소리에 묻히고, 사내는 인파를 뚫고 달아났다.

사내가 누구인지는 아무도 알지 못했다. 정말 세작이었을까. 그러나 어느 편에 서야 살아남을지 알 수 없으니 군병을 바라보는 눈은 이처럼 저마다 다른 것이 현실이었다.

넋을 놓고 구경하던 때 일단의 마병이 종성을 박차고 나왔다. 마병이 쏟아져 나온 행성의 문루에는 길게 늘어선 깃발이 나풀거렸다. 청색 바탕에 험상궂은 호랑이를 새긴 깃발에는 종군鍾軍이라는 한자가 큼지막이 쓰여 있었다. 종성의 군대가 주둔하고 있음을 알리는 군기였다. 한때 병마도절제사의 군영이 있던 종성의 군대는 육진의 주력군을 이루었다. 이징옥이 종성으로 먼저 간 것도 그곳의 군사를 아우르기 위해서였다.

마병의 선두에는 종성 판관 정종鄭種이 있었다. 대장의 위치를 알리는 수자기帥字旗[22] 앞에 이른 정종은 말에서 뛰어내려 허리를 굽혔다.

"대감 나리, 먼길 오시느라 얼마나 노고가 많으셨사옵니까."

"별일 없었느냐."

이징옥의 목소리는 탁했다. 고뿔이 더 심해진 듯했다.

"언제나 당도하실까 한나절 내내 기다렸사옵니다. 날이 갑작스레 나빠져 개마를 넘기 쉽지 않으셨을 텐데, 어서 따뜻한 곳으로 드시지요."

정종은 옆에 선 호군 이행검에게 눈을 돌렸다.

---

22   진중과 병영에 세우는 대장 깃발. 검은 글씨로 장수를 뜻하는 수帥 자가 써져 있다.

"대감 나리를 어찌 모셨기에."

남의 잘못을 들춰 자신을 돋보이게 하는 약삭빠른 관리에게서 흔히 볼 수 있는 얄팍한 수작이었다. 경성에서 박호문이 닫아건 북병영 문을 활짝 열었던 이행검은 정종과 모르는 사이가 아니었다. 당혹스러운 탓에 이행검의 낯빛이 붉어졌다.

"무슨 말씀이십니까. 호군은 나리를 모시느라 많은 애를 썼습니다."

정종의 말을 가로막은 것은 김수산이었다. 말투가 까칠했다. 정종은 무례하고, 이행검은 안쓰러워 한 말이었다.

"그것이 아니라……."

정종은 대꾸를 하려다 그만뒀다. 지친 이징옥을 앞에 두고 비장과 말다툼을 벌여봐야 득 될 게 없었다.

이징옥은 종성을 한 번 바라본 뒤 말했다.

"모두가 고생이 많았느니라. 병사들이 지쳤으니 어서 가자꾸나."

눈발은 점점 굵어지고 있었다.

"나리."

"……."

"나리."

향전은 김죽을 불렀다.

"이제 가셔야 할 시간이옵니다."

"알았다."

부르는 소리를 진작 들었을 법한데도 대답은 그제야 들렸다.

"잠깐만 기다리라 하여라."

김죽은 방 안을 다시 한 번 둘러봤다. 먼 길을 떠날 때마다 으레 제례처럼 반복하는 의식이었다. 어제와 다르지 않았다. 하지만 손때 묻은 방 구석구석에서 전해지는 느낌은 달랐다. 만주 천리를 달리고, 개마 준령을 넘고, 비적을 쫓아 산야를 헤맨 뒤 돌아와 으스러질 듯한 몸을 누이던 방. 그곳에는 토로고의 향취가 여전히 남아 있었다. 시녀가 매일 쓸고 닦지만 흐트러진 모습을 보이지 않으려 갓과 옷을 매만져 가지런히 걸어두던 방. 서탁에는 아버지가 남긴 수십 년 된 낡은 책이 쌓여 있었다. 책을 매만져 다시 가지런하게 쌓았다. 삐죽 열린 장롱문을 닫으니 떠나는 주인에게 인사라도 하듯 삐걱 소리를 내질렀다. 환도를 뽑았다. 칼은 사르르 매끄러운 쇳소리를 내며 칼집을 빠져나왔다. 환도에 새겨진 까만 여덟 글자는 유달리 선명했다.

이검호신 이심명도 以劍護身 以心明道.

수백 수천 번을 들여다봤던 토로고의 글이었다.

자기 한 몸을 지키기야 무에 그리 어려울까. 마음으로 길을 밝히는 것이 어려울 뿐. 옳은 길, 삿된 길이 무엇인지 알기 어렵고, 옳은 길을 묵묵히 걸어가기가 힘든 것이 아니던가. 서탁 위 낡은 경서를 수십 번 읽었지만 뜻을 말하기는 쉬워도 실천하기는 어렵지 않던가.

도톰한 구름 사이로 내리는 가는 오후의 햇살이 창호를 노릇노릇 물들였다. 종성으로 떠나야 할 시간임을 알리는 빛깔이었다.

김죽은 문을 열어젖히고 대청으로 나섰다. 피갑 차림이었다. 환도 꽃술은 대청에 들이치는 바람에 하늘거렸다. 향전은 허리를 굽혀 맞았다. 대청 아래 늙은 시녀는 섬돌 위 가죽신을 가지런히 놓았다.

"옷은 두텁게 입으셨는지요."

"걱정 말거라."

하늘을 우러러봤다. 눈을 머금은 두툼한 구름이 서북쪽 먼 하늘에서 밀려오고 있었다.

"장갑은 챙기셨는지요."

맨살을 드러낸 손을 봤기에 하는 말이었다. 장갑을 챙기지 않은 듯했다. 향전은 품에서 장갑을 꺼냈다. 남빛 가죽 장갑이었다.

"웬 장갑이냐."

큰 장갑을 갖고 있는 까닭이 궁금해 물었다. 향전의 얼굴이 발개졌다.

"만든 것이옵니다."

김죽은 왜 큰 장갑을 만들었는지 묻지 않았다. 발개진 낯빛이 그 이유를 말하고 있었다.

"따듯하겠구나, 고맙다."

"조심해 다녀오소서."

향전은 다시 허리를 깊이 숙였다. 대군이 종성에 집결하면 무슨 일이 벌어질지 몰랐다. 김죽에게 아무 탈이 없기만을 빌었다.

김죽은 뜰에서 맞은 부장 도하성에게 말했다.

"운두성은 중요한 곳입니다. 어느 누구도 함부로 들여서는 안 됩니다."

"명심하겠습니다."

"대감 나리께서 곧 이곳에 오실 겁니다. 종성에 간 동안 엄한 군령으로 성을 지켜주세요. 조선의 운명이 고비를 넘고 있습니다."

"목숨을 걸고 군령을 따르겠습니다."

"잘 부탁합니다."

나이 지긋한 도하성은 김죽의 성정을 누구보다 잘 알았다. 온갖 산전수전을 다 겪은 그의 눈에는 사리에 밝은 젊은 무장이 훗날 대장군이 되고도 남을 것 같았다. 그런 김죽이 이징옥이라는 위인을 그림자처럼 따르니, 그들과 함께하는 일이라면 무슨 일을 당하든 서러울 것이 없다는 생각도 늘 했다. 그런 도하성은 김죽이 의지하는 사람이기도 했다.

구름이 눈을 뿌리기 시작했다. 눈은 골을 따라 흐르는 바람에 실려 잣나무 숲을 파고들었다.

떠나기를 기다리는 마병은 백 기 남짓했다. 마병들은 하나같이 피갑 아래 두터운 솜옷을 껴입고 장갑을 끼고 있었다. 목에는 맞바람을 막을 검은 복면을 걸치고 있었다. 허리에는 환도를 차고, 등에는 대궁을 메고, 말안장에는 화살통을 걸고 있었다. 도열한 마병은 발해가 무너진 날 눈 덮인 부여성을 에워쌌던 요遼의 마병을 닮은 듯했다. 마병 선두에는 북병영에서 돌아온 이첨이 있었다. 치노와 다비, 도금치, 정다리, 사금질도 말고삐를 잡고 있었다.

김죽이 말에 오르자 이첨은 소리쳤다.

"출발하라!"

출정을 알리는 나발 소리가 고요한 운두산을 흔들었다.

향전은 성벽에 뛰어올라 산성 아래로 이어지는 길을 내려다봤다. 열을 지은 마병은 흩뿌리는 눈을 뚫고 내달리고 있었다. 무슨 이야기를 나누는 걸까, 선두에 선 다비는 연신 고개를 돌려 무어라 소리쳐댔다. 그 뒤에 남빛 장갑을 낀 김죽이 달리고 있었다. 굽이돌이 산길을 내닫는 마병은 숲에 가려 보이지 않는가 싶다가도 다시 모습을 드러내곤 했다. 마침내 마병의 행렬이 완전히 사라진 뒤에도 향전은 성벽 위에 서 있었다. 마치 망부석이라도 된 양. 찬 바람이 성벽을 때렸다.

종성으로 가는 길

——— 구름은 개마 준령을 넘기 버거워 눈송이를 토했다. 밤 산야는 하얀 빛으로 가득했다. 눈 바다 가운데 돛배처럼 뜬 외딴 너와집은 세상과 절연한 선승의 암자 같았다. 낡은 너와집 방구들에는 지친 어머니가 아이를 안고 잠들어 있을까. 밤 풍경은 혼돈에 빠진 세상 너머 저편의 수묵화였다.

마병은 하얀 눈의 바다 언저리에 어지러운 말굽 자국을 남겼다. 마병은 괴로웠다. 대추알만 한 눈송이는 바늘이 되어 내달리는 마병의 눈을 찔렀다. 고개를 외로 꼬고, 눈을 가늘게 떠보지만 쏟아지는 눈은 천 개의 눈을 가진 관음보살인 양 틈만 보이면 비집고 들어 눈을 후볐다. 그러나 마병은 멈출 수 없었다. 군마는 씩씩 숨을 몰아쉬며 발을 뻗었다. 말발굽은 내디딜 때마다 모래 위를 달리는 것처럼 눈에 푹푹 묻혔다.

치노와 다비는 선두에서 마병을 이끌었다. 길잡이였다. 두 오장에게 종성으로 가는 길은 눈을 감고도 달릴 만큼 이골이 난 길이었다. 관노 시절 역병을 잠재우기 위해 석회를 실어 나르고, 시시로 거드름 피우는 이속을 따라 발이 부르트도록 오가던 길이었다.

"나리!"

치노가 소리쳤다. 귓전을 울리는 바람 소리에 크게 외치지 않을 수 없었다.

"이쯤에서 쉬어가시지요. 소백재를 넘으려면……."

소백재는 회령과 종성을 가르는 고개였다. 개마 자락에 걸친 고개치고 높지 않은 것이 있을까만 소백재는 특히 가팔랐다. 공연히 작은 백두라는 이름이 붙은 것이 아니었다.

이첨이 김죽에게 말을 전했다.

"재를 넘자면 쉬어 가는 편이 나을 것 같습니다."

"그렇게 합시다."

이첨은 손을 번쩍 들어 행렬을 멈춰 세웠다.

마병들의 검은 복면에서는 하얀 입김이 번져 났다. 그들은 저마다 몸을 바삐 놀렸다. 아무도 시키지 않았지만 말 몸에 밴 땀을 털어내고, 마른 가지를 모아 모닥불을 피웠다.

겨울은 마병에게 혹독한 계절이었다. 말을 달리면 몸은 이내 얼음덩이처럼 변했다. 아무리 옷을 껴입어도 소용이 없었다. 찬바람은 틈을 비집고 들어 온몸을 얼렸다. 제 한 몸 잘 챙긴다고 끝나는 것도 아니었다.

'군마 없는 마병은 죽은 목숨이다.'

마병의 엄한 군율은 그 한마디로부터 시작됐다. 하기야 군마

없는 마병을 어찌 마병이라 할 수 있을까. 귀에 못이 박히도록 그 말을 듣는 마병은 군마 돌보기를 제 자식 돌보듯 해야 했다. 말을 제대로 돌보지 않는 자에게는 불호령이 떨어졌다. 제 몸 녹일 줄은 알고 말 추운 줄은 모르는 자, 제 목 축일 줄은 알고 말 목마른 줄은 모르는 자, 제 밥 챙길 줄은 알고 여물 먹일 줄은 모르는 자에게는 곤장 벌이 떨어지곤 했다. 그런 까닭에 멀쩡하던 말이 시름시름 앓기라도 하는 날이면 마병은 잠도 들 수 없었다. 발을 동동 구르며 밤새워 말을 돌봐야 했다. 그런 마병 입에서는 신세타령이 절로 터져 나왔다.

말에 오르면 전쟁이요, 말에서 내리면 종일세.
말 팔자 상팔자요, 마병 팔자 뒤웅박이로세.
마병도 다 싫소, 내생에는 군마로 나게 해주오.

그렇다고 싫기만 했을까. 아니었다. 말 등에 걸터앉으면 세상 모든 것이 제 것 같았다. 오색 댕기를 맨 처녀가 힐끔힐끔 쳐다보기라도 하면 허리를 더 꼿꼿이 폈다. 꾀죄죄한 보군이 부러운 눈으로 올려다볼 때면 고삐를 당겨 말 머리를 한껏 쳐들게 했다. 마병이 아니고서는 누릴 수 없는 호사였다. 그럴 때에는 오만이 입가에 맴돌았다.

'마병은 아무나 되는 줄 아느냐.'

운두성 마병은 더했다. 일당백 검은 마병이라는 배짱과 오기로 똘똘 뭉친 그들이었기에 그랬다. 허울만 번지르르한 배짱과 오기가 아니었다. 그것은 혹독한 추위를 이겨내고 맺힌 겨울 매화 열매 같은 것이었다. 그랬기에 그들은 으스러지는 고통을 참으며 천리를 달리고, 두려움을 떨치고 창검을 휘두르는 적에게 달려들 수 있었다. 뭇 사졸은 그런 그들을 별종으로 여겼다. 몰래 마신 탁주에 거나히 취하면 호기를 부리며 시비를 걸 법도 한데도, 험상 궂은 북신 마병을 만나면 슬금슬금 자리를 피했다. 공연히 부딪혀 낭패를 당하느니 피하는 게 상책이었다.

마병들이 몸을 녹이던 때 둔탁한 말굽 소리가 희미하게 들려왔다. 어지러이 달리는 소리였다.

"들립니까."

"예, 나리."

이첨은 귀를 쫑긋 세운 채 김죽의 물음에 짧게 대답했다.

"이 밤에 무슨 일로 저리도 급히 달릴까요."

모닥불을 쪼이던 치노는 눈을 쓸어내고 땅에 귀를 들이댔다.

"전력을 다해 달리는 소리입니다. 가까이 달려오는 말은 두 필이고, 멀리서 달려오는 말은 여러 필입니다. 쫓기는 듯합니다."

"오장의 말이 맞습니다."

김죽의 말이 끝나기 무섭게 이첨은 벌떡 일어나 소리쳤다.

"불을 끄고 말에 오르라!"

다비도 소리쳤다.

"뭣들 하느냐. 꾸물거리지 말고!"

마병들은 눈을 뿌려 급히 모닥불을 껐다.

이첨은 마병을 길가 숲속에 늘어세웠다. 그들은 대궁을 움켜잡았다.

하얀 눈길을 헤집고 군마가 나타난 것은 얼마 지나지 않아서였다. 쫓기는 자는 두 명이었다. 쫓는 자는 열이 넘었다. 거리가 가까워지자 이첨의 입에서는 외마디 소리가 터져 나왔다.

"아니, 별장이!"

쫓기는 사람은 비장 김수산의 부하 강진이었다. 이첨이 병마도절제사 군영에 머물 때 보아 낯이 익은 구품 별장이었다. 눈이 내뿜는 환한 빛에 그의 긴 턱이 뚜렷이 보였다. 이첨은 소리쳤다.

"명령이 있기 전에는 시위를 당기지 말라!"

이첨은 치노와 도금치를 이끌고 길 한가운데로 나섰다. 세 사람을 적으로 알았던 걸까, 달려오던 강진은 멈칫했다. 팔을 흔들며 부르는 이첨을 본 뒤에야 다시 내달렸다. 그들은 피투성이였다. 강진은 어깨에 화살을 맞고, 따르는 마병은 가슴이 피로 물들어 있었다.

"나리……."

말을 멈춘 강진은 겨우 이첨을 불렀다.

"무슨 일이 있었던 게냐."

"대, 대감 나리께서 해를 당하셨습니다."

"해를 당하셨다고!"

"우, 운두성에 알리라 하여……."

기진맥진한 강진은 말을 제대로 잇지 못했다. 마침내 이첨을 만나니 살아남아야 한다는 굳은 마음이 그만 사그라진 걸까, 피범벅이 된 마병은 더 이상 버티지 못하고 말에서 풀썩 떨어졌다. 마병들은 두 사람을 재빨리 길섶으로 옮겼다. 뒤쫓던 마병이 닥친 것은 그때였다. 그들은 종성의 군사였다.

길을 막아선 이첨은 소리쳤다.

"대체 누구이기에 이 밤에 소란을 떠는 게냐!"

"비키시오! 비켜서시오!"

덥수룩한 수염을 한 우두머리의 말은 사뭇 위협조였다.

"누구냐고 묻질 않나!"

"당신이 그걸 알아 뭣 해! 길을 막으면 똑같은 역적이 될 것이야!"

"귀가 먹었느냐. 누구냐고 묻지를 않느냐!"

말이 통하지 않는다 싶었던지 우두머리는 다짜고짜 칼을 뽑아 들었다. 어두운 숲속에 버티고 선 마병을 보지 못한 듯했다.

"얘들아, 쳐라!"

이첨과 치노, 도금치도 환도를 뽑아들었다. 싸움은 오래가지 않았다. 세 사람의 칼이 번득이자 숲속 마병들은 시위를 당겼다. 길섶에 몸을 숨긴 마병들도 칼을 뽑아 들고 길 위로 올라섰다. 종성의 마병은 적수가 되지 못했다. 태반은 날아든 화살에 맞아 떨어지고, 치노와 겨룬 우두머리는 열 합을 버티지 못하고 쓰러졌다. 하얀 눈밭은 삽시간에 핏빛 아수라장으로 변했다. 뒤쪽에 있던 두 명의 마병은 말머리를 돌려 황급히 달아났다. 북신 마병 오장은 자신의 오에 속한 부하 다섯을 이끌고 뒤를 쫓았다. 목숨을 건 추격전이 다시 시작됐다. 쫓던 자는 쫓기는 자로 변했다.

"불을 피워라!"

347

이첨은 소리를 쳤다.

가는 숨을 몰아쉬던 강진의 부하는 끝내 숨을 거뒀다. 고향에 남겨둔 처자를 생각했던 걸까, 감지 못한 눈에 눈물이 맺혀 있었다. 강진은 사시나무 떨듯 몸을 떨었다. 깊은 부상에 피를 많이 쏟아 견디기 힘든 듯했다. 몸부터 녹여야 했다. 마병들은 그를 모닥불 옆에 눕히고 물을 데워 먹였다. 강진이 진정된 뒤 김죽은 물었다.

"해를 당하셨다니 무슨 소리냐."

"정종이 배신을 했사옵니다."

강진은 힘겹게 대답했다.

"정종이? 아!"

탄식이 절로 흘러나왔다. 사특한 빛을 언뜻언뜻 드러내던 정종이 감히 그런 일을 꾸밀 줄이야. 김수산은 무엇을 하고 있었다는 말인가.

"대감 나리께 변고가 생겼다는 말이냐."

"아마 그, 그런 것 같사옵니다."

강진은 숨을 가다듬어 말을 이었다.

"비장 나리께서 운두성에 알리라고 한 때에는 대감 나리 계신 곳에 벌써 정종과 이행검의 군사가 까맣게 몰려들었사옵니다. 아마도 해를 입으셨을 것이옵니다."

"이행검이? 어찌 그런 일이……."

"……."

"네가 직접 눈으로 확인한 것은 아니지 않으냐."

"그렇긴 하옵니다만."

"그런데 어찌 해를 입으셨다고 하는 게냐."

강진은 숨을 몰아쉰 뒤 말했다.

"정종의 군사와 맞섰지만 우리 쪽 호위 병사는 열댓에 지나지 않았사옵니다. 물리칠 수 있는 상황이 아니었사옵니다."

힘겹게 말을 잇던 강진은 다시 몸을 부르르 떨었다. 절망적인 말이었다. 그렇다고 이징옥이 숨졌다고 단정할 수는 없었다.

김죽은 일어나 이첨과 치노, 다비를 불렀다.

"상황이 예사롭지 않군요. 두 오장은 별장을 데리고 운두성으로 돌아가세요."

치노는 그 말이 마뜩치 않았다.

"왜 제가 가야 합니까."

다비도 똑같은 말을 했다. 두 사람은 김죽을 두고 돌아가고 싶지 않았다.

"두 오장은 할 일이 있습니다. 대감 나리께서 해를 입으셨다면 필시 일이 어그러질 수 있을 터, 돌아가 부장에게 운두성이 위험에 처하지 않도록 하라 이르세요. 어찌 해야 할지는 부장이 잘 알고 있을 겁니다. 종성에 도착한 뒤 소식을 띄울 테니, 혹시라도 신시[23]까지 전갈이 없으면 모든 여진 부락에 별명이 있을 때까지 군사를 발하지 말도록 하라 하세요."

전갈이 없다는 말이 무슨 뜻이겠는가. 죽음을 각오하는 말이었다. 입을 꾹 다문 이첨은 고개만 끄덕였다. 그의 얼굴에는 비장한 빛이 감돌았다. 치노와 다비의 낯빛은 비감했다. 이징옥의 생사를 알 수 없는 마당에 김죽마저 사지로 가겠다는 것이 아니던가.

"나리, 어쩌려고 그러십니까."

치노는 애가 달았다.

"내가 가지 않으면 누가 갑니까."

"대감 나리께서 해를 입으셨다면 가셔도 소용없는 일 아닙니까."

김죽이 돌아오기 힘든 종성으로 가도록 버려둘 수는 없었다.

"정 가시려면 저도 데려가세요."

치노는 한사코 버텼다. 다비도 똑같았다.

김죽은 정색을 하고 호통을 쳤다.

"군령이 엄하거늘 이게 무슨 짓들이오! 두 오장은 명을 받들어 운두성으로 돌아가시오!"

그래도 소용없었다.

"나리, 저는 따라갈 테니 다비만 보내십시오."

"형님, 그게 무슨 말이오. 내가 나리를 모셔야지."

"너는 입 다물고 있어!"

"내가 왜 입을 다무오. 그렇게는 못 하겠소!"

난감했다. 모두 돌아가라고 두 번 세 번 소리쳤지만 두 사람은 서로 가겠다고 입씨름만 할 뿐 명령을 받아들일 기색이 없었다. 다툼을 가라앉힌 것은 나이 지긋한 이첨이었다. 그는 김죽과 치

---

23 낮 3시부터 5시 사이.

노, 다비 세 사람이 어찌 살아왔는지 누구보다 잘 알고 있었다.

"나리, 치노를 운두성으로 돌려보내고, 다비는 함께 가는 것이 어떻겠습니까. 촌각을 다투어 강외에 전갈을 전하자면 길에 익숙한 치노만한 적임자가 없지 않습니까."

이첨은 대답을 기다리지 않고 명령을 내렸다.

"지금은 사사로운 감정을 앞세워 지체할 때가 아니다. 치노는 돌아가도록 하라. 너의 마음을 모르는 것은 아니지만 돌아가 해야 할 일은 더 막중하다. 오장의 한 몸에 운두성과 제족諸族[24]의 목숨이 달려 있다는 것을 명심하고 나리의 뜻을 깊이 헤아려 명을 받들라."

"……."

치노는 대답을 하지 않았다. 주름진 눈가에는 눈물이 배어났다.

"그렇게 하세요."

김죽의 말에 치노는 무릎을 꿇고 머리를 땅에 박았다.

"나리! 위험한 일일랑 절대 하시면 안 됩니다요."

어린 이랑을 돌보던 관노의 말투가 되살아났다.

"나리, 꼭 그렇게 하겠다고 약조해주세요."

"아무 걱정 마세요, 삼촌. 이 김죽이 누구입니까."

김죽은 쪼그리고 앉아 치노의 손을 잡았다. 돌처럼 딱딱한 군

---

24 모든 종족 또는 모든 부족. 여진 부족을 이르는 말이다.

은살이 박인 손. 아버지와 어머니가 묻힌 상리사 산길을 오를 때마다 잡던 손이었다. 목욕할 때마다 그 거친 손이 닿으면 보드라운 어머니 손이 그리워 얼마나 울었던가. 아파서 우느냐는 말에 차마 그 이유를 말할 수는 없어 고개만 내젓지 않았던가. 그 손에 의지해 모진 생명을 이었으니, 치노의 거친 손은 세상 무엇과도 바꿀 수 없는 고마운 손이었다. 김죽은 손을 놓지 못했다.

치노는 울먹였다.

"나리, 아니다 싶으면 꼭 돌아오셔야 합니다요."

김죽의 눈시울도 붉어졌다.

다비는 벌겋게 변한 눈을 껌벅이며 말했다.

"아따 형님, 걱정 마오. 나리는 이 다비가 지킬 테니!"

잿빛 성

───── 종성은 을씨년스러웠다. 잿빛 구름에 싸인 행성에는 음산한 기운마저 감돌았다. 북병영 군사들은 창끝 쇠 무게가 천 근 같았다. 지친 걸음을 옮겨 성에 들어선 순간 종성에 이르면 편히 쉴 것이라던 희망은 산산이 부서졌다. 그제야 군막을 세우는 어지러운 모습을 본 것이다. 기별을 한 것이 언제인데 그제야 맞을 채비를 하고 있었다. 눈총이 따가웠다. 정종은 변명을 늘어놓았다.

"기별을 받고 서둘렀지만 날이 갑자기 추워져서……."

말 같지 않은 소리였다. 김수산은 참기 힘들어 거친 말을 토해냈다.

"날이 추울수록 더더욱 진작 서둘렀어야 하는 것 아닙니까."

정종은 얼굴이 화끈거렸다. 낯빛은 벌써 벌겋게 상기되어 있었다. 무안함을 삭인 정종은 겨우 입을 뗐다

"무어라 송구스런 말씀을 올려야 할지 모르겠사옵니다. 날

마다 호되게 다그쳤지만 곳곳에 길이 막혀 이 지경이 되었사옵
니다."

이징옥도 화가 목구멍까지 차올랐다. 길이 없으면 길을 뚫고,
돌이 없으면 돌을 캐내어 이룬 것이 육진의 역사가 아니던가. 눈
이 내렸다고 그것을 핑계로 삼는 정종에게서 육진의 정신은 찾을
수 없었다. 평소 같으면 기별을 받고도 병사들이 한설 피할 곳 하
나 마련해두지 않았다면 치도곤을 치고도 남을 일이었다. 하지만
화를 삭였다.

"지친 군사가 추위에 떨면 되겠느냐. 어서 군막을 치도록
하라."

더 이상 토를 달지 않았다. 그것이 오히려 무서웠다. 이징옥은
시시콜콜 따지는 법이 없었다. 아니다 싶으면 벌을 내렸다. 세종
이 온화한 낯빛으로 상대의 마음을 얻으라고 아무리 당부해도 잘
못을 보면 참지 못하는 성미는 영 버리질 못했다. 곤장 형틀에 오
르지 않으려면 납작 엎드리는 수밖에 없었다. 정종은 연신 허리를
굽혔다. 이징옥도 더 꾸짖을 생각은 없었다. 한양에 맞서 싸워야
할 마당에 벌과 꾸지람으로만 변장을 다스릴 수는 없었다. 곤장은
반심의 씨앗이 되는 법이 아니던가.

"예, 나리. 오늘 중으로 마무리해놓도록 하겠사옵니다."

자리를 빠져나온 정종은 발 앞에 놓인 삼태기를 걷어찼다.

"제기랄, 그 많은 군막을 갑자기 치라고 하면 어쩌라는 거야.
내가 비형랑도 아니고."

비형랑은 신라 진지왕의 혼백과 잠자리를 한 도화랑이 낳은

아들이었다. 귀신을 부려 하룻밤 새 서라벌 월성 서쪽 개천에 돌다리를 놓았다는 인물이다.

정종은 건성건성 지시를 내린 뒤 또 욕을 내뱉었다.

사실 정종은 며칠 새 통 잠을 이루질 못했다. 이징옥이 군사를 일으켰다는 밀보를 받아든 후 자다가도 벌떡벌떡 일어나곤 했다. 방 밖을 나서기조차 싫은 혹한의 북관 땅에서 고생한 이유가 무엇이던가. 때를 잘못 만나 팔자에도 없는 반란군 편에 서야 할 판이었다. 입신양명은 고사하고, 칼부림이라도 벌어지는 날에는 목숨 하나 부지하지 못할 판이었다. 지난날이 억울하고, 앞날은 캄캄했다. 한숨으로 며칠 밤을 지새우다 뒤늦게서야 건성으로 일을 시작했으니, 군막이 제대로 세워질 리 만무했다.

"나리, 나리. 큰일났습니다요. 다들 눈바람 피할 곳도 없다고 아우성인데, 군막 칠 기둥도, 천도 턱없이 모자랍니다요. 며칠 내로는 죽었다 깨도 다 짓기 어려울 것 같은뎁쇼."

정종의 방으로 달려온 아전은 두서없는 말을 쏟아냈다. 신경이 곤두서 있는 차에 열린 방문으로 찬바람이 훅 들이쳤다. 화가 울컥 치밀었다.

"지금 제정신인 게냐!"

정종은 벌떡 일어나 꿇어앉은 아전의 가슴팍을 발로 내질렀다. 아전은 대청마루에 벌러덩 나자빠졌다. 그는 어리둥절했다. 왜 발길질을 당해야 하는지 알 수 없었지만 매를 벌지 않으려면 빌고 봐야 했다. 머리를 조아렸다.

"잘못했습니다요, 나리. 진작 이것저것 구해놓았어야 하는데."

정종은 또 걷어찼다.

"이놈아, 내 네놈과 무슨 일을 하겠느냐. 냉큼 꺼지거라!"

"쉰네 얼른 달려가 나무와 천을 모조리 긁어모으라 하겠습니다요."

꺼지라는 소리가 그렇게 고마울 수 없었다. 아전은 대답을 하면서 벌써 신발을 신고 있었다.

정종은 마음을 가라앉힌 뒤 이방을 불러들였다.

"모두 준비했으렷다."

"준비하다마다요. 말씀하신 것보다 훨씬 많은 양을 구해놓았습니다요. 헤헤."

"잘했다. 기별을 하면 모두 군막으로 옮겨라. 내가 특별히 일러놓은 것도 잘 챙겼으렷다."

"그러다마다요. 아주 효험이 뛰어난 것으로 준비해두었습죠. 길초근에 초생황을 넣어 수십 번 달였는데, 술에 조금만 섞어도 정신이 혼미해진다고 합니다요. 틀림없는 놈입니다요."

"쉿!"

공치사하는 이방의 소리가 커지자 정종은 입을 틀어막으며 조심시켰다.

"쉿!"

"네, 네."

이방은 소리를 한껏 낮췄다.

"절대 말이 새 나가지 않도록 해야 하느니라. 혹시라도 새어나가는 날엔 네놈 목이 백 개라도 남아나지 못할 테니."

이방은 손으로 제 목을 베는 시늉까지 하며 대답했다.

"그런 염려랑 푹 놓으십시오. 제가 나리를 돕는데 설마 그만한 것도 모르겠습니까요. 저만 믿으십시오."

"실수 없도록 단단히 해야 하느니라."

"염려 놓으시라니까요."

정종은 몇 번을 다짐받은 뒤 수염을 매만지며 골똘히 생각에 잠겼다. 눈빛이 음흉했다. 하인을 불렀다.

"시동이 게 없느냐."

"네 나리, 여기 있습니다요."

문밖에 있었던지 부르자마자 대답 소리가 들렸다. 정종은 가슴이 덜컥 내려앉았다. 바로 곁에 하인이 있는지도 모른 채 비밀스런 이야기를 나누고 있었으니, 머릿속이 새하얘지는 듯했다. 대청으로 뛰쳐나가 성마른 소리를 내질렀다.

"누가 여기서 얼쩡대라고 하더냐."

"방금 부르지 않으셨습니까요."

"방금 내가 한 말을 모두 들었으렸다!"

"무슨 말씀을요?"

정종은 실눈을 뜬 채 하인의 표정을 살폈다. 얼핏 봐도 들은 것 같지는 않았다. 하지만 안심할 수 없어 말을 건네며 기색을 자세히 살폈다.

"탁주는 다 준비되었으렸다."

"예 나리. 온 고을을 뒤져 술이란 술은 모두 긁어모았습니다요. 장독대, 뒷간까지 뒤져서요."

그 말은 이방에게서 이미 들은 소리였다. 몰래 빚어 감춰둔 술을 찾아내자면 횡포가 얼마나 심했을지는 짐작하고도 남았다. 정종은 하인의 눈빛을 한참 살핀 뒤에야 마음을 놓을 수 있었다.

"호군은 왜 오지 않는 게냐."

호군은 북병영의 이행검을 이르는 말이었다.

"기별을 제대로 한 게냐."

"하다마다요. 벌써 한참 전에 나리께서 부르신다고 전했습니다요."

"으응."

정종은 잰걸음으로 초조하게 대청마루를 오갔다. 방에 남겨둔 이방 생각은 머리에 남아 있지 않은 모양이었다.

"허참, 이놈은 왜 이렇게 오질 않는 게야. 이래서야 무슨 일을 도모하겠어."

"무슨 일이라도 있습니까요."

시동이 묻는 말에 정종은 또 깜짝 놀랐다. 눈빛이 싸늘해졌다. 시동은 무슨 낭패를 당할지도 모르겠다는 생각에 얼른 허리를 굽히며 말했다.

"쇤네가 냉큼 가서 모셔오겠습니다요."

하인은 대답도 기다리지 않고 종종걸음으로 자리를 피했다.

이행검이 온 것은 아전과 시동이 물러나고도 한참 후였다. 마주 앉자마자 정종은 짜증 섞인 협박 투의 말을 쏟아냈다.

"준비는 잘되어가는 게요? 전에 말했듯이 잘 판단해 행동하시오. 이 일은 나 혼자만의 일이 아니오. 한양에서 내려온 밀명이오.

혹시라도 딴마음을 품는다면 당신은 말할 것 없고 구족이 능지처참돼 저잣거리에 버려질 것이오. 알겠소."

이행검의 얼굴빛은 어두웠다.

"언제 결행할 생각입니까."

"오늘 밤."

"그렇게나 빨리요?"

"그럼 언제 하겠소. 이미 준비가 끝났으니 전갈을 받으면 군사를 이끌고 오기만 하면 되오. 말이 누설되는 날에는 호군부터 무사하지 못할 테니 단단히 입조심하시오."

종성이 음산한 것은 잿빛 구름 때문이 아니었다. 음흉한 생각이 음산한 기운을 만들고 있었다.

종종걸음을 쳐 이징옥에게 간 정종은 읍소하듯 말했다.

"대감 나리, 소인의 불찰이 너무도 크옵니다. 밤을 새워서라도 군막을 모두 세워놓도록 단단히 일러두었사옵니다."

"개마고원을 넘기까지 했는데 하룻밤 군막이 없다고 얼어 죽기야 하겠느냐. 추위에 떠는 병사들이 많을 테니 솜옷을 나눠주고 모닥불을 피워 따뜻하게 밤을 보낼 수 있도록 하라."

"예, 예. 솜옷가지도 나눠주도록 했사옵니다."

정종은 하지 않은 일까지 꾸며 대며 비위를 맞췄다. 이징옥으로서는 곧이듣기 힘든 말이었다. 군막 하나 제대로 준비하지 않은 판관이 솜옷가지를 나눠주었다니 가소롭게 여겨질 뿐이었다. 하나를 보면 열을 안다고 하지 않던가.

"대감 나리. 찬바람이 예사롭지 않은데 병사들에게 탁주라도 돌려 몸을 따뜻하게 하는 것이 어떻겠사옵니까. 마침 빚어둔 탁주가 있사옵니다."

이징옥의 얼굴빛이 일그러졌다. 술을 얼마나 쌓아두었기에 병사들에게 돌리겠다는 것인가. 관아에 술이 가득하면 백성은 주리는 법이 아니던가. 금잔의 술은 백성의 고혈이었다. 이징옥의 마뜩치 않은 낯빛을 읽은 정종은 변명을 늘어놓았다.

"올해 작황이 어찌나 좋은지 남아도는 옥수수를 썩히기보다 술로 담아두는 것이 낫겠다 싶어 빚은 것이옵니다."

둘러대는 말이 더욱 가소로웠다. 척박한 북관 땅에 곡식이 남아돈 적이 있었던가. 풍년이라면 옥수수를 말려 보릿고개에 대비할 생각은 하지 않고, 술로 빚어뒀다니 가당치 않았다. 관아 곳간의 곡식이 썩는다 한들 얼마나 썩는다는 것인가. 곡식을 오래 보관하기 위해 매년 추수철마다 가마니 아래에는 널판을 깔고, 위에는 통나무를 괴어 썩는 것을 막았다. 곡물이 썩는다면 남아돌아 그런 것이 아니라 수령이 잘못 관리한 탓일 터였다.

"그럼 나눠주도록 하겠사옵니다."

정종은 슬금슬금 눈치를 보며 말했다.

이징옥은 그만두라고 하지 않았다. 추위에 떠는 병사들에게 탁주 한 사발씩 돌린다고 나쁠 것은 없었다. 병사들은 떠는데 자신은 군불 지핀 방에 앉아 있지 않은가. 먹을 것을 두고 군사의 사기를 꺾고 싶지도 않았다.

실어 나른 술은 모두의 입이 떡 벌어질 정도로 많았다. 항아리를 실은 큰 수레만 여섯 대였다. 수레마다 큰 항아리를 여섯 개씩 싣고 있었다. 항아리마다 수십 명이 고주망태가 되도록 마시고도 남을 양의 술이 담겨 있었다. 수백 섬의 옥수수 낱알을 털어도 그렇게 많은 술은 빚을 수 없을 듯했다.

아전들은 관노를 동원해 쉴 새 없이 술을 퍼 날랐다. 추위에 떨던 병사들의 낯빛이 환해졌다.

"살다 보니 별일이 다 있구먼."

"누가 아니라나."

"이렇게 거방지게 마시기는 처음일세."

"오늘도 거적을 덮고 자야 할 판인데 다행이지."

"자 자, 한 잔씩 걸치고 몸이나 녹이세."

술 사발을 주고받는 시간이 길어지자 신세타령은 어김없이 쏟아졌다. 고향 생각이 여름날 잡초처럼 고개를 치켜들었다.

"북변까지 와 이 무슨 고생이람."

"나라 꼴이 말이 아닌데, 참고 견뎌야지."

"그렇기는 하네만. 어머니는 내가 지금 이러고 있는지 아시기나 할라나."

"아셔서 뭣 하나. 걱정만 키울 텐데 모르시는 게 낫지."

종성도호부 동헌에서도 술판이 벌어졌다.

"뭣들 하는 게냐. 어서 어서 상을 차리지 않고."

아전은 목청을 돋워 굼뜬 관비들을 재촉했다. 아닌 밤중에 홍두깨처럼 갑자기 잔치 음식을 산더미처럼 자녀 내놓으라니 불만이 터져 나오지 않을 리 없었다. 관비 아낙들은 저마다 투덜댔다.

행동은 굼뜰 수밖에 없었다.

"대체 무슨 일이래."

"상전 행차에 아부하려는 게지."

"누가 아니래. 돌아서면 험담을 늘어놓을 양반이."

"양반네가 다 그렇지 뭐."

푸념이 끝없이 이어지자 늙은 관비 아낙은 핀잔을 줬다.

"이년들아, 일을 입으로 하는 게야? 입이 싸면 매를 버는 법이야."

그 말에 관비들은 입을 더욱 삐죽 내밀었다.

"다른 사람이면 이런 말도 하지 않아요. 생전 아랫사람 생각은 눈곱만치도 하지 않는 양반이 상전에게는 아부를 떨며 종년들이나 닦달하니까 하는 말이지요."

그 한마디에 정종의 성품이 잘 드러났다. 허다한 상전을 모셔온 관노와 관비의 말은 수령의 됨됨을 재는 가장 정확한 잣대였다.

늙은 관비 아낙은 타박을 했다.

"이년들아, 그러니 더 조심들 하라는 게야. 하나만 알고 둘을 모르면 몸이 고단해지는 게야, 이년들아."

그러면서 혀까지 끌끌 찼다.

동헌 대청에는 큰 상이 차려졌다. 웬만한 잔치에서는 보기 힘든 호화스러운 상차림이었다. 북변의 산해진미란 산해진미는 모두 상에 올라 있었다. 이징옥은 심기가 불편할 수밖에 없었다.

"판관, 이렇게 많은 것을 어디서 구한 것이오."

정종은 살랑거리며 대답했다.

"오시느라 힘드셨을 텐데 오늘이라도 몸을 보하셔야 하지 않겠사옵니까. 작은 정성이옵니다."

말인즉 그럴싸했다. 이징옥은 건성으로 치하를 했다. 하지만 반기는 기색이 아니었다. 그것을 아는지 모르는지 정종은 한사코 술을 권했다.

"몸이 으스스하실 때에는 약주가 최고입니다."

분 바른 관기 또한 몸을 부비며 술을 재촉했다.

"어서 드시어요."

관기는 연신 술잔 비우기를 재촉하며 비우지 않은 잔에 첨잔을 했다. 정작 정종은 마시지 않았다. 이징옥으로부터 술 받는 것이 송구한 양 몸을 외로 틀며 마시는 둥 마는 둥 했다. 상에 오른 술은 길초근에 초생황을 달인 약재를 넣은 술이었다. 이징옥은 졸음을 참기 힘들었다. 이상했다. 아무리 몸이 지치고 고뿔이 심하기로서니 술 몇 잔을 이기지 못할 이징옥이 아니었다. 맨손으로 호랑이를 때려잡은 타고난 장사 체질이었다. 정신을 차리려 애썼지만 견디기 힘들었다.

"나는 고단해 이만 들어갈 테니 다들 천천히 들도록 하라."

자리에서 일어서던 이징옥은 몸을 휘청거렸다.

"괜찮으십니까."

김수산은 이징옥을 부축했다. 손에서 열이 느껴졌다.

"교위는 병사들이 밤을 나는데 어려움이 없는지 다시 한 번 살피라 하거라."

"예, 대감 나리. 어서 안으로 드시지요."

이징옥은 김수산과 부하들의 부축을 받아 겨우 처소에 들 수 있었다. 잠이 쏟아졌다. 이부자리에 눕자 이내 깊은 잠에 빠져들었다.

김수산은 방을 나서며 부하들에게 단단히 일렀다.

"모두 한시라도 자리를 떠서는 안 된다. 내 허락 없이는 어느 누구를 막론하고 대감 나리께서 계신 방에 들게 해서는 안 된다. 아무리 작은 일이라도 나에게 반드시 알리도록 하라. 알겠느냐."

"예, 나리!"

호위병들은 일제히 복창을 했다.

김수산은 술자리로 돌아가지 않았다. 거나히 취해 늘어놓는 흰소리나 듣고 있을 수 없었다. 이징옥이 갑자기 잠에 빠져든 이유가 의심스럽고, 추위에 떠는 병사들이 걱정스러웠다. 처소 주변을 일일이 살핀 뒤 마당을 가로질러 뜰 건너 행랑으로 향했다.

뜰에는 솜털 같은 눈이 내려앉고 있었다. 발길을 옮길 때마다 짓눌린 눈은 뽀드득 뽀드득 소리를 내질렀다. 소리가 싫지 않았다. 뒤를 돌아다봤다. 눈에 찍힌 발자국이 삶의 궤적처럼 길게 이어져 있었다. 하염없이 내리는 눈은 그 궤적을 다시 지우고 있었다. 지붕을 올려다봤다. 하얀 빛을 뿜고 있었다. 눈 덮인 기와지붕은 흡사 한지로 만든 꽃 같았다.

신을 용서하소서

────── 일은 그날 밤 터졌다. 술시[25]가 지난 이슥한 밤, 정종
과 이행검이 이징옥이 묵는 동헌 별채에 나타났다. 한양의 군사가
들이닥친 것도 아닌데 피갑 차림에 환도를 차고 있었다. 한밤중에
그런 모습으로 나타난 것이 꽤나 괴이했다. 술자리를 함께한 이징
옥이 이미 잠자리에 든 것도 알고 있지 않은가. 수상쩍어 별장 강
진이 막아섰다.

"나리, 웬일이십니까."

공손하지 않은 말투에는 경계하는 빛이 역력했다. 사품 판관
인 정종은 구품 별장의 말투가 마음에 들지 않았지만 점잖게 말
했다.

"나리를 좀 뵐까 해서 왔네."

────
25 저녁 7시부터 9시 사이.

"곤히 주무시고 계십니다. 급한 용무가 아니라면 내일 뵙는 것이 어떻겠습니까. 지금은 뵐 수 없습니다."

에둘러 말했지만 일언지하의 거절이었다. 말단 무관의 거절에 정종은 머쓱하다 못해 얼굴이 벌겋게 달아올랐다. 숨을 고른 뒤 애써 차분한 투로 말했다.

"자네는 내가 누군지 모르는가."

"모를 리가 있습니까."

"누군가."

"판관 나리 아니십니까."

"그런 내가 나리를 뵙겠다는데 왜 자네가 막아서는 겐가."

정종은 검지로 강진의 가슴을 쿡쿡 찔렀다. 강진은 지지 않았다.

"대감 나리께서 이미 잠자리에 드셨다고 말씀드리지 않았습니까. 먼 길을 오시느라 고단하시고, 몸이 편찮으십니다. 나리께서도 잘 아실 텐데, 급한 용무가 아니라면 날이 밝은 후 뵙는 편이 낫지 않겠습니까."

정종은 화가 났다.

"말단 무관이 감히 판관을 막아? 나는 판관이야, 판관!"

"그것을 모를 리 있겠습니까."

강진은 표정 하나 바꾸지 않은 채 담담히 대답했다. 말투에서 꺾기 힘든 고집이 느껴졌다.

"어느 누구도 들이지 말라는 엄명이 있었으니, 정 뵙고자 하신다면 주무시는 대감 나리를 깨워도 되는지 교위 나리께 여쭙도록 하겠습니다.”

교위는 김수산을 이르는 말이었다. 정종은 버럭 소리를 내질렀다. 평소 마음에 들지 않았던 김수산을 들먹인 것이 화를 돋웠다.

“이놈이 지금 무슨 소리를 하는 게야!”

정종은 갑자기 환도를 반쯤 빼 들었다. 눈에서는 살기가 느껴졌다. 점점 괴이해지는 정종의 행동은 수상쩍기 짝이 없었다. 그래도 강진은 눈 하나 깜짝하지 않았다. 그즈음 강진의 부하들도 모여들었다. 강진은 정종을 똑바로 쳐다보며 뜰이 떠나갈 듯 큰 소리로 외쳤다.

“대감 나리께서 곤히 주무시는데 판관 나리께서 대감 나리를 뵙겠다고 하시니 어찌 해야 할지 교위 나리께 여쭈어라.”

그때 칼을 뽑아 내리친 것은 옆에 선 이행검이었다. 강진은 날렵했다. 날아드는 칼을 피해 환도를 뽑아들었다.

“뭣들 하는 게요!”

날카로운 외마디가 뜰에 울려 퍼졌다.

그때 정종은 작은 중문을 향해 소리쳤다.

“얘들아!”

소리치기 무섭게 수졸들이 우르르 쏟아져 들어왔다. 강진은 그제야 정종과 이행검이 왜 한밤에 피갑 차림으로 나타났는지 알았다. 이징옥을 해치려는 것이 아니라면 야밤에 창칼로 무장한 군사를 이끌고 올 턱이 없었다. 김수산의 말이 떠올랐다.

“자객이 나타날 수 있으니 누구도 함부로 대감 나리 방에 들

여선 안 된다. 자객은 멀리 있는 것이 아니라 필시 가까이 있을 게
다. 나리를 보호하는 데 빈틈이 있어서는 안 된다. 그것이 내가 할
일이고, 너희들이 해야 할 일이다."

종성의 판관이 자객일 줄이야.

강진은 소리쳤다.

"자객이다! 자객이다! 판관이 자객이다!"

김수산의 부하들이 달려와 환도를 뽑아 들었다. 호위병 열댓
이 몰려들자 정종과 이행검은 뒷걸음을 치며 소리쳤다.

"뭣들 하는 게냐. 저놈들을 베라!"

강진은 환도로 정종의 코를 겨누며 뜰이 떠나가도록 소리
쳤다.

"판관과 호군이 개보다 못한 자객 짓을 하는 게요! 그러고도
조선의 장교 노릇을 했던 게요!"

구품 별장이 사품 판관을 꾸짖는 소리였다. 힐난하는 외침은
김수산을 부르고, 이징옥을 깨우는 소리였다.

그때 김수산은 이미 문을 박차고 나와 뜰로 달려오고 있었다.
뜰은 종성 군사들로 가득했다. 백을 헤아리고도 남았다. 칼 부딪
는 소리가 요란했다. 김수산은 앞을 막아선 사졸을 환도로 사정없
이 내리치며 대청 쪽으로 달려갔다.

"저놈부터 베라!"

정종은 김수산을 가리키며 소리쳤다. 그러나 종성 군사들은
함부로 덤벼들지 못했다. 김수산이 칼춤을 추며 칼날을 번득일 때
마다 사졸들은 피를 뿌리며 추풍낙엽처럼 나뒹굴었다. 섣불리 덤

벼들다간 목이 남아날 리 없었다. 주춤주춤 물러서는 사졸들의 눈에는 두려운 빛이 감돌았다.

대청 아래에 이른 김수산은 강진에게 일렀다.

"여기는 내가 맡을 테니 군사를 불러 오너라. 그리고 바로 운두성으로 가거라. 어떤 한이 있어도 이곳 일을 알려야 한다."

사태는 절망적이었다. 일당십으로도 꺾기 힘들 것 같았다. 운두성에 알리도록 한 것은 북신영의 검은 마병이 군병 동원의 중심에 있기 때문이었다. 판관과 호군의 배신 사실을 모른다면 많은 변장과 여진 군병이 어처구니없는 참화를 입을 것이었다. 김수산의 뇌리에는 불길한 예감이 스쳤다. 북병영 군사의 야영지가 아무리 떨어져 있기로서니 이토록 많은 적당이 들이닥쳐 칼부림을 벌이는 데도 알지 못한다는 것은 괴이한 일이었다. 별채를 가득 메운 고함과 칼 부딪는 소리가 눈에 묻힌 걸까, 북병영 군사들이 귀를 막고 있는 걸까. 담장 너머 세상은 너무도 고요했다. 그제야 이징옥이 고작 술 몇 잔을 들이켠 뒤 몸을 가누지 못한 이유와 아무도 오지 않는 이유를 짐작할 수 있었다. 북병영 장교들도 이징옥처럼 잠에 취해 있을 터였다. 그렇지 않다면 소란을 알아차리지 못할 턱이 없었다.

"가라, 어서 가라!"

김수산은 머뭇거리는 강진을 다그쳤다.

"나리, 부디 몸 보전하십시오."

강진은 마지막 말을 남긴 뒤 뒤꼍으로 내달렸다. 부허 한 명도 뒤를 따랐다.

"저놈을 잡아라! 저놈들이 빠져나가지 못하도록 하라!"

정종은 소리쳤다. 하지만 종성 군사는 강진을 쫓지 못했다. 호위병들이 뒤를 쫓으려는 군사를 막았다.

종성 수졸들은 호위병들을 좀체 당해내지 못했다. 호위병의 검술이 뛰어나 그런 것만도 아니었다. 목숨을 걸고 싸우는 호위병과 그렇지 못한 수졸의 칼날은 뿜어내는 기운부터 달랐다. 호위병이 내리치는 칼날에는 섬뜩섬뜩한 살기가 어려 있었다.

"뭣들 하는 게냐, 어서 쫓지 않고! 한 놈도 빠져나가도록 해선 안 된다."

그제야 수염이 덥수룩한 군관이 부하들을 이끌고 급히 중문을 빠져나갔다.

담벼락을 뛰어넘은 강진은 그제야 별채가 종성 군사에 완전히 포위됐다는 것을 알았다. 그나마 다행은 뒤꼍 담장 너머 포위망은 촘촘하지 않다는 것이었다. 강진과 부하는 환도를 휘둘러 마병을 쓰러뜨린 뒤 말을 가로채 내달렸다. 쫓고 쫓기는 숨 막히는 추격전은 그때부터 시작됐다. 북병영 군병의 야영지로 가는 길목은 이미 종성 군사들로 봉쇄되어 있었다. 뚫을 수 없었다. 술에 취한 걸까 약에 취한 걸까, 먼발치로 보이는 눈 덮인 군막에는 횃불만 어른거렸다. 절망한 강진은 성문으로 내달렸다. 성문을 지키는 수졸과 한바탕 싸움을 치른 뒤 성을 빠져나온 강진은 운두성을 향해 말고삐를 당겼다.

"네 이놈!"

벼락같은 호령이 별채를 흔들었다. 방문을 박차고 나온 이징옥의 고함소리였다. 그는 궁시를 거머쥔 채 정종과 이행검을 노려보고 있었다.

"네놈들이 꾸민 짓이 고작 이런 것이더냐. 이러고도 감히 조선의 변장이라고 하는 게냐."

"……."

"정종 네 이놈! 이행검 네 이놈! 내 오늘 반드시 네놈들의 목을 베어 사직을 능멸한 대역죄를 다스리겠노라."

쩌렁쩌렁한 호통 소리에 담장 위에 쌓인 눈이 파르르 떨었다.

이징옥은 명궁이었다. 화살을 뽑아 시위에 메기자 정종과 이행검은 흠칫했다. 하지만 시위를 당길 수 없었다. 몽롱한 기운에 눈마저 흐려져 앞을 제대로 볼 수 없었다. 어렴풋이 형체만 보일 뿐이었다.

정종은 위세에 눌리지 않으려 애썼다.

"뭣들 하는 게냐. 저 요망한 늙은 여우를 쏘지 않고!"

목소리는 가늘게 떨렸다. 자괴감 때문인지 이행검은 이징옥을 제대로 바라보질 못했다. 궁수들도 시위에 화살을 메기지 않았다.

"종성의 병사들은 들으라. 배신과 역적질을 밥 먹듯 하는 저런 자가 너희의 장수이더냐. 한양의 충신은 역도들에게 참변을 당하고, 주상 전하가 유폐된 것을 정녕 모른다는 말이냐."

정종은 흠칫했다. 두려움이 엄습했다. 역당으로 몰려 부하들의 칼에 자신이 먼저 당할지 모르겠다는 생각이 번득 스쳤다. 목청을 돋워 다시 바락바락 소리를 질렀다.

"이놈들, 뭣 하는 게냐. 어서 쏴라!"

정종은 옆에 선 사졸을 칼등으로 내리쳤다. 그제야 궁수 서넛이 시위에 화살을 메겼다. 그러나 피할 짬을 주고 싶었던 걸까, 궁수들의 행동은 굼떴다. 시위를 당기기까지 시간이 꽤나 걸렸다.

이징옥은 날아드는 화살을 피하지 못했다. 눈앞이 흐려 화살을 메기는 궁수조차 볼 수 없었다. 바람을 가르는 쉭 소리를 듣고서야 편전이 날아든다는 것을 알았다. 활을 제대로 겨누지 않았는지 화살은 애먼 기둥에 땅땅 소리를 내며 박혔다. 늦게 날아든 화살 한 대가 팔에 꽂혔다. 하얀 저고리 소맷자락에 피가 배어났다. 이징옥은 휘청거리며 기둥에 몸을 기댔다. 순간 뜰은 아수라장으로 변했다. 호위병 서넛은 이징옥을 보호하기 위해 대청으로 뛰어오르고 나머지는 정종에게 달려들었다. 머뭇거리던 종성 군사들도 칼을 휘둘렀다. 칼 부딪는 소리, 아우성치는 소리가 뜰을 가득 메웠다.

버거운 싸움이었다. 담에 오른 궁수들은 화살을 퍼붓고, 호위병들은 날아든 화살에 하나둘씩 쓰러져갔다. 그래도 호위병들은 물러서지 않았다. 날아오는 화살을 칼로 받아내며 환도를 휘둘렀다. 하지만 밀려드는 종성 군사를 당해낼 수는 없었다. 물러설 곳도 없었다. 앞에서 달려들고, 뒤에서 내리치니 결국 피를 쏟으며 쓰러졌다.

김수산의 눈은 분노로 이글거렸다. 그의 검술은 빼어났다. 어금니를 깨문 채 내리긋는 환도는 섬뜩한 기운을 내뿜었다. 번득이는 칼춤을 출 때마다 종성 병사는 옥수숫대 쓰러지듯 너부러졌다.

적의 피로 범벅이 된 그의 얼굴은 악한 자를 징벌하기 위해 아비
지옥阿鼻地獄에서 달려온 저승사자 같았다. 그러나 무술이 아무리
빼어나도 사방에서 달려드는 공격을 모두 막아낼 수는 없었다. 허
리에서 배어난 피가 피갑 자락을 타고 흘러내렸다. 그는 대청으로
뛰어올랐다. 이제 둘밖에 남지 않은 호위병과 함께 이징옥을 지켜
야 했다. 대청 위에서 휘두르는 칼솜씨는 더욱 현란했다. 대청에
오르는 사졸은 열이면 열 빠짐없이 칼에 베여 나뒹굴었다. 종성
군사들은 감히 대청에 오를 수 없었다.

더 이상 어찌할 도리가 없다고 판단한 이징옥은 대청 한가운
데로 나섰다. 팔에 꽂힌 화살을 뽑아 던지며 소리쳤다.

"너희들이 이토록 배은망덕한 자들이더냐!"

종성 군사들은 멈칫했다.

"무엇을 위해 모진 고생을 견뎌왔더냐!"

"……."

"역도가 나라를 흔들고 있느니라. 역도가 만백성을 죽음으로
내몰고 있느니라. 간악한 무리를 좇아 창칼을 빼든 것이 북관으로
떠난 너희를 위해 밤낮 치성을 올리는 부모와 처자를 위하는 일이
더냐!"

"……."

"정녕 그리 생각한다면 나를 베라!"

이징옥의 눈빛에는 분노와 안타까움이 묻어났다.

대청에 선 대장군. 궁수는 시위를 당길 수 없었다. 병사들도
칼을 휘두를 수 없었다. 아무도 대청에 오르려 하지 않았다. 이징

옥의 팔에서 뚝뚝 떨어지는 피는 대청을 붉게 물들였다.

"정의는 사라지고 패역이 들끓는데 어찌 부모 형제와 처자식이 안녕하기를 바라겠느냐!"

"정종 네 이놈!"

정종은 흠칫했다. 그저 이징옥이 이름을 불렀을 뿐이건만 갑자기 밀려든 두려움에 이성을 잃었다. 정종은 갑자기 칼로 부하의 목을 겨누며 소리쳤다.

"뭣들 하느냐. 저 요망한 여우를 단칼에 베지 않고!"

부하들은 움직이지 않았다. 그러자 정종은 활을 빼앗아 시위에 화살을 메겼다.

"저 역적의 괴수를 쏴라!"

시위를 당기는 순간 이징옥이 벼락같은 소리를 내질렀다.

"네 이놈!"

순간 담장 위 궁수로부터 화살이 날아들었다. 김수산이 몸을 던져 막으려 했지만 날아든 편전은 이징옥의 가슴팍에 꽂혔다.

이징옥은 털썩 주저앉았다.

"정종 네 이놈, 이러고도 네놈이 조선의 신하이더냐!"

말에는 힘이 없었다.

"나리, 대감 나리!"

김수산은 바닥에 주저앉아 이징옥을 끌어안았다.

"아, 이리 끝나는가."

이징옥은 가는 숨을 토했다.

"나리, 나리! 대감 나리!"

김수산은 이징옥의 손을 잡았다. 맥이 풀린 손. 철이 바뀌고 해가 바뀌는 긴 세월의 풍상을 이겨낸 장수의 손에는 거친 주름이 가득했다. 김수산은 울부짖었다.

"나리, 눈을 뜨소서. 어찌 이리 가시옵니까!"

이징옥의 눈에서는 눈물이 번져 났다.

덧없이 흐른 세월, 아쉬움만 켜켜이 쌓이지 않았는가. 시린 발을 녹이며 회령, 경원, 무산, 종성으로 종종걸음 친 세월, 성을 쌓던 병사는 돌에 깔려 울부짖고, 비적에 가솔을 잃은 아비는 울며 관아 문을 두드렸으며, 흉년에 자식을 잃은 어미는 싸늘한 자식을 부둥켜안고 눈물을 뿌리지 않았던가. 역질에 맞선 세월, 석회라도 뿌려 역귀를 쫓고자 했지만 늙은 부모와 어린 자식이 허망하게 눈을 감으니 통곡은 산천을 덮지 않았던가. 비석조차 없는 뫼를 바라보며 뚝뚝 눈물만 떨어뜨리던 아비와 어미들, 그 절망을 무엇으로 달랠까. 북변을 떠나지 못한 세월, 늙은 부모는 짐이 될까 내 걱정을 왜 하느냐는 시린 말을 남기지 않았던가. 노모가 눈을 감고, 노부마저 이승을 떠나니 그 불효를 어찌 다 갚을꼬. 삼년상을 끝내지도 못한 채 또 북관에 불려와 매일 밤 극락왕생을 빌었지만 두 손 모은 합장으로 어찌 그 불효를 갚을꼬. 북관에 웅크린 신하를 가엾이 여긴 대왕마마, 불충한 신이 이제는 그 뜻을 받들지 못하고 대청에 누웠으니 이런 불충이 또 어디 있을까.

이징옥은 눈을 뜨고자 애썼다. 북변까지 따라온 아들의 울음이 귓가에 울리는 듯했다. 눈앞에는 눈물을 쏟는 부하들이 어른거렸다.

"나리, 나리, 눈을 뜨소서."
애타는 부름은 점점 아득해졌다.

무슨 염치로 마마를 뵈올까.
무슨 낯으로 마마 앞에 설까.
마마, 신을 용서하소서.

이징옥의 숨소리가 잦아들었다. 이징옥을 부둥켜안은 김수산의 무릎은 그의 피로 붉게 물들었다. 대청에 오른 군사들은 김수산에게 칼을 겨눴으나, 눈만은 이징옥에게 쏠려 있었다. 이승의 마지막 시간을 끝낸 대장군. 종성 사졸들의 눈두덩에도 어느새 붉은 빛이 감돌았다.

굵은 눈발은 언제까지라도 그치지 않을 것 같았다. 하얀 눈이 너부러진 군병들이 뿌린 붉은 피를 덮었다.

종성 군사들에게는 함구령이 내려졌다. 이징옥의 마지막 순간을 한마디라도 입 밖에 내는 자는 목을 친다고 했다. 그런다고 말을 막을 수는 없었다. 마지막 순간까지도 조선을 걱정했던 이징옥의 충절은 입에서 입으로 전해졌다. 북관 백성들은 그날의 대설이 한을 품고 이승을 떠나는 충신을 달래는 선왕의 손길이라고 했다.

붉은 종성

──────── 밤은 자시를 향하고 있었다. 애가 탔다. 한시라도 빨리 종성으로 가야 했다. 이징옥이 목숨을 다하지 않았다는 실오라기 같은 희망이라도 있다면 포기할 수 없었다. 추격에 나선 부하들이 돌아오지 않았지만 김죽은 명령을 내렸다.

"모두 말에 오르라! 우리는 종성으로 간다!"

마병은 두터운 몸을 말에 실었다. 재촉하는 오장의 고함 소리, 칼집 부딪는 소리, 푸르릉대는 말의 콧숨 소리가 고요한 어둠에 싸인 숲을 깨웠다. 치노는 김죽의 말안장 끈을 조이며 말했다.

"나리, 꼭 돌아오셔야 합니다요."

"걱정 마세요."

김죽은 고개를 끄덕였다.

"아따 형님, 걱정 마시라니까요. 이 다비가 있지 않습니까."

다비는 주먹을 불끈 쥐어 가슴을 세게 쳐 보였다. 두터운 피갑에서 툭툭거리는 소리가 울렸다. 치노는 허리를 굽혀 인사를 했다.

출발 명령이 떨어지자 검은 마병은 눈의 장막을 뚫고 내달리기 시작했다. 둔탁한 말발굽 소리는 한밤의 산길을 메웠다. 하얀 숲길에는 마병의 자취가 어지럽게 패였다. 마병이 어둠 속으로 사라진 뒤에도 발굽 소리는 아득히 이어졌다. 치노는 숲길에서 눈을 떼질 못했다. 가슴에 두 손을 모아 합장을 했다.

북두님 북두님, 도련님을 살펴주소서.

칠성님 칠성님. 도련님을 지켜주소서.

부디 아무 탈 없이 돌아오게 해주소서.

치노는 빌고 빌었다.

"오장 나리, 별일 없으실 겁니다요."

달근이가 치노를 달랬다. 남쪽 봉화현에서 나고 자라 유달리 추위를 타는 탓인지 솜옷을 껴입은 몸이 유난히 커 보였다. 그는 강진을 번쩍 들어 말에 태웠다. 안장에 앉힌 뒤 몸을 모포로 감싸맸다. 차가운 시신으로 변해버린 강진의 부하도 말 등에 올렸다. 말 머리를 서쪽으로 돌린 뒤에도 치노는 뒤를 또 돌아다봤다. 함박눈은 말발굽 자국을 지우고 있었다.

종성으로 가는 길은 고통스러웠다. 재를 오르기부터 쉽지 않았다. 개마 자락에서 뻗어 내린 소백재는 꽤나 가팔랐다. 군마는 좀처럼 달리지 못했다. 눈 덮인 오르막을 힘겹게 오르는 말은 푸르릉 푸르릉 가쁜 숨을 몰아쉬며 자꾸만 머리를 떨구었다. 마병도 애 마른 숨을 토했다. 하지만 포기하지 않았다. 눈보라를 헤치며 꿋꿋이 나아갔다. 개마와 만주의 험한 산야를 누비며 다진 돌처럼 단단한 의지는 북풍한설에도 꺾이지 않는 송백 같았다. 고삐를 움켜쥐고, 박차를 가하며 기어코 잿마루에 올랐다. 세찬 바람이 잿마루를 덮고 있었다. 하늘에서 떨어져야 할 눈이 땅에서도 일었다. 하지만 그곳의 풍치는 마병들의 눈을 둥그렇게 뜨이게 했다. 한밤의 잿마루가 대낮처럼 훤했다. 산신령이 노니는 하얀 선경처럼.

"참 희한한 일일세. 한밤 산중이 어떻게 이리도 훤할까."

"눈 때문일 게야."

"그래도 그렇지, 이렇게 훤한 밤은 처음일세."

"하긴 나도 처음이기는 하네."

"혹시 신령이 길을 인도하는 건 아닐까."

"신령이?"

"대감님을 도우라고 개마의 산신령이 길을 밝히는 것 같네."

추격에 나선 마병이 돌아온 것은 마루를 지나 잠시 쉬고 있을 때였다. 오장은 말에서 뛰어내려 김죽 앞에 무릎을 꿇었다.

"나리, 놓치고 말았사옵니다."

오장은 고개를 들지 못했다.

"눈보라가 치는데 무슨 재간으로 쫓겠느냐."

눈보라 치는 야밤의 추격이 쉬운 일이겠는가. 도망치는 자는 목숨을 잃지 않으려 내달리고, 쫓는 자는 흔적을 찾아 뒤를 밟아야 하니 애초 따라잡기 힘든 일이었는지도 모른다.

"괜찮다. 그만 일어나 말에 오르거라."

"나리!"

오장은 머리를 땅에 찧었다. 따라나섰던 부하들도 오장을 따라 머리를 찧은 뒤 말에 뛰어올랐다.

마병이 종성에 이르렀을 때는 어둠이 걷히지 않은 새벽녘이었다. 밤새 내린 눈은 족히 한 자를 넘었다. 군마가 발을 내딛을 때마다 말발굽은 솜을 밟듯 푹푹 빠져들었다. 행성은 눈 옷을 입은 백설의 성으로 변해 있었다. 성벽에는 횃불이 세워져 있었다. 한두 개가 아니었다. 수졸들은 성벽 위를 분주히 오갔다. 평소와는 달랐다. 이징옥의 군대가 그곳에 있다면 행성 누각에 병마도절제사의 수자기를 걸어놓아야 하지만, 종군 깃발만 나풀거렸다. 이징옥이 건재하다면 종군 깃발만 내걸 리 만무했다. 성벽을 밝힌 횃불도, 어지럽게 오가는 수졸들도 행성에 다급한 일이 벌어졌음을 알리고 있었다. 절망적이었다. 강진이 전한 말은 사실에 가까웠다. 몰래 성에 들어간 마병이 돌아와 이징옥의 행방을 찾을 수 없다는 말을 전한 뒤 사실은 더욱 분명해졌다. 그러나 이징옥이 유폐되어 있는지도 모를 일이었다. 실낱같은 희망마저 사라진 것은 아니니, 어떤 희생을 치르더라도 구해야 했다.

김죽은 마병들 앞으로 나섰다. 그리고 잣나무 숲이 쩡쩡 울리도록 외쳤다.

"제군은 들으라. 우리는 오랜 세월 생사고락을 함께했다. 조선을 지키기 위해, 부모 형제와 처자의 안녕을 위해 어떤 고생도 마다하지 않고 백두산을 넘고 두만강을 건너며 나라의 간성으로서 소임을 다했다. 그러나 지금 우리는 슬픈 시대에 서 있다. 나라는 역도들에게 난도질당하고 강토는 충신들의 선혈로 붉게 물들었다. 간악한 자들의 탐욕을 인정해야 하는가. 그럴 수 없다. 반역의 무리, 패역의 무리를 칠 것이니라. 저 종성에는 백성을 안타까이 여기는 우리의 대감님께서 계시다. 북신 마병은 대감님을 구하고, 역도를 심판해야 한다. 모두 칼을 뽑으라. 조선을 위해, 이 땅의 백성을 위해. 그들에게 북신 마병이 있다는 것을 알게 하자. 부모 형제와 아들딸들은 우리가 무엇을 위해 이 자리에 섰으며, 무엇을 위해 칼을 뽑았는지 알 것이니라. 칼을 뽑아 나를 따르라!"

마병은 일제히 환도를 뽑아들었다. 궁수는 전통箭筒 덮개를 열고 활을 꺼내 들었다.

"준비되었는가!"

"하압, 하압, 하압!"

마병은 함성으로 답했다.

"북신 마병은 나를 따르라!"

김죽은 앞장서 내달렸다. 깃발을 쳐든 기수, 칼과 활을 곧추세워 든 마병들은 대장의 뒤를 따라 돌진했다. 땅을 울리는 군마 발굽 소리는 섬뜩한 기운을 자아냈다. 복면을 쓴 검은 마병은 최후의 심판을 위해 저승에서 달려온 사자 같았다. 조금도 머뭇거리지 않고 달리는 마병의 선두에는 북신영의 마병임을 알리는 검은 깃발이 펄럭였다. 북신 깃발은 두려움을 자아내는 부적이었다.

검은 마병을 본 성벽의 수졸들은 적이 당황했다. 마병이 성문 아래 이를 때까지도 어지러운 대오를 정리하지 못했다. 수졸들이 시위에 화살을 메길 때 마병은 이미 성벽 밑까지 바짝 다가와 있었다. 성벽 위 궁수들이 쏜 화살은 어지럽게 허공만 가를 뿐이었다. 화살을 제대로 겨눌 수 없었다. 성벽 아래 마병을 쏘자면 몸을 한껏 내밀어야 했는데, 그러면 그 순간 바로 검은 마병의 표적이 되고 말았다. 북신 마병 궁수들은 몸을 내민 성벽 위 수졸들을 향해 화살을 퍼부었다. 하지만 날아드는 화살이 훨씬 많았다. 마병들은 나뒹굴었다. 그러나 쓰러진 마병은 이내 다시 일어나 말에 올랐다. 마병들이 성문에 이를 즈음 몰래 잠입했던 마병은 성문을 활짝 열어젖혔다. 마병이 밀어닥치자 행성 안은 삽시간에 아수라도阿修羅道로 변했다.

"성문이 뚫렸다!"

"군사를 성문으로 모으라!"

"뚫리면 안 된다!"

"돌진하라!"

"길을 열어라!"

"역도를 처단하라!"

종성은 창칼 부딪는 소리, 아우성 소리, 비명 소리로 뒤범벅을 이루었다. 아수라의 싸움판에서는 어느 누구도 창칼을 거둬들일 수 없었다. 창칼을 거두는 순간 상대의 창칼이 자신을 베고 찌르니 쉴 새 없이 휘두르지 않을 수 없었다. 선두에 선 김죽은 말을 달리며 환도를 사정없이 내리쳤다. 뒤따르는 마병들도 보군을 베었다. 종성 수졸들은 마병을 감당하기 버거웠다. 주춤주춤 물러서며 창칼을 두서없이 휘두를 뿐이었다. 어지러운 칼부림 속에서 쓰러지는 마병과 수졸은 하나둘 늘어났다. 쓰러진 병사는 하얀 눈을 상여로 삼아 누운 채 가쁜 숨만 몰아쉬었다. 흘러내린 피는 하얀 땅에 붉은 꽃을 새기고, 강을 이루었다. 종성은 핏빛으로 물들었다.

김죽은 막아서는 수졸을 환도로 수없이 내리쳤다. 이검호신 이심명도以劍護身 以心明道. 칼로 몸을 지키고 마음으로 길을 밝히라는 여덟 자의 바람은 산산이 부서져 내렸다. 다비는 사력을 다해 김죽에게 달려드는 종성 사졸을 막았다. 한 명을 막아내면 두 명이 달려들고, 다 베고 나면 또 몰려들었다. 힘이 다하지 않을 수 없었다. 그래도 버텨야 했다. 김죽이 상하면 그를 지켜내지 못한 회한을 감당하기 힘들 것만 같았다. 화를 내며 원망할 치노의 모습도 선했다. 다비는 환도를 곧추 잡고 김죽을 지키고자 애썼다. 하지만 그의 몸도 점점 붉게 물들어갔다.

쩌렁쩌렁한 고함이 울려 퍼졌다.

"정종 네 이놈! 저놈의 목을 따라! 반역자를 참수하라!"

김죽이 칼을 겨눈 곳에는 판관 정종이 있었다. 명령이 떨어지자 마병들은 말 머리를 돌려 겹겹이 에워싼 종성 수졸의 벽을 뚫고자 했다. 이첨은 백전의 비장다웠다. 박차를 가해 말로써 길을 열며 장창을 좌우로 휘둘렀다. 날카로운 창날이 번득일 때마다 종성 군사는 떨어진 낙엽처럼 나뒹굴었다.

"길을 열어라!"

"역도를 참수하라!"

이첨의 창은 쉬지 않고 번득였다. 그의 피갑온 수졸들이 뿌린 피로 시뻘겋게 물들었다. 겁먹은 정종은 몸을 떨며 주춤주춤 뒤로 물러섰다.

말에서 떨어진 정다리는 칼을 마구 휘저었다. 아비규환의 칼부림에 혼이 달아났는지 허공에 어지럽게 칼을 그어댈 뿐이었다. 애초에 공포를 부르는 검은 마병은 그에게 어울리는 이름이 아니었다. 제 몸 하나 감당하기도 버거웠다. 도금치는 말에서 뛰어내려 정다리 곁으로 달려갔다.

"무서울 것 없어. 내 뒤에 있기만 해."

겁에 질린 정다리는 울고 있었다.

"내가 누구야. 도금치야, 천하의 도금치!"

도금치는 소리를 내질렀다.

"칼질도 못하는 새끼들! 뭐가 무서워!"

도금치라고 무섭지 않았을까. 창날이 몸을 뚫고, 칼날이 팔을 자르는 참혹한 싸움이 두렵기는 그도 매한가지였다. 그러나 회령 저자를 평정한 싸움꾼 도금치는 잘 알고 있었다. 내가 두려운 만큼 상대도 무서워한다는 것을. 두려움을 떨치고 먼저 힘껏 주먹을 휘두르는 자가 이긴다는 것도. "이놈아, 먼저 겁을 집어먹으니까 만날 얻어터지는 거야. 싸움판에서는 덩치가 크다고 이기는 게 아니야. 깡다구가 있어야 이기는 거야." 우두머리 도금치는 왈짜패 노릇을 하지 못하는 정다리에게 늘 그런 말을 했다. 하지만 전장은 달랐다. 저자에서야 쓰러져도 다시 일어날 수 있지만 전장에서 창칼에 찔리면 다시 일어날 수 없었다. 정다리는 도금치에게 기대고, 도금치는 배짱에 기대어 날아드는 창칼을 막아냈다.

"통나무 같은 놈들, 싸울 줄도 모르는 새끼들!"

384

흡사 붉은 사천왕 같은 도금치가 환도를 내리그을 때마다 겁에 질린 수졸들은 멈칫멈칫 물러섰다.

피비린내 나는 싸움은 끝없이 이어졌다. 마병들의 피갑은 점점 더욱 붉게 물들어갔다.

사금질은 눈물만 뚝뚝 떨어뜨렸다. 성 밖 먼발치에서 열린 성문을 지켜보는 그는 진작부터 이길 수 없는 싸움이라는 것을 알았다. 언뜻언뜻 비치는 횃불 빛에 의지해 도금치와 정다리를 찾으려 애썼다. 하지만 모두가 똑같은 피갑을 입고 뒤엉킨 난장의 싸움판에서 누가 누구인지 구별하기란 애초 불가능한 일이었다. 마지막까지 살아남는 마병이 도금치와 정다리이기를 빌었다. 눈물은 자꾸만 앞을 가렸다. 달려가고 싶지만 그럴 수도 없었다. 이첨이 천근 같은 말을 남기지 않았던가.

"운두성으로 가 이곳의 일을 전하거라. 많은 목숨이 네 한 사람에게 달렸다. 무슨 일이 있더라도 반드시 돌아가야 한다."

명석한 사금질을 돌려보내 운두성의 군사가 화를 입지 않도록 하려는 유언 같은 말이었다.

사금질은 자리를 뜰 수 없었다. 평생 의지한 도금치와 정다리는 사지에서 몸부림치고, 생사고락을 함께하기로 다짐한 검은 마병은 사투를 벌이고 있지 않은가. 눈물을 다시 훔친 그때 절망적인 광경을 봐야 했다. 성문이 닫히고 있었다. 사금질은 눈밭에 털썩 주저앉아 한바탕 통곡을 토했다.

성으로 달려간 마병들. 성문이 닫히니 많은 사연을 담은 운명의 시간도 닫혔다.

아수라도의 한복판에 선 김죽은 마지막 순간 무슨 생각을 했을까.

역질에 마지막 가쁜 숨을 몰아쉬던 아버지. 감지 못한 눈에는 눈물이 그득하지 않았던가. 연꽃 같은 아내와 어린 자식을 두고 차마 삼도천三途川을 건널 수 없다는 애타는 심정으로 운명을 원망했을까. 마침내 가늘다가는 생명의 끈을 놓으니 어머니는 얼마나 절망했던가. 아버지의 시신을 짊어진 사졸을 쫓아간 어머니. 비틀거리는 발걸음이 얼마나 힘겨웠을까. 장사 아닌 장사를 지낸 뒤 당신마저 신열에 시달리니, 또 얼마나 애를 태웠을까. 어린 자식을 껴안고 놓아주지 못한 어머니. 아픈 것은 몸이 아니라 마음이었을까. "어이 할꼬, 어이 할꼬. 불쌍한 우리 아기 어이 할꼬." 어린 자식을 두고 떠나야 하는 이승의 운명을 원망하는 소리가 아니던가. 어머니마저 떠날까, 물 적신 명주 천으로 이마와 팔을 닦고 또 닦았지만 끝내 숨을 거둔 어머니. 깨어나라 소리치며 뚝뚝 떨어뜨린 눈물이 마지막 작별 인사라는 것을 어머니는 알았을까.

눈밭에 드러누운 김죽의 눈에서는 주르륵 눈물이 흘러내렸다.

하얀 토로고. 작은 소녀의 수줍은 미소. 그 미소가 운명인 것을 알았다고 했던가. 불현듯 찾아든 인연이 내생까지 내내 이어지기를 빌었지만 배신을 향한 분노는 그 바람마저 삼켜버린 걸까.

눈은 다시 흩뿌리기 시작했다. 성벽 위 횃불은 껌벅껌벅 새벽을 밝히고 있었다. 창칼 소리, 아우성 소리는 얼마나 이어질 수 있을까. 소리가 멎으면 짧은 운명의 시간도 끝나는 것을.

눈물을 훔친 사금질은 말에 뛰어올랐다. 행성을 다시 한 번 돌아본 뒤 군마 엉덩이를 세게 내리쳤다. 주인 실은 군마는 서편으로 내달렸다. 먼동이 트려는지 산 너머 동녘에는 상여에 꽂는 붉은 한지꽃빛이 번져 오르고 있었다.

물망

勿忘

———— 산야는 희다 못해 은빛을 뿜어냈다. 순백의 북국. 이방인이라면 그렇게 부르는지도 모른다. 그러나 하루하루 동토의 삶을 이어가는 이들도 그랬을까. 아니었다. 그런 말은 호사스런 시인이나 읊조리는 언어일 뿐이었다. 무거운 삶을 짊어진 고해의 바다이기는 그곳도 마찬가지였다. 아무도 가르쳐주지 않지만 시린 높바람이 눈을 실어 나르면 삼동 혹한이 밀려든다는 것을 알았다. 그즈음에는 몸을 더욱 굼닐었다. 구들장을 데울 땔감을 구하러 비탈진 산을 오르고, 겨우내 먹을거리를 쟁여두려 밭과 부엌을 분주히 오갔다. 그럴 때면 몸은 어김없이 녹초가 됐다. 그래도 노을이 지면 발갛게 부어오른 손발을 구들에 묻는 잔잔한 평온이 찾아들었다. 밤의 평온은 낮의 고통이 헛되지 않았음을 일깨우는 신의 선물이었다. 어머니 치맛자락에 철썩 들러붙은 아이는 삶은 감자를 한입 베물고 배시시 웃음을 지었다. 그것이 기뻐 감자 하나를 더 건네는 어머니의 손. 하얀 새색시 손은 어디 가고 거북이 등

388

처럼 거칠기만 했다. 자식을 기른 풍상의 응보가 손에 새겨졌다는 걸 아이는 알기나 할까.

그러나 북국의 작은 평온은 산산이 부서지고 있었다. 수주로 갈 군병이 모여들면서 말 울음소리가 모린 산자락에 진동하고, 칼을 차고 창을 거머쥔 우락부락한 사내들은 곳곳에서 호기를 부렸다. 갑작스런 야단살풍경에 불안은 역병처럼 번졌다.

"눈이 이렇게 쌓였는데 어디를 간다는 건가요."

아낙은 걱정스레 물었다.

"낸들 알아."

사내의 통명스런 대답이 돌아왔다.

"아야고 너머에 간다고들 하던데."

"그런가 보데."

"이 겨울에 거긴 왜 간다는 건가요."

"글쎄."

"듣자니 큰 싸움이 벌어질 모양이던데."

"무슨 그런 쓸데없는 소리를 하는 게야!"

사내는 버럭 소리를 지르고, 아낙은 작은 한숨을 쉬었다. 어디로 가는지도 모른 채 따라나서는 북국의 사내들. 시도 때도 없이 이어지는 크고 작은 싸움에 멀쩡한 몸으로 집을 나섰던 지아비와 아들은 싸늘한 시신이 되어 돌아왔고, 통곡이 쏟아졌다. 그런 운명을 걱정하는 걸까, 아낙은 지아비 모습을 눈에 새겨두기라도 하려는 듯 물끄러미 바라봤다.

"열흘 치 양식을 싸 오라는데, 이런 일은 처음이잖아요."

사내는 다시 소리를 버럭 내질렀다.

"사내가 밖에 나가는데 무슨 재수 없는 소리를 자꾸 하는 게야!"

아낙은 고개를 숙였다. 한숨을 삼키며 양식 보따리만 만지작 거렸다.

여진 무사들은 강인했다. 아무리 지쳐도 포기하는 법이 없었다. 억세고 질긴 기질은 척박한 땅이 길러준 품성이었다. 원 제국이 멸망한 후 질서는 허물어지고 오로지 힘과 세력이 정의를 대신하게 된 만주. 목숨쯤은 초개처럼 버릴 수 있어야 가솔을 지켜낼수 있다는 것을 그곳 사내들은 알고 있었다. 똘똘 뭉쳐 적에 맞서야 했다. 누구와 싸우는지는 중요하지 않았다. 그저 패륵이 결정하면 좋을 뿐이었다. 자신의 목숨을 풀과 티끌같이 여겨야 한다는 생각은 훗날 팔기八旗를 일으키고 역사를 바꾸는 힘이 되었다.

사내는 그래도 고개 숙인 아내가 안쓰러워 목소리를 누그러뜨렸다.

"어머니와 애들이나 잘 돌보고 있어. 패륵께서 어떤 어르신인데, 별일 없을 테니 쓸데없는 걱정일랑 말고."

그 말에 억누른 감정이 터졌는지 아낙은 눈물 먹은 코를 팽 풀었다. 아내를 달래는 사내라고 불안하지 않았을까. 가야 할 길이니 아무렇지 않은 듯 나서지만 마음이 무겁기는 똑같았다. 파발이 소집령을 전한 뒤 여진 부락에서는 집집마다 비슷한 광경이 펼쳐졌다. 사내는 종일 땔나무를 베고, 갈라진 흙벽을 황토로 메웠다. 그것이 남은 가족을 위해 해야 할 마지막 일이었다.

군마는 모여드는데 회령에서는 기별 한마디 없었다. 토로고는 조바심이 났다. 마음을 가라앉히려 수틀을 잡아보지만 바늘에 손가락만 찔렸다. 하아하지는 찬바람을 맞아 발개진 얼굴로 호들갑을 떨며 방에 뛰어들었다.

"아씨, 아씨. 밖에 좀 나가보세요. 온통 하얗게 변했습니다."

"눈이 내렸어?"

"강아지들도 이리 뛰고 저리 뛰고 난리가 아닙니다."

하아하지는 토로고의 팔을 잡아끌었다.

"네가 강아지 같구나."

"참 아씨도. 강아지도 좋아하는데 저라고 좋지 않겠어요."

따라나선 뜰에는 눈이 발목을 덮을 만큼 두툼히 쌓여 있었다.

"밤새 세상이 이렇게 변했네요."

토로고는 시무룩했다.

"이렇게 눈이 쌓였으니 더 오기 힘들겠구나."

"무슨 말씀이세요."

"말을 달릴 수 없을 테니 회령에서 어떻게 사람을 보내겠니."

하늘은 눈을 더 퍼부을 모양이었다. 북서편 하늘은 먹구름으로 뒤덮여 있었다.

그때였다. 말을 달려온 무사는 펄쩍 뛰어내려 고삐를 묶을 생각도 않고 낭발아한에게로 달려갔다. 외치는 소리가 아득히 들렸다.

"패륵님, 패륵님! 전령이 옵니다. 조선에서 진령이 옵니다!"

귀가 번쩍 뜨였다.

"아씨, 회령에서 오는 것일지 모르겠네요."

"그럴지도 모르겠네."

"얼른 달려가보겠습니다."

하지만 달려갈 필요도 없었다. 군마는 요란한 발굽소리를 내며 달려왔다. 말을 탄 사람은 치노와 향전, 사금질 세 사람이었다. 찬바람을 뚫고 달려온 세 사람의 볼은 발갛게 부어 있었다. 갑작스레 세 사람만 온 것이 이상했던지 토로고는 선뜻 부르질 못했다. 소리쳐 부른 것은 향전이었다.

"아씨!"

다시 만났으면 반가이 불러야 하는 것이 아니던가. 향전은 울먹이고 있었다.

"향전아!"

"아씨!"

말에서 뛰어내린 향전의 눈에는 눈물이 그렁그렁 맺혀 있었다. 토로고는 석상처럼 굳어 서 있을 뿐이었다. 향전은 털썩 무릎을 꿇고 치마를 부여잡았다.

"아씨, 아씨!"

"……."

"나리께서, 나리께서……."

말을 잇질 못했다.

토로고는 그저 하늘만 올려다봤다. 먹구름은 남쪽으로 미끄러져 가고 있었다.

저 하늘 어디쯤에 김죽이 있을까.

그녀 눈에서도 눈물이 주르르 흘러내렸다. 뒤따라 말에서 내린 치노의 눈두덩도 벌겋게 변해 있었다. 사금질은 옷소매로 눈물을 훔쳤다. 치노는 멍하게 남쪽 하늘만 바라보는 토로고에게 고개를 숙인 뒤 낭발아한에게로 성큼성큼 걸어갔다.

"일이 생기거든 여진 군병의 출동을 막으라."

김죽의 마지막 지시를 담은 도하성의 밀서를 전해야 했기에 치노는 오래 그 자리에 머물러 있을 수 없었다. 사금질은 눈물 밴 코를 팽 풀더니 치노 뒤를 따랐다.

"나리께서 종성에서 마지막 결전을 하신 모양입니다."

겨우 말을 잇던 향전은 엉엉 울었다.

"그게 무슨 말이냐. 마지막이라니 그게 무슨 말이냐."

"아씨!"

머릿속이 하얗게 변한 토로고는 서 있지 못했다. 몸을 휘청하더니 주저앉았다.

"그럴 리가 없지 않느냐."

"아씨!"

"나리가 누구신데, 그럴 리가 없지 않느냐."

"아씨……."

"아니야, 그럴 리 없어."

토로고는 고개를 가로저었다. 김죽이 이승을 떠났다는 말을 믿을 수 없었다. 밤마다 김죽을 지켜달라며 올리는 치성에 북두대성도, 북두칠성도 대답하지 않았던가. 걱정하지 말라고, 마음이 간절하면 그 사람은 늘 곁에 있는 것이라고. 김죽은 떠날 수도, 떠나

보낼 수도 없는 사람이었다. 고개를 젓고 또 내저었다. 눈밭에 꿇어앉은 두 여인은 통곡을 쏟아냈다.

잿빛 하늘은 주먹만 한 눈을 또 뿌리기 시작했다.

낭발아한은 수주로 군병을 보내지 않았다. 주변 여진 부락에 수주로 가지 말라는 통첩을 띄우고, 모린에 모인 군병에게는 파하라는 명을 내렸다. 군병이 모인 사실은 발설해서는 안 될 비밀에 부쳐졌다. 더 이상 무엇을 도모하랴. 모든 것이 어그러진 마당에 한양에 반기를 드는 것은 피를 부르는 어리석은 행동일 뿐이었다. 여진 군병은 그날 어지럽게 성채를 빠져나갔다. 군병이 떠난 뒤 휑댕그렁한 성채에는 절망이 내려앉고 있었다.

이튿날 아침 토로고는 말총머리에 털모자를 쓰고 나타났다. 얇은 피갑을 입고 있었다. 부어오른 눈은 눌러쓴 모자로도 가릴 수 없었다. 오십 기 넘는 마병이 떠날 채비를 하고 있었다. 그 자리에는 무사 두얼가와 늙은 종 복라손, 화라속도 있었다. 치노와 향전, 사금질도 말을 타고 있었다.

낭발아한은 어두운 얼굴로 말했다.

"얘야, 허튼 일일랑 하지 말거라."

"……."

"종성은 위험한 곳이다. 큰일이 벌어졌으니 이방인은 모두 위험한 인물로 볼 게다. 절대 가까이 가선 안 된다. 먼발치에서만 보고 오너라."

"걱정 마세요."

고개를 끄덕이는 토로고의 말에는 힘이 없었다. 기사가는 딸의 손을 꼭 잡았다.

"꼭 가야 하겠니."

"……."

"무사하다면 언젠가는 이곳에 오지 않겠니."

그 말에 토로고 눈에 다시 눈물이 번졌다. 기사가의 눈두덩도 발개졌다.

토로고는 밤새 아린 절망을 해야 했다. 돌아온다는 작은 희망이라도 있다면 기다려보겠지만 향전이 들려준 이야기는 그렇지 않았다. 김죽은 마른 섶을 지고 불에 뛰어든 것과 같았다. 목숨을 던질 각오를 하지 않았다면 왜 마병을 이끌고 종성으로 돌진했겠는가. 종성 부사에게 칼을 버리고 고두례叩頭禮를 올렸을 리도 만무하지 않은가. 그랬다면 애초 달려가지도 않았을 터였다. 수많은 종성 군사들과 닫혀버린 성문. 무슨 수로 살아 돌아오겠는가. 토로고가 종성에 가고자 한 것은 살아남은 김죽을 찾기 위해서가 아니었다. 차디찬 땅에 버려졌을 시신을 찾아 장사라도 치르고, 그마저 이룰 수 없다면 종성 하늘 아래서 극락왕생이라도 빌고 싶었다. 그러지 않고선 구천을 떠돌 외로운 영혼이 안쓰럽고 서러워 견딜 수 없었다. 낭발아한도, 기사가도 그 뜻만은 막지 않았다.

낭발아한은 고개를 돌려 말했다.

"두얼가는 듣거라."

"예, 패륵님."

"절대 아야고를 넘어선 안 된다. 무슨 일이 있어도 토로고를 안전하게 데려와야 한다. 알겠느냐?"

낭발아한의 눈빛은 매서웠다. 두얼가는 알고 있었다. 그 말이 무슨 뜻인지. 명을 받들지 못하면 목숨으로 잘못을 빌어야 한다는 것을 알았다. 두얼가는 무릎을 꿇었다.

"무사히 모시고 돌아오겠사옵니다. 이놈의 천한 목숨을 걸고 아씨를 지키겠사옵니다. 천한 이놈의 몸이 산산이 찢어져 형체를 찾을 수 없게 될지라도 아씨만은 반드시 보호하겠사옵니다."

두얼가는 이마를 땅에 찧어 맹서했다.

바람은 매서웠다. 종성으로 향하는 토로고의 마음을 구름바위도 아는 걸까. 골짜기를 따라 흘러내린 높바람은 구름바위 곁을 지나는 토로고의 등을 세차게 떠밀었다. 여진 마병은 남으로 내달렸다. 하얀 벌판을 가르는 기세가 얼마나 도도한지 꾀죄죄한 뭇사람도 허리를 굽히고, 행렬 꼬리가 멀어질 때까지 눈을 떼지 못했다.

토로고는 꿈을 떠올렸다. 도하성과 향전이 온 그날 새벽, 꿈에 본 김죽은 창백했다. 투구를 감아 쥔 손에는 힘이 없었다. 불러도 대답이 없었다. 달려가려 했지만 망부석처럼 땅에 들붙은 발. 꿈이 생시가 되지 않길 바랐을 뿐, 왜 그것이 운명을 알리는 예지몽이라는 것을 깨닫지 못했을까. 회한이 밀려들었다. 가슴이 아렸다. 하지만 시간은 되돌릴 수 없었다. 설사 운명을 깨달았다 한들 이역의 일을 어찌 바꿀 수 있을까. 토로고는 얼어붙은 땅에 누워 있을 김죽을 생각하며 말에 박차를 가했다. 주인의 마음을 아는지 검은 가라말은 힘차게 발을 내뻗었다.

토로고가 해란강을 건너 두만강변에 이르렀을 때는 늦은 오후였다. 강 너머 하얀 행성이 한눈에 들어왔다. 언제 피비린내 나는 싸움이 있었느냐고 반문하듯 성은 평온하기만 했다.

토로고는 물었다.

"저곳이 종성인가요."

"예, 아씨."

두얼가가 답했다. 그녀는 고개를 돌려 사금질에게 조선말로 물었다.

"나리께서 가신 곳이 저곳이던가요."

사금질은 고개를 끄덕였다. 목이 메어 대답을 할 수 없었다. 사금질은 마음속으로 소리치고 있었다.

'형님, 보고 있나요. 그렇게 보고 싶어 하던 벙어리가 오지 않았습니까요. 형님!'

치노도 성을 뚫어지게 노려봤다. 눈에는 분노가 가득했다. 시시로 드나들던 종성. 목숨보다 귀한 김죽과 다비가, 하늘처럼 받들었던 높은 이징옥이 숨을 다한 종성은 저주스런 성이었다. 당장이라도 달려가 칼을 휘젓고 싶지만 그럴 수도 없었다. 가슴만 아팠다.

느릅나무 아래 홀로 선 토로고는 망부석이라도 된 양 미동도 하지 않았다. 극락왕생을 비는 걸까, 우는 걸까. 합장한 어깨는 가늘게 떨렸다.

두얼가는 한참이 지난 뒤 다가가 나직이 말을 긴넸다.

"아씨, 이제 돌아가시지요."

여진 군병이 모이기로 한 수주는 바로 코앞이었다. 여진 부락에 뿌려진 이문의 내용을 안다면 날쌘 마병을 풀어 정탐에 나섰을 것은 불문가지였다. 행성 가까이에 오래 머무르는 것은 위험천만한 일이었다. 다시 재촉했다.

"아씨!"

답이 없었다.

"패륵님과 마님이 걱정하시니 이제 그만 돌아가시지요."

"아씨, 두얼가 말씀이 맞습니다요."

하아하지도 거들었다.

토로고는 차마 떠날 수 없었다. 두얼가에게 물었다.

"성루에 걸린 저것은 무엇입니까."

아득히 보이는 성벽 누대 앞에는 장대들이 세워져 있었다. 하얀 자작나무 같았다. 그것은 시신을 매단 기둥이었다. 바람에 펄럭이는 흰옷이 흰 껍질을 덮어쓴 자작나무처럼 보였다.

"아, 아씨!"

외마디를 토한 것은 향전이었다. 성루에 내걸린 시신이 누구의 주검이겠는가.

"아씨!"

향전은 울먹였다. 토로고의 눈에서도 눈물이 뚝뚝 흘러내렸다.

"나리를 이대로 두고 갈 수는 없습니다."

말은 담담했다.

"차가운 성에 어찌 저리 두고 간다는 말입니까. 그럴 수는 없지요. 엎드려 애걸이라도 해 거두어 가야지요.”

“아씨!”

토로고는 말에 뛰어올라 내달렸다. 미처 말고삐를 잡아채지 못한 두얼가는 말 등에 오르며 소리쳤다.

“뭣들 하는 게냐!”

여진 마병은 우르르 뒤를 쫓았다.

“아씨! 아씨!”

소리쳐 불렀지만 토로고는 이미 겨울 강을 건너고 있었다. 두얼가는 마병을 향해 소리쳤다.

“아씨를 보호하라!”

마병들은 노도처럼 내달려 강을 건넜다.

치노와 향전, 사금질도 말을 달렸다. 그들 마음도 토로고와 하나 다르지 않았다. 치노의 눈은 분노로 이글거렸다. 장대에 걸린 주검이 찬바람을 맞는 것이 서러워 버려둘 수 없었다. 마병이 종성으로 간 날 밤, 따라가지 못한 것을 얼마나 후회했던가. 김죽과 다비가 살아 돌아올 수 없는 성으로 돌진했다는 이야기를 들은 뒤 아직도 숨을 쉬고 밥을 먹는 자신이 얼마나 원망스러웠던가. 김죽의 마지막 명령을 전했으니 거칠 것도 없었다. 치노는 말고삐를 움켜쥐고 성을 향해 돌진했다. 향전은 눈물을 뿌리며 내달렸다. 모질게 이어온 북관의 삶. 눈을 뜨면 먼발치로 바라보고, 눈을 감으면 꿈에서라도 한 번 볼까 그리던 그 사람이 저토록 참혹하게 성루에 걸렸으니 돌아설 수 없었다. 사금질이라고 다를까. 성으로 뛰어든 도금치와 정다리. 같은 천애고아로 함께 들붙어 의지한 세월이 얼마이던가. 모두가 왈짜패라고 손가락질해도 피붙이보다 소중한 존재들이 아니던가. 제 몸 하나 지키지 못했을 정다리, 달려드는 적을 막아섰을 도금치 생각에 눈물은 그칠 줄 몰랐다. 사금질은 칼을 뽑아들었다.

성벽 위 장교는 고함을 내질렀다.

"저놈들은 또 누구냐!"

"성문을 닫아라!"

"모두 성벽에 오르라!"

무시무시한 북신 마병의 악몽이 되살아난 걸까, 종성 수졸들은 황급히 성벽에 올라 활을 잡았다.

활을 뽑아든 것은 치노였다. 대궁에 장전을 메겨 성루를 향해 날렸다. 바람 가르는 섬뜩한 소리를 내며 날아간 화살은 군관 머리 위를 지나 편액 판자에 꽂혔다. 땅 하는 화살 박히는 소리는 공포를 부르는 야수의 외침 같았다. 군관은 소리쳤다.

"쏴라! 저놈을 쏴라!"

화살은 여진 마병을 향해 까맣게 날아들었다. 방패를 꺼내들지만 소용없었다.

"헉!"

앞서 달리던 토로고는 말에서 풀썩 떨어졌다.

"아씨!"

두얼가는 말에서 뛰어내렸다. 화살이 날아드는 쪽을 몸으로 막아 앉은 그는 쓰러진 토로고를 끌어안았다. 가슴에 화살이 꽂혀 있었다.

"아씨!"

말에서 뛰어내린 향전은 소매로 눈물을 닦고, 하아하지는 발만 동동 굴렀다.

"복라손! 화라속! 아씨를 보호하라!"

마병은 토로고를 에워쌌다. 날아드는 화살을 막는 대오였다. 그때 열린 성문으로 종성 마병이 쏟아져 나왔다. 두얼가는 재빨리 가슴에 꽂힌 화살대를 부러뜨린 뒤 토로고를 향전의 말에 태웠다.

"아씨를 모셔주오."

그리고 복라손과 화라속에게 소리쳤다.

"어떤 한이 있더라도 아씨를 모시고 모린으로 가야 한다. 어서 가라!"

향전은 토로고를 꼭 껴안고 두만강으로 내달렸다. 복라손과 하아하지는 뒤를 따르고, 화라속은 마병 서넛을 모아 뒤를 지켰다.

두얼가는 다시 말에 뛰어오르며 외쳤다.

"모두 나를 따르라!"

두얼가는 칼을 뽑아들었다. 도열한 여진 마병을 이끌고 까맣게 몰려드는 종성 마병을 향해 돌진했다. 수레바퀴를 향해 두 다리를 번쩍 들어 맞서는 당랑의 심정으로 종성 마병을 막았다. 그것이 토로고를 위해 할 수 있는 마지막 일이었다.

천지신명이시여, 천한 목숨을 바치오니 아씨를 지켜주소서!

십수 년간 어린 토로고를 지켜온 무사 두얼가는 몸을 던져 종성 마병에 맞섰다.

치노와 사금질도 물러서지 않았다. 이 짧은 시간 너머에는 죽음이 기다린다는 것을 알면서도 소리를 치며 돌진했다. 종성에 뛰어든 김죽과 다비, 도금치, 정다리가 그랬던 것처럼. 그것은 얼어붙은 땅에 널브러져 있을 영혼을 달래는 진혼의 예였다. 하얀 벌판은 빨간 핏빛으로 물들었다.

종성의 군사는 달아나는 향전을 쫓지 않았다. 함정을 걱정했던 걸까.

향전이 두만강을 건너 외진 산속에 이른 것은 땅거미가 어른어른 내려앉은 때였다. 그들은 외딴 너와집으로 뛰어들었다. 겁먹은 주인 아낙은 방을 내주고 그들을 도왔다. 토로고의 옷은 핏빛으로 물들어 있었다. 향전은 출혈을 멈추기 위해 무진 애를 썼다. 하아하지는 울먹이고, 아낙은 데운 물을 날랐다. 여진 마병은 숨을 죽인 채 어둠 깔린 밖을 지켰다.

"아씨, 아씨!"

불러도 대답이 없었다.

토로고는 눈물만 흘렸다.

"정신 차리세요, 아씨!"

"정신을 놓으시면 안 됩니다, 아씨!"

향전이 소리치면 하아하지도 따라 외쳤다. 겨우 눈을 뜬 토로고는 힘겹게 입을 열었다.

"부, 부탁이 있어."

말을 할 때마다 피 섞인 기침을 토했다.

"말씀을 많이 하시면 안 됩니다."

"운두성을 보, 볼 수 있게 해줘⋯⋯."

"무슨 말씀이세요, 아씨."

"꼭."

"아씨는 살아 모린으로 가셔야 합니다."

향전은 고개를 가로저었다.

"나리를 찾아줘⋯⋯."

"아씨!"

향전은 마침내 엉엉 울었다.

"걱정 마세요, 무슨 한이 있어도 나리를 모셔 올 테니 걱정 마세요."

토로고가 흘리는 눈물은 멈추질 않았다. 꿈속에 본 김죽이 다시 온 걸까, 허공을 응시하는 토로고의 입술은 가늘게 떨렸다.

"아씨! 아씨!"

애절한 부름이 어둠 내린 수주 산자락을 덮었다.

그 모습 잊을세라 보고 또 보고

그 소리 가실세라 밤새 들었건만

헤뜨러진 임 흔적 찾을 길 없어

시린 혼 홀로 허무히 남았어라

실오라기 인연 내생에선 맺을까

너럭바위 흙 되면 다시 만날까

운두 바람 불어와 풀잎 흔들면

떠난 임 우는 날 달래는 줄 알리라

해란강 느릅나무 파르라니 물들면

가신 임 보고파 달려온 줄 아소서

가린응합 加麟應哈

낭발아한의 아들. 조선으로부터 호군 벼슬을 받았다. 세조 6년, 1460
년 조선 조정이 낭발아한과 일족을 유인해 처형했을 때 함께 처형당
했다. 그의 아들 시랑가時郎哥는 낭발아한의 아들 아비거阿比車를 따
라 도망쳐 수양대군에 대항했다.

가회방 嘉會坊

한성 북부 12방 중 하나. 지금의 가회동 · 재동 · 안국동 일대. 가회
嘉會는 기쁘고 즐거운 모임을 뜻하는 말로, 어진 신하가 어진 임금을
만나 국운이 창성하기를 바라는 의미를 담고 있다.

갑사 甲士

한양을 방어하는 오사의 중심 조직인 의흥사義興司의 정예병.

건주 建州

두만강에서 흑룡강성 동녕東寧에 이르는 지역. 발해 솔빈부率賓府가
있던 곳이다. 『신당서』에는 솔빈부에는 건주, 화주華州, 익주益州 세

주가 있다는 기록이 남아 있다.

권남 權擥

1416~1465년. 안동 출신으로, 문종~세조 때의 문신. 문종 즉위년인 1450년 35세 늦깎이로 과거에 급제했다. 책 읽기를 좋아해 말에 책 상자를 싣고 명산과 고적을 찾아다녔다. 집현전 교리 때『역대병요』에 주를 다는 편찬 사업을 하면서 수양대군과 친해져 계유정난을 주도했다. 세조 때 우의정과 좌의정을 지냈다.

공심 攻心은 상책, 공성 攻城은 하책

제갈량이 남방의 맹획을 공격할 때 방법을 묻는 마속에게 한 말. "마음을 치는 것이 상책이요, 성을 공격하는 것은 하책攻心爲上 攻城爲下"이라고 했다. 맹획을 일곱 번 사로잡고 놓아준 것은 이로부터 비롯된다.

군주는 배요, 백성은 물이라

"군주는 배요, 백성은 물이다. 물은 배를 띄우기도, 뒤집기도 한다君舟人水 水能載舟 亦能覆舟." 당 태종의 '정관의 치貞觀之治' 시기에 위징이 태종 이세민에게 한 말이다. 이 말은 군주학의 교본으로, 당 태종 때의 치도를 정리한『정관정요』의 처음과 끝을 관통하는 핵심이다.『공자가어』와『순자』에 나온다.

궁주 宮主

임금의 후비와 딸을 통칭하는 말. 세종 때 이르러 정비가 낳은 딸을 공주, 후비가 낳은 딸을 옹주라고 했다.

그 말을 듣고 그 행실을 본다

『논어』「공야장公冶長 편」에 나오는 말로, 공자는 "나는 이제 사람을

볼 때 그 말을 듣고 그 행실을 본다今吾於人也 聽其言而觀其基"고 했
다. 언행이 일치하지 않는 제자 재여宰予를 꾸짖는 말이다.

금군 禁軍

궁을 지키고 왕을 호위하는 친위병.

기사가 其沙哥

낭발아한의 부인. 본가가 함길도 경성인 조선 여인이다. 조선왕조실
록에는 이사가리沙哥로도 썼다. 이리는 기리의 잘못된 표기다. 성씨
기其와 기리는 소리 나는 대로 기 발음의 한자를 쓴 것으로 추정된
다. 우리나라의 기씨 성은 기자箕子로부터 유래한 기箕씨와 원의 마
지막 황후인 기황후의 일족인 기奇씨가 있었다.

길림오라 吉林烏拉

지금의 길림성 길림시 지역. 오라는 큰 강大川을 뜻한다. 오랍으로도
읽는다. 내川를 뜻하는 라拉는 이두문인 동량東良의 양良과 통한다.

김승벽 金承璧

김종서의 둘째 아들. 김승규金承珪는 첫째 아들이다.

김종서 金宗瑞

1383~1453년. 조선 세종~단종 때의 문신. 세종 15년, 1433년 함길
도 도관찰사에 오르고, 2년 뒤 함길도 병마도절제사를 겸하며 7년
동안 함길도의 육진을 개척했다. 세종의 뒤를 이은 문종이 재위 2년
만에 숨지자 좌의정으로서 영의정 황보인 등과 함께 문종의 유명(遺
命·마지막 남긴 유언)을 받들어 12세인 어린 단종을 보필했다. 대호
(大虎·큰 호랑이)로 불렸다. 단종 1년 계유癸酉정난 때 수양대군에게 피
살됐다.

김죽 金竹

수양대군에 맞선 이징옥 군사의 핵심 인물이다. 수양대군은 병란을 진압한 후 김죽을 참형에 처해야 할 인물로 첫머리에 올렸다. 하지만 행적은 묘연하다. 이징옥 병란이 일어난 지 3개월여 뒤인 단종 2년, 1454년 음력 1월 24일 단종실록 기사에 남은 의금부 보고에는 그의 마지막 행적이 남아 있다. "통사 김죽은 도망 중에 있으며… 군관 김수산은 이징옥의 우익으로서 박호문을 죽일 때와 종성에 간 때 동문(東門)을 파절(把截·막아 지킴)하였고…." 김죽을 잡았다는 기록은 이후에도 없다. 병란의 와중에 시신을 찾을 수 없었던 걸까. 만주로 간 걸까.

날이 추운 연후에 송백이 늦게 시듦을 알리라 歲寒然後始知松栢之後凋也

공자가 제자 자한에게 한 말로, 『논어』「자한 편」에 나온다. 송백松栢은 소나무와 잣나무다. 사람의 됨됨과 충신은 역경을 겪은 뒤에야 알게 된다는 뜻이다.

낭발아한 浪孛兒罕 ·모린 毛憐 ·오랑캐

＊낭발아한 올량합兀良哈 여진의 추장. 낭발아한의 한罕은 부족장을 뜻하는 한(汗·칸)과 같은 호칭인 듯하다. 조선왕조실록에서는 낭발아한을 낭복아한浪卜兒罕, 낭패아한浪悖兒罕으로도 썼다. 『명사明史』 조선열전에서는 낭복아합郎卜兒哈으로 썼다. 조선에서 정2품 정헌대부 지중추원사 벼슬을 내린 인물이다. 조선에서 내린 여진인 품계로는 동속로첩목아와 함께 가장 높다. 낭발아한의 일족은 두만강 연변과 북쪽 지역에 광범위하게 분포했다.

- **모린** 동량북(東良北·두만강 북쪽, 동량은 '동쪽의 강'이라는 뜻으로, 두만강의 이두식 표기)의 올량합 여진의 중심은 모린위毛憐衛라고 했다. 모린위의 위치는 길림성 연길延吉, 왕청汪淸 지역으로 추정된다.

- **오랑캐** 올량합은 오량개吾良介, 오랑개吾郞介라고도 한다. 올량합, 오량개, 오랑개는 같은 여진 부족명을 다른 한자로 쓴 이름이다. 중국식 발음으로 읽으면 모두 우량허, 우량거, 우랑거에 가깝다. 바로 오랑캐다.

- **적대적 용어로 변한 오랑캐:** 낭발아한을 비롯한 건주여진 중심 세력은 단종 1년, 1453년 이징옥이 수양대군에 반기를 들었을 때 이징옥에게 동조했다. 세조 6년, 1460년 한양의 조정이 낭발아한과 일족 16명을 회령으로 유인해 처형한 것은 그에 대한 보복 차원에서 벌어진 사건이다. 당시 낭발아한의 아들 아비거阿比車는 살아남아 조선에 유폐된 어머니 기사가其沙哥와 누이 토로고吐勞苦를 돌려주기를 요구하며 조선에 대항했다. 많은 여진 부족이 그에게 동조했다. 그해 8월 세조는 팔천여 군병을 동원해 경진북정을 단행해 두만강변과 북편의 여진 부족을 토벌했다. 이를 계기로 태조 이성계를 돕고, 조선에 복종했던 많은 여진 부족이 조선에 등을 돌렸다. 이후 성종 때까지 침입과 토벌은 반복됐다. 부족명인 오랑캐가 북방 여진인을 배척하는 용어로 바뀐 것은 이즈음이다.

이런 역사적 흐름은 우리에게는 재앙이었다. 오랑캐라는 용어는 언어를 바꾸고, 북방의 역사를 지웠다. 그 결과 발해를 우리 역사에서 제외한 『삼국사기』의 편협한 역사 인식이 되살아났다. 오랑캐라는 말은 지금도 많은 역사서를 오염시키고 있다.

낭이승거 浪伊升巨

낭발아한의 아들로, 대호군大護軍이었다. 그의 장인은 중동량의 여진 만호 임고고林高古다.

단종 端宗

1441~1457년, 재위 1452~1455년. 문종의 맏아들로, 이름은 홍위弘暐다. 12세로 왕위에 오른 지 3년째 되던 해 숙부인 수양대군에게 왕위를 빼앗기고, 2년 뒤인 1457년에는 노산군으로 강봉되어 강원도 영월로 유배됐다. 그해 수양대군의 동생이자 노산군의 숙부인 금성대군이 순흥(경북 영주)에서 단종 복위를 도모하다 사약을 받아 죽자, 다시 서인으로 강등되어 자살을 강요당했다. 그해 10월 영월에서 숨졌다. 어머니는 현덕왕후顯德王后 권씨로, 단종을 낳은 지 사흘만에 세상을 떴다. 단종의 비 정순왕후定順王后 송씨는 13세에 왕비가 됐으며 81세까지 살았다.

달마 達磨

중국 남북조시대 때의 고승 달마대사. 남인도 향지국香至國의 왕자로, 520년쯤 북위의 낙양에 와 숭산 소림사에서 9년간 면벽수도를 했다. 불교 선종禪宗은 그로부터 시작됐다.

달적 韃賊

원 멸망 후 몽고초원에서 세력을 떨친 몽고 와랄부 야선也先을 중심으로 한 유목민 세력. 세종 31년, 1449년 북경 서쪽 토목보에서 명의 대군을 대파하고 요동으로 세력을 뻗었다. 달단韃靼, 탑탑이塔塔爾, 타타르로 불렸다.

당상관 堂上官

문관은 정삼품 통정대부 이상, 무관은 정삼품 절충장군 이상의 품계를 가진 고관.

대인선 大諲譔

발해 15대 왕이자 마지막 왕.

도지휘 都指揮

명의 벼슬 이름. 명이 여진인에게 준 벼슬은 주종 관계를 확인하는 형식적인 관작에 가깝다.

동녕부 東寧府

원나라 때 고려 서경(西京·평양)에 설치된 통치기관. 후에 요동의 요양遼陽으로 옮겼다.

동량 東良

'동쪽의 강'을 뜻하는 이두문. 곧 백두산에서 동으로 흐르는 두만강이다.

동속로첩목아 童速魯帖木兒

알타리斡朶里 여진 추장. 알타리는 오도리吾都里, 악다리鄂多理, 알타령斡朶怜이라고도 했다. 첩목아는 추장·부족장을 뜻하는 티무르의 한자 표기다. 동속로첩목아는 두만강 연변에 있던 건주위建州衛의 실력자다. 조선으로부터 정2품 정헌대부 지중추원사 벼슬을 받았다.

둔전병 屯田兵

평상시에는 농사를 짓고, 유사시에는 군사로 동원되는 변방 요지의 병사.

만호 萬戶

변방에 설치한 만호부를 지휘하는 무관. 원나라 제도를 이은 군관직이다.

문풍 文風

글과 옳은 이치(도덕)를 숭상하는 풍토.

민발 閔發

1419~1482년. 단종 때 내금위內禁衛 사복시대호군司僕寺大護軍이었다. 세종 32년, 1450년 수양대군을 따라 명에 다녀왔다. 내금위는 임금을 호위하는 군대다.

민신 閔伸

미상~1453년. 세종~단종 때의 문신. 병조판서를 거쳐 단종 때 이조판서에 올랐다. 계유정난 직후 문종의 능인 현릉의 비석 건립 작업을 지휘하던 중 참살됐다.

박호문 朴好問

미상~1453년. 세종~단종 때의 무신. 세종 1년, 1419년 무과에 장원 급제했다. 세종 12년, 1430년 사복시 소윤으로 제주에서 왜인의 흥리선(興利船·장삿배)을 잡았다는 허위·과장 장계를 올려 삭탈관직 당했다. 3년 뒤 복직되어 세종 15년, 1433년 압록강 북편 파저강婆猪江 일대에서 여진 공격에 참가했다. 세종 22년, 1440년 회령 절제사로 있을 때에는 군무를 태만히 해 장 백 대의 벌을 받았다.

백안첩목아 白顔帖木兒

바이안 티무르. 몽고 와랄부 추장으로, 토목보 공격 때 명군을 대파한 선봉장이었다. 그때 포로가 된 명 황제 영종과 가까웠다. 훗날 영종의 석방을 주도했다.

범찰 凡察

두만강 북편 알타리 여진인. 조선 개국 때 이성계를 도운 동맹가첩
목아童猛哥帖木兒의 동생이다. 동맹가첩목아는 조선왕조실록과 용비
어천가에 나오는 협온맹가첩목아(夾溫猛哥帖木兒·멍거티무르)로, 훗
날 후금을 일으킨 청 태조 누르하치의 6대조다.

별시위 別侍衛

오사 중 용양사에 속한 궁궐 호위대. 양반으로 이루어졌다.

별장 別將

종구품의 하급 무관.

복라손卜羅遜·**화라속** 火羅速

낭발아한가의 하인. 세조 6년, 1460년 낭발아한의 일족을 처형했을
때 이들은 처형을 면했다.

복여위 福餘衛

길림성 북쪽의 올량합 여진 부락. 고대 부여가 있던 곳이다.

비장 裨將

관찰사, 병마도절제사를 비롯한 지방 고관을 보좌하는 무관.

사오이 沙吾耳

회령 북쪽 두만강 너머 올량합 여진 부락.

선공부정 繕工副正

조선 시대 토목과 영선 사업을 담당하는 관청인 선공감에서 두 번째
높은 관헌. 실질적인 현장 책임자다.

소헌왕후 昭憲王后 **심씨**

1395~1446년. 청송 출신인 이조판서 심온沈溫의 딸로 태종 8년,

1408년 충녕대군(세종)의 부인이 됐다. 심온은 그로부터 10년 뒤인 태종 18년에 명에 사은사로 갔다가 돌아오는 길에 체포돼, 이듬해 스스로 목숨을 끊었다. 태종 이방원이 외척을 제거해 아들 세종의 왕권을 탄탄히 하고자 했음을 알았기 때문이다. 소헌왕후는 8남 2녀를 낳았는데, 문종(이름은 향珦)과 수양대군(훗날 세조, 유瑈), 양평대군(용瑢), 안평·임영·광평·금성·평원·영응대군이 모두 소헌왕후의 소생이다.

송석손 宋碩孫

1427~1482년. 단종 때 오사五司의 정5품 사직司直이었다. 계유정난 후 2등 원종공신에 올랐다.

수주 愁州

종성 서쪽 이십 리 두만강 안쪽의 땅을 이른다.

순라군 巡邏軍

궁중과 도성을 순찰하는 치안 조직.

"순천자는 흥하고 역천자는 망한다"

사서四書 『맹자』 권6 「이루장구상離婁章句上」에 나오는 말이다. 원문, "맹자 이르기를, 순천자는 존하고 역천자는 망한다孟子曰 順天者 存 逆天者亡." 하늘의 뜻(이치)을 따르는 자는 오래오래 이어지고, 하늘의 뜻을 거스르는 자는 멸망해 사라진다는 뜻이다.

시사오귀 時沙吾貴

두만강 북쪽의 알타리 여진 부락. 건주위 추장 동속로첩목아의 근거지 중 하나다. 『단종실록』에는 이징옥이 거병할 즈음 동속로첩목아가 처자와 관하 사람을 이끌고 회령에서 시사오귀로 갔다는 기록이 남아 있다.

시좌소 時座所

임금이 임시로 지내던 궁전.

신돈 辛旽

미상~1371년. 고려 말 공민왕이 개혁 정치를 위해 중용한 승려. 그러나 권력의 핵심으로 떠오르게 되자 부패했으며, 주변에는 아첨하는 자가 들끓었다.

아비지옥 阿鼻地獄

불교에서 이르는 여덟 곳의 지옥 중 하나로, 큰 죄를 지은 자가 가는 지옥이다. 무간지옥無間地獄이라고도 한다. 그곳에서는 살가죽을 벗겨 불속에 던지고, 쇠매가 눈을 파먹는 고통이 끝없이 이어진다고 한다.

아수라도 阿修羅道

천도, 인도, 아수라도, 축생도, 아귀도, 지옥도로 이루어진 불교의 여섯 세계 중 하나. 인간과 축생의 중간 세계로, 싸움을 일삼는 귀신인 아수라가 들끓는다. 수라도라고도 한다.

아야고 阿也苦

두만강의 다른 이름이다.

아치랑귀 阿赤郞貴

회령에서 서쪽으로 200리 떨어진 올량합 여진 지역.

악비 岳飛

북방 여진인의 나라 금金에 맞서 한족의 나라 남송南宋을 지킨 무장. 송의 군대가 패주를 거듭하던 때 악비는 자신의 익가군岳家軍을 이끌고 금의 군대에 맞서 송의 멸망을 막았다.

안변부 · 막힐부 · 정리부

발해 15부 중 하나로, 홀한성이 요의 군대에 함락되던 때 군사를 보 냈지만 홀한성은 이미 함락된 뒤였다. 이들 3부는 홀한성 함락 후 요에 대항한 발해군의 핵심을 이루었다.

안춘 顔春

경흥 동쪽 두만강 건너의 여진 지역.

야선 也先

미상~1454년. 몽고 와랄부瓦剌部의 추장. 조선 세종 연간에 몽고 초 원을 통일한 후 고비사막, 요서, 요동에까지 세력을 뻗었다. 세종 31년, 1449년에는 북경 서쪽 토목보土木堡에서 명 황제 정통제(영종) 군대 를 대파하고, 정통제(영종)를 사로잡았다. 요하를 건넌 야선의 세력 은 조선에 몽고 침입의 악몽을 되살렸다. 문종 때 우리나라의 전쟁 역사를 엮은 『동국병감』을 편찬한 것은 야선 세력의 위협을 배경으 로 한다. 달적韃賊, 달단韃靼, 탑탑이塔塔爾라고도 한다.

야율아보기 耶律阿保機

872년 추정~926년. 요遼나라를 일으킨 요 태조. 거란 질라부迭剌部 출신으로 요하, 몽고, 동투르키스탄에 이르는 광대한 지역을 지배했 다. 925년 겨울 발해를 공격했으며, 이듬해 1월 발해 상경 홀한성을 함락했다.

양장하 羊腸河

요하 서쪽을 흐르는 강. 요서의 북진(北鎭 · 베이전) · 흑산(黑山 · 헤이 산)을 흐른다.

양정 楊汀

　　미상~1466년. 내금위의 무사로, 한명회의 주선으로 수양대군의 정변을 도왔다. 세조 5년, 1459년 9월 올량합 여진의 추장인 낭발아한 일족을 처형할 때 함길도 도절제사로서 세조의 명령을 받아 처형을 주도했다. 세조 12년, 1466년 세조에게 "왕위를 물려주라"고 진언하다 미움을 사 처형당했다.

양호 羊祜

　　221~278년. 중국 위진 시대의 재상으로, 문무를 겸비하고 생각이 깊기로 소문난 인물. 위나라 말년에 벌어진 사마씨와 조씨 집안의 권력 싸움에 휘말리지 않고 오랫동안 재상을 지냈다.

여포 汝鋪

　　경원 동쪽 두만강 건너의 여진 지역.

오국성 五國城

　　회령 서쪽에 있는 운두산성의 다른 이름. 오국산성이라고도 한다. 오국성의 위치에 대해서는 논란이 있지만, 이징옥이 거점으로 삼고자 한 오국성은 운두성이다.

오사 五司

　　한양을 방비하는 다섯 개의 경군京軍 조직. 문종 1년, 1451년 개편된 중앙군 조직으로 의흥사·충좌사·충무사·용양사·호분사로 이루어져 있었다.

오음회 吾音會

　　회령 인근의 알타리 여진 지역.

올적합 兀狄哈

우디거라고도 한다. 올적합은 혐진嫌眞 · 남돌南突 · 활아간闊兒看 올적합으로 나뉘는데, 그중 혐진 올적합은 모린의 올량합과 심한 갈등을 빚었다.

용양사 龍驤司

한양을 방어하는 다섯 개의 군 조직인 오사五司 중 하나.

유서 柳漵

1409~1485년. 세종 때 동지중추원사였던 유은지의 아들이다. 일찍이 죄를 지어 함길도 경원에서 역(役 · 하급 군역)을 감당하다 계유정난 즈음에 한양에 돌아와 수양대군을 도왔다. 어릴 때부터 익힌 궁술과 기마술이 뛰어났다고 한다.

유응부 兪應孚

미상~1456년. 세종~단종 때의 무신으로 사육신 중 한 사람. 세조 2년, 1456년 성삼문, 박팽년과 함께 단종의 복위를 꾀하다 처형당했다. 세조의 국문을 받던 유응부는 "한 자루 칼로써 족하(足下 · 세조를 낮춰 부른 말)를 죽여 폐위시키고 옛 임금(단종)을 복위시키려 했다"고 말했다. 화난 세조는 유응부의 살가죽을 벗기고, 달군 쇠로 배밑을 지지게 했지만 유응부는 얼굴빛 하나 변하지 않고 세조를 꾸짖었다고 한다.

윤처공 尹處恭

미상~1453년. 세종~단종 때의 무신. 단종 때 군기판사에 올랐다. 계유정난 때 가족과 함께 참살됐다.

읍재 邑宰

고을 수령.

이경유 李耕畦

계유정난이 터졌던 1453년 경성 부사였다. 계유정난 직후 한양에서
보낸 사복소윤 구치관에 의해 살해됐다.

이명민 李命敏

미상~1453년. 경덕궁 중수를 책임진 선공부정으로, 피살될 당시에
는 호조좌랑이었다.

이속 吏屬

관아에서 관리를 도와 일을 보는 구실아치.

이양 李穰

미상~1453년. 세종~단종 때의 무신. 평안도 도체찰사를 거쳐 단종
때 우찬성에 올랐다.

이용 李瑢

1418~1453년. 안평대군의 이름. 세종의 셋째 아들로, 수양대군의 바
로 밑 동생이다.

이진 梨津 · **사진** 沙津**나루**

회령의 두만강변 나루. 이진은 동쪽, 사진은 서쪽의 나루다.

이징옥 李澄玉

미상~1453년. 조선 세종~단종 때의 무신. 세종 5년, 1423년 경원 첨
절제사로 발탁된 후 회령 · 경원 부사로서 함길도 도절제사인 김종
서와 함께 육진을 개척했다. 몽고 야선(也先 · 에센) 세력이 요동으
로 뻗던 문종 원년, 1450년 함길도 병마도절제사에 임명됐다. 이때

419

품계는 조선 무반으로서 가장 높은 정일품 숭정대부였다. 단종 1년, 1453년 수양대군의 정변에 맞서 반기를 들었지만 종성에서 피살당했다. 수양대군의 정변을 계유정난, 이징옥의 거병은 이징옥의 난이라고 한다. 수양대군에 맞선 이징옥이 당시 "금金 황제를 칭했다"고 하지만 믿기 힘들다. 그것은 이징옥이 숨진 후 그와의 관계를 부인하는 여진족의 전언과 국문 과정에서 나온 말일 뿐, 실제가 그러한지는 의문스럽다. 금 황제를 칭했다는 말은 오히려 수양대군이 정변을 정당화하고, 왕위 계승의 정통성을 인정받기 위해 이징옥을 반조선 세력으로 낙인찍기 위한 조작일 가능성이 크다. 이징옥은 보기 드문 청백리였다. 세종과 문종의 신임도 절대적이었다. 이징옥은 세조의 왕위 찬탈에 반대한 사육신·생육신처럼 수양대군을 인정할 수 없기에 반기를 들었다고 보는 편이 설득력 있다. 이후 조선이 패망할 때까지 이징옥은 입에 올려서는 안 될 역신으로 남았다.

이현로 李賢老

미상~1453년. 세종 때 문신. 언문청에서 일하며 『동국정운』 편찬에 참여했다.

임어을운 林於乙云

수양대군의 하인. 수양대군은 계유정난 때 참살한 영의정 황보인의 집을 그에게 주었다.

자형관 紫荊關

하북성 역현易縣에 있는 만리장성의 관문.

정교 政敎

다스림과 가르침, 곧 정치와 교육. 유교 정치사상의 두 축이다.

정분 鄭苯

미상~1454년. 태종~단종 때의 문신. 김종서 · 황보인과 함께 문종의 유명을 받든 고명지신顧命之臣이다. 세종 때인 1447년 좌참찬으로 숭례문 건축을 감독했다. 계유정난 때에 낙안(전남 순천)으로 귀양 가 사약을 받고 숨졌다.

정인지 鄭麟趾

1396~1478년. 태종~성종 때의 문신. 집현전 학사 출신으로, 세종과 문종의 신임이 두터웠다. 세종대왕의 훈민정음 창제를 돕고,『칠정산내편』을 지어 역법을 바꾸었다. 본받을 만한 역대 정치의 요체를 담은『치평요람』을 지어 바치고,『용비어천가』저술에도 참여했다.『고려사』도 그와 김종서가 주도해 만든 책이다. 문종 2년인 1452년에 병조판서에 오르고, 수양대군의 계유정난 후 좌의정에 올랐다. 정인지가 창덕궁 중수를 책임진 것은 병조판서에 오른 이듬해인 1453년이다.

정종 鄭種

1417~1476년. 세종~성종 때의 무신. 1453년 이징옥을 살해한 공로로 군공일등 공신이 되어 정삼품에 올랐다. 세조 때에는 경상좌도 · 충청도 도절제사를 지냈으며 성종 2년, 1471년에는 경주부윤이 됐다. 이듬해 큰 가뭄에 농작물 손실 조사를 했는데, 엉터리 조사 사실이 드러나 파직되고 약 4년간 포천에서 정역(定役 · 죄인에게 내려지는 노역형)을 감당해야 했다.

제왕 帝旺

사주팔자를 보는 십이운성十二運星 중 하나. 양이 극에 달하는 극양

極陽의 상태로, 사주에 제왕 기운이 들면 꺾여도 굽히지 않는 성정을 지닌다고 한다.

조극관 趙克寬

미상~1453년. 태종~단종 때의 문신. 태종 때 세자로서 왕에 오르지 못한 양녕대군을 보필했다. 세종 때에는 평안도 도관찰사, 형조판서, 함길도 관찰사를 지냈으며, 계유정난이 일어난 1453년 병조판서, 이조판서에 올랐다. 계유정난 때 피살됐다.

조수량 趙遂良

미상~1453년. 세종~단종 때의 문신. 강원도관찰사 · 대사헌 · 충청도 관찰사 · 병조참판을 역임했다. 계유정난 즈음에는 평안도 관찰사였다. 계유정난 때 피살됐다.

종부시 宗簿寺

왕실 족보를 관리하고, 왕실 친인척의 잘잘못을 따지는 기관.

종성 鐘城

함길도 두만강변에 건설된 육진 중 한 곳이다. 이곳에는 여진인과 교역하는 무역소가 설치됐다.

주 무왕 武王

기원전 1169~기원전 1116. 중국 고대 주周나라의 첫 왕. 은殷을 무너뜨렸다. 목야牧野는 무왕과 은의 마지막 왕 주紂가 대회전을 벌인 곳으로, 주 무왕武王은 목야 싸움 직전에 나온 불길한 점괘를 믿지 않았다.

지화 池和

미상~1453년. 태종~단종 때 길흉화복을 점쳤던 소경 점쟁이. 태종의 신임이 두터웠다. 세종 26년, 1444년 12월 세종의 죽은 다섯째 아들 광평대군의 극락왕생을 비는 날을 잡도록 했는데, "오늘은 술에 취해 점칠 수 없다"고 한 일로 함길도 회령으로 귀양 갔다.

진무 鎭撫

정삼품 당하관으로부터 종육품 참상관에 이르는 무관. 군령의 수령, 전달, 감독 임무를 수행한다.

총통위 銃筒衛

화약 병기인 총통을 다루는 특수군 조직.

친민 親民

백성을 가까이함. 사서四書 『대학大學』의 1장 첫머리에 나오는 말이다. "대학의 도는 밝은 덕을 밝히고, 백성을 친히 하고, 지극한 선에 이르는 데 있다大學之道 在明明德 在親民 在止於至善." 친민이란 친하면 애틋이 여기고, 애틋이 여기면 위하게 되니, 그것이 덕치德治의 시작이요 끝이라는 뜻으로 해석할 수 있다. 곧 인仁과 통한다. 친민을 신민(新民 · 백성을 새롭게 함)이라고 주장하는 경학자도 있다.

토관 土官

자신의 출신지에서 오랜 기간 근무하는 문무관. 주로 함길도와 평안도에 많았다.

토로고 吐勞苦

낭발아한과 기사가의 딸. 『조선왕조실록』에는 독라고禿羅古로도 썼다. 세조 6년, 1460년 낭발아한과 일족이 처형된 후 토로고는 어머니 기사가, 여종 하아하지와 함께 알타리 여진 두징가豆稱哥에게 넘겨졌다. 이에 살아남은 낭발아한의 아들 아비거는 천오백 명의 군사를 이끌고 회령에서 시위를 벌이며 어머니 기사가와 누이 토로고를 돌려보낼 것을 요구했다. 명 황실이 이 사건을 문제 삼자 조선은 "토로고 모녀와 여종을 경성 본가로 옮겨 살게 했다"고 답했다.

팔기 八旗

청 태조 누르하치가 만든 군사 · 행정 조직. 부족을 8개 집단으로 나누고, 각 집단을 황 · 백 · 홍 · 남의 색깔과 깃발로 구분했다. 팔기는 양황기鑲黃旗, 양백기鑲白旗, 양홍기鑲紅旗, 양람기鑲藍旗, 정황기正黃旗, 정백기正白旗, 정홍기正紅旗, 정람기正藍旗로 이루어졌다.

패륵 貝勒

강한 세력을 지닌 여진 부족의 추장. 청이 세워진 후 작위명으로 바뀌었다.

하다리 何多里

경흥 동쪽 두만강 건너 삼십 리 지역.

하보을하 下甫乙下

회령 서쪽에서 이십리 떨어진 알타리 여진 지역. 운두성과 멀지 않다. 보을하는 보라甫羅, 보아하甫兒下, 볼하甓下로도 표기했다.

하아하지 河兒河知

낭발아한 집안의 하인. 『조선왕조실록』에서는 아아합지阿兒哈知로도 썼다.

한명회 韓明澮

1415~1487년. 수양대군을 도와 계유정난을 주도한 책사. 명에서 조선 국호를 받아온 한상질이 그의 할아버지다. 과거에 번번이 낙방하다가 문종 2년인 1452년 나이 40세에 경덕궁(경희궁) 궁지기 자리

를 얻었다. 세상 보는 눈이 남달라 계유정난을 꾸미고, 처세가 뛰어나 세조·예종·성종 3대에 걸쳐 영의정을 지냈다. 갑자사화 때 성종의 두 번째 비이자 연산군의 생모인 폐비廢妃 윤씨 폐출 사건(성종 10년, 1479년)을 주도했다는 이유로 부관참시당했다.

합란성 合蘭城

해란강변의 옛 성.

합란하 合蘭河

해란강의 다른 이름.

해서 海西

만주 송화강 중상류 지역.

혜능 慧能

638~713년. 당나라 때의 불교 선사禪師. 달마대사로부터 시작하는 중국 선종禪宗의 계보를 잇는 여섯 번째 큰 스승으로, 선종 제6조 또는 육조대사六祖大師라고 한다. 신수神秀와 더불어 제5조인 홍인弘忍의 제자다.

혜빈 양씨 惠嬪 楊氏

미상~1455년. 단종을 키운 세종의 후궁. 궁인으로 궁궐에 들어가 병약한 세자(문종)를 보살피던 중 세종의 눈에 들어 후궁이 되었다. 문종의 비인 현덕왕후가 단종 홍위를 낳고 사흘 만에 숨지자 세종은 혜빈 양씨에게 홍위를 보살피도록 했다. 단종 3년, 1455년 수양대군이 옥쇄를 빼앗으려 하자 혜빈 양씨는 "선왕의 유훈에 '세자와 세손이 아니고는 전하지 말라'고 했다"며 "죽더라도 내놓지 못하겠다"고 하다가 피살됐다.

호군 護軍

정사품 무관직.

홀한성 忽汗城

발해 멸망 때 수도인 상경 용천부上京 龍泉府의 중심 성. 홀한하(忽汗河 · 목단강) 중류 동쪽에 있다. 지금의 흑룡강성 영안(寧安 · 닝안) 지역이다. 홀한은 고을을 뜻하는 '홀'과 왕을 뜻하는 '한(汗 · 칸)'을 합한 지명인 듯하다. '왕의 고을' 또는 '왕성' '모든 부족을 지배하는 왕'이나 '나라의 왕'으로 해석할 수 있다.

홀한해 忽汗海

흑룡강성 경박호.

홀한하 忽汗河

흑룡강성의 목단강.

홍달손 洪達孫

1415~1472년. 태종~성종 때의 무신. 단종이 즉위한 1452년 의주도 첨절제사로 있던 중 의주성 남문 공사 문제로 파직됐다. 한양에 돌아와서 만난 한명회와 의기투합해 계유정난 때 수양대군을 도왔다. 이후 병조판서, 좌의정에 올랐다.

화전 和田

중국 신강 타림분지 남쪽의 오아시스 도시 허텐. 중국의 4대 옥 명산지 중 하나다.

화타 華佗

약 141~208년 추정. 중국 한漢 말엽의 명의. 편작扁鵲과 더불어 명의를 상징하는 인물이다.

환과고독 鰥寡孤獨

가난한 홀아비鰥와 과부寡, 어려서 부모를 여읜 고아孤, 자식 없는 노인獨. 외롭고 의지할 데 없는 사람들을 이르는 말이다.

황보인 皇甫仁

미상~1453년. 태종~단종 때의 문신. 세종 때 병조판서에 올랐으며, 평안도·함길도 체찰사로서 김종서와 함께 육진을 개척했다. 문종이 숨을 거둘 때 영의정으로서 문종의 유명을 받들어 단종을 보좌했다. 계유정난 때 피살됐다.

황희 黃喜

1363~1452년. 조선 태조~세종 때의 문신. 세종의 성세를 뒷받침한 명재상이다. 성품이 너그럽고 어질며, 사리가 깊었다. 재물을 탐하지 않은 청백리다. 노년에 벼슬을 사양했지만 세종은 86세 때까지 그를 놓아주지 않았다. 문종 2년인 1452년 세상을 떴다.

훈신 勳臣

큰 공을 세운 신하.